中國語言文字研究輯刊

六　編

許錟輝 主編

第 12 冊

上古漢語同源詞研究

姚 榮 松 著

花木蘭文化出版社

國家圖書館出版品預行編目資料

上古漢語同源詞研究／姚榮松 著 — 初版 — 新北市：花木蘭
文化出版社，2014〔民103〕
目 2+314 面；21×29.7 公分
（中國語言文字研究輯刊　六編；第 12 冊）
ISBN：978-986-322-667-3（精裝）
1. 漢語　2. 詞源學
802.08　　　　　　　　　　　　　　　　　103001866

ISBN-978-986-322-667-3

9 789863 226673

中國語言文字研究輯刊
六　編　　第十二冊　　　　　　ISBN：978-986-322-667-3

上古漢語同源詞研究

作　　者　姚榮松
主　　編　許錟輝
總 編 輯　杜潔祥
副總編輯　楊嘉樂
編　　輯　許郁翎
出　　版　花木蘭文化出版社
社　　長　高小娟
聯絡地址　235 新北市中和區中安街七二號十三樓
　　　　　電話：02-2923-1455／傳真：02-2923-1452
網　　址　http://www.huamulan.tw 信箱 hml810518@gmail.com
印　　刷　普羅文化出版廣告事業
初　　版　2014 年 3 月
定　　價　六編 16 冊（精裝）新台幣 36,000 元

上古漢語同源詞研究

姚榮松　著

目次

第一章　緒　論

第一節　同源詞的界說及其成因

（一）同源詞的界說

同源詞（cognate word）或稱同語根詞〔註1〕，原是比較語言學的術語，用來指一語言中某語詞在形式上和意義上與另一語言的類似語詞之間具有親屬關係。如英語 mother，德語 mutter，拉丁語 mater（語源上之親屬）等。〔註2〕依據 Charles Hockett 的《現代語言學教程》一書，當吾人對兩種語式——包括一語言裡的兩方言，或只是兩種相關的語言，甚或任意選擇的兩種語言——加以比較時，若其中某些詞彙音義相似，這種成對的相似，可能導因於下列三種情形：

1. 偶合（如德語 nass "濕的" 與 Zuni 語 nas "濕的"）

〔註1〕「同源詞」一名見王力《漢語史稿》頁 539；「同語根詞」一名見陳舜政〈高本漢著作目錄〉譯高氏〈中國音韻系列中的同語根詞〉（Cognate Words in the Chinese Phonetic Series）一文篇名。（載《書目季刊》4：1，民 55 年 9 月）

〔註2〕這個界說見 Hartmamn & Stork 的"Dictionary or Language & Linguiatic"p. 40. 跟"Etymological Cognate"相對還有一種"Cognate in usage". 如英語 head＝德文 Kopf.

2. 借詞（從甲語言借到乙語言，或由丙語言借入甲、乙兩語言，如德語與英語之 rouge，皆借自法語）

3. 同源（兩者皆來自較早之共同祖語）

其中第三類是語言學上的同源詞。Hockett 氏指出，在比較同語言的各方言時，要區別同源詞與借詞或偶合，並不容易，因爲還須藉助於方言地理學。倘如我們瞭解一群相關的方言，不一定就是從稍早的一個較近似的語式演變出來，我們就會發現同源詞和借詞也缺乏對立的邏輯基礎，兩者根本無從區別。這就是比較方法（comparative method）爲什麼僅適用於不同語言之間的理由。〔註3〕

十九世紀西方語言學的急速發展，實肇基於印歐語言關係的比較，由同源詞的建立進而發現同族語言之間語音對應規律，從而確立語言的親屬關係。寖假而推演成 "語言親族樹"（Family Tree）。印歐語的親屬不惟確立不移，且已家喻戶曉，今日較具規模的英語字典如 Webster's New English Dictionary，其扉底即附有印歐語族的親族樹，單字下每標舉詞根來解釋詞源。而漢藏語族之關係，則尚在渾沌未定的階段，中文辭典但有文字初形，本義或諧聲系列之追溯，迄未涉眞正語源學之藩籬，實有待漢藏語言學者之努力。

詞源學西名 etymology，係研究詞彙歷史來源的科學，亦即由歷史上追溯語位（morpheme）或詞的同一性。所謂同源詞乃詞源學之一部分，指現在不同的詞或語位，歷史上同出一源之謂。它們必有共同的語音形式與意義。所謂語音形式即構成詞音之聲母、介音、主要元音、韻尾之形態，亦即近人所擬測之古音值。例如：

見 jian（kien＜*kian）與現 shian（＜ɣien＜gˊian）長 charng（＜ḍˊiang＜*dˊiang）與長 jang（＜ṭiang＜*ṭiang）

此例見於趙元任西元 1968 年（3、7、6），（　）內爲高本漢的中古及上古音值，高氏認爲兩例皆爲聲母清濁與送氣兩種轉換，即 k〔清不送氣〕→gˊ〔濁送氣〕，dˊ〔濁送氣〕→t〔清不送氣〕。在語意上之區別：見爲自動動詞，現爲被動動詞；長（成長）爲動詞，長（長短）爲形容詞。後一例除聲母轉換外，可能還有聲調上之轉換。高氏之擬音雖尚有若干問題，然凡初通中國文字者但

〔註3〕Charles Hockett，*A course in Modern Linguistics*, pp. 486～487.

由文字之關係，如現從見聲，長爲同字異音，亦必不能否認彼等爲音義相近之字，具有某種語源關係。由此可見，同源詞之研究，實即探究上古漢語語言分化、文字孳乳之過程，舉凡古代音韻系統，語意之分析，文字之變化，皆爲其基本要件。此要件之詳細討論見下節，以下先就與「同源詞」相關之諸名詞，略爲分辨如下：

1. 同源字與同源詞

凡音義皆近，音近義同，或音同義近之字，謂之同源字。〔註4〕此就文字本身而論，與比較語言學上之同根詞（即同源詞）自屬不同範圍。然古代漢語爲單音節語言，構成語位之基本單位爲單音節詞，代表意義單位之「字」亦以音節爲單位。即以一字一音代表一詞，故就單音節詞而言，字即詞，即一組「同源字」實亦代表一組「同源詞」。同源字所以判爲異字者在字形之區別，（如上舉見→現）同源詞所以別爲二詞，以音義皆有分化，其所重在詞音之轉換（如上舉見現之音轉爲 k_→g′_），此爲一體之兩面，蓋不溯文字形義之源，則詞義不明，不究語音轉換之跡，則語源不彰。王力〈同源字論〉云：

> 同源字常常是以某一概念爲中心，而以語言的細微差別（或同音），同時以字形的差別，表示相近或相關的幾種概念。例如：（1）草木缺水爲枯，江河缺水爲涸、爲竭，人缺水欲飲爲渴。……（2）遏止爲「遏」，字亦作"閼"，音轉爲"按"，遏水的堤壩叫堨（也寫作閼），音轉爲堰。……〔註5〕

王氏所舉之例，第一組同源字枯、涸、竭、渴四字，其中心概念爲〔缺水〕，若依高氏擬音爲*k′o, *ɤâk, *g′i̯at, *k′ât（又 g′i̯at）；第二組同源字爲遏、閼、按、堨、堰，其中心概念爲〔遏止〕，依高氏擬音爲*·ât, *·ân（*·ât）, *·ân, *·ât, *·i̯ăn。同組大抵聲母部位相同（尤其第二組全屬喉塞音），韻則較寬，可以有對轉、旁轉（詳下章）。值得注意的是王氏乃就漢字本身論音義之同源，異於比較語言學上之同源詞，然此不過承高氏《漢語詞群》一書之遺緒，一般而言，詞群（word families）之範圍較同源詞爲廣。

就古代漢語而言，一組同源字實即是一組同源詞，然由字源學之解析所得

〔註4〕見王力〈同源字論〉，頁28，《中國語文》復刊號第1期。

〔註5〕仝註4。

之同源字，未必全合詞源學之事實。前者爲文字學家之能事，後者則必由語言學之眼光，始得接近眞象。高名凱曾指出其間之差別云：

> 字源學畢竟不是詞源學。例如文字學家告訴我們"其"字是"箕"字的象形，最初就是箕字，這當然讓我們知道現在的"箕"字在古代也就有存在，現在我們嘴裡所說的 tɕʻi，如果指的是掃物所用的器具，這 tɕʻi 就是古代拿象形的原則所寫出來的"其"，然而我們現在所寫的"其"却并沒有這意義，我們嘴裡所說的 tɕʻi 也并不一定指的這器具，大半的時候，我們所說的 tɕʻi 都指的是一種代詞，意義是"他的"，"他"。這代詞的"其"絕不是"箕"的語義的演變。所以如果我們要探討代詞"其"的詞源，我們就不能夠從字形結構去研究它。……于是，我們就懂得帶有"他，他的"的意義的詞"其"，它的來源是帶有"這個"的意義的詞，和箕字無語言上的關係，只有文字上的瓜葛，換言之，我們因爲這兩個詞的發音相同而借這個字來表示不同的意義。我們再看一看漢藏語系的其他語言，就知道這個詞是漢藏語系各語言所共有的。所以，方塊字的來源并不代表詞的來源。〔註6〕

高氏所舉語詞的「其」借「掃器」的「箕」（象形字）來表示，係無本字之假借。既無本字，則因音借形。由此可知漢語一音往往多詞，同音字不即是同源詞。類此而推，依雙聲、疊韻或同音關係構成的轉注字，亦每每爲同源詞。然轉注之界說紛紜，或雙聲而韻母懸絕，或疊韻而聲母懸絕，雖有語意連繫，然其原始是否同一詞根，殊難確定，則亦不得皆冒爲同源詞。

2. 漢語同源詞與詞群（或詞族）

由上項可知，眞正的同源詞，應建立於同族語言之比較，如藉助古代漢語與藏語之比較，往往可得原始漢藏語的語詞。康拉第、西門華德、高本漢、班尼廸、包擬古等人的研究，著有成績，然漢語本身具有悠久的歷史，方言的分化由來已久，故上古語詞的孳乳變易，亦有跡可尋，藉上古音之知識，往往可以發現語詞之聯繫，此即漢語本身之同源詞，此種同源詞，不必藉助比較語言學。本文研究之對象，即此狹義之"漢語同源詞"。

〔註 6〕《普通語言學》，頁 369～370。

較同源詞範圍更大者，則有「詞族」一名。高本漢云：

> 察看古代古語詞，我們立刻可以發現，某些單音節詞都很自然明顯
> 地可以歸入一個詞族（即詞群），在那個詞族裏，一群有關係的詞，
> 是從某個詞幹經過聲母，主要元音或韻尾的變化、孳乳而來。〔註7〕

趙元任先生從語位之觀點，作更明確之界說：

> 詞族就是一大類典型的準語位（guasi-morphemes），通常聲母跟韻
> 尾發音部位相同，而意義又相近。例如 k-ng 這個基本音式的，就有
> 以下一群字，都跟「光亮」的意思有關：
>
> 景 ki̯ăng＞^{c}ki̯èng＞jiing
>
> 鏡 ki̯ăng＞kiènɔ＞jiing
>
> 光 kwăng＞$_c$kuâng＞guang
>
> 煌 g'wâng＞$_c$ɣuâng＞hwang
>
> 晃 g'wâng＞^{c}ɣuâng＞hoang
>
> 旺 giwang＞ji̯wang＞wang
>
> 螢 g'iweng＞$_c$ɣiweng＞yng
>
> 赫 χăk＞χèk＞heh
>
> 旭 χi̯uk＞χi̯uk＞shiuh
>
> 熙 χi̯əg＞$_c$χi＞shi
>
> 曉 χi̯og＞^{c}χieu＞sheau」〔註8〕

「準語位」就音之形式及意義而言，皆不如「語位」之完整，如 k-ng 並非獨立之音節，而「光亮」亦僅是景、鏡、光、煌等詞義中之共同部分，因爲它並非具體的詞幹（root-morpheme），因此詞族之內容可以無限擴大，若先在詞族中確定若干詞幹，觀察其孳乳變化之方向（即詞義轉變），則詞族又能析爲若干關係較密的小詞群，這些小詞群之各分子或許是同源詞，換言之，詞族是關係較鬆的同源詞組的集合，一個詞雖僅有一個詞源，却可分屬於不同「義類」之詞族。

〔註 7〕杜其容譯《中國語之性質及其歷史》，頁 75。

〔註 8〕丁邦新譯《中國話的文法》，頁 95～96。

（二）漢語同源詞形成的原因

漢語同源詞之形成，可歸納爲三類原因：

一曰詞義之分化

同源詞之所以成立，基於人類語言發展由簡入繁之趨勢，此一趨勢表現於詞彙之發展，最爲明顯。蓋初民社會，生活簡單，所需語言詞彙有限，其後生計日繁，文明日進，思想表達愈趨精密，原始時代爲一詞，由於詞義之細微分別而分化爲二詞，如獲之與穫，暗之與闇，語音雖未分化，然其用意不盡相同，字形亦分化爲二。此類字似無語位上之差異（語位當爲具有區別意義之最小單位，然具有獨立之音形），本祇可稱爲同源字。王力云：「至於聲音完全相同，而意義又非常接近（例如"獲""穫"），簡直可以認爲同一個詞的兩種寫法，至少也可以認爲同一個詞的引申。」〔註9〕蓋此類區別，純屬文字上之需要，語言上無論禾稼之"收穫"抑或田獵之"捕獲"，初無語音上之區別，實一詞異用而已。（就後世詞義縮小之眼光，亦可視爲二詞，如「獲」兔之「獲」與「穫麥」之「穫」區別甚顯）。由詞義分化導致語音之分化，進而孳乳爲新詞，此之謂"語根之孳乳"，餘杭章太炎嘗論之云：

> 語言之初，當先緣天官，然則表德之名最夙矣。然文字可見者，上世先有表實之名，以次桄充，而表德之名因之。後世先有表德、表業之名，以次桄充，而表實之名因之，是故同一聲類，其義往往相似，如阮元說：從古聲者，有枯槁、苦窳、沽薄諸義，此已發其端矣。今復博徵諸說，……如立「乍」字以爲根，乍者止亡詞也，倉卒過之則謂之乍，故引伸爲最始之義，字變爲「作」。……凡最始者必有創造，故引伸爲造作之義。凡造作者異於自然，故引伸爲僞義，其字則變爲「詐」。又最始之義，引伸爲今日之稱往日，其字則變作「昨」。〔註10〕

章氏言引伸孳乳之次第，雖屬一家之言，然作、詐、昨諸詞，皆爲「乍」一音所孳乳，自無疑義。依章氏之說，語根孳乳起于字義之引伸，引伸而別成一詞，音義均已分化。

〔註9〕《漢語史稿》頁539。

〔註10〕章太炎〈語言緣起說〉，見《國故論衡》（廣文書局本）頁42～43。

二曰方言之差異

古代漢語方言詞彙甚為豐富，然現有資料大抵以漢代方言為主，如康成之箋《詩》、注《禮》，慈明、仲翔之注《易》，何休之注《公羊》，司農之注《周禮》，或如成國《釋名》，子雲《方言》，叔重《說文》及《淮南注》，可見漢代方言詞彙之一斑。如見於《方言》者：

> 凡欲飲藥傅藥而毒，南楚之外謂之瘌，北燕朝鮮之間謂之癆，東齊海岱之間謂之眠，或謂之眩，自關而西謂之毒。瘌，痛也。（卷三，校箋 P. 20）

> 床齊魯之間謂之簀，陳楚之間謂之第。（《方言》，卷五）

見於《說文》者，如：

> 燕代東齊謂信曰訵，齊楚謂信曰訏。

> 齊謂麥秧也。

> 河內之比謂貪曰惏。

> 南楚謂禪曰襌。

> 關東曰逆，關西曰迎。

> 楚謂之聿，吳謂之不聿，燕謂之弗。

見於《釋名》者，如：

> 青徐人謂兄為荒。

> 青徐人謂長婦曰稙……荊豫人謂長婦曰熟。

> 宋魯人皆謂汁為瀋。

> 齊魯謂庫曰舍。

以上各例，瘌與癆，簀與第，貪與惏，逆與迎，聿與弗，汁與瀋皆可能為同源詞，至於《釋名》呼兄為荒，僅為擬音，稙之與熟，庫之與舍皆為異名同實，不必為同源。要之，方言詞彙每因音有轉移，而一字數形數音，究其實則來自同一祖語。

三曰新詞之創造──語言詞彙之發展，除詞義或語音之分化外，尚不斷創造新詞，新詞與舊詞之間每具同源關係。王力云：

語言中的新詞，一般總是從舊詞的基礎上產生的。例如梳頭的工具的總名是"櫛"，後來櫛又分爲兩種：齒密的叫"篦"，齒疏的叫"梳"。"篦"是比的意思，比就是密；"梳"是疏的意思。可見"篦""梳"雖是新詞，它們是從舊詞的基礎上產生的。同源字中有此一類。〔註11〕

高名凱云：

純粹的語音變化和純粹的語義變化并不是新詞的創造，但同一個詞的語音和語義兩方面的分化，則可以構成新詞。……一個詞的語音可以只有一個形式，無論是否起了語音的變化，而詞的中心意義卻可以分化成爲兩個，在這種情形之下，我們就應當說有新詞的產生。……另外還有音和義都起分化的情形。大和太就是這情形。"大"和"太"這兩個字古時相通，甚至只有一個字形，可知當初一定只有一種讀法，只是同一個詞，這個詞的意義範圍很廣，但其中心意義則是"大小"的大，後來在這意義範圍之中有一個附帶意義"尊人之稱"的"大"漸漸的發展起來，而大的語音也爲著適應這環境起了分化，多出一個"太"的讀音來做爲"尊人之稱"的"大"的物質外殼，于是"大"和"太"分家了，成爲兩個不同的詞。〔註12〕

高氏這一類新造之詞，如分化之後，中心意義儘管有二，然彼此有關，如大小之"大"與尊大之"太"均有大義，且語音分化相去不遠，如大與太之韻母 a 與 ai 具有語音相似性也是構成同源詞的要件之一。

除此之外，區別字亦爲同源詞之一類，如柴之與紫，田之與畋，解之與懈，此類字亦可歸入新造詞一類，因其意義已有分化。

第二節　上古漢語同源詞之形式要件——音韻系統

同源詞是從後代不同的詞或語位追溯其上古同出一源。要決定語位的同一

〔註11〕同註4，頁29。

〔註12〕同註6，頁360～361。

性，必須利用描寫語言學的方法，構擬每個詞的語音形態，漢語的每一個單音詞代表一串音位組成的詞素（morpheme），兩個詞是否同源，須符合語音與語意的相同或相近這兩個要件。語音是外在的，語意內在的，前者形諸唇胲，後者出諸使用語言者之意向。因此上古漢語的音韻成份，是同源詞的形式要件。

　　傳統訓詁學，對語音的同近，往往只停留在古聲紐和古韻部的相同或相近，凡既雙聲又疊韻者，即視爲同音，只要是雙聲或疊韻都可以算是音近。嚴謹一點的，則要求聲母相同，韻部相近，或古韻同部而古聲母又相近，才算是音近。所謂古韻部相近，是指兩個古韻部之間，元音和韻尾皆相近，古音學家另立別名叫做合韻、通韻或旁轉、對轉；所謂古聲母相近，古音同屬一紐而今音異紐者，稱爲古雙聲，如端知、幫滂，凡古聲部位相同，謂之同類雙聲（或旁紐雙聲），如見溪群疑，屬同類雙聲。甚至凡雙聲疊韻皆可證明字義的通轉，所謂"一聲之轉"，往往是一種濫用。王力批評其流弊云：

　　雙聲疊韻的證明力量是有限的，前輩大約因爲太重視音韻之學了，所以往往認雙聲疊韻爲萬能，其實，無論在何種情形之下，雙聲疊韻只能做次要的據，如果既雙聲，又疊韻，則其可靠的程度還可以高些，因爲這樣就是同音或差不多同音（如僅在韻頭有差別），可以認爲同音相假，至於只是雙聲或只是疊韻，那麼可靠的程度就更微末了，再加上"古雙聲"，"旁紐雙聲"，"旁轉"，"對轉"等等說法，通假的路越寬，越近於胡猜。〔註13〕

　　由於上古漢語聲母及韻部都是有限的，因此雙聲疊韻的機遇率未免太高，若以旁紐雙聲爲例，依黃季剛古聲十九紐之說，唇音幫滂並明四紐，舌音端透定泥來五紐，齒音精清從心四紐，牙音見溪疑三紐，喉音曉匣影三紐，則古聲只有唇舌齒牙喉五種部位，同一部位皆屬雙聲，則不但古聲的界線混淆，而所謂音近義通，便流於濫用。再以韻部之通轉爲例，章太炎《文始》卷二：

　　火色赤黃，被裹之色亦赤黃（按上文云：火對轉諄孳乳爲熏，火煙上出也），故熏孳乳爲纁，淺絳者赤黃也，又孳乳爲芸，《詩》：芸其黃矣，《傳》曰芸黃盛也。旁轉寒爲虇，黃華木也，〈釋艸注〉：今謂

────────────

〔註13〕王力《雙聲疊韻的應用及其流弊》（漢語史論文集，頁408）。

牛芸艸爲黃葦，然則芸權一也。對轉隊又孳乳爲橘，江南果也，亦
纁色（或曰茅蒐字本从鬼聲，在隊部，茜艸亦纁黃色，孳乳于纁，
又轉爲靲：茅蒐染韋）。凡物熏之則發其馨，記祭義焄蒿悽愴，注謂
馨，故熏孳乳爲薰，香艸也，（《禮》有膟字，《說文》不錄）又孳乳
爲葷，臭菜也，士相見禮問夜膳葷，古文作薰，凡薑䕮亦襍馨臭，
不嫌同語。」〔註14〕

章氏此段由火孳乳之字凡二系，茲簡圖之：

（1）黃色義

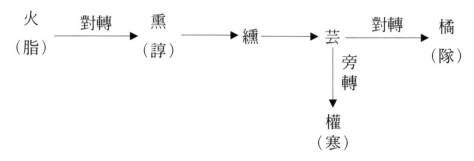

（2）香臭義

熏（君）──→ 薰 ──→ 葷

章氏第（1）組的對轉，依高氏之擬音爲：

火 Xwâr → 熏纁 X̯iwən 芸 giwǎn → 橘 ḳiwɛt

凡云對轉，則主要元音相同，韻尾部位相同，然陰陽相對（高氏的擬音不
合這個界說），旁轉則元音相近，陰陽同類，然若一轉再轉，相去更遠，不得不
有限制，又火、熏、芸、權、橘均屬牙喉音，亦爲旁紐雙聲，如芸與權、橘三
字，依高氏擬音*giwən，*g′iwan，ḳiuɛt，姑且不論語意孳乳是否合理，其主要
元音有 ə，a，ɛ 三種，三者皆可通轉，既無以決定孳乳的次第，也無法找出共
同的詞根（word stem）建立同源詞的關係，自然只能算是一種主觀設定的詞族。

眞正的同源詞，既不是憑後世的雙聲或疊韻，就決定兩個字的音轉關係，也
不是僅憑上古的同音或音近，就說爲同源，而是處處要受古代語義的制約。例如
章氏的例子，字義皆本《說文》或經傳古注，因此歸納出第一組字例屬於牙喉音

〔註14〕章氏《文始》卷二，頁 55，廣文書局影印本文始，頁 27，引文中之括弧爲章氏自
　　　　註小字。

聲母，舌尖鼻音收尾的音型，其共同語意特徵是赤黃或黃色，雖然如此，我們仍不能輕易相信芸草、樺木、橘果三種不同的植物，名稱是同出一源。王力〈同源字論〉更從語意方面分析同源字，關於語意的討論詳下節，這裡我們要確定文字或語詞的孳乳關係，更具備怎樣的語音相近性，相近的限度如何，超過限度在音理上講不通，寧可說它們不相干，換言之，我們要先描述上古音系。

　　清儒之古音學，到了章太炎、黃季剛，在方法上已經無路可走，也就是考古派的結束。王力早年主張古韻二十四部，黃季剛晚年主三十部〔註15〕，可算是考古派的兩個最後結論。高本漢是第一個擬構上古音值的人，其後經董同龢、李方桂、周法高、蒲立本等人不斷修正，上古音韻系統才大致確定，這是本文討論上古同源詞的重要依據，以下從韻母、介音與韻尾、聲母、聲調四方面探討上古音韻系統。

（一）上古韻母系統

　　清儒的古韻分部到江有誥、王念孫之二十一部，大抵系統已經完成，夏炘"詩古韻表二十二部集說"集顧、江、段、王、江五家，最後得到二十二部，並以為「無可增減」〔註16〕。事實上，二十二部中的脂部，又經章太炎析出隊部，王力析出微部，章王皆有併冬入侵之主張，如果從分不從合，以章氏二十三部，加上王力的微部，就共得二十四部如下：〔註17〕

1. 之部	2. 幽部	3. 宵部	4. 侯部
5. 魚部	6. 支部	7. 脂部	8. 質部（王念孫至）
9. 微部	10. 物部	11. 歌部	12. 月部（王氏祭）
13. 元部	14. 文部	15. 眞部	16. 耕部
17. 陽部	18. 東部	19. 冬部	20. 蒸部
21. 侵部	22. 緝部	23. 談部	24. 葉部

　　王力把古韻學家分成兩大派，陰陽兩分法與陰陽入三分法，上列廿四部可

〔註15〕王力二十四部見所著《漢語音韻》，頁169～170，黃季剛三十部之說見黃侃〈談添盍帖分四部說〉（《黃侃論學雜著》，頁290～298），又陳伯元師《古音學發微》，頁529～542論證綦詳。

〔註16〕夏炘《詩古韻表二十二部集說》卷上，頁1。

〔註17〕王力《漢語音韻》，頁169～170。

算是前一派之最後結果，這一派比較注重材料的歸納。後一派以戴震、黃侃爲基礎，又經王力、羅常培、陳新雄等人之歸納，如果從分不從合，應以三十二部爲最後結論，茲將本師陳伯元先生古韻十二類三十二部的相配情形，依陰陽入三分，按江有誥的次序重新排列，以便與前一派對照：

（一）	1. 之部	2. 職部	3. 蒸部
（二）	4. 幽部	5. 覺部	6. 多部
（三）	7. 宵部	8. 藥部	
（四）	9. 侯部	10. 屋部	11. 東部
（五）	12. 魚部	13. 鐸部	14. 陽部
（六）	15. 支部	16. 錫部	17. 耕部
（七）	18. 歌部	19. 月部	20. 元部
（八）	21. 脂部	22. 質部	23. 眞部
（九）	24. 微部	25. 沒部	26. 諄部
（十）		27. 緝	28. 侵
（十一）		29. 帖	30. 添
（十二）		31. 盍	32. 談 〔註18〕

　　王力晚年主張陰陽入三分，只得二十九部，他又說「如果從分不從合，把多侵分立，陰陽入三聲相配可以共有三十部。」王氏反對說：「能不能加上祭部，成爲三十一部呢？我們認爲是不能的，因爲去聲的祭泰夫廢和入聲月曷末等韻，無論就諧聲偏旁說或就詩經用韻說，都不能割裂爲兩部。王念孫、章炳麟、黃侃把它們全爲一部是完全正確的，戴震分爲兩部則是錯誤的。」陳師伯元三十二部，是在王力三十部基礎上加上黃季剛先生晚年分談添帖盍爲四部之結果。黃氏之說曾獲董同龢從諧聲方面之印證。〔註19〕

　　以上兩派古韻部，就是章黃以後用音標擬音諸家的主要依據。王力云：「陰陽兩分法和陰陽入三分法的根本分歧，是由於前者是純然依照先秦韻文來作客觀的歸納，後者則是在前者的基礎上，再按照語音系統進行判斷。」〔註20〕

〔註18〕三十二部之名稱，見《古音學發微》，頁 866～868。

〔註19〕《上古音韻表稿》，頁 110～111。

〔註20〕全註17，頁 184。

上古韻母系統的擬構，從高本漢創始，其後修訂高氏而自成體系者有陸志韋、董同龢、王力、蒲立本、藤堂明保、陳新雄、周法高、李方桂等人。此九人中主張陰陽入三分者（即在音值上與有絕對之區分），僅王了一、陳伯元二先生，其餘諸家皆承高本漢遺緒，以陰聲與入聲同部，陰入的不同在于陰聲韻部的平上去聲收濁塞音韻尾，相配之入聲收同部位清塞音韻尾。因此可以說陰陽兩分法的擬音佔了多數。

從主要元音的數目看，各家少則兩個，多則十幾二十個，茲將上列九家所擬的韻母系統之介音，主要元音及韻尾數目對照於下：

	介　音		主要元音		韻　尾	
高	3	‿i，i，w	14	〔註21〕	10	（b），-d, -r, -g, -p, -t, -k, -m, -n, -ng
董	3	j，i，u	20	〔註22〕	9	-p, -m, -d, -r, -t, -n, -g, -k, -ng
陸	3	I，i，w	13	〔註23〕	9	-p, -m, -d, -r, -t, -n, -g, -k, -ng

〔註21〕高氏的主要元音，歸納其 Compedium or Phonetics in Ancient and Archaic Chinese（1954）一書凡得十四個，即：

$$
\begin{array}{ll}
 & \text{u，ŭ} \\
\text{e，ĕ} & \text{ô，ǫ} \\
\quad\text{ə} & \text{o，ŏ} \\
\quad\text{ɛ} & \text{å} \\
\text{a，ă} & \text{â}
\end{array}
$$

高氏共分爲三十五部，高氏認爲同一上古韻部並不一定需要主要元音完全相同，王力曾批評他把上古韻部看成類似中古韻攝，是不合理的。（見《漢語史稿》頁64），高氏於脂、魚、侯諸部使平上聲與去聲分別擬音，也是不合理的，董同龢已加以修正。

〔註22〕董氏的元音系統較高氏複雜，其主要之音爲：e，ĕ，æ，a，ă，â，ê，ə，ŏ，ɐ，A，û，u，ô，o，ǒ，ɔ，ɔ，ɒ，ɑ 其基本的弱點和高氏相似。陳伯元師指出其缺點實過於牽就高氏系統所致（《六十年來之聲韻學》，頁87），董氏的上古之音與介音，韻尾相配表見《上古音韻表稿》，頁116。

〔註23〕陸志韋的元音系統見其《古音說略》第3～9章。十三個主要元音根據丁邦新先生歸納爲：ĕ，ɛ，o，c，ʌ，ɔ，ɑ，ɐ，ɡ，ə，ɜ，æ，ə（《魏晉音韻研究》，頁25）

王	6	e，o，ɿ，i，u，w	7	i，e，a，ə，ɑ，o，u	6	-p, -m；-t, -n；-k, -ŋ
蒲	3	r, j, w	2	ə, a	16	〔註24〕
藤	3	ï, I, u	6	e, a, ə, ɔ, o, u	9	r, d, g, t, k, p, n, ŋ, m
陳	4	j, i, u, e	9	ɛ, æ, a, ɐ, ə, ɑ, ɔ, o, u〔註25〕	6	-p, -m, -t, -n；-k, -ŋ
周	5	r, j, i, e, w	3	e, ə, a	9	-p, -m；-r, _r, -t, -n, -ɣ, -k, -ng
李	2	r, j	4	i, a, ə, u	13	-b, -p, -m；-d, -r, -t, -n, -g, -k, -ng；-gʷ, -kʷ, -ngʷ

〔註24〕蒲氏的系統見於他的"The Shih-Ching Rhyme Categories"（西元 1971 年）一文，我們這裡仍根據丁邦新先生的引述，十六個韻尾是：

（1）圓唇古根音：-w, -kʷ, -ngʷ

（2）硬顎音：-j, -kʲ, -ngʲ

（3）喉音：-h, -ʔ

（4）舌尖音：-l, ɬ（取代高氏的-d, -g）

（5）中古原有的：-k, -ng；-t, -n；-p, -m（《魏晉音韻研究》，頁 31）

〔註25〕陳伯元師三十二部的音值見《古音學發微》，頁 1023，最近又有新的改訂，茲對照於下：

	《古音學發微》原擬	1982 年新訂
（1）歌月元：	a, at, an	同左
（2）脂質眞：	æ, æt, æn	ɐi, ɐt, ɐn
（3）微沒諄：	ɛ, ɛt, ɛn	əi, ət, ən
（4）支錫耕：	ɐ, ɐk, ɐŋ	同左
（5）魚澤陽：	a, ɑk, ɑn	同左
（6）侯尾東：	ɔ, ɔk, ɔŋ	ɑu, ɑuk, ɑuŋ
（7）宵藥 ：	ɑu, ɑuk	ɐu, ɐuk
（8）幽覺冬：	o, ok, oŋ	əu, əuk, əuŋ
（9）之職蒸：	ə, ək, əŋ	同左
（10）緝侵：	əp, əm	〃
（11）帖添：	ɐp, ɐm	〃
（12）盍談：	ɑp, ɑm	〃

新訂音值見陳師〈從詩經的合韻現象看諸家擬音的得失〉一文手稿本（西元 1982 年）。依照這個新的擬音，只有 a, ɑ, ɐ, ə, i, u 六個主要元音。

綜觀上表，周氏系統介音最複雜，董氏系統元音最多，蒲立本氏的韻尾最龐雜，李氏次之。其中蒲氏完全擺脫古韻部的拘束，另闢谿徑，可以不論〔註26〕。就韻母而言，只包括主要元音和韻尾，介音可以不論，介音的目的，在照顧中古音之區別，諸家大概承襲高氏之法則，即把中古四等區別延伸到上古，使中古之韻類皆能在上古表現出區別來，因此，介音的多寡，在韻母系統的擬測上，顯然是個變數。與上面兩派古韻部相對應的是主要元音與韻尾的配合，解決這個問題的兩個先決條件是：（1）漢語的音節結構問題，也就是需要多少種輔音韻尾？（2）上古漢語聲調問題，也就是與古韻部的關係。

古代漢語為單音節語言，因此音節結構的特徵，對上古音的擬測或歷史音變軌跡的說明，都有舉足輕重的地位。Jakabson（1941）曾指出：最普遍自然的音節形式是 CV，即一個輔音跟隨一個元音，這是所有語言中都能發現的唯一音節形式，也是兒童學習語言最先學到的音節形式。〔註27〕普遍性稍弱的形式是 CVC 音節，再如 VC，VCC，CCV，VCCC 等結構，其普遍（自然）性大體依次減低。丁邦新先生認為，現代漢語的音節結構，如果不考慮聲調，就是（C）（S）V（$\left\{\begin{array}{c}C\\S\end{array}\right\}$），這裡 S 代表半元音。凡是加圓括弧的都可以不要，（$\left\{\begin{array}{c}C\\S\end{array}\right\}$）表示韻尾可以沒有，如果有的話，半元音和輔音都可以出現，但是不能並存。〔註28〕

〔註26〕周法高先生的系統見其〈論上古音〉（西元 1969 年）一文，李方桂先生的系統見于〈上古音研究〉（1971）一文。藤堂明保的擬音見其〈中國語音韻論〉（西元 1957 年），頁 261，丁邦新先生曾對藤堂、陳、李以外六家作簡要的批評，他說：

「如高氏系統中有十四個元音，董氏系統中有二十二個元音，陸氏系統中有十三個元音，不懂元音多，而且都沒有前元音"i"，實在是相當奇怪的系統。又如浦之本擬測五種不同的鼻音尾，-m，-n，-ng^{j}，-ng，-ng^{w}，六種不同的塞音尾-p，-t，-k^{j}，-k，-k^{w}，-ʔ等，周法高擬測十三種不同的介音-w-，-r-，-rw-，-ri-，-riw-，-ji-，-jiw-，-i-，-iw-，-j-，-jw-，-e-，-ew-。從一般語言學的眼光來看，都不易使人信服。其次高本漢、董同龢、陸志韋在同一部中有時擬測不同的元音，並允許具有不同元音的字自由押韻，在押韻關係上實在不是好的理論。王力把陰聲的尾完全去除，但陰聲韻與入聲韻在上古關係密切，他必須承認 ə 與 ək，a 與 at 可以自由諧聲，押韻，換句話說，只要元音相同即可，那麼問題是何以 ə 只與 ək 諧韻，而不能與 at，ən、əp、əm 諧押？」（《魏晉韻研究》，頁 293）

〔註27〕Hyman, Phonology：Theory and Analysis（1975），頁 161～162。

〔註28〕丁邦新〈上古漢語的音節結構〉（1979）。

中古漢語，根據高本漢以來擬定的切韻音值，丁邦新先生以為其音節結構

為 $\begin{Bmatrix} C \\ S \end{Bmatrix}$ （S）V（$\begin{Bmatrix} C \\ S \end{Bmatrix}$），最後括弧中的 S 是中古的韻尾-i 和 u。丁先生並指出中古音和現代方言不同點是中古三、四等韻有合口字，可以容許有兩個介音，第一個 S 是三、四等的介音，第二個 S 是合口介音〔註29〕。由於中古漢語和現代方言差距有限，韻書、韻圖的系統十分清楚，因此對這個結構不易有歧異之看法。至於上古音節結構，丁先生根據清人以陰聲配入聲同在一部（《詩經》陰聲與入聲通押）之傳統，及李方桂先生之擬音，證以兩種新證據

（1）中古收-i，-u 韻尾的韻母在全部陰聲韻母中所占比例特別高，至少都在一半以上，推測這種韻尾的來源可能就是塞音韻尾。

（2）傣語中的地支借字之-i，-u 等韻尾，和上古漢語陰聲韻的演變有平行關係。

丁先生推定上古音的音節結構是 CVC，也就是上古漢語每個字音皆為閉音節，一定有輔音韻尾。這個結論在古漢藏語尚沒有確切的證據。歷來主張上古陰聲為開尾的以王力最具代表性。王力曾針對高本漢的擬音，提出反駁，他指出：「高本漢拘泥于諧聲偏旁相通的痕跡……於是只剩下侯部和魚部的一部分是以元音收尾的韻，即所謂開音節。」又說：「世界上沒有任何一種語言的開音節是像這樣貧乏的，只要以常識判斷，就能知道高本漢的錯誤。這種推斷完全是一種形式主義。」〔註30〕王氏的常識判斷，丁邦新（1979：735）龍宇純（1979：682～683）的文章裡都指出他的主觀或錯誤。本師陳伯元先生亦曾提出三點質疑，即：如果陰聲字有韻尾，平上去跟入的關係應當平衡發展，何以平上跟入的關係比較疏遠？近代方言凡入聲失去韻尾，其聲調每多轉入其他各聲，若上古陰聲韻尾失落，聲調應起變化，今陰聲聲調既多未變，可見陰聲有韻尾之說，亦難以採信。〔註31〕這三個疑問龍宇純（1979：682-683）丁邦新（1978：735）曾加以解釋或批評。龍文更舉出五點理由，對上古*-b*-d*-g 尾之真實性表示懷疑。這個問題和聲調問題息息相關。目前尚難遽下定論。不過從上述諸家擬音的比較看來，主張 CVC 者佔了優勢。依王力的主張，則上古音節應為 CV（C）。

〔註29〕同上註，頁 720。

〔註30〕王力《漢語史稿》，頁 64。

〔註31〕陳新雄《古音學發微》，頁 985。

由於王氏的系統存在有嚴重的缺點，我也比較贊同丁氏 CVC 之說。

關於上古聲調問題歷來皆拿中古調類觀察詩經押韻情況，李方桂先生指出詩經的用韻，大體是分調類的，他說：

> 不過，詩經的用韻究竟反映上古有聲調，還是上古有不同的韻尾，
> 這個問題不容易決定。如果詩經用韻嚴格到只有同調類的字相押，
> 我們也許要疑心所謂同調的字是有同樣的韻尾輔音，不同調的字，
> 有不同的韻尾輔音；但是詩經用韻並不如此嚴格，不同調類的字相
> 押的例子，也有相當的數目，如果不同調的字是有不同的韻尾輔音，
> 這類的押韻似乎不易解釋，不如把不同調類的字仍認爲聲調不同。
> 〔註32〕

李氏主張上古有四個聲調，這是上承江有誥、王念孫的說法，但又認爲在詩經以前，四聲的分別可能由於韻尾輔音的不同而發生的。董同龢主張四聲三調（去入同調），這是爲照顧去、入的關係而設想，基本上仍承認上古有四聲。王力則主張先分舒、促兩大類，再按長短區分，舒而長爲平調，舒而短爲上聲，促聲皆爲入聲（即去入韻尾相同，皆收-p，-t，-k）長入爲中古上聲，短入爲中古入聲，這是承襲段玉裁、黃季剛主張古音僅有平、入二類（即平上一類，去入一類）之說而來。林師景伊也認爲，就詩中四聲分用之現象看，可能古人實際語言中確有四種不同之區別在，而就詩平上合用，去入合用之現象看，古人觀念上尚無後世四聲之別。〔註33〕古人在觀念上僅別平、入，即王力所說的舒促。周法高先生曾根據張日昇《試論上古四聲》及陳勝長、江汝銘對諧聲的統計，說明王力所謂詩韻及諧聲平上常相通是不正確的，因此王氏的平長上短、去長入短、去入韻尾相同之說也不確。周氏認爲「如果採用平上去同韻尾而調值不同，去入調值同而韻尾不同的解釋，以上的現象（按指陳、江的統計）都可以迎刃而解。」〔註34〕

從以上引述，上古音節結構究竟是 CVC 或 CV（C）還沒有到可以做定論的時候，因爲各家的說法都圍繞著古韻部及諧聲、通轉上頭，可能還遺漏許多

〔註32〕李方桂《上古音研究》，頁 25。

〔註33〕同註 31，頁 1273～1275。

〔註34〕周法高，〈論上古音〉，頁 141～144。

問題，比如詞源的問題，並沒有清楚的解釋，且停留在猜測階段。從立說的包涵性與適應力來說，似乎主張 CV（C）者能夠解釋更多的現象，例如龍宇純（1979：703）就指出：「各部陰聲若附以不同輔音韻尾，即等於桎梏了一個陰聲部可以同時和一個以上不同韻尾的陽或入聲相轉的能力。」從語音系統和上古韻部的配合來說，CVC 的主張無寧具有高度的嚴密性，這個學說的大前提是上古漢語的祖先「原始漢語（proto-chinese）」也必須是 CVC，甚至更複雜，李方桂先生（1971：26）云：

> 我們也不反對在詩經以前，四聲的分別可能仍是由於韻尾輔音的不同而發生的，尤其是韻尾有複輔音的可能，如*-ms，*gs，*ks 等。但是就漢語本身來看，我們已無法推測出來了。藏漢系的比較研究將對此有重要的貢獻。

由此可見，非但從漢語本身推測不出原始漢語有複輔音的尾的可能，即使陰聲韻韻尾輔音是否為真的濁音，李先生亦不敢肯定，他說：

> 這類韻尾，我們可以寫作*-b，*-d，*g 等，但是，這種輔音是否是真的濁音，我們實在沒有什麼很好的證據去解決他。現在我們既然承認上古有聲調，那我們只需要標調類而不必分辨這種輔音是清是濁了。〔註35〕

李氏的韻尾和調類（用-x，-h 代表上聲與去聲調號）的配合是這樣的：

平聲	-m	-n	-ng	-ngw	-b	（-d）	-g	–gw
上聲	-mx	-nx	-ngx	-ngwx	-bx	（-dx）	-gx	–gwx
去聲	-mh	-nh	-mgh	-ngwh	-bh	-dh	-gh	–gwh
入聲	___	___	___	___	-p	-t	-k	–kw

本文採取李先生上古四聲及韻尾系統，基於以下幾個考慮：

（1）上古漢語同源詞的研究，是漢藏語系比較研究的基礎，既然與漢語相關的藏、緬、苗傜語言都有豐富的輔音韻尾，假定上古陰聲韻具有某種韻尾，比較容易解釋它與原始漢語可能具有較上古韻尾更複雜的韻尾的關係。因此這樣的假定，也為漢藏語系的比較研究預留條件。

〔註35〕李方桂，《上古音研究》，頁 25。

（2）古代漢語同源詞要求嚴密的音韻關係，比較容易被接受，因此，聲母、韻尾輔音同類之間的轉換，或加上元音的轉換，仍能保持詞形關係，如果否定了陰聲韻尾，那麼「陰陽對轉」的條件便只剩下主要元音相同，就要面臨一個老問題，就是周法高批評王力的：「王氏把之部標作 ə，而和職部的 ək 在詩經和諧聲系統中可以通用，並且和蒸部的 əŋ 爲陰陽對轉。我們要問：ə 爲甚麼不和緝部的 əp 通用，並且不和侵部的 əm 對轉呢？」〔註36〕

（3）陰聲部和陽聲部之間的特定關係，是同源詞中重要的一類，高本漢在 W. F《漢語詞群》一書舉出微部和文部之親屬詞，如（a）衣*·i̯ər：隱*·i̯ən　（b）尿*i̯ər 騤*i̯ər：隱*·i̯ən　（c）依 *·i̯ər：隱*i̯ən，（d）幾*ki̯ər：近*g’i̯ən　（e）畿 g’i̯ər：近*g’i̯ən，（f）饑 *·ki̯ər，ki̯ər：饉 g’i̯ɛn　（g）水 śi̯wər：準 t̂i̯wən　（h）圍 gi̯wər：運 gi̯wən，（i）緯 gi̯wər：緷 gi̯wən，（j）飛 pi̯wər：奮 pi̯wən。它們顯然合乎本文同源詞的定義，如果僅認爲它們的對轉只是主要元音相同，語音的條件實在不夠嚴謹。〔註37〕

本文在韻部方面採用伯元師三十二部的分法，主要是認爲上古入聲雖與陰聲相配，仍然具有獨立地位，有些詞的孳乳，在入聲韻部內進行。除了月部包含去、入兩類，跨在陰入之間外，其餘各部採用三分法，界線分明，對於上古元音的擬構，與二十二部並無不同。不過三十二部中的添帖，一向未被擬音家重視，董同龢談部分擬成 âm, am, i̯am, i̯ăm, i̯wăm（談類）和 ɛ’m, ɛm, i̯ɛm, iɛm（添類）二類，葉部入聲也有 ap 與 ɛp 對應的兩類，陳師亦擬添帖爲 ɛm，ɛP，與支錫耕同主要元音。我們如果採用李先生的元音系統，既不承認一部之內有兩類不同元音，又不增加新的音位，勢必無法分別這兩部，因此在使用李氏擬音時，對談葉兩部，加注董氏之擬音，以示對李氏系統之存疑。

各家的主要元音少則二個，多則二十四個，前者偏於過度的音位化，後者偏於語音性的描寫，都不太自然，李方桂先生四個主要元音，三個複元音（iə, ia, ua）適度地簡化了元音的系統，而且假定每一個上古韻部的主要元音相同，頗能照顧古人自然押韻的習慣。並能解釋詩經中大部分的合韻現象，如侯宵幽之魚五部，據江有誥韻例統計，得到如下的例外押韻次數：

〔註36〕同註 34，頁 125。
〔註37〕張世祿譯，《漢語詞類》，頁 60。

·19·

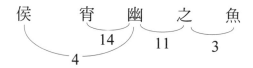

李氏的元音及韻尾分別是：侯 ug 宵 agw 幽 əgw 之 əg 魚 ag，很容易解釋它們之間次數的多寡：宵幽＞幽之＞侯幽＞之魚〔註38〕的理由。這也是本文採用李氏系統的理由之一。不過，純粹從詩經合韻的現象來看，李先生的系統也不是沒有缺點，陳伯元師嘗指出：

> 從詩經異部合韻的現象看來，李先生把幽冬類擬作-əgʷ，-əkʷ，-əŋʷ，在說明幽之合韻（11 次）、宵幽合韻（10 次）、冬侵合韻（5 次）、幽緝合韻（1 次）都十分理想；但是把脂真、支耕類擬作-id，-in，-ig，-iŋ，侯東擬作-ug，-uŋ，在遇到祭脂合韻（6 次）、魚侯合韻（3 次）、歌支合韻（2 次）、歌脂合韻、歌侯合韻，祭侯合韻，元真合韻，元耕合韻、真陽合韻、支侯合韻、侯宵合韻（歌脂合韻以下均 1 次）時，元音相去太遠，就不好解釋了。且合韻最多的脂、微，照李先生的系統，也不是很好的韻腳，就合韻的觀點看來，我倒覺得周法高先生的系統，頗能照顧異部合韻的關係，但是上列合韻的幾部，除支侯（按周氏 er，ewr）好解釋外，其他各部，雖比李先生的元音差距近些，但相去還是很遠的。〔註39〕

周氏的三個元音系統，顯得太音位化，缺乏 i，u 等高元音，使元音舌位偏低，介音系統太複雜，不如李氏擬二等介音爲-r，三等爲 j 和 ji，四等爲 i 來得簡單整齊，整體來說，李先生的系統缺點較少，對上古音材料的涵蓋性及解釋能力而言，仍是目前較完密的一家，以下按主要元音分四大類表列李氏各部的內容：（本表據丁邦新先生《魏晉音韻研究》（西元 1975 年）p.35～36 製成）。

Ⅰ、a 類韻部

歌部　ar　rar　jar　jiar　uar　ruar　juar

祭部（陰）ad　rad，riad　jad，jiad　iad　uad　ruad　juad

〔註38〕參拙文〈由上古韻母系統試析詩經之例外押韻〉（西元 1981 年），頁 21～22。

〔註39〕陳新雄，〈從詩經的合韻現象看諸家擬音的得失〉（手稿），頁 27～29。

（入）at　rat，riat　jat，jiat　iat　ruat　juat

元部　an　ram，rian　jan，jian　ian　ruan　juan

葉部　ab　　　　jab，jiab　iab　ap　rap，riap　jap，jiap　iap

談部　am　ram，riam　jam，jian　iam

魚部　ag　rag　jag，jiag　ak　rak　jak，jiak

陽部　ang　rang　jang，jiang

宵部　agw　ragw　jagw，jiagw　iagw　akw　rakw　jakw　iakw

Ⅱ、ə 類韻部

文部　ən　rən　jən，jiən　iən

微部　əd　rəd　jəd，jiəd　ər　jər

　（入）ət　rət　jət，jiət

蒸部　əng　rəng　jəng，jiəng

文部　əg　rəg　jəg，jiəg

　（入）ək　rək　jək，jiək

幽部　əgw　rəgw　jəgw，jiəgw　iəgw

　（入）əkw　rəkw　jakw　iəkw

中部　əngw　rəngw　jəngw

侵部　əm　rəm　jəm，jiəm　iəm

緝部　əb　rəb　jəb，jiəb

　（入）əp　rəp　jəp，jiəp　iəp

Ⅲ、i 類韻部

眞部　　　rin　　jin　　　in

脂部　　　rid　　jid　　　id

　　　　　rit　　jit　　　it

耕部　　　ring　　jing　　　ing

支部　　　rig　　jig　　　ig

　　　　　rik　　jik　　　ik

Ⅳ、u 類韻部

東部　ung　rung　jung

侯部 ug　　　　jug

　　uk　ruk　juk

（二）上古聲母系統

上古聲母之研究，自清儒錢大昕以下，無慮數十家，到了高本漢才擬出整個聲母系統，其後根據高氏系統加以修訂者，如董同龢、王力、李方桂、周法高及陳伯元師，皆能補苴罅漏，各有獨詣。各家系統之大要，見陳師《六十年來之聲韻學》，周法高先生《論上古音》（p. 139～140）也列了一個高、董、王、李、周上古聲母擬音對照表。對高氏系統修訂最力，敘述最評者，莫過於董氏《上古音韻表稿》敘論，董氏用 35 頁的篇幅來檢討上古聲母，巨細靡遺。李方桂先生針對高、董兩家，提出全盤的修訂，使上古聲母系統更加縝密，為節省篇幅，我們只列出高、李二家的系統，做一對照：

高本漢上古聲母表

p	ph	（b）	bh	m		
t	th	d	dh	n		l
ts	tsh	dz	dzh		s	z
tṣ	tṣh		dẓh		ṣ	
ȶ	ȶh	ȡ	ȡh	ń	ś	
k	kh	g	gh	ng	x	

李方桂上古聲母表

	塞　音			鼻　音		通　音	
	清	次清	濁	清	濁	清	濁
脣音	p	ph	b	hm	m		
舌尖音	t	th	d	hn	n	hl	l, r
舌尖塞擦音	ts	tsh	dz			s	
舌根音	k	kh	g	kng	ng		
及喉音						h	
圓長舌根音	kw	khw	gw	hngw	ngw		
及喉音	w					hw	

李氏對高氏系統有三個重大的修訂：

（1）圈在十字形內的十五個聲母只在有介音 j 的三等韻前出現，李氏認為這十五個聲母恐非原有的，是受特殊環境的影響而分化出來的。

（2）李氏認為中古濁塞音是不吐氣的，因此其上古來源就是將吐氣的*bh，*dh；*dzh；*gh 悉改為*b-；*d-；*dz-；*g-，高氏原擬的*b-；*d-；*dz-；*g-（不送氣濁塞音）另有來源。

（3）初韻的許多合口韻母只見於脣音及舌根聲母，在別的聲母後絕對不見或極少見。脣音的開合口在切韻已不能分別、上古也沒有分開合的必要，只有舌根音分開合。因此假定上古有一套圓唇舌根音*kw-, *khw-等。為中古大部分合口的來源，其他少數合口也是後起始。

其他方面的特色，也分述於下：

（4）李氏根據諧聲擬了一套清鼻音聲母*hm-, *hn-, *hng-, *hngw-；hm 即董氏的 m̥（高氏作 Xm）為中古曉母與明母至諧字的來源，透徹母跟舌尖鼻音諧聲者來自上古*hn；*hnr，審三與鼻音諧者來自*hng；曉母專跟疑母諧者，來自*hng；*hngw。來母與透徹母互諧的字也擬成清音的 hl-；hlj-來相配。

（5）舌尖音*t-等為中古端、知、照 (三) 三系的來源，演變條件為*t 等+*r- → -ṭ（知系），*t 等+j- → tśj（照三）*r-為中古喻四與邪母之來源。演變的條件為*r->中古 ji（喻四）；*r + j- > zj-（邪）。喻四還有跟唇音或舌根音諧聲者，李氏擬作*brj-（如聿）*grj（如鹽）。

（6）舌尖塞擦音*ts 系為中古音系和照 (二)（捲舌音）的來源。演變的條件是*ts 等>ts 等，*ts 等＋*r->tṣ 等〔照二系〕

（7）舌根音及喉音：李氏以為群母與匣母、喻三同源，上古同屬舌根濁塞音 g，因此沒有濁擦音 γ，喻三多數是合口字，其上古為圓唇舌根音*gw＋j，群母是不圓唇舌根音 g＋j 或者是 gw＋j＋i（中古合口字），匣母為*g 及 gw，在一，二，四等性韻母前變為中古匣母 γ；γw-。這組擬音近來有許多不同的看法，例如：

周法高先生贊同匣群同源（*g，gi），但認為喻三來自上古濁擦音 *γ。〔註40〕

丁邦新先生認為匣、喻三同源，來自上古濁擦音*γ.（即*γ，γw→中古匣開、合*γj，γw＋j>中古喻三開合）群母上古為*gj，gw＋j。〔註41〕

〔註40〕同註 34，頁 138。

〔註41〕丁邦新〈漢語上古音中的 g-，gw-，r-，rw-〉，1980，9，19 油印討論大綱。

陳伯元師認為匣、群、為（喻三）同源，但上古的來源是舌根濁擦音*ɣ，和李氏相反，其演變的情形為：

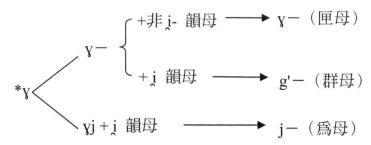

陳師把匣母推到更古，「既不違背漢語聲母在一等韻前不變的通則，也能照顧到匣、為、羣同源的關係，演變到中古也沒有例外。」〔註42〕似乎沒有重大的缺點，但就陳師所擬之上古聲母系統而言，既然脣音有送氣濁音 b′，舌尖音有 d′（也有 d），舌根音獨有 g 無 g′，也有違語音系統的整齊對稱。我們覺得匣、喻同源既然證據確鑿，又無法否定上古*ɣ的存在（因為 x 與 k，k′，g′諧聲和 ɣ 與 k，k′g′完全是平行的。），至於匣、群同源，主要從分配上認為應該合併，加上一些異文和音讀的證據，但這些證據並不絕對支持那一邊（同屬*g 或同屬*ɣ），諧聲似乎也不支持那一邊，（如果嚴格從諧聲字聲符為匣母來統計所諧字，則 ɣ → x 的關係比 ɣ → g′密切，似乎說明匣群本不必同源。）目前，我們覺得採用丁先生的意見，暫時讓匣、喻保持*ɣ，羣母獨自為*gj，也許更方便觀察同源詞孳乳的情形，在我們界定的同源詞中，容許同部位的塞音相轉，舌根塞音與喉擦音的轉換，應該不允許，但它們之間仍有轉換，必須嚴格地從詞根的孳乳方向來確定音變的方向。

複聲母方面：

（1）帶 ℓ 的複聲母：來母與舌根音及脣音互諧的字，李氏大致照高氏的辦法，只有二等字 ℓ 改用 r。

（2）含 s- 詞頭的齒音字：李氏在〈幾個上古聲母問題〉（西元 1976 年）認為從 s 詞頭來的字只有切韻的齒音字 s-，tsh（少數），dz，（少數），z-等母的字，各舉一例：*st->s- 如：掃*stəgwx＞sɐu；*sth->tsh-如：催 sthəd＞tshuâi；sd->dz-如：寂 sdiəkw＞dziek *sdj＞zj 如：詞*sdjəg＞zji；*sk＞s-，skw＞sw-（su-）如：鈒 skəp＞sâp，宣 skwjən＞sjwän；*skh＞tsh-（i）如：造 skhəgwh＞tshâu；

〔註42〕陳新雄，〈群母古讀考〉，《輔仁學誌》10 期（1981），頁 27～28。

*sg->dz，*sgj->zj-如：造 sgəgwh＞dzâu，松 sgjung＞zjwong；*sgwj->zjw，如：慧*sgwjadh＞zjwäi

（3）與舌根音互諧的照ᵢᵢ、穿ᵢᵢ、牀ᵢᵢ、審ᵢᵢ，禪母等母的字，李氏（西元 1971 年：19～20）原認爲都有個*s-詞頭，其後（西元 1976 年：1148～49）改擬爲*krj-, *khrj-, *grj-, *ngrj-, *hrj-來跟*trj-, *thrj-, *drj-, *nrj-, *tsrj-, *tshrj-, dzrj-, *srj-等相配，亦各舉一例：

*krj->tśj	枝*krjig＞tśje
*khrj->tśhj	饎*khrjəgh＞tśhjï
*grj->ź-，dź-（少），ji-	丞*grjəng＞źjəng
	示*grjidh＞dźji
	頤*grjəg＞jiï
*ngrj->ńźj	饒*ngrjəgw＞ńźjäu
*hrj->śj	收*hrjəgw＞sjəu

以上這些擬構，雖然尚未成定論，但對於上古詞源的探討極富啓發性，這也是本文採用李氏上古音系統的一個主要理由。

第三節　上古漢語同源詞之實質要件──語意分析

同源詞既然原屬同一語位，因此，除必須具有共同的詞根形態外，還必須具有共同的語意，或者十分近似的語意成份，才能保證其原始同出一語。所謂共同的語意，即是此一詞根的原始語意。所謂十分近似的語意成分，是指有些詞的意義經過演變，使原有屬於詞根的共同語意，幾乎不易辨識，但追溯其原始的用法，仍可以找出與原始詞根近似的語意。爲了分析語意的同近性，不妨先回顧傳統的詞義學。

傳統的詞義學處理兩個詞之間的語意關係，大抵分爲三類：同義詞、反義詞和同音詞。所謂同義詞，就是意義相近的詞。高名凱曾根據其來源，區別爲二類：一爲純粹同義詞，最初的語義可能完全相同，其後產生意義分化，成爲完全不同的詞。一爲詞義的偶然交叉，彼此之間從來就沒有完全相等的意義範圍。〔註 43〕也有人從功用論來說明同義詞，認爲是指「那些標誌著同一對象，

〔註 43〕高名凱，《普通語言學》，頁 298～299。

但在意義色粉上彼此有差別，或者在修辭意味上不同的詞。」〔註44〕或者按照它可以互相代替使用或是片面代替使用，分爲絕對的同義詞與相對的同義詞。〔註45〕所謂反義詞，即是意義相反的詞，例如富與窮，乾與濕，生與死等，這是完全著眼於語義。至於同音詞，則專指"發音相同而意義完全不相同的詞"。〔註46〕

現代語意學家對於語意關係的分析，就不那麼簡單，Clark & Clark（西元1977年：422）列出五種，一般的語意關係如下：

（1）同義詞（Synonymy）：如巨與大。

（2）反義詞（Antonymy）

　　1. 矛盾式（Contradictoriness）：如男與女（有亦男亦女，無非男非女）

　　2. 相反式（Contrariness）：如大與小（有不大不小，無亦大亦小）

（3）對待詞（Converseness）：如夫與妻

（4）下涵關係（Hyponymy）：如雙親與父親〔註47〕

以上五種關係，僅同義詞與下涵關係具有詞義的相近性。

此外，語音形態相同或相似的"同音詞"（homonyms）又可以依其字形和字義的關係分成兩類：〔註48〕

（1）同形異義詞（honography）：如英文'bank'有"河岸"和"銀行"兩個不相干的意義。'lead'也有（1）鉛（2）拴在狗頸上供人牽引的皮帶，兩義亦不相干。在漢語中，"站立"和"車站"兩個"站"本不相干，"米"字也有"稻穀"和"尺"兩個意義。高名凱曾謂驛站、車站的"站"，是蒙古語jam的譯音，與土耳其語或俄語的yam同出一源。計長度的"米"是法文mètre的音譯（或作"米突"）。〔註49〕我們若把這種借音的方法上溯造字的初期，段玉裁所謂的「無本字的假借字」，如來、烏、朋、韋、子、西等，在語言中都含有兩個以上不相干的語意，如往來與來麥、烏乎與烏鴉、鳳鳥和玉朋等。文字學家把

〔註44〕高慶賜，《同義詞和反義詞》（西元1957年），頁4。

〔註45〕何藹人，《普通話詞義》（西元1957年），頁37。

〔註46〕同註43，頁300。

〔註47〕Herbert H. Clark & Eve V. Clark，Psychology and Language（西元1977年），p. 422。

〔註48〕John Lyons, Introduction to Theoretical Linguistics, p. 405.

〔註49〕同註43，頁301。

與字形相應的意義稱爲本義，不相應者爲借義。〔註50〕這類包含借義的同形詞，其實是兩個詞，只是形、音相同，不在文字上區別而已。

（2）同音異義詞（homophony）：如：英文 meat 和 meet；sow（撒播）與 sew（縫合）。漢語單音節詞，同音詞多如牛毛。如童、同、銅、瞳（上古已同音）；畢、必、筆（中古同音），這種偶然的同音關係，說明了「語言的聲音和意義之間的結合，本來是約定俗成的，不受它所指的事物的特點所決定，只是社會的創造和習慣。」〔註51〕漢語由單音節主體走向複合詞爲主的發展趨勢，是解決同音詞太多的必然結果。

以上兩類同音詞，都不具有詞義的相似性，因此與同源詞無關。漢語還有一類同音（或音近）義近詞，也就是我們所謂的同源詞。例如以字根"童"字爲例，童與僮即同源詞，因爲它是詞義分化的結果（《說文》奴曰童，又以未冠爲僮），其共同語義當取于《廣雅》「童使也」，《易・旅》「得童僕貞」，《儀禮・既夕禮記》「童子執帚」，這幾個"童"字皆童奴之證，後以未冠之童事灑掃，故分化爲「僮」。童與瞳亦同源詞（瞳字《埤蒼》云：目珠子也。）「瞳」字《說文》未見，當爲童之分化字，孟子稱目珠子爲「眸子」，朱駿聲云：「按人對面則矑精中各映小人形，故評眸子爲瞳子。《漢書・項籍傳贊》舜目重童子，以童爲之。」〔註52〕《史記・項羽本紀》作「重瞳子」。依朱駿聲之義，瞳子本作僮子，亦作童子。蓋取象於瞳孔之"小人形"，則從目之「瞳」顯然由「童」分化而成。這是字形分化，有別於童與僮之分，則意義之細微引伸。換言之，童→僮，童→瞳應屬於兩類不同的同源詞。前者具有共通之語

〔註50〕段玉裁注說文解字敍「假借者」下曰：

「原夫假借放於古文本無其字之時，許書有言以爲者，有言古文以爲者。……凡言以爲者，用彼爲此也，如來，周所受瑞麥來麰也，而以爲行來之來；烏，孝烏也，而以爲烏呼字；朋，古文鳳，神鳥也；而以爲朋攩字；子，十一月陽氣動，萬物滋也，而人以爲偁；韋，相背也，而以爲皮韋；西，鳥在巢上也，而以爲東西之西。言以爲者凡六，是本無其字，依聲託事之明證。」（《說文解字注》，頁746）

按：段氏以許慎釋干支之"子"或聲訓"滋"爲本義，人子之"子"爲假借，本義，假借倒錯，當依古文字，子象人子之形吾本義，干支爲借義。

〔註51〕同註43，頁301。

〔註52〕朱駿聲，《說文通訓定聲》，頁89"僮"下注。

意成分，後者則顯由隱喻（metaphor）的使用，然後再分化。隱喻本屬詞義引伸的一種，例如把眼、口、頭、脚、腿用來指"針眼"，"河口"，"工頭"，"山脚"，"桌腿"，這是屬於語用或修辭上的問題，但如果因此分化出另一個詞（如瞳），這兩個詞尚有語意上的連繫，我們必須當作同源詞。傳統的文字學家，是把童——瞳視爲假借關係，而忽略它們之間語義的孳乳過程。

除了有字根作依據的形聲字的孳乳關係外，同源詞的範圍遠超過字形的限制，也就是在同義詞中如果語音相同，尚未分化，或雖然分化，尚有痕跡可尋，即可能來自同一語根。最常見的例子是：喉音字，如宏、弘、洪、鴻、閎、紅、皇、黃、光、廣、荒、王、汪、恢、旺、漢、豪等，都含有大義，唇音字如冢、茻、莫、亡、沒、密、無、暮、冥、蒙、夢、渺、幔、莽、瞑、眠、覓、盲、埋、迷、昧、悶、門、瞞、帽、霧、晚、民、都含有「遮蓋住，看不清楚，看不見」的意思。〔註53〕這兩群字，都可以抽繹出共同的語意，但是共同語意在，每一個個別詞義中所佔的地位却極不相稱，如顏色的紅、黃，究竟含有幾分"大"的意義，又明母字固多有模糊不明之意，但我們很難假定它們的共同語意就是來自 M-這個意素，因爲僅有一個音素無構成語根（root）或詞幹（stem），同時我們可以找出其他不含有這些意義的喉音字或明母字，它們甚至代表相反的意義，如明母的"明"字。因此這樣的一組詞群，絕不能來自一個詞根形態，他們也不能都是同源詞。因爲其中有些字的共同語意是經過輾轉引伸的結果，不能代表語根的意義。如 hn Lyons（1968：419）曾指出："僅管語意學家可以在理論上承認音韻層次（phonelogical leiel）含有語意的原則，但通常不會進一步涉及音韻元素（phenological units）的意義上頭，理由是音素本身不具有指涉（稱）作用（Reference），也無法構成任何語意關係，僅僅區別意義的同異而已。由此可見僅僅是雙聲關係的一群字，無法視爲同源，必須在語音上要求更多相似，比如詞尾相同或相近，或者具有相同元音的對轉或元音相近的旁轉。語意這方面也要追溯其分化的條件。

從詞義的關係來確定同源詞，必須先確定同源詞與同義詞的關係。我們可以說，同源詞是一個詞，因爲音變的結果而漸漸分化成兩個或兩個以上的同義

〔註53〕 林景伊，《中國聲韻學研究方法與效用》，附錄于《中國聲學通論》，頁 136。又梁啓超〈從發音上研究中國文字之源〉有較詳細的說明。

詞。這是高名凱論同義詞的五種來源之一。高氏云：

> 這一類的同義詞，就是一般所稱的雙重式"doublets"。比方說，我們
> 的文字往往拿轉注的辦法來表示，于是，同一個詞就可能有幾種寫
> 法，"天"和"顚"，"開"和"啓"，"王"和"旺"，"气"
> 和"汽"等等最初都是一對同義字，有的發展到聲音也起了一些變
> 化的程度，成爲了語言上的"雙重式"，有的只有文字上的不同。
> "天"和"顚"最初的發音和意義也是一樣的，後來發音不同了，
> 意義却有相同的地方；"王"和"旺"最初的發音和意義也是相等
> 的，後來發音不同了；意義却有相同的地方；這樣分化的結果，就
> 成爲了同義詞，不過最後變成了完全不同的詞，各有各的特殊作用
> 罷了。現在我們還能夠看出它們的同一來源。〔註54〕

　　高氏所謂"雙重式"（doublets），可以譯作雙式詞，同源詞或同源異形詞
〔註55〕是指一個詞的兩種（或多種）轉換形式。又可分爲語源上的雙重式
（Etymological Doublets）和構詞或語法上的雙重式（Morphological or Syntactic.
Doublets），前者如英語的 Wine（葡萄酒、酒）與 Vine（葡萄樹），同源詞者當
專指此類。後者如英詞的 a／an 或 shall／will。「同源異形」有如《說文》的"重
文"，但重文並無音義上的分化，若音義上起了分化，則爲"轉注字"，因此
有些學者認爲"轉注"是"重文的擴大"，重文是構形的問題，轉注則是語義
的分化受到聲韻的制約，因此必須具有音韻關係，由於語義只有細微的變化，
它們還是同義詞，因此可以互訓，本師林先生以爲轉注正例必具有聲韻關係，
其出發點便是把轉注當作同源詞處理。轉注異說紛紜，以余觀之，爭論之焦點
有二：（1）造字之法與用字之法之爭，（2）文字現象與語言現象之爭。首先，
就轉注一名的界說：「建類一首，同意相受。」而言，後一句指相同意義的轉相
注釋，本是語意的問題，所以不論「建類一首」如何解說，轉注已不能單純視
爲文字現象而兼爲語言現象了。其次，轉注既不是單純的文字現象，也就不單
純是造字的問題，字意的相承或轉移，皆有賴於語詞之使用，因此轉注是起於
用字而終於造字，如果轉注與造字無關，根本不是文字問題，而是用字問題（其

〔註54〕同註43，頁296。

〔註55〕參黃自來編，《英漢語言學名詞彙編》（1981），頁68。

實是語用學），似乎有違六書的統一性，再者，語言不能離開聲音而存在，轉注也就沒有理由不考慮它的聲音了。章太炎的轉注說，便是完全從語言孳生的角度來立論。我們可以說章氏的轉注是「異字同義而同一語根」或「音近義同形異諸字之間的轉相注釋」〔註56〕，其實也就是同源詞，不過轉注畢竟只是以現有文字爲對象，不像同源詞，不過轉注畢竟只是以現有文字爲對象，不像同源詞，可以完全擺脫字形，而以音義爲樞紐。〔註57〕況且轉注一名畢竟是文字學的名詞，不宜與語言學名詞混爲一談。

最後，再從詞義的孳乳分化過程來確定同源詞的意義關係。高名凱云：

> 一個詞往往可以因爲歷史的發展而產生一種新的意義，和舊的意義同時存在於語言之中，如果這兩種或多種意義都有其獨立性，各自有其中心意義，它們就是不同的詞了。但意義雖不同，語意却可能保留其同樣形式。〔註58〕

這是具有詞源關係的一種同音詞。所謂中心意義，高名凱說：

> 一個詞往往有許多不同的意義，但這些不同的意義總有其共同的地方，作爲中心，其他的意義都和這中心意義有關。比方說"兒童"的中心意義是"年紀小的孩子"，但它也可以因爲用在特殊的上下文裡而有"幼稚"、"天眞"、"不懂世故"等意義。這些意義都和"年紀小的孩子"有關，我們管它叫做附帶的意義。……一個詞的中心意義和附帶意義就構成了這個詞的詞義範圍。〔註59〕

中心意義相當於文字學上的"本義"，附帶意義即是"引申義"，事實上一詞多義是語言的普遍現象，高氏所舉的例子，我們可以用《通訓定聲》"童""僮"

〔註56〕林景伊，《文字學概說》，頁 156～157。

〔註57〕龍宇純先生以形聲字中「由語言孳生而加形」一類爲轉注，並謂形聲字爲以聲注形，轉注字爲以形注聲，基本上承認轉注爲語言現象加諸文字者，本極正確，但執著於形符、聲符之先後以定六書中轉注、形聲之先後；重點似在文字如何形成，反而不在語詞如何分化，與同源詞的觀點相去有間。且把"轉注"與"形聲"限制爲一"相對稱謂"的"一耦"，則轉注便只是加形一途，而非另造一字。（參龍先生著《中國文字學》（1968）頁 133～138，151～170。）

〔註58〕同註43，頁 301。

〔註59〕同註43，頁 276。

二詞的說解加以說明：〔註60〕

《說文》本義	引伸義（或假借）
童 男有辠曰童 奴曰童　女曰妾	（1）使也（《廣雅‧釋詁》一） （2）稚也，未冠之稱 　　　（《易‧蒙卦》匪我求童蒙鄭注） 　　　（朱駿聲以爲僮之假借） （3）女子之未笄者稱童 　　　　　　　　（《釋名‧釋長幼》） （4）山無草木曰童（《釋名‧釋長幼》） （5）羊之無角曰童（《釋名‧釋長幼》） （6）猶獨也（《易‧觀》童觀馬注） 　　　〔朱駿聲以爲童獨一聲之轉〕
僮 未冠也 〔朱駿聲云：經傳多以童爲之〕	（1）稚也（《廣雅‧釋言》） （2）癡也（《廣雅‧釋詁》三） （3）昏癡也（《廣雅‧釋訓》） （4）無知也（《晉語》僮昏不可使謀注） （5）眸子（田僮子，《漢書》作童子） 　　　〔朱駿聲以童字爲僮之假借〕 （6）隸妾（《漢書‧賈誼傳》今民賣僮 者注）

　　由引申義與假借之重疊交錯，我們相信這兩個詞原本是一個，說文的本義，乃是根據字形（童妾皆从辛，辛訓辠）而來，而又強分童、僮二字，朱駿聲說「經傳多以童爲之（指僮字）」段玉裁說：「今人童僕字作僮，以此（童）爲僮子字，蓋經典皆漢以後所改。」〔註61〕

　　我們除了看到《易傳》上「童僕」連用（《旅》得童僕貞）及《漢書‧貨殖傳》「童子指于」注「奴婢也」，這兩條似乎是「童」的本義的遺留以外，《儀禮‧既夕禮》「童子執帚」，注雖云：隸于弟若內寺人之屬，但童子却不必指有辠之人。漢人多以童指未冠或昏稚義，而僮子顯然是童字的孳乳分化字，漢人反而用僮來稱僕隸之人，如《漢書‧賈誼傳》的「今民賣僮者」，《司馬相如傳》的「卓王孫僮客八百人」，漢人童、僮的用法與許慎心目中的本義，剛好相反，按許慎的本義即古之童漢作僮，古之僮漢作童，這是古今字，或語義的轉移互換，

〔註60〕同註52。

〔註61〕段氏《說文解字注》，頁103。

我們固然沒有絕對的證據說許氏童、僮二字本義在語言上不曾有過，我們也沒有理由說童、僮二字在原始不是由相關的語義分化而來，因此奴婢之「童」與未冠之「童」，具有共同的語義，那「無知之兒」。說未冠之「僮」由奴婢之「童」一語所分化，正合文字孳乳（童→僮）之順序。因此它們自然是同源詞。

古今字原是「區別字」的一種。古今字不一定是同源詞，如余、予；伯霸〔註62〕，它們有一個字是假借字。但多數是同源詞，如聯－連，連－輦，譟－喚，馨－𩲖（聲也）。區別字也不都是同源詞。王力云：

> 區別字不都是同源字，如果語音相同或相近，但是詞義沒有聯繫，那
> 就不是同源字。例如房舍的舍和捨棄的捨（本寫作舍），在詞義上毫
> 無關係，它們不是同源，但是，多數的區別字，都是同源字。〔註63〕

王氏認為名詞的舍，與動詞的舍（捨）不是同源，因為它們是兩個中心意義，《說文》：「市居曰舍，从亼中象屋。口象築也」又「捨，釋也，从手舍聲。」經傳凡捨皆以舍為之。則舍字本有居舍與捨釋二義，此兩義本來也可以是引申的關係，但就經傳的資料，我們得承認兩個語意在上古已並存，不相上下，從語言上說它們只是兩個同音異義詞，朱駿聲以為動詞的舍是假借，那是就「文字本義」來說的，為區別兩個同音字，所以後者加形（手）成為區別文，從同源詞眼光看，動詞的「舍」當與「釋」同源較為確當。但舍、捨二字若就動詞一意仍是古今字造成的同源詞。

以上所論傳統的轉注字及古今字，區別字，它們的同源關係比較明顯。至於音義皆近的同義詞，王力曾指出在原始時代是同源詞，它們的詞音在上古就已分化，（分化的原因可能是方言影響），但詞義並沒有分化，或者只是細微的區別。這種同源詞，在同源字中佔很大的數量。即

1、完全同義：如志：識，須：需，曰：粵，鵬：鳳，曳：引，惬：慊，箅：第，如：若，徒：但等。

2、微別：如：跽，直腰跪著；跪，先跪後拜。无：沒有；莫：沒有誰、沒有什麼。言：直言曰言；語：論難曰語。盈：器滿；溢：充滿而流出來。荐：无牲而祭；祭：荐而加牲。

〔註62〕王力，〈同源字論〉，頁28。

〔註63〕同前註。

同源詞的詞義之間，除了完全同義外，究竟有幾種關係，王力曾區別爲十五種（即（1）工具（2）對象（3）性質、作用（4）共性（5）特指（6）行爲者、受事者（7）抽象（8）因果（9）現象（10）原料（11）比喻、委婉語（12）形似（13）數目（14）色彩（15）使動。），似乎是主觀地隨意例舉，沒有嚴格的界說，因此存而不論。

　　總之，決定同源詞的語意條件，在「中心意義」方面，《說文》的本義是我們主要的依據，但《說文》釋義不完全用本義，有些用聲訓，對於推求語源大有助益，詳細的討論見第三章。有一部分釋義則根據流行義（引申義或假借義），如干支、五行、四方，都有一部分附會的說法。有一部分則誤解字形和字義，王力曾舉出三個例子：

　　𢓊，人之步趨也。从彳从亍。按甲骨文作�，象四達之衢。這是講錯了本義，但步趨仍不失爲引申義。

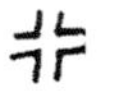

　　爲，母猴也。其爲禽好爪。下腹爲母猴形。按甲骨文作𧰼，像手牽象之形。古者役象以助勞，"爲"字最初表示生產勞動。這是字形和字義都講錯了。

　　奚，大腹也，从大，𢇁（系）有聲。按，甲骨文"奚"字作𦥑，金文作𦥑，皆象手牽帶縲線的奴隸，並無"大腹"之意。〔註64〕

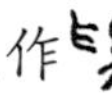

　　這三個例子，是古文字學家大致同意的看法，雖然並不表示由古文字所得便是該字的造字本義，但也可以調整《說文》之本義與引申義，那如「行」訓「步趨」不是造字本義，却是通行的引申義，而《詩經》「周行」之「行」才是本義。「爲」作母猴，「奚」作大腹，語用上並無任何旁證，〔註65〕僅「僞」字有人爲做作之意似與猴之行動相似。奚字訓女奴，則有娵字爲證（說文娵·女奴）但亦無其他語用上之證明，凡經典不見之語義，雖然古文字學者言之鑿鑿，亦不宜輕易接受，本文對這類字，保持闕疑態度，如有所採擇，則必說明其根據。要之，僅管說文也有誤說本義，其比例畢竟不高，在分析同源詞時，要以語意爲主，不完全根據文字之本義，因此依據說文釋義，只要略加留意，大致不會有很大的麻煩。

〔註64〕王力，《中國語言學史》，中國語文1963年4期，頁314。

〔註65〕參考第三章聲訓字舉例歌部之17。

第二章 古代漢語同源詞研究之簡史

第一節 泛聲訓時期之語源說

聲訓為訓詁方式之一，它利用語音相同或相近的詞來說明語詞的真正意義。和義訓（包括形訓）之主要區別，在於以聲音為意義之所寄，不若義訓之以文字和概念為基礎。這種訓詁方式，在漢代以前已經萌芽，最顯著的例子是孟子曾使用過聲訓〔註1〕。但先秦學者僅偶而用之，並非為了語源學的目的。因此不能算是真正的聲訓。

聲訓到了漢代，或為一種風尚，由於學者對於語源發生興趣，因此聲訓也慢慢超出語文學的範圍，而進入語言學的領域。這種風氣的轉移，舉代表作，可說由白虎通過渡到說文，而完成於釋名，〔註2〕不過白虎通主要用來解釋禮

〔註 1〕孟子用聲訓，一般都指下列各條：

「庠者養也，校者教也，序者射也。」（〈滕文公上〉）

「洚水者洪水也。」（〈滕文公下〉又〈告子下〉）

「征之為言正也，各欲正己也，焉用戰。」（〈盡心下〉）

「徹者徹也，助者藉也。」（〈滕文公上〉）

「泄泄猶沓沓也」（〈離婁上〉）

〔註 2〕釋名成書於漢末，《隋書經籍志》著錄釋名為劉熙撰，《後漢書·文苑》有劉珍撰釋名三十篇之說。詳細考辨見孫德宣〈劉熙和他的釋名〉（《中國語文》西元 1956年 11 月號）。

制，並未擺脫闡明哲理或說教意味的習尚，亦非有意識地探究語源，侷限性仍大。說文則兼用義訓與聲訓，蓋不僅在明字源，且兼以明語源，〔註3〕這是一個轉變的關鍵。至劉熙釋名之作，則有見於「名之於實，名有義類，百姓日稱而不知其所以之意」；〔註4〕而完全在于藉聲音探求事物命名之「所以然」，本質上是一部"語源學性質詞典"。〔註5〕

前人所作釋名略例，過於繁瑣，沈兼士曾歸納聲訓之性質，簡納為二事，沈氏云：

古之所謂聲訓，按其性質，約可分為兩類：

（1）泛聲訓，汎用一切同音或音近（雙聲或疊韻）之字相訓釋。

（2）同聲母字相訓釋，其中又分三類，今假設 x 為聲母，ax，bx……等為同從一聲母之形聲字，：為表示訓釋之符號，則可得下列三式：

（甲）ax：x……以聲母釋形聲字

（乙）x：ax……以形聲字釋聲母

（丙）ax：bx……以兩同聲母之形聲字相釋。

注意：甲式亦可表形聲兼會意字。〔註6〕

沈氏又云：「汎聲訓之範圍最廣，祇取音近，別無條件。同聲母字訓，已有限制，然於若干同聲母之形聲字中，僅隨意取字以相比較，條件猶覺過寬」〔註7〕

按沈氏統計釋名以同聲母相訓釋者約計四百事，（約聲訓字三分之一），足見其書以音近之字相訓釋為原則，並非有意取同聲母之形聲字相訓。故本文統稱漢代之聲訓為「泛聲訓」時期。

聲訓是否能推究語源，端看訓釋字與被訓字是否具備同源詞之條件，亦即音義皆相近。沈氏之第二類，屬於形聲字聲子與聲母之關係，由於聲符確有兼意的情形，因此意義關係有跡可尋，沈氏認為條件較謹嚴，因此優于他的第一類，但他認為第一類「祇取音近，別無條件」，則完全忽略聲訓的對象是語言，

〔註3〕說文聲訓例見本書第三章第二節。

〔註4〕釋名序中語。

〔註5〕孫德宣〈劉熙和他的釋名〉《中國語文》1956，11月號，頁26。

〔註6〕沈兼士〈右文說在訓詁學上之沿革及其推闡〉《慶祝蔡元培先生六十五歲論文集》，頁783。

〔註7〕同上註。

不受文字形體的拘束，其實在劉熙心目中，所取音近之字，必以意義相近爲條件，如蓋與加，威與畏，翱與敖，煩與繁，廉與歛，絕與截〔註8〕不僅聲近，且具有共同之語意成分，因此應屬同一語根（源），視爲同源詞條件亦已充足。據此而論，泛聲訓實爲吾國同源詞研究之濫觴。

泛聲訓論存有很大的缺點和錯誤，則不可諱言。《四庫全書總目提要》評《釋名》曰「其書以同聲相諧，推論稱名辯物之意，中間頗傷穿鑿。」王力也曾批評說：〔註9〕

> 劉熙的聲訓，跟前人一樣，是惟心主義的。他从心所欲地隨便抓一個同音字（或音近的字）來解釋，仿佛詞的眞詮是以人的意志爲轉移似的。方言的讀音不同，聲訓也跟著改變，（如天、風）；〔註10〕方言的詞匯不同，聲訓更必須跟著改變，（如"綃頭"〔註11〕、"幅"〔註12〕）。同一個詞可以有兩個以上的語源（如"劍"〔註13〕），他的聲訓甚至到了荒唐的程度（如痔〔註14〕）。

聲訓之缺點總結起來不外二端：（1）過於主觀。（2）科學性不夠。釋名尚有這些缺點，在它以前的聲訓，穿鑿附會的程度，可以想見。孫德宣云：

> 古人在社會活動中，常借心理的聯想作用把兩個音同或音近而意義本無關係的名稱硬給聯繫起來，表示某種說教、隱喻或象徵。最顯著的例子，如《論語》哀公問社于宰我，宰我對曰：夏后氏以松，殷人以柏，周人以栗，曰使民戰栗。"《白虎通義》""宗廟栗者，所以自戰慄。""栗"跟"戰慄"的"慄"本無關涉；宰我爲達到說教的目的，所以把兩者牽扯在一起。又……何休《公羊・莊公二十四年傳》註裏說："禮，婦人見舅姑以棗，栗爲贄，……棗栗取

〔註8〕《釋名・釋言語》。

〔註9〕王力，《中國語言學史》，頁25。

〔註10〕《釋名・釋天》。

〔註11〕《釋名・釋首飾》。

〔註12〕《釋名・釋衣服》。

〔註13〕《釋名・釋兵》。

〔註14〕《釋名・釋疾病》。

其早自謹敬。"《左傳‧莊公二十四年傳》:"女贄不過榛栗棗修,以告虔也"孔穎達疏裏説:"先儒以爲栗取其戰栗也,棗取其早起也,修取其自修也,唯榛無説,蓋以榛聲近虔,取其虔于事也。"（修是干肉）按照封建社會的禮俗,人們可能在特殊場合用棗栗等物,表示一些勸戒的意思,但詞書裏如果用臨時借喻的意義來這樣註解棗,栗兩個名詞——"棗,早也,栗,慄也。"使人認爲這就是棗栗得名的由來,那就貽誤不淺了。」〔註15〕

觀乎上述,我們認爲,泛聲訓對語源的探究,祇是一種萌芽,在方法上不夠嚴謹,這是聲訓家受時代的限制,對語言本質缺乏充分的認識,而理論上最大的缺陷,主觀的意義認定問題尚屬其次,主要是劉熙等人所根據的漢代語音,只適用於當代產生的新語詞,却未必能逆推語言中的基本詞彙,因爲這些語詞彙,在文字未產生以前,早已存在語言中,年代久遠,年代無法測定,這是聲訓無法據求準確語源的理由,但我們推究上古同源詞,目的在探求語詞孳乳及語意分化的情形,語詞的分化無刻不在進行,並無明顯的時代界線,因此若所根據的上古音定爲周秦至兩漢,則《釋名》中有極多可用的資料,尤其形聲字聲母與得聲字之關係,《釋名》已啓發其端緒,假以客觀之分析整理,其中確有不少可信之同源詞,將于本文第三章作詳細討論。

總之,泛聲訓的語源說,是主觀多于客觀。因此應用材料時必須帶有批判性的眼光,而聲訓在我國語言學史上確也有其應得的地位,王力云:「聲訓也是時代的反映。不謀而合,古希臘哲學家們也正是事論事物之得名是由于本質還是由于規定（即約定俗成）。我們可以說,荀子是規定論者,聲訓家是本質論者,正如在希臘的事論中,本質論者占了上風一樣,聲訓曾經占了上風。但是聲訓的遺害不是很大的;而由于聲訓的提出,讓人們去考慮一下語音和語義的關係問題,也不是沒有積極作用的。」〔註16〕

第二節　右文說演繹下之聲義同源論

世謂晉楊泉《物理論》「在金曰堅,在草木曰緊,在人曰賢」開右文之端

〔註15〕同註 5,頁 29。

〔註16〕同註 9,頁 26。

緒，惜其語太簡，無從知其是否專論文字，而所謂在金，在草木，在人，又非「堅、緊、賢」諸字之形符，楊氏縱有意闡明諸字聲符的關係，亦與右文說尚隔一間。右文一名，實從文字結構立論，宋王子韶首倡其說。沈括《夢溪筆談》十四：

> 王聖美治字學、演其義爲右文，古之字書，皆從左文。凡字，其類在左，其義在右，如木類，其左皆從木。所謂右文者，如戔，小也，水之小者曰淺，金之小者曰錢，歹而小者曰殘，貝之小者曰賤，如此之類，皆以戔爲義也。

不明言形聲字之聲符，但稱右文，實於我國文字之結體，識之未精於形聲字形符與聲符之相配情形，考之未審。然此說一出，影響我國文字訓詁之學，幾達九百年，（子韶與王荊公同時）近人梁任公《從發音上研究中國文字之源》一文仍推演子韶「戔」聲之餘緒云：

> 戔，小也，此以聲函義者也，絲縷之小者爲綫，竹簡之小者爲箋，木簡之小者爲牋，農器及貨幣之小者爲錢，價值之小者爲賤，竹木散材之小者爲棧（見《說文》），車之小者亦爲棧（見《周禮注》），鐘之小者亦爲棧（見《爾雅・釋樂》）酒器之小者爲盞爲琖爲醆，水之少者爲淺，水所揚之細沫爲濺，小巧之言爲諓（見《鹽鐵論》及《越語注》），物不堅密者爲俴（見《管子・參患篇》），小飲爲餞，輕踏爲踐，薄削爲剗，傷毀所餘之小部份爲殘。右爲「戔聲」之字十有七，而皆含有小意。（說文皆以此爲純形聲之字，例如「綫」下云：「從系戔聲。」以吾觀之，則皆形聲兼會意也。當云：「從系從戔，戔亦聲。」舊說謂其形有義，其聲無義，實乃大誤。）

子韶僅發其凡，故但舉淺、錢、殘、賤四字以例其餘，任公則欲「充類至盡」，故徧舉戔聲字有小意者凡十七文，並欲證成凡「形聲字什九皆兼會意」之說，可以說是右文說九百年來發展的極致，此其一。然考說文戔聲字，俱見於說文通訓定聲（乾部十四）凡二十名（合戔字）梁氏所舉十七文中，僅十二字見於說文（綫、箋、錢、棧、醆、淺、俴、諓、餞、踐、殘、賤）不見於說文者有五字（牋、盞、琖、濺、剗），說文戔聲字尚有七字未見列舉（棧、衔、帴、猣、陵、槧、虥）然則梁氏並未徧舉戔聲字以證其皆有小義，此其二。梁氏所

舉字義，除少數見於《說文》、《爾雅》、《周禮注》、《越語注》、《鹽鐵論》、《管子》之外，皆不見依據，如小飲爲餞、輕踏爲踐、薄削爲劖、酒器之小者爲盞、爲瑳、爲醆，〔註17〕皆不合說文，又諓、箋、棧綫、餞諸字，按諸說文本義則皆無小義，〔註18〕然則梁氏所謂「以聲函義」者，多爲引申假借，於形聲字之初造，固非可以一聲同義說之。而右文說之不能證成「凡從某聲皆有某義」，於此可見端倪。此其三。

考右文說之前緣，當由聲訓所啓發，沈兼士論聲訓與右文之關係，言之綦詳，沈氏云：

> 汎聲訓之範圍最廣，祇取音近，別無條件。同聲母字訓，已有限制，然於若干同聲母之形聲字中，僅隨意取字，以相比較，條件猶覺過寬。惟右文須綜合一組同聲母，而抽繹其具有最大公約性之意義，以爲諸字之共訓，諸語含有一共同之主要概念，其法較前二者爲謹嚴。若以式表示之，如下：
>
> 汎聲訓＞同聲母字相訓＞右文
>
> 世人多誤以形聲兼會意，與右文混爲一談，亦嫌失之牴牾。據上說，則 ax：x（形聲兼會意）之與（ax，bx，cx……）：x（右文）固自不同。〔註19〕

依沈氏之說，利用右文可矯汎聲訓之流弊，聲訓目的既在探求語源，則利用右文更能精確求得聲義之源，因此同源詞之研究，必不能捨棄此一豐富之線索。然右文僅是歸納形聲字之現象是否成立，則有賴聲義同源理論之確立，蓋二者實互爲表裏。而此說由右文所啓，集成于清代，右文說之沿革，沈兼士論之綦詳，本節旨在右文是否能爲研究同源詞之佐助，故專述聲義同源論。

1. 錢　塘

錢塘〈與王無言書〉云：

> 夫文字惟宜以聲爲主……若夫形，特加于其旁，以識其爲某事某物

〔註17〕《說文》：餞，送去食也；踐，履也；醆，爵也。

〔註18〕《說文》：諓，善言也；箋，表識書也；棧，棚也；綫，縷也；餞，鎌也。

〔註19〕同註6，頁783。

而已，固不當以之爲主也。……文者，所以飾聲也，聲者，所以達意也。聲在文之先，意在聲之先，至制爲文，則聲具而意顯。以形加之爲字，字百而意一也，意一則聲一，聲不變者，以意之不可變也，此所謂文字之本音也。〔註20〕

按錢氏之前，闡發右文者，頗不乏人，如明末黃生字詁，清黃承吉推崇備至，謂「凡字以聲爲義，及諧聲字重於右旁聲義之說，實已自公發之。」此外，戴東原有轉語，程瑤田，錢大昕等均有論述，然大抵未曾專就形聲字而論，錢氏特強調制文之理，「以聲爲主」，「聲具而意顯」，「意一則聲一」，並欲「取許氏之書，離析合併，重立部首，系之以聲，而採經傳訓詁及九流百氏之語以證焉。」，其書未見，而此法實開朱駿聲《說文通訓定聲》之先河，與清人純爲考古音而作之諧聲表異趣。

2. 段玉裁

段氏注說文，於形聲字，特闡右文之緒，倡「以聲爲義」之說，呂景先說文段注指例，嘗歸納「以聲爲義之例」凡七端：

甲、聲義同源

禛下注曰：「聲與義同源，故諧聲之偏旁多與字義相近，此會意形聲兩兼之字致多也。說文或稱其會意，略其形聲；或稱其形聲，略其會意，雖則渻文，實欲互見，不知此則聲與義隔，又或如宋人字說，祇有會意，別無形聲，其失均誣矣。」

乙、凡字之義，必得諸字之聲

鏓下注曰：「馬融〈長笛賦〉鏓硐隤墜李注云：說文曰鏓、大鑿中木也，然則以木通其中，皆曰鏓也。今按中讀去聲，許正謂大鑿入木曰鏓，與種植舂杵聲義皆略同。……恖者多孔、蔥者空中、聰者耳順、義皆相類、凡字之義，必得諸字之聲者如此。」

丙、凡从某聲皆有某義

鰕下注曰：「凡叚聲如瑕、鰕、騢等皆有赤色，古亦用鰕爲雲緅字。」（騢下注曰：「凡叚聲多有紅義，定以瑕爲玉小赤色。」）蠹下注曰：「凡字從晶聲者，皆有鬱積之意。」

〔註20〕錢塘《溉亭述古錄》。

丁、凡同聲（呂作音，今改）多同義

斯下注：「斯析也，漸、水索也。凡同聲多同義。」

芋下注：「凡于聲字多訓大。」

戊、形聲多兼會意

犨下注：「按今本皆作犨，雔聲，而經典釋文，唐石經作犨……蓋唐以前所據說文無不從言者，凡形聲多兼會意，雔從言，故牛息聲之從之，鍇鉉本皆誤也，今正。」

池下注：「……夫形聲之字多含會意。」

己、某字有某義，故某言義之字从之為聲

阞下注：「按力者筋也，筋有脈絡可尋，故凡有理之字皆从力，阞者地理也，朸者木理也，泐者水理也。手部有扐，亦同意。」

悒下注：「邑者人所聚也，故凡鬱積之義从之。」

庚、聲同義近，聲同義同

晤下注曰：「晤者启之明也，心部之悟，寢部之寤，皆訓覺，覺亦明也。同聲之義必相近。」

雅下注曰：「白部曰、雐、鳥之白也。此同聲同義。」

按段氏用語不限於此七種，且全稱肯定（如乙、丙）與偏稱肯定（如丁、戊）之用，漫無分界。如丙條鰕下注：「凡叚聲皆有赤色」，騢下注又曰：「凡叚聲多有紅義」，同一叚聲，時而全稱時而偏稱，故沈兼士評其「濫用全稱肯定之辭，似與實際不盡相符，不如云"多"較妥。」蓋段氏知其全稱者不能無例外也，如「凡从卑之字皆取自卑加高之義」，卻有反例，如裨為短人立裨裨貌，猈為短脛狗，均無加商之意，埤之訓增，裨之訓益，章太炎《文始》以為埤裨之字根並為并之假借，非卑聲本有加高之意，章氏以卑為并之假借不必是；段謂卑聲皆有加高之意則實非。黃永武先生也批評段氏「未能精審形聲字聲母中有假借者，有以聲命名者，而輕用全稱肯定，實由段氏缺少有系統之徹底歸納也。」〔註21〕由於段氏缺點在於隨字舉例，缺乏系統，本師林景伊先生《訓詁學概要》「聲訓條例」一節，即將以上七條簡化為五（即聲義同源，凡同聲多同義，凡字之義必得諸字之聲，凡从某聲皆有某義，形聲多兼會意），並加以理論的貫串，景伊師曰：

〔註21〕黃永武《形聲多兼會意考》，頁 23～24。（中華書局）

聲義同源」是基本理論，所以可證「凡同聲多同義」；由於同聲多同義，所以可證「凡字之義必得諸字之聲」；由於字義得之於字的聲音，所以可證「凡从某聲多有某義」；由於从某聲多有某意，所以可證「形聲多兼會意。〔註22〕

3. 焦　循

焦循《易餘籥錄》卷四有論從襄聲之字一則，推闡襄聲之字名義引申之次第，文繁不引，茲依沈兼士之歸納，表之如下：

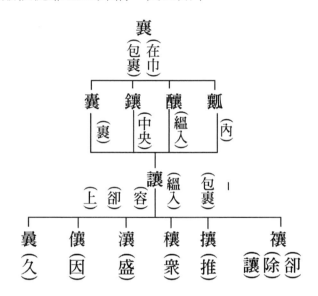

按焦氏雖演右文，然改求字義之展轉回申，較段氏舉一聲符，輒輕斷某皆有某義，而不知同聲符所表示之意義不止一端者，大不相同。黃永武先生云：「焦氏此種推闡方法，因不明形聲字字根有假借之理，中間傳會難免，如章太炎氏謂釀為㽞所孳乳見《文始》五，沈兼士氏謂穰瀼殆為禮濃之轉語，曩為曩之借音，無與於襄字之訓。然其覃思研精，旁稽互證，較諸前人但言字从某聲多有某義；而不通字義遞相引申者超軼多矣。」〔註23〕洵然。

4. 黃承吉

黃承吉《字義起于右旁之聲說》〔註24〕一文，長達四千三百餘字，今節錄要語數段，並標其次第：

〔註22〕林尹《訓詁學概要》，頁122。

〔註23〕同註21，頁26。

〔註24〕黃承吉《夢陔堂文集》卷二，頁24～29。

（1）「諧聲之字，其右旁之聲必兼有義，而義皆起于聲，凡字之以某爲聲者，皆原起於右旁之聲義以制字，是爲諸字所起之綱，其在左之偏旁部分，則抑由綱之聲義而分爲某事某物之目。……蓋古人之制偏旁，原以爲一聲義中分屬之目，而非爲此字聲義從之綱，綱爲母而目爲子，凡制字所以然之原義，未有不起于綱者。」

（2）「古者事物未若後世之繁，且於各事各物，未嘗一一制字，要以凡字皆起於聲，任舉一字，聞其聲即已通知其義，是以古書凡同聲之字，但舉其右旁之綱之聲，不必拘於左旁之目之迹，而皆可通用，並有不必舉其右旁爲聲之本字，而任舉其同聲之字，即可爲同義者，蓋凡字之同聲者，皆爲同義，聲在是則義在是，是以義起于聲，後人見古人使字之殊形，輒意以爲假借，其實古人原非假借，據字直書，必故爲假借何爲者，蓋古者原用其綱，而目則可別可不別，古人初不料後人之不喻手綱也。」

（3）「然即說文，亦但知某字爲從某聲，而不知其聲之即義，夫使非聲之即義，何以某字必當從手某聲，何以某聲必當繫乎某字，此其至易明者，說文未及乎此，不得謂許氏既已知之也。且說文內有從某某亦聲之例，夫從某者言其義也，某亦聲者言其聲也，如果知聲之即義，安用更分兩說，既以此字分爲兩說，是謂此字所從之字有義而復有聲，則可見謂他字所從之聲，但有聲而無義也，則可見許氏之未審也。」

（4）「且古人制字之義，必起於聲者何也？蓋語原自性生，而字本從言起。嬰兒甫通人語，未識字而已解言，而所解之言即是字，可見字從言制也。……從言制即是從聲制，古人見字義起于右旁之聲也。……可見凡制字必以爲聲之字立義在前，而所加之偏旁在後，如是安得右旁之聲義不爲綱，而左旁不爲目乎。」

（5）「顧欲知一字之聲義，又不徒求之於本字，字者孳乳而生，凡制一字，必先有一字爲其所起之鼻祖，爲其制字之所以然，如予曩以著《正揚論》而窮朔招標杓三字之源，招字則起於刀之上指，標字則起於火之上飛，杓字則起於勺之曲出，則刀火勺三字仍招標杓三字之鼻祖，而上指、上飛、曲出乃三字所從出之所以然，是以召字票字勺字以及凡從召票勺之字，其訓義無不究竟歸於爲末、爲銳、爲纖、總不離乎上指、上飛、曲出之義，而招標杓三字皆爲同聲，

是以同義，且凡同一韻之字，其義皆不甚相遠，不必一讀而後爲同聲，是故古人聞聲即已知義，所以然者，人之生也，凡一聲皆爲一情，則即是一義，是以凡同聲之字皆爲一義。」

　　按黃氏此文，可以說自宋以來，闡述右文之最有系統而有理論架構者，第（1）條以形聲字右旁之聲義爲綱，左之偏旁爲目，綱爲母而目爲子。母子之喻猶爲宋人字母說之餘，至「非綱則目無由出」則力矯許愼以來「以形與聲對待相當，則已失乎綱輕目重之義」之錯誤。此義錢塘已發之，特未如黃氏之曉暢明白。（2）條以「古書凡同聲之字，皆可通用，不拘左旁」爲證。雖同段氏「凡同聲多同義」之旨，然從「聞聲知義」以明古人制字之不暇顧其目，則更爲探本之論。第（3）條謂許愼不知聲之即義，故有「從某某，某亦聲」之例，其義蓋謂形聲字即聲即意，但有「从某某聲」一例足矣，不必先言會意，再言亦聲矣。按此說不明形聲字之有變例，而涽于「形聲皆兼會意」之說，視段氏更爲拘執。第（4）條以嬰兒習語爲證，知聲音爲意義最初之符號，更不必有形符，實深得語言本質，尤爲孤詣獨造。第（5）條更進言不同聲符，其音相同，則亦同義，又云「同一韻之字，其義皆不甚相遠」，則已超乎右文之範圍，而進入語根之界域，尤爲黃氏之創見。然其初發其凡，瑕瑜互見。沈兼士云：「所云不必舉其右旁爲聲之本字，而任舉其同聲之字，即可用爲同義，即是段、王、焦、阮各家所舉諸例之理論，爲宋人所未言及者。黃氏既主以聲爲綱，復謂「刀」「火」「勹」三字爲「招」「標」「杓」三字之鼻祖，則又舍聲言形，離本題矣。至謂「凡同一韻之字，其義皆不甚相遠，亦是傷於過濫。」

5. 劉師培

　　劉氏《左盦集》卷四《字義起于字音說》一文，凡分上、中、下三篇，推闡黃承吉之說，而不限於右文，然其說之主要價值在作爲右文之佐證。蓋劉氏仍停留在泛音轉論，並無具體語根之觀念，其上篇云：

> 古人觀實事物，以義象區，不以體質別，……故義象既同，所從之聲亦同，所從之聲既同，在偏旁未益以前，僅爲一字，即假所從得聲之字以爲用，試觀殷周吉金所著諸字，恆者偏旁，……若夫租字作且，作字作乍，惟字作佳，貨字作化，則爲諸器所同。由是而推，則古字偏旁未增，一字實該數字，即說文所載古文，較之籀篆，恆

省所從之形，如呆（保）、丽（麗）、侖（雲）、舟（終）、求（裘）、
屮（艸）、丂（巧）、臤（賢）、㬎（顯）是也。……則古代形聲之字，
均無本字，假所從得聲之字以爲用，夫何疑乎？

按劉氏以古文字以聲爲用，發前人所未發。可爲黃承吉以前聲義同源加一強有
力之佐證，其中篇舉駢詞兩字同聲者，不拘形異，其用即同。其下篇云：

造字之初，重義略形，故數字同一聲者，即該於所從得聲之字，不
必物各一字也。及增益偏旁，物各一字，其義仍寄於字聲，故所從
之聲同，則所取之義亦同，如從叚、從开、從勞、從戎、從京之字，
均有大義，從叕從屈之字均有短義，從少從令，從刀、從宛、從蔑
之字均有小義，具見於錢氏《方言疏證》（按當爲箋疏，恐劉氏筆誤），
而王氏《廣雅》，詮發尤詳，彙而觀之，則知古人制字，義寄于所從
之聲，就聲求義而隱誼畢至。

按劉氏歸納不同聲符同一義者，而各聲符之間，並非同音，如叚聲、开聲、勞
聲、戎聲、京聲，何以均有大義，並無語言上之依據。即此而論，劉氏但就文
字之聲符而論，並未解決聲義純屬約定關係。即不明語音與語義並無必然關連。
惟劉氏云：

諧聲之字所從之聲，亦不必皆本字，其與訓釋之詞同字者，其本字也。

其與訓釋之詞異字而音義相符者，則叚用轉音之字，或同韻之字也。

此說實開形聲字聲符，有他字之假借之先聲，即章太炎所謂「取義于彼，見形
于此」（《文始》），黃季剛亦云「形聲之字，其偏旁有義可言者，近於會意，即
無義可言者，亦莫不由于假借。」楊樹達「造字時有通借」之說，惟劉氏就訓
詞（當指許書之說解）以求其本字，仍侷限于說文，又叚用字求之于轉音或同
韻之字，亦乏客觀方法可以確定。諸家說造字假借，除祿字所以彔聲爲鹿之假
借有重文爲證外，其餘大抵失諸主觀，疑似難定，故龍宇純先生有〈造字時有
通借證辨惑〉一文，以爲迷信小篆；固執形聲必兼會意，混淆原始造字之義與
語言實用之義，是造字通借說之所由，其實形聲字自有聲符不兼義之一類，不
必刻舟求劍。〔註25〕

〔註25〕龍宇純〈造字時有通借證辨惑〉《幼獅學報》第一卷第1期，頁1。

劉氏《左盦集》（卷四）有《古韻同部之字義多相近說》，拾黃春谷氏之餘，惟黃氏謂同一韻之字，劉氏改以古韻同部之字耳，如云「之耕二部之字，其義恆取於挺生，支脂二部之字其義恆取于乎陳。……」等，亦傷於太濫，其後又作《正名隅論》（見《左盦外傳》卷六），發揮此義，或逐字分析，或以類相從，如謂「陽類同部之字，均有商明義大之義」「眞類、之類之字均有抽引之義」「談類之字，均含有隱暗狹小之義」等，均失之過于寬泛，劉氏此文竟欲證成黃承吉將一切字義歸爲「曲、直、通」三大類之謬說，則未免蕪蔓而無旨歸，殊不足取。

第三節　泛論語根時期之詞源說

由右文說所演繹之聲義同源論，其發展之方向有二，其一爲確定「形聲多兼會意」一命題，並爲不能直說其義者立一變例，歸納變例產生之原因，此說至黃永武先生「形聲多兼會意考」始臻完備；或者利用右文整理形聲字音義分化之方式，從而應用右文以比較字義，探尋語根，此一路逕，沈兼士論之極精闢。是語根之觀念，實由右文說所啓發，其觀念在王念孫、阮元、焦循、錢繹、黃承吉等人固已有之，語根之名則章太炎迨標舉之，語根之觀念出，文字形體之束縛始解除，而眞正同源詞研究才開始。因此，語根之標舉，實爲漢語詞源學的里程碑。探本窮源，宜溯自清代學者「以聲爲義」之訓詁，其中又以王念孫之《廣雅疏證》，郝懿行之《爾雅義疏》，錢繹之《方言箋疏》，阮元《揅經室集》、〈釋門〉、〈釋矢〉、〈釋且〉諸篇最具代表性，然清儒「究拘於體裁，衹能隨文引發，不能別具系統，由今視之，要是長編性質之訓詁材料而已。」（沈兼士語），故本節清儒僅述王念孫、阮元二家爲代表。民國則述章太炎、梁啓超、劉賾、楊樹達爲代表，而以沈兼士總其成焉。

1. 王念孫

王氏《廣雅疏證》自序云：

> 竊以訓詁之旨，本于聲音，故有聲同字異，聲近義同；雖或類聚群分，實亦同條共貫，譬如振裘必提其領，舉網必挈其綱。……今則就古音以求古義，引伸觸類，不限形體。

按王氏所謂「就古音以求古義」，實爲清代樸學之基本之法，亦所以能陵越前代者，此一方法，治說文者段玉裁、朱駿聲代表一階段，然朱駿聲未闡右文之旨，

是段氏獨得右文之秘，段氏雖亦偶能藉古音貫串異形而音義相同之字，然不成系統，不若其說形聲兼義之脈絡。治雅學者若郝氏、王氏則代表另一階段，郝氏疏爾雅，雖亦頗能以聲音貫串訓詁，然究因疏于聲音，不能無缺〔註26〕，終不如王氏之旁通曲暢，允稱清儒之殿軍。《廣雅疏證》利用聲音以貫串訓詁常見之用語為：

（1）某之言某也

如釋詁：「鼻之言自也」「郎之言良也」「祜之言碩大也」「臨之言隆也」「封之言豐也」「衺之言渾也」「舒之言奢也」「方之言荒、撫之言憮也」等。此為漢人聲訓之法，然王氏為之，較漢人嚴謹，無漢人之傅會，凡某之言某也，則AB二字多半語根相同。

（2）聲近而義同

如釋詁訓「大也」條下：

> 殷者喪大記：「主人具殷奠之禮」鄭注云：殷猶大也。《莊子·秋水篇》云：夫精，小之微也；垺，大之殷也，微亦小也，殷亦大也。
> 楚辭九歎「帶隱虹之逶𧌒」王逸注云：「隱，大也」。隱與殷聲近而義同。

又「般者，方言：般，大也……說文伴，大貌，伴與般亦聲近義同。」

又「奜者，說文奜，大也……爾雅廢大也，郭璞引小雅四月篇廢為殘賊，廢與奜亦聲近義同。」

又「胡者，《逸周書·諡法解》云：胡，大也。……說文湖大陂也，爾雅壺棗，郭璞注云：今江東呼棗大而銳上者為壺，方言蠭大而蜜者，燕趙之間謂之壺蠭，義並與胡同。《賈子·容經篇》云：祜大福也，祜與胡亦聲近義同。」

又「奄者，說文奄，大有餘也，……說文俺，大也。俺與奄亦聲近義同。」此全由聲取義，故多不侔於形體。

（3）語之轉，一聲之轉

釋詁「大也」條下：

〔註26〕參王念孫〈爾雅郝注刊誤〉一文。又今人張永言〈論郝懿行的爾雅義疏〉（《中國語文》1962：11）一文歸納其聲音方面之缺失有九。

佳者善之大也……〈大雅・桑柔〉箋云：善猶大也，故善謂之佳，
亦謂之介，大謂之介，亦謂之佳，佳介語之轉耳。

封之言豐也……〈商頌・殷武傳〉云：封大也。封墳語之轉，故大
謂之封，亦謂之墳，冢謂之墳，亦謂之封，冢亦大也。

釋詁「有也」條下：

或之言有也，或即邦域之域，說文或，邦也。从囗戈以守一。一地
也，或從土作域，域有一聲之轉故〈商頌・元鳥篇〉正域彼四方，
毛傳云域有也。

又「撫又為奄有之有。……撫方一聲之轉，方之言荒，撫之言幠也，爾雅幠，
有也，郭注引詩逷幠大東，今本幠作荒。毛傳云：荒有也。」

卷一上「安也」條下：

隱者，說文𡼥所依據也，讀與隱同，方言隱，據定也，隱與𡼥通，
今俗語言安穩者，隱聲之轉也。

按語轉，聲轉，皆古音雙聲，古韻不盡相同，然其義可通轉，明其有某種程度
之語源關係。

（4）字異而義同

釋詁「安也」條下：

愿𡪣者，方言𤺺塞，安也。……爾雅愿愿安也，秦風小戎篇厭厭良
人，毛傳云：厭厭安靜也。〈小雅・湛露篇〉：厭厭夜飲，韓詩作愔
愔。……宋玉神女賦：澹清靜具愔嫕兮，王褒洞簫賦作愿瘱，竝字
義而義同。

又「惔與下澹字通、說文惔安也。又云：憺安也。〈神女賦〉云：澹清靜其
愔嫕兮，《莊子・胠篋篇》云：恬惔無為，天道篇云：虛靜恬淡。惔、淡、澹、
憺竝字異而義同。」

又「伔者，爾雅"㧥，撫也，"洛誥"亦未克㧥公功"《周官・小祝疏》
引鄭注云：㧥安也。……說文㧥或作伔，並字異而義同。」

按所謂「字異而義同」皆溝通異文，異體，或語根相同而字可通用者，全
書屢屢可見。

以上但舉卷一常見之語，王氏用語尙有「聲同義同」、「聲同義近」、「聲轉義通」、「聲轉字異」、「韻轉義同」，皆其變化之辭，其以語根溝通，固不侷限于字根（形聲字之聲符）之相同。然《疏證》一書亦限于體例，並無清確的理論架構，在他的〈釋大〉一文。﹝註27﹞則嘗試建立一套語根孳乳的規範次第，茲舉卷一見母爲例：

釋大第一上「岡緪古恆切皋瀬切舸古老切劂古卷切」條云：

> 岡，山脊也。亢，人頸也。二者皆有大義，故山脊謂之岡，亦謂之嶺；人頸謂之領，亦謂之亢。彊謂之剛，大繩謂之綱，特牛謂之犅，大貝謂之魧，大瓮謂之瓨，其義一也。岡、頸、勁聲之轉，改彊謂之剛，亦謂之勁，領謂之頸，亦謂之亢。大索謂之緪，岡、緪、亙，聲之轉，故大繩之謂綱，亦謂之緪，道謂之埂，亦謂之畖。

卷三上羣母「劢健乾」條：

> 彊謂之劢，海大魚謂之鱷，彊劢競聲相近，故有力謂之彊，亦謂之劢，盛謂之彊，亦謂之競。 伉謂之健，大筋謂之筋（音健亦作腱）。天謂之乾 健謂之乾，虎行貌謂之虔，大鰱謂之鲩，虔劢聲之轉，故彊謂之劢，強取謂之虔，大鰱謂之鲩，海大魚謂鯨。

上例見母凡有四組形聲字：

（1）岡剛綱犅：以岡爲字根

（2）亢魧瓨畖：以亢爲字根

（3）頸勁：以巠爲字根

（4）緪埂：以瓦爲字根

這四組字有音同有音近，音近謂之「聲轉」，王氏利用兩個「聲之轉」將四組縮合起來，即

（1）岡、頸、勁聲之轉

（2）岡、緪、亙聲之轉

岡聲、亢聲屬王念孫之陽部，巠屬耕部，亙屬蒸部，陽耕旁轉最近，陽蒸亦同屬陽聲韻部，皆聲近義通，茲將四組字之關係表之如下：

﹝註27﹞釋大見高郵王氏遺書（羅雪堂先生全集大編（十九））。

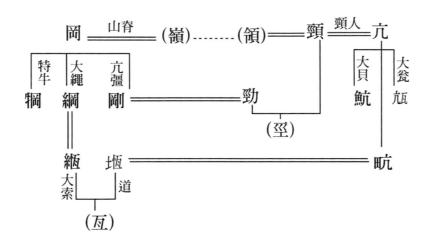

　　凡單直線表示字根孳乳方向。橫線表示語根之連繫。＝表示字異而義同，亦即聲轉關係。……表示意義的對等關係，如岡謂之嶺猶亢謂之領。王氏這種聲義平行的探討，眞能發千年之覆了。由此而建立一個含有"彊與大"意義之語根，大致可以成立的。可加上第二組：

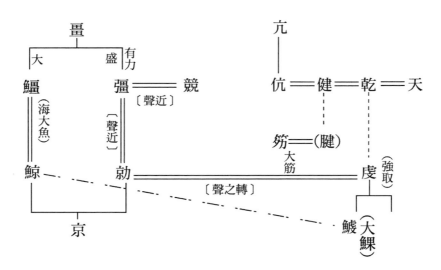

　　綜觀王氏之成就，乃由轉語而求語根，其則循古聲紐韻部研究之成果，並採經子百家注釋及說文、方言、釋雅，不以臆度，我國訓詁學乃眞正由字源學邁入語源學之領域。

　　王氏的缺點不是沒有的，第一、王氏〈釋大〉之作，由於野心太大，只注意聲轉，而忽略語意的分析，因此有些字引申不出大義者，也因爲聲音關係，加以比傅，如第一條中「道謂之堩，亦謂之亢」，如果因爲絚與亢皆有大義，就類推出堩與亢有"大道"之義，未免過於危險。第二，所謂一聲之轉，語之轉，似乎用得太監，好像只要具有雙聲關係，就會有聲同義近關係，近人王力

曾云:「一聲之轉,實際上就是雙聲。」〔註28〕又云:「其實,無論在任何情形之下,**雙聲疊韻只能做次要證據。**」〔註29〕用一聲之轉,來說明語根之孳乳本來是不錯的,但那要確定這兩個詞已經具有同源的關係以後,如果只是聲音之假借,便談不上詞源關係。因此王氏最大不是,乃是未指出孳乳分化的方向,也就是語詞產生的先後。

2. 阮　元

阮氏《揅經室集·釋門》〔註30〕

> 凡事物有間可進,進而靡已者,其音皆讀若門,或轉若免,若每,若敏,若孟,而其義皆同,其字則展轉相假,或假之於同部之疊韻,或假之於同紐之雙聲。試論之,凡物中有間隙可進者,莫首於門□,古之特造二戶象形之字,而未顯其聲音,其聲音為何,則與舋同也,舋從釁得音,釁門同部也,因而釁又隸變為鄤、為釁、為璺,皆非說文所有之字,而實皆漢以前隸古字。周禮太十注,璺,玉之坼也。方言亦云器破而未離謂之璺,釋文注鄤本作璺,是璺與鄤同音義也。玉中破未有不赤者,故釁為以血塗物之間隙。音轉為盟,盟誓者亦塗血也,其音亦同也。由是推之,爾雅釁為赤芮,說文瑂為赤玉,**磰**為赤黽,莊子楠為門液,皆此音此義也。「若夫進而靡已之義之音,則為勉,勉轉音為每,亹亹文王當讀若每每文王,亹字或作斖,再轉為敏,為黽,雙其聲則為黽勉,收其聲則為密沒,又為密勿,沒乃門之入聲,密乃敏之入聲。又爾雅孟勉也,……孟又轉為懋,為勖,為勔,書懋哉懋哉,即勉哉勉哉,勔與邁同音,又懋之轉也,勖者說文冂字之後次以冃,次以日,次以冒,此皆一聲之轉,尚書勖哉夫子之勖,其音當讀與目同……又方言偋莫,強也,偋莫即黽勉之轉音,方言之偋莫即論語之文莫,劉端臨昌,文莫吾猶人也,猶曰黽勉吾猶人也,後人不解孔子之語,讀文為句,誤矣。……

按阮氏此文較王念孫釋大有進一步的觀念:

（1）釋大採用歸納法，先立義類，再依聲紐求其音轉。釋門近乎演繹法，然先標聲類，如云「其音皆讀若門」，並言其轉音，其展轉相假之規律爲「或假之於同部之疊韻，或假之於同紐之雙聲。」同部疊韻爲王氏所未明言。

（2）觸類引申，不拘於一端，如因釁爲以血塗物之間隙，音轉爲盟，盟誓者亦塗血也，由此推及釁、璊、䵼，皆有赤意，橃則有門液意。

茲表其字展轉相假之次第：

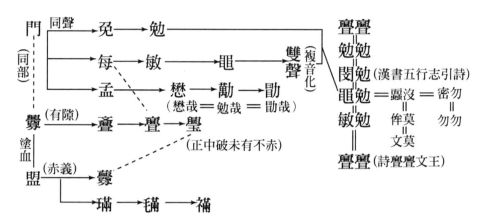

阮氏標舉一「門」字，「勉」字，可視爲聲類，視爲語根亦無不可，惟阮氏但知「其字展轉相假」，而不知語言之孳乳，則其對語根之觀念猶拘于字音假借，不能視爲眞正的"轉語"

3. 章太炎

章氏《國故論衡》語言緣起說：

> 是故同一聲類，其義往往相似，如阮元說、從古聲者有枯槁、苦窳、沾薄諸義，此已發其端矣。今復徵諸說。如立爲字以爲根，爲者，母猴也，猴喜模效人舉止，故引伸爲作爲，其字則變作僞，凡作爲者異自然，故引伸爲詐僞，凡詐僞者異眞實，故引伸爲譌誤，其字則變作譌，爲之對轉爲蜡，僞之對轉復爲語矣。……

> 如立乍字以爲根，乍者止亡詞也，倉卒遇之，則謂之乍，故引伸爲爲取始之義，字變爲作，毛詩魯頌傳曰作，始也，書言萬邦作乂，萊夷作牧，作皆始也。凡寂始者必有創造，故引伸爲造作之義，凡造作者異於自然，故引伸爲僞義，其字則變爲詐，又自寂始之義，引伸爲今日之稱往日，其字則變作昨……

按此章氏標舉語根之始，其義自阮元發之，足見章氏孳乳引伸之法，受阮氏啓發，上舉二例，立「爲」字、「乍」字爲根，其所孳乳泰半爲形聲字，就形聲字母子相生而言，雖立「字根」，實即「語根」。茲略仿沈兼士右文之表式，列之于下：

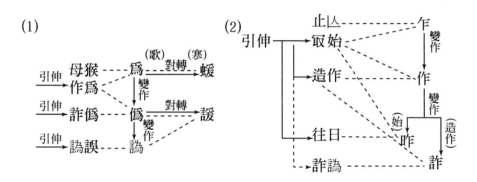

章氏在這裡尚未使用「孳乳」「變易」之名，然其法呼之欲出，蓋字義引伸過程中，由於語義小變，字形每有區別，這是形聲字孳乳的原則，另方面，爲與蝯同屬禺類，僞與譌，皆訓詐，其義相當，而音有轉移，此即「轉語」，在章氏謂之"變易"。《文始》卷一「爲」字下把（1）（2）兩組縮合爲一，章氏曰：

> 《說文》爲母猴也，其爲禽好爪，爪母猴象也（按段謂此五字衍文）下復（段作腹）爲母猴形，古文作 𤔒 象母猴相對。此純象形也，對轉寒，變易爲蝯，善援禺屬（禺母猴屬也），母猴好爪，動作無猒，故孳乳爲僞詐也。詐僞猶作爲；對轉寒孳乳爲譌詐也。

按章氏前稱「爲」對轉寒『變易』爲蝯，後云：僞詐對轉寒"孳乳"爲譌詐，前者視爲「爲－蝯」爲變易，後者稱"僞－譌"爲孳乳，同爲對轉，一云變易，一云孳乳，似不一致，蓋章氏既視"僞"由"爲"孳乳，則視「譌」爲「爲」字之再孳乳亦可，足見變易，孳乳初非有嚴格界線也。

語根之孳乳，既由右文說推演而得，章氏爲擺脫聲符之拘限，進而批評右文，文始略例庚曰：

> 昔王子韶瓶作右文，以爲字從某聲便得某義，若句部有鉤筍，臤部有緊堅，丩部有糾莘，辰部有脤覿，及諸會意形聲相兼之字，信多合者，然以一致相衡，即令形聲攝於會意。夫同音之字，非止一二，取義於彼，見形於此，往往而有，若農聲之字多訓厚大，然襛無厚大義，支聲之字多訓傾衺，然支無傾衺義，蓋同韻同紐者別有所受，

非可望形爲驗，況復旁轉，對轉，音理多涂，雙聲馳驟，其流無限，
而欲于形內牽之，斯子韶所以爲荊舒之徒，張有沾沾，猶能破其疑
滯。……文始所說，亦有媂取本聲者，無過十之一、二，深懼學者
或有錮駏，復衍右文之緒，則六書殘而爲五，特詮同異，以謹方來。

揆章氏破除右文之原因，不外二端，一爲六書形聲、會意本自不同，謂形聲字
必兼會意，則六書殘而爲五，二爲形聲字之聲符往往「取義於彼，見形於此」
「同韻同紐者，別有所受，非可望形爲驗」前者純係章氏過慮，因右文僅是一
種音義相關之歸納，並不能導致「形聲必兼會意」之結論，縱令形聲、會意兩
兼之字增多，亦不能會意變形聲，然則形聲、會意不因右文而混爲一書，了然
可知。至於後者，則爲章氏之特見，因爲右文說之弊，在於牽於字形，不知聲
符不過標音符號，一音往往多義，故同音不必皆同義，故造字時但借聲符之音，
其義則別有所受，此即形聲字聲符假借的問題，此說自章氏發端，劉師培、沈
兼士、黃季剛、楊樹達暨本師林先生皆闡其說。近人亦有持反論者。然章氏亦
非否定右文，在章氏看來，持右文說者不知「音理多涂」「其流無限」「牽于形
內」，實無從得語言滋乳之眞象。況語義一再引伸，則同一聲符，引伸一次，語
義即有一次變化，焉得執其初義以範圍之。章氏《文始》創爲孳乳、變易二例，
其法始定。

《文始》敘云：

於是刺取說文獨體，命呂（以）初文，其諸渻變，及合體象形、指
事，與聲具而形殘，若同體複重者，謂之準初文，都五百十字，集
爲四百五十七條，討其類物，比其聲韻，音義相讎，謂之變易，義
自音衍，謂之孳乳，比而次之，得五六千名。

《文始》一書，其理論基礎建立在他自己的古韻二十三部成韻圖之轉及古聲二
十一紐的古雙聲說上，這種以音系爲研究語源基礎，並以《說文》之初文本義
爲音義衍化之依據，是最具創發性的，也是章氏超越清儒的地方，章氏所遭到
的詬病，也在這一點上。齊佩瑢氏云：

成韻圖之弊，近來多已知之，二十三部及二十一紐之多少分合固可
人自爲說，然對轉已不可深信，何況次對轉、旁對轉，甚而至於交

紐隔越者手？若然則無不可轉了。〔註31〕

錢玄同《文字音篇》云：

> 陽聲入聲，失其收音即成陰聲，陰聲加收音，即成陽聲入聲。音之
> 轉變，失其本有者，加其本無者，原是常有之事。如是，則對轉之
> 說，當然可以成立。惟諸家所舉對轉之韻，彼此母音不盡相同，尚
> 待商榷。……又有「旁轉」之說，謂同爲陰聲，或同爲陽聲，或同
> 爲入聲，彼此比鄰，有時得相通轉，然韻部先後排列，言人人殊，
> 未可偏據一家之論，以爲一定不易之次第，故「旁轉」之說，難以
> 信從。〔註32〕

錢氏對旁轉之審慎態度是可取的，但既然音之轉變失其韻尾，甚至加其本無（按此現象在語言學上極罕），都可以承認，何以同爲陽聲或陰聲，韻尾既同，主要元音稍有轉變，即成旁轉，此一常見之音理，反而不能承認，是則章氏不但繼承戴、孔對轉之理，進而發明「旁轉」，其說自有音理上之依據，〔註33〕如果連旁轉之理皆不成立，則將三百篇之合韻皆不可從，那麼古韻分部的基礎也動搖了，這便是一種矯枉過正。至於齊氏謂「無不可轉」，則純係過慮，而完全忽略章氏陰陽之間的分界及弇侈的分軸之用意，蓋章氏排次二十三部，以多承清人韻部次第，如宵之幽侯魚五部，江有誥之次第也，〔註34〕章氏如果在利用對轉、旁轉時，隨時要求聲紐也必須相近及字義之證據等配合，又不拘執於廿三部假定之次序，則可靠性當可增加。

　　章氏在語根的確立方面，仍沒有跳出文字的束縛，根據許氏以確立的初文、準初文，未必是語言的原始初義，今日甲骨文金文的研究頗多能正許說，更能證明章氏拘囿於說文本字本義的不足。至於論及的語意之孳乳，字形的變易，章氏往往失諸主觀，無法令人相信其間孳生的過程及受義的先後的必然性。

　　《文始》雖然存在許多章氏個人的侷限性。但他所開創方法的啓示，是可

〔註31〕齊佩瑢《訓詁學概論》，廣文書局，頁187。

〔註32〕錢玄同《文字學音篇》，頁68～69（學生書局）。

〔註33〕參見本書第四章第一節「同源詞的詞音關係」有關對轉的討論。又王力《漢語史
　　　　稿》頁105曾有音理之說明。

〔註34〕江氏之次第爲「之幽宵侵魚」。

以正面肯定的，王力云：「初文的孳乳是建築在古音系統的基礎上……這樣，所謂孳乳就不是亂來的，而是轉而不出其類，或鄰韻相轉的。章氏這種做法，令人看了詞匯不是一盤散沙，詞與詞之間往往有某種聯系，詞匯也是有條理的，但是他的研究還是很粗糙的。」胡楚生氏亦云：「雖然，《文始》也存在著一些值得商榷的問題，但是在同源詞的研究上，它首先開創了比較全面性的研究工作。」〔註 35〕王氏所謂詞與詞之間的連繫，胡氏所謂全面性的研究，應該指章氏《文始》中九卷，相當於九個大詞族，每一詞羣又依初文字根之孳乳，別爲若干小詞族也，其立意與高本漢氏大同小異，特方法有別耳。

4. 梁啟超、劉賾、楊樹達

章氏同時或其後論語源者、頗不乏人，然皆拾清人「聲同義近」之遺緒，其語根的分析及詞羣的類聚，皆沒有章氏的細密，然亦有參考價值，故舉三人爲代表，簡介于后。

梁啓超《從發音上研究中國文字之源》一文，〔註 36〕曾舉古音同一聲母之字，爲同一語根，其受意相同。曾舉明母及八聲之字二例爲證，他舉霁霧晦等八十三個明母字，分析其引伸之義後說「以上皆以 M 字發音者，其所含意味，可以兩原則括之，其一，客觀方面，凡物體或物態之微細闇昧難察見者，或意不可察者。其二，主觀方面生理上或心理上有觀察不明之狀態者。諸字之中，孰爲本義，孰爲引申義，今不能確指，要之用同一語源，即含有相同或相受之意味而已。」按此種歸納工作，似乎「持之有故」，如劉賾《古聲同紐之字義多相近說》，也舉泥紐、明紐兩大群，其中明紐字不下三四百字，而其引申亦不止一端，如朱桂耀〈中國古代文化象徵〉一文有云：「例如 m 音是唇與唇接觸，而接觸的部位很廣泛，程度也很寬，不像破裂音逼促，這時我們就起了一種寬泛的感覺，而發鼻音時，又有一種沉悶的感覺，於是凡有 m 音的字，多含有寬泛沉悶的意義，例如妙、茫、綿、邈、夢、寐、莫、眇、沒、微等是。」朱氏用心理狀態解釋發音和思想的關係，與梁氏又有不同，朱氏尚舉了 d、t 之音多含有特定之義，ts、s 之音多含尖細分碎之義，ℓ、r 之音多含有圓之義，齊佩瑢氏曾批評這種音的象徵說似是而非，謂爲「聲象乎意，象意制音」的玄妙空想。

〔註35〕 胡楚生《訓詁學大綱》，頁 232。

〔註36〕 《東方雜誌》18 卷 21 期，又《飲冰室文集》卷六十七。

齊氏云：

> 不僅我國有這樣的謬說，即西歐十九世紀的語源學者，也大多相信
> 音義間有必然的因果關係，如因創立 Grimm's Law，而享盛名的
> Jacob Grimm（西元 1885～1863 年）便是其一，丹麥的語學家
> Jesperson 也持這樣的見解，他以為凡含有合口細音的元音「i」的字，
> 都有細小、精妙、脆弱的意思。……他的例證雖多，可是我們很容
> 易舉出反證來，big，thick 等字也都有細元音，為什麼含義卻正相反
> 呢，可見此說不攻自破，語音和語義最初固無，必然的因果關係，
> 但後來在語言的演進過程中，因為詞彙從同語根孳生分化的緣故，
> 音讀相同相近者，其義也往往相近相同，形成一個語族。〔註37〕

齊氏的立論十分中肯，站在詞族的觀念，來分析梁氏、劉氏的例子，我們確實
可以縮小範圍，找到若干可以確信的同源詞，但必須注意聲韻的配合，而不能
只顧聲或只顧韻，這是同源詞可以補救前人疏漏的最好說明。

劉賾〈從古聲同紐之字義多相近說〉一文（載國立武漢大學《文哲季刊》
二卷二號），承劉師培以同部之字義多相近，更欲證成古聲同紐之有意義連繫，
其法先立一通行之字，求其同聲紐而義相牽引者，比義連類，一聲可得數十字：
如以泥紐為證：（自說：晐娘日兩紐）

> 泥紐之音躡舌齶齶而出，獸足躡地曰内，車輪轢地曰輗，機下足所
> 履者曰鑷，以足蹈地曰躡，以手躡之曰撚，按之曰搦，兩手相切摩
> 曰挼，皆其象也；引申有相著之義，禾黍之相著者曰䄅、曰黏（稻
> 之黏者曰稬，魚有黏液曰鮎。）水土之相著者曰坭、曰淖、曰涅、
> 曰濘，（坭淖又有濕義，故水濕曰潤、漸溼曰濘、暑溼曰溽，溫溼曰
> 㬉，□溼曰納。）衣物之相著者曰紐、曰鈕、曰幍，曰紉、曰綾、
> 曰袲、曰絮、曰帑、曰囊、曰籯，……數之相著者曰二、（副益曰貳）、
> 曰廿、手之相著者曰挐（弓有臂曰弩，援臂曰纕。）曰挈、曰拈、
> 曰肀、意之相著者曰瓾，思之相著者曰念、言詞之相著者曰爾、曰
> 乃，（自註略）曰訥、曰肉、曰訒、曰嘫、曰諾、曰寧、曰甯、曰如、

〔註37〕同註31，頁 79～80。

曰若、曰而、曰那……。

劉氏引例極夥，其下又引申爲相近，近則至，又由仁親引申爲溫厚，爲一切之厚，厚多則煩亂，溫厚又與柔弱之義相承，彷彿所有舌尖音聲母之字皆一以貫之，不知其意每一引申，語意已改變，而皆繫于一紐，終不能歸納出 N 一聲之字有若何共通語根，其弊與劉師語、梁啓超同。

晚近論說文語源者，尚有楊樹達氏，楊氏著作見于其《積微居小學金石論叢》，其《形聲字聲中有義略證》，前已及之，茲摘錄其《金石論叢》自序有關語源諸篇：

〈釋旂篇〉記㫌旗旟旃旛旌旒㫃同源，〈釋晚篇〉謂昏莫晚同源，〈釋經篇〉謂經緯同源，〈釋曷篇〉謂饞餲同源，〈釋親篇〉謂蜆緦同源，〈釋獄篇〉謂獄圉同源，〈釋煩篇〉謂䩓煩同源，輔煩同源，膀脅同源，〈釋瞵篇〉謂矑瞵同源，〈釋雌雄篇〉謂雄麖猳段豴同源，雌麀同源，〈釋賢篇〉謂賢能豪同源，〈釋僞篇〉謂僞譌詐同源，〈說骹骭篇〉謂脛骹骭同源，〈釋曾篇〉謂曾尚同源，〈釋過篇〉謂過遭逜同源，以及〈字義同緣於語源同例證〉一文，皆闡後一義也。（按即同義字往往同源之說）。

最後一文雖列五十四組同源字，其中十二組與上舉各文複見。其中〈釋僞〉一篇，全拾章氏唾餘，章說見前節所引。楊氏論語源全以說文字義爲依據，而不以其聲紐韻部相近爲必要條件，如㫌、旗、旛、旒、㫃、㫃皆爲旗屬，旒㫃屬宵部，㫌在耕部，旗在之部，旛在魚部，㫃在月部，古聲則旒澄母古歸定母，㫃影母，㫌精母，旗群母，旛喻四、㫃見母，旒旛相近，旗㫃略近，然則楊氏欲納古韻五部古聲四類爲同一語源其齟齬殆較章氏爲甚，其他各條多藉此病，蓋楊氏實昧於語源語根之爲何物，誤以義訓相同爲語源，其說可取者殆不及十分之一也。

5. 沈兼士

沈兼士〈右文說在訓詁學上之沿革及其推闡〉一文，載《中研院史語所集刊》外編第一種，（民國 24 年），是一篇總結右文說最具批判性的文章，同時也走入語言學的領域，文長達 77 頁，茲錄其目錄：

（一）引論

（二）聲訓與右文

（三）右文說之略史一

（四）右文說之略史二

（五）右文說之略史三

（六）諸家學說之批判與右文之一般公式

（七）應用右文以比較字義

（八）應用右文以探尋語根

（九）附錄

以上一至六節，本章前述內容，多徵其說。沈氏一方面肯定右文說，一方面對各家之觀念加以釐清。最後建立一套公式，茲舉其目：

（一）一般公式

（二）本義分化式

（三）引申義分化式

　　（參見本文三章一節之五皮聲）

（四）借音分化式

（五）本義與借音混合分化式

（六）複式音符分化式

（七）相反義分化式

右文之一般公式

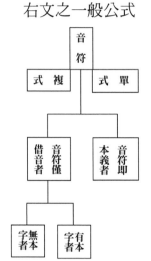

其中借音分化式，採《文始》農聲訓多實借爲乳而得義之說，雖頗能從語根分析聲符，又如非聲除本義分違外，又借爲飛（飛揚義），爲肥（肥義），剖析聲符之分化義，誠遠勝前人但知其合而不知其分，然並未能從語根形態或同源詞之眼光，去確定其果借爲某意之必然，仍陷於主觀之推想或迷信聲必有義，是又仍未跳出字形之窠臼，故其識見雖遠過前人，終不出泛語根論者之短襬，故以殿焉。

第四節　從詞族（詞群）到同源詞

由聲訓到右文，由右文到語根，是傳統語源學的一個主脈，方法是由直觀臆測演成客觀歸納，進而由詞根的歸納到詞族的演繹，隨著古音系統研究發展，使詞源研究也走上了系統化。章氏《文始》正如他的古音學一樣，代表清儒階

段的結束。自西方語言學輸入中土，描寫語言學的方法，要求以國際音標表達音位和音素的變化，比較語言學的運用，使古代音系的擬測，成為探究漢語史的新基礎，在這個新階段裡，利用現代語言學研究漢字語族者，有三個代表人物：高本漢、滕堂明保和王力。

1. 高本漢

高氏畢生盡瘁中國語言學之研究，對中國語言具有全面的瞭解，他的研究對我國語言學界所產生深厚影響，在二十世紀西方漢學家中，無出其右者。高氏有關漢語詞族和同源詞的研究，主要見於以下三種著述：

甲、Word Families in Chinese（BMFEA，5, 1933, p. 1～120）張世祿譯為「漢語詞類」。以下簡稱 W. F.

乙、The Chinese Language——An essay on its nature and history（New York，1949，Vi, 122P. ）杜其容譯為「中國語之性質及其歷史」。以下簡稱 C. L.

丙、Cognate words in the Chinese phonetic series（BMFEA28，1956，P1～18）陳舜政譯篇名為「中國音韻系列中的同語根詞」。以下簡稱 C. W.

此外，高氏在其《漢文典》（Grammate Serica BMFEA 12, 1940）諧聲字系之字義解說中，亦常提及同諧一聲之字列中，某幾字為同源詞。全書殿以「同源詞」和「諧聲系列內之音轉」之討論作結，然此不過其 W. F. 一文之續貂，《漢文典》中同一諧聲之同源詞，皆已收入 C. W. 一文，其後「修訂漢文典」（Grammate Serica Recensa BMFEA29, 1957），高氏將《漢文典》提示同源詞及文末討論一併刪去。以下擬據上列甲～丙三文之主要內容，述其同源詞說之梗概。

甲、漢語詞之建立

高氏 W. F.（漢語詞類）一文，是西方學者利用上古音系擬測之結果，建立上古漢語詞族的第一本書。Word Family 一詞，中文譯名有三：字族、詞類、詞羣，〔註38〕「字族」容易誤以文字為本位，詞類易與文法上八大詞類相混淆，

〔註38〕「字族」見王力〈評 W. F. 〉一文，載《圖書季刊》二卷 4 期，民 24 年，頁 217～221，「詞類」見張世祿譯「漢語詞類」。「詞羣」見周法高〈語音區別詞類說〉一文。

本文採用「詞羣」一名。

W. F.一書蒐集大量音義相近的詞，依其所定之上古音值標音，按聲母與韻尾配合的情形，區別爲十個詞羣（或稱字譜）。〔註39〕同羣之內又按意義之近似情形，細分爲若干小類，用"o"隔開。每羣之後，逐字附通用詞義之解說，書末綜合討論「語音轉換法則」（Law of phonetic alternatin），按照韻尾、起首輔音、介音，主要元音等關係，分門別類，加以分析。

高氏十個詞群聲韻配合情形及字數如下：

A.	K－NG	369 字	F.	T－N	353 字
B.	T－NG	693 字	G.	N－N	51 字
C.	N－NG	73 字	H.	P－N	155 字
D.	P－NG	188 字	I.	K－M	88 字
E.	K－N	334 字	K.	T－M，N－M，P－M	92 字

短畫（"－"）前的 K、T、N、P 爲聲類的代號，短畫後的 NG、M、N 爲韻尾輔音之代號。茲將類名及所代表的輔音列于下：

聲母四類

K 類	舌根音及喉音	含 k-，k´-，g-，g´-，ng-，x-，-
T 類	舌尖及舌面音	含 t-，t´-，d-，d´-，t̑，t̑´-，d-，d̑´，ts-，ts´-，dz-，dz´-，tʂ´-，dz´-，s´-，s-，z-，s-
N 類	鼻音及邊音	含 n-，n´-，ℓ-
P 類	唇音	含 p-，p´-，b´-，m-

韻尾分三類

NG 類	舌根音	含-ng，-k，-g
M 類	唇音	含-m，-p，-b
N 類	舌尖音	含-n，-t，-r，-d

以上聲母，韻尾皆按其上古聲母系統。近人對高氏系統已有相當多的修訂。總計十個詞群收方塊字 2397 個，其中 k 群實際爲 T～M，N～M，P～M 三羣之合併；或因字例太少而併。事屬草創，高氏對於下列三種語音條件，加以保留：

1. 無輔音收尾之語詞，一概捨去。即其歌部 a 類（35 部）侯部陰聲 u 類（34

〔註39〕高氏十羣用 A－K 作標目，其中略去 J 不用，共爲十羣。

部），魚部 wo，a（33 部）等單純之音或複元音之韻母。

2. 聲母發音部位不同之語詞不論。如時*ḍiag～期*giog；壽*ḍiôg～考*k´ôg ～老*ḷ´og 等。

3. 主要元音與聲調之異同，皆不作爲詞羣之條件。

4. 複聲母的字，高氏認爲是危險的材料，也不使用。

高氏特別聲明：（1）所收同羣之語詞，並不等於同源詞，而「只是說它們是可以測定爲親屬的」。因此各個詞群內的小類，只可認爲是一種「間架」（frame），可供從中選擇確立爲同源詞之用。（2）所選用之語詞，均爲語言中最普遍流行者，艱澀語詞槪所不取，其中或有不甚普通之語詞，亦必爲文獻可印證者。〔註40〕

高氏於同群之小類間加一圓圈以示區別、例如 A 羣共有五十九個小類，小類字多者如第一小類計有景、鏡、光、晃、煌、旺、瑩、耿、潁、炯、熒、螢、杲、赫、旭、熙、曉、暎等十九個音義相關詞。少者兩字一類，如講與告（27～28），更與改（29～30），迎與逆（34），鴻與鵠（40～41）等。又如第五十九小類僅列一「覺」（369）字，但其音義明，則指出有兩讀：kộk 與 kộg，意義却相同，顯然代表同一詞根之異讀。

詞羣之後，高氏列舉五種語音轉換法則：

1. 收尾輔音：如 ng～t～g 等三組。

2. 起首輔音：如 k～k´～g～g´等四組。

3. 介音：如 O（無介音）～i̯；i̯～i；i～i̯n 等。

4. 主要元音：如 â～a，a～e 等。

5. 複合轉換：如 a～e 併合 ng～k～g 的轉換（即 ang～ek，ang～eg，ak～eng，ak～eg）等。

前二種轉換只限於同部位輔音之間。高氏特別指出其中有兩種轉換極其普遍，極有規則，可以說是中國語的語詞轉化（word derivation）之主要方法，即

1. 不送氣的清音～送氣濁音：t～d´，k～g´，ts～dz´，p～b´

2. 送氣清音～送氣濁音：t´～d´，k´～g´，ts´～dz´，p´～b´

事實上，五種轉換都在同羣之內進行，1～4 種轉換限于其中一項音素的轉

〔註40〕張世祿譯〈漢語詞類〉，頁 108～109。

換，第五種「集合轉換」（Conlined alternations）是以上 4 種轉換中二種以上轉換同時發生，試舉四種轉換兼具之例：

E壋	93	g´ât（曷）	～	94	k´i̯ər（豈）
（1）		g´-	～		k´-
（2）		-t	～		-r
（3）		O（無介音）	～		i̯
（4）		â	～		ə

這種轉換究竟來自何種語詞的分化？分化的時間或步驟如何？高氏沒有討論，顯然這是漢藏語族共同祖語的問題，目前亦未擬構完成，遑論高氏作此書時。

高氏在本書之最後，討論兩個問題，其一：本書所引舉的一切材料，是否都是「同樣性質」，亦即隸屬於同一種語言。即上古同一語言的方言？由於所採都是最普通的語詞，因此危險性很小。其二：這些轉換有時是否作為「一種狹義上的純粹文法功用的表示？」高氏的答案是肯定的，高氏並舉例證明語音轉換代表語法上的詞類轉換。這不啻是本書之重要結論。高氏稍後即於 C. L. 一文第三章列舉更多的例子，闡揚這個結論。

乙、語幹之孳乳及詞類度化

高氏 C. L. 共分五章，其第三章由中國語之孤立性質論及構詞，其主要問題有二：

（一）上古中國語是否真有形式變化？

（二）上古中國語是否確有轉成語？

關於形式變化，高氏以古漢語人稱代名詞具有格變化證明其真。高氏根據自己的擬測，指出下列變化：

		上古中國語	北平官話
主格－所有格	吾＝I, my	ngo	wu
間接變格－目的格	我＝me	ngâ	wo
主格－所有格	汝＝thou, thy	ńi̯o	ju
間接變格－目的格	爾＝thic	ńia	ern
所有格	其＝hiu	gi̯əg	ch'i
間接變格－目的格	之＝huiun	t'i̯əg	chih

高氏指出：「我們知道主格與所有格是 ngo（吾）ńi̯o（汝），間接受格與目

的格是 ngâ（我）nia（爾）；我們看出來，前者是以一個 0 元音去表明的，而後者乃以 a 爲元音。這本來是一個很精緻，很規則的形式變化，到現代音裡，已經完全破壞了。」〔註41〕

高氏上古漢語人稱代名詞具有格變化的根據是西元 1920 年發表的〈原始中國語爲變化語說〉一文，據其統計《論語》、《孟子》、《左傳》之人稱代名詞「吾」「我」「爾」出現次數及其用法，推測出上面的情形，其中左傳際頗多混淆，因此他的結論曾引起廣泛的批評，例如胡適之、王了一，高名凱、周法高等人均持反論。歐美學者亦有持保留態度者，如 N. C Bodman 以爲「不同的音韻擬構，對於形式的區別，諸如 "格" 的區別如何解釋，可能有很大的關係。」〔註42〕

關於轉成語，商氏利用詞羣及同源詞，說明詞幹藉語音轉換孳乳新詞，商氏先列舉四種轉換之例字（聲母、韻尾、介音、主要元音），再從中擇取三組（不取主要元音），列出轉換字之語法關係，茲將商氏之例字歸納爲九種：

（1）自動動詞－被動動詞　如：見 kian～見（現）g´ian

（2）動詞－形容詞　如：°長 tiang～長 d´iang

（3）動詞－名詞　如：配°p´wər～妃 p´iwər

（4）動詞－副詞　如：復 b´iôk～復 biôg

（5）形容詞－動詞　如：昂 ngâng～仰 ngiang；惡·ak～惡°·ag

（6）名詞－動詞　如：°子 tsiəg～孳 dz´iəg；傳·tiwan～傳 d´iwən

（7）名詞－形容詞　如：中 tiông～仲 d´iông

（8）及物動詞－不及物動詞　如：納 nəp～入 niəp

（9）普通否定－語氣否定　如：不 pwət～弗 p´iwət

高氏之結論爲原始漢語之語詞，不但有形式變化，且有屬於語法範疇之語詞轉成作用（Derivational process），一如印歐語言。但其語音簡化之過程發生甚早，在公元前一千年大致已完成其趨向孤立性之體系。

高名凱認爲高氏以清濁吐氣之轉變區別詞類實無法成立，高名凱所持之理由是：

〔註41〕杜其容譯〈中國語之性質及其歷史〉，頁 72。

〔註42〕見 N. C Bodman 對 C. L 之書評，載 Language，26，1950。頁 342。引文見周法高〈評高本漢原始中國語爲變化語說〉，《大陸雜誌》特刊 1。

（一）高本漢清濁吐氣而分詞類的原則，並不是應用在某兩種詞類的分野。

（二）高本漢並沒有告訴我們，除了這些例子外，其他有同樣分別的詞，是不是也應當有語音上的分別。也沒有告訴我們，有同樣的發音分別而沒有所謂詞類分別的詞，到底是什麼理由。〔註43〕

原始漢語是否為屈折語，目前論斷不免過早，然高名凱據以駁斥高本漢的兩點理由，也難以成立。蓋世界上之屈折語言中，亦鮮有以一二語音成分為詞類之分野，如清濁或吐氣與否，吾人亦不能否認其為屈折語，此其一；高本漢亦已指出同一成分在各種不同的詞族中，表示相反之文法關係，並不足為奇，蓋古典拉丁語中有同類之矛盾，此種矛盾乃從純粹描寫觀點以觀察古典語文所致，〔註44〕若上溯其歷史源流，則須從比較語言學角度觀察，如漢藏語比較研究，當能尋得高氏所未窮盡之例證，此其二。

高氏完全忽略聲調在語幹孳乳及詞類區別上之作用，周祖謨「四聲別義釋例」，周法高「語音區別詞類說」，G. B. Devon「古典漢語之調變孳乳」（Derivation by tone-change in Classical Chinese）三文，頗補高氏之不足，惟區分聲調之依據多屬切韻時代之聲調，能否逆推上古語言之孳乳分化，尚無確論，茲不論述。

丙、諧聲系列中之同源詞

高氏〈諧聲系列中的同源詞〉（C. W.）一文，發表於西元 1956 年，距 W. F. 之作達二十三年之久。此文之材料均見於其「漢文典」，已如前述。其轉換法則，大抵不出於 W. F. 所羅列，然加以條理化，較 W. F. 中詞羣之鬆散，不可同日而語。高氏本文主要特色為：所列同源詞皆兩字（或一字兩音）為一組，且僅限於同聲者。共收 546 條詞例。序論部分首就「增益部首字」（即形符後加）與純粹標音字兩類諧聲加以區別，次論古代造字者如何藉聲符之選擇以表現他們對同源詞之認識。此外，高氏列舉同音異詞與異調轉詞兩類，以補 W. F. 一文所未備。前者見本文例字 1～81 條，後者見 82～205 條，茲各舉數例：

1. 義　　*ngia/ngire/yi　　"正富" "正直"
2. 議　　*（音同）　　　"決定何者為正" "商議" "許斷"
3. 家　　*kå/ka/kia　　　"家屋" "家庭"

〔註43〕高名凱漢語語法論（科學出版社西元 1957 年），頁 71～72，頁 94～97。

〔註44〕同註40，頁 99～100。

4. 嫁 （同音） "（獲得家屋）女適人"

5. 鼓 *ko/kuo/ku "drum"

6. 瞽 （同音） 盲人（bluiod）（瞽者：盲人樂工）

　　高氏在上古音之前作*，除採上古音外，又採出中古及國語音韻，其中3－4一組，嫁中古爲去聲，聲調不同，宜改爲異調之例。

82. 左 *tsâ/tsâ:/tso 左邊，往左

83. 佐 *tsâ/tsâ-/tso 左助

84. 加 *ka/ka/kia 增，使用（apply）

85. 駕 *ka/ka-/kin （使用馬匹以～）駕以軛

86. 義 *ngia/ngjiᵉ- 正富，正直

87. 儀 *ngia/ngjiᵉ 合宜的態度（舉動）（prope demeanwr）

94. 處 *ťio/tśiwt/ch'u 居住，安置

　　　 *ťio/tśiwo-/ch'u 地點，居處

96. 數 *sli̯u/si̯u-/shu 數目

　　　 *sli̯u/si̯u:/shu 計算

　　高氏所標的異調都是中古音，上古音則未標調。「：」代表上聲，「－」代表去聲，平與去或上與去的對比，例子最多。這種異調轉詞，有兩類文字，一類含加形形聲字，一類爲同字異調。

　　高氏先將以上兩類提出，由於語音相同，其聲調又不在轉換律之內，細察其義，當以此二類音義對比皆最力，爲第一級之同源詞。

　　高氏又按語幹的變化（stem variation）歸納轉換的法則，高氏對于這些同源詞，在造字者心目中是否有同源的感覺，並不那麼肯定。其例見206～526，高氏析爲廿三例（A－X，其中J. W. 不用，p分爲a，b兩類）。茲按W. F. 轉換四類型歸納于下：

Ⅰ、聲母轉換例

　　A. 清閉鎖音與送氣濁塞音之轉換（p，t，k，tʃ～b´，d´，g´，dz´）

　　　　如：奇*kia（奇數）～*gia（奇異）

　　E. 送氣清音～送氣濁音之轉換〔p´，t´，k´，tʃ´～b´，d´，g´，dz´〕

　　　　如：取*tsi̯u～聚*dz´i̯u

　　F. 不送氣清塞音～送氣清塞音〔p，t，k～p´，t´，k´〕

如：跟*pwâ～頗*p′wâ

G. 濁塞音～濁送氣音〔d，g，ɗ～d′，g′，dz′〕

如：引*dɪ̯ēn～矧 dɪ̯en

H. 濁塞音～不送氣清塞音〔g，ɗ……〕～〔k，ʔ……〕

如：召*d′og～招*ʔiog

I. 濁塞音與送氣清塞音〔g，d……〕～〔k′，t′……〕

如：衍*gian～愆*kɪ̯an

Pa. 舌尖與舌面清塞音互換〔t〕～〔ʔ〕

如：哲*tɪ̯at～折 ʔiat

Pb. 舌尖與捲舌塞擦音互換〔ts′，dz′〕～〔tṣ′，tṣ〕

如：親*ts′ɪ̯ēn～櫬*tṣiěn

Q. 舌面清塞音與舌尖送氣濁塞音之轉換〔ʔ～d′〕

如：諸*ʔio～儲*d′ɪ̯o

R. 舌尖清塞音～舌面送氣清塞音〔t～ʔ′〕

如：多*tâ～侈*ʔia

S. 舌面濁塞音～舌尖送氣濁塞音〔ɗ～d′〕

如：恃*dɪ̯əg～待*d′əg

T. 舌尖濁塞音～舌面清塞音〔d′～ʔ〕

或舌面濁塞音～舌尖清塞音〔ɗ～ʔ〕

如：鬻*diôk～育*ʔɪ̯ôk

殊*ɗiu～誅 ʔiu

u. 舌面濁塞音～舌尖送氣清塞音

如：社*ɗɪ̯a～土*t′o

II、韻尾轉換例

B. 清塞音-p，-t，-k～濁塞音-b，-d，-g

如：割*kât～害*ĝâd

V. 鼻音韻尾-m，-n，-ŋ～清塞音韻尾-p，-t，-k

如：貶*pɪ̯am～乏*pɪ̯wăp

X. -n 與-r 尾之轉換

　　如：洗*siən～*siər（洗滌）〔按：洗 siən：洗馬〕

Ⅲ、介音轉換例

　　D. 介音 i̯有無之轉換

　　　　如：偶*ngu～遇*ngiu

　　M. 介音 i 有無轉換

　　　　如：覃*d′əm～簟*diəm

　　N. 帶 i̯介音與帶 i 介音之轉換

　　　　如：賜*si̯ĕg～錫*siek

　　O. 介音 w:有無之互換

　　　　如：內*nəp～納 nuəb

Ⅵ、主要元音轉換例

　　C. 元音 â：a：ă 之互換

　　　　如：安*·ân～晏*·an　　言*ngiăn～唁 ngian

　　K. 元音 0：å 之互換

　　　　如：賈*ko～kå

　　L. 元音 ə 與 ɛ 之互換

　　　　如：合*gəp～袷 g′ɛp

　　凡不合於上述同音異詞，異調轉詞及以上四類二十三式轉換例者，高氏視為奇特形，列舉于文末（527～546 條）以存疑，如為*gwia～僞*ngwia　黑*xmək～墨*mək　稟 pliəm～廩 bliəm 等。高氏的結論說：「早期造字者，有一奇特之巧思，即聲音轉換構成同一詞根的自然互換，彼深知 tân 之與 d′ân 可能為一個相同的詞，以其音轉在明顯限度之內，故選擇同一聲符以示之。」〔註45〕

　　按高氏此文純由形聲字立論，他雖然沒有像主張右文說的學者，把形聲字的聲符都視為意符，但顯然形聲字中具有各種聲韻轉換關係的同源詞，因為有字形作為保證，比其他不具諧聲關係的同源詞更為可靠，但由於他所偏重的是語音部分，對於形聲字的歷史發展以及語意上的分化，沒有明確的分析，讓人覺得他的選擇同源詞只是憑聲符與古音相近任意取捨，例如前述的 84 加與 85

〔註45〕參高氏原文，頁18。

駕是同源詞，加聲之字枷、珈、嘉、哿、賀是不是同源詞呢？按說文：加，語相增加也，从力口。又駕：馬在軛中也，从馬加聲（𣝗籀文駕）。依《說文》加似爲嘉美之義，考金文虢季子白盤「王孔加子白義」，字作𦎫》以爲孳乳爲「嘉」，齊鎛氏鐘、王孫鐘、沇兒鐘、邾公釛鐘、嘉賓編鐘皆有「用樂嘉賓」或「以樂嘉賓」之語，惟字皆从壴，加字則作𦎫，似加手形，然則「加」固爲「嘉」之初文。嘉美故謂「語相增加」，引申有增益之意，駕取軛在馬上，故有加增之義，高氏元音轉換 â 之例有嘉*kɑ〜賀 gʹâ 一條，然則加固當與嘉爲同源，與駕則事類顯有不同，高氏似以二者皆訓使用（apply）而使之同源不知此字義引申相同，非孳乳之證也。由此觀之，高氏本文所列 526 組諧聲關係之同源詞，自認爲較可靠者，有待一一商榷也。

高氏肯定形聲字中有一類，以聲符爲初文，如牙與芽，佳與唯，乎與呼，女與汝，它們確爲同源詞，但是有絕大多數的一類聲符只有標音作用，例如訝從牙聲，駙從付聲，它們之間並無意義之相屬性，這一類爲我們同源詞所摒棄，這種分別是十分重要的，我們將在第四章中作詳細的討論。

2. 藤堂明保

日人東京大學教授藤堂明保，著有《中國語音韻論》（西元 1957 年），《漢字語源辭典》（西元 1965 年）前者建立其中古及上古音韻系統，後者進一步利用其上古音系，旁探"說文通訓定聲"孫海波、高承祚兩氏的"甲骨文編"、容庚"金文編"，高氏"漢文典"，以及加藤常賢"漢字之起源"諸家對古文字的見解和說文、先秦兩漢文獻來證明字形字義，建立他自己的詞羣。

藤堂氏批評高氏漢語詞羣（W. F.）的分析有四個主要的缺點：

a）聲母輔音方面：高氏把聲母分爲 K. T. N. P 四組，其中舌音（T）一組包含 ts，tʃ，dz，s 和 t，tʹ，d，等，根據陸志韋〈說文和廣韻中間聲紐變遷之大勢〉一文諧聲的統計，ts 和 t 是不相諧的，也沒有互相轉變的痕跡。藤堂氏之研究由詞羣上證明陸氏的統計是正確的，高氏合併是錯的。此外，ɭ-應獨立成一羣，高氏併入 t 羣也是錯誤。此外，m，n，ŋ 也有獨立成羣的傾向，應與 K. T. P 的塞音分開。

b）介音方面：高氏認爲介音〔i〕和〔u〕在這方面的研究不太重要，高氏對介音 i（包括 ï 和 I）的假設是正確的，但藤堂證明介音 u 對詞羣研究十分重要。

c）元音方面：這是高氏最弱的一環，商氏由聲母的韻尾決定詞羣，視元音無關緊要，這是危險的假設，爲糾正高氏的偏差，藤堂氏改用他自己的三十部作基礎，而這三十部的分析悉承上古音韻學家的意見。〔註46〕

d）字義方面：《漢字語源辭典》序論第二節「論單語族的研究」，藤堂氏推崇高氏對詞羣研究有開創之功，然不滿他在字義字形分析上的欠缺。其後《漢文典》較 W. F. 已大有改進，但所採用的甲、金文字研究，除了字形外，字義方面仍甚有限，而所擬上古音系亦多可斟酌。藤堂氏認爲字義之研究與字形學息息相關，而中、日學者在文字學研究之成果可以彌補高氏之缺憾。本書共選了 223 個詞羣，以上古 30 韻部依陰陽相配統爲十一類爲部居，三十部之名稱、主要元音及韻尾如下：

第一類

I	陰類	之部 əg	II	幽部 og	III	宵部 ɔg
	入類	之部 ək		幽部 ok		宵部 ɔk
	陽類	蒸部 əŋ		中部 oŋ		
IV	陰類	侯 ug	V	魚 ag	VI	支部 eg
	入類	侯（屋）uk		魚（釋）ək		支部（錫）ek
	陽類	東 uŋ		陽 əŋ		耕部

第二類

VII	陰類	歌部 ar	VIII	微部 ər	IX	脂部 er
	入類	祭月部 ad, at		隊物部 əd, ət		至質部 ed, et
	陽類	元部 an		文部 ən		眞部 en

第三類

X	陰類	——	XI	——
	入類	緝部 əp		葉部 ap
	陽類	侵部 əm		誤部 am

每一部類包含若干「單語家族」（即詞羣），每一群少則二～三字（如 5. 食蝕，44. 早皁），多則三十幾字（如 33. 舟州周手……冬）共收 3600 個漢字。每一部類按照七類聲母排列詞群：

〔註46〕以上 a－c 見漢字語源詞典附錄之英文摘要，頁 890。

舌			齒	牙、喉	唇	
（1）t 群	（2）n 群	（3）i 群	（4）ts 群	（5）k 群	（6）p 群	（7）m 群

　　每一個詞群先列出「音變」「字形」「基本義」等三項綜合說明，再設定一詞根形態，藤堂氏用タイプ（形態）｛ ｝表示，名之曰 "形態基"（或形態音素 typical mnph），（蒲立本稱之爲 Archetypal Phonetic Shape），"形態基" 裡用大寫字母標記，每個字母代表一群可變聲類，例如 No. 28 北背負否剖倍副朋氷一群的 "形態基" 爲 $\begin{Bmatrix} \text{PÊK} \\ \text{PÊG} \\ \text{PÊNG} \end{Bmatrix}$ 基本義爲「切割爲二」，最後詳列相關的單詞，逐字標音解說，間附字義圖解。

　　藤堂氏於每一個詞群設定詞根形態，頗能補苴高氏的疏陋，其對詞群的選定，有形、音、義三者爲依據，在解說字義時，廣採《說文》、《爾雅》、《釋名》、《方言》、《論、孟》、《史記》、《漢書》及《經、子》之文以爲旁證，較諸高氏採用通行字義者大異其趣。雖然字源並不等於詞源，但是漢字的字源也往往含有語源的消息，此形聲字之所以見條理也，但過份倚重字源，往往易忽略語言的孳乳與字義的分化並不平行，反而爲字形所拘了。

　　以古韻部陰陽相配分爲十一類爲基礎，以決定詞群，同群必同類，亦即具有相同的發音部位的聲母及韻尾，主要元音又相同，如此縮小詞群的範圍，這是藤堂的優點。

　　但在詞義方面，仍有缺點，因爲他所抽繹出來的基本義，實際上並不是語詞的中心義或主要意義，而只是具有共通的引申義，如 No. 16、子、巳、絲、思基本義爲細小，從古文字可以明子、巳實爲一字，引申有小義，絲字引申亦有小意，然思字未嘗有細小義，巳字除見于干支外，並未見於其他用途，再者子字爲精母，巳字爲邪母，絲字爲心母，其語根形態設爲 TSÊG，然 No. 17「思」又與司、息、塞、色同訓爲「狹窄之間隙，塞入間隙」，其語根形態爲 SÊK，而其字義實由「思」字所从之「囟」得來，（當爲會意，段玉裁、朱駿聲說），然同一個「思」字（*siəg）何能兼有 *TSÊG 與 *SÊK 二種語根形態，令人無所適從。

　　藤堂利用圖形分析字義的共同特徵，頗有創意，例如 No. 12 里、力、陵，詞根形態定 $\begin{Bmatrix} \text{LÊK} \\ \text{LÊNG} \end{Bmatrix}$，基本義爲筋理，線條，其附圖皆有斜的紋理或走向，如：

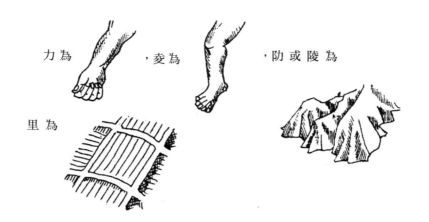

力為　　　　　，夌為　　　　　，阞或陵為

里為

但亦難免有附會想像之嫌，如 No. 37 圭，危，傾，基本義訓「ㄇ型，傾斜」，故 1. 圭為◻；2. 奎，踤，為◻；3. 堄，厓，崖為◻（＞型）；4. 跪為◻（＜型）；5. 掛為◻（∧型）；6. 携、攜為◻；7. 洼，窪為◻（∨型）；8. 傾為◻（∠型），不免望文生義，按：圭之形制不一，圓銳之制不可深考，說文云：「瑞玉也，上圓下方。」，莊子馬蹄李注云：「上銳下方。」藤氏但執一端之說，且考古文字圭字或另有本義，（如俞曲園兒笘錄曰：圭者，卦之古文，圭之為卦，猶兆之為粦也），卦之所徒之圭與奎、踤、厓所从之圭聲，恐與珪之形制不見得有關聯，諸如此類聯想，在全書詞彙中俯拾即是，本文無法一一駁斥，要之由後人之形制、動作等去考查字詞青義之源，易陷入主觀臆想，每失之毫釐，差之千里，終不如由古人用語中掌握詞義較為可靠。

3. 王　力

王了一在其《漢語史稿》第四章第五十七節提出「同類詞與同源詞」相對待，這是注意「同源詞」的研究之始，王氏把字源學（由文字結構追究許多詞的語源）上的同源稱為「同類詞」或「同類字」，以別於從語音上去追究語詞來源的同源詞。王氏認「從意義偏旁去追究語源雖不是唯一有效的方法，卻不失為方法之一。」〔註 47〕王氏對同源詞的定義是「聲音相近而意義又相似的詞，往往是同源詞」，王氏這個定義很含糊卻很謹慎，照他的說法「聲近義近」也不全都是同源詞，只是常常是同源詞吧了。王氏舉出的例證是楊樹達氏高等國文法中找出的十六個否定詞，卻都是上古唇音字，十一個是明母字（莫、末、蔑、靡、曼、罔、無、母、亡、勿、未），五個是幫母字（不、弗、否、非、匪）它

〔註47〕王力《漢語史稿》，頁 537。

們都可算作同源詞。王氏討論"詞族"的問題，仍舉明母字表示「黑暗或有關黑暗」的觀念。如

暮	māk	墓	māk	幕	māk	霾	meə	昧	muəi	霧 mi′wɑ

暮　māk　墓　māk　幕　māk　霾　meə　昧　muəi　霧　mi′wɑ

滅　mĭăt　幔　muăn　晚　miwan　茂　məu　密　mĭĕt　茫　mɑŋ

冥　mieŋ　蒙　moŋ　夢　mĭwaŋ　盲　meaŋ　眇　mi′au

王氏與前人不同的是縮小語義範圍，限于「黑暗及有關黑暗」的概念，前人動輒將所有明母字搬出來引申演繹一番，因而語意就不止一個；這是處理詞類比較嚴謹的態度，換言之，詞族要有音和義密切連繫，當中的一些詞，音義關係的密切接近到如同一個字的引申義，這是分化的起點，我們才當他是同源詞。王氏還有三組例子，一組是影母字表示黑暗和憂鬱的概念，日母字表示柔弱，軟弱的概念，陽部字表示光明、昌盛、廣大、長遠、剛強等概念，它們都只是一部分字，換言之，影母字除了這一族外還有表示其他概念的詞族，例如形聲字中从夗，从嬰，从幺、从旨得聲有小意，〔註48〕而奄聲的奄俺，乙聲的蚓狁圪，块聲的泱、霙、柍，匽聲的匽、鷖、騳，則並有大義，見於王念孫釋大。既然同一聲母不限一義，顯然構成詞族的條件不止是聲母而已，王氏對"明"字為黑暗的反義詞，特別用反義詞的語音連繫加以解說，就未免受前人同紐多同義的觀念所拘了。〔註49〕

王氏注意及同源詞，是受高本漢的影響，他對高氏 word Fonilies in Chinese 一書的書評，〔註50〕認為高氏的詞族沒有提出具體的原則，如「同族者義必相近」「義相近者必同族」「同族者其義往往相近」三個原則在高氏分析的材料時，都不能成立，高氏只提出一種猜想「義相近者，往往同族」這種原則，在章氏文始已發揮了。高氏方法上與章氏不同的地方，王氏並非無所見，但也許是對上古音擬測上的歧見，使他不願肯定高氏方法的進步，而他自己敘述詞族時，也不能跳出前人的窠臼。

王氏對同源詞的研究，最近的結果見於〈同源字論〉王氏一反其《史稿》改稱「同源字」，文中並討論了許多文字上的問題，如通假字，異體字，區別字。

〔註48〕 參黃永武形聲多兼會意考第三章彙例，頁 60。

〔註49〕 參註 47，頁 542。

〔註50〕 參註 38。

這代表他無法擺脫文字來談詞源，這是研究漢語詞源的基本問題，王氏在本文中提一套語音分析的依據，並從語意方面分析同源字，在語音方面，先根據他自訂的二十九個上古韻部的擬音，再將之分爲三大類，八小類，即（甲）-o，-k，-ng 類，（乙）-i，-t，-n 類，（丙）-p，-m 類，同源詞的關係計有四組：

（1）同韻部者爲疊韻。例如："走、趨"侯部疊韻，"夜、夕"鐸部疊韻，"彊、境"陽部疊韻，"空、孔"車部疊韻，"三、參"侵部疊韻。

（2）同類同元音者爲對轉。例如："背 puək：負 biuə"職之對轉，"陟 tiək：登 təng"職蒸對轉，"斯 sie：折 siek"支錫對轉，"題 dye：定 dyeng"支耕對轉，"盈 jieng：溢 jiek"耕錫對轉。

（3）不同類而同元音者爲通轉，這是元音相同，但是韻尾發音部位不同。例如：吾 nga：我 ngai，魚歌通轉，強 giang：健 gian 陽元通轉；介 keat：甲 keap 月盍通轉等。

（4）同類但不同元音者爲旁轉。例如：叩 kọ：考 ku，侯幽旁轉，焚 biuən：燔 biuən 文元旁轉，質 tjiet：贅 tjiuat 質月旁轉等。

在上古聲母方面，王氏修改了《漢語史稿》中六類 32 個的說法，共擬三十三個聲母，分爲五大類七小類：聲紐的音值也有局部的改定。即：

甲）喉音　　　　　　（1）影母〔o〕

乙）牙音（舌根音）　（2）見母〔k〕　（3）溪母〔kn〕　（4）群母〔g〕

　　　　　　　　　　（5）疑母〔ng-〕　（6）曉母〔x〕　（7）匣母〔h〕

丙）舌音（分二類）

　　（一）舌頭音　　（8）端母〔t〕　（9）透母〔th〕　（10）定母〔d〕

　　　　　　　　　　（11）泥母〔n〕　（12）來母〔l〕

　　（二）舌面音（在中古屬正齒三等）

　　　　　　　　　　（13）照母〔tj〕　（14）穿母〔thj〕

　　　　　　　　　　（15）神母〔dj〕　（16）日母〔nj〕

　　　　　　　　　　（17）喻母〔j〕　（18）審母〔sj〕

　　　　　　　　　　（19）禪母〔zj〕　　〔註51〕

丁）齒音（分兩類）

〔註51〕陳師伯元指出：日、喻二母皆非正齒三等，王氏恐有疏失。

（一）正齒音（在中古屬正齒二等）

　　　　　　　　（20）莊母〔tzh〕　　（21）初母〔tsh〕

　　　　　　　　（22）床母〔dzh〕　　（23）山母〔sh〕

　　　　　　　　（24）俟母〔zh〕

（二）齒頭音　　（25）精母〔tz〕　　（26）清母〔ts〕

　　　　　　　　（27）從母〔dz〕　　（28）心母〔s〕

　　　　　　　　（29）邪母〔z〕

戊）唇音　　　　（30）幫母〔p〕　　（31）滂母〔pn〕

　　　　　　　　（32）明母〔b〕

　　王氏主要的改擬有三：1.）濁聲母改爲不送氣的 g，d，b 喻（四等）改爲 j。2.）原擬舌上音的照系爲 t＋j，3.）原擬混合舌葉音的莊系（tʃ）改擬爲精（tz）送氣，又根據李榮《切韻音系》，多擬了一個俟母 zh，其中中古正齒二等莊系字改爲 tzh，tsh，dzh，sh，zh 王氏沒有音值上的說明，使人疑心精莊音值上的對比是否存在，不如李方桂先生擬成精系 ts 十二等性介音 r（tsr……），大概王氏因爲中古音值仍將莊系擬爲 tʃ 等而非捲舌音。同時莊系字＋ h，把精清改爲 tz，ts，取消了送氣符號，也很難令人遵循，至於（1）（2）兩點，除了喻母外，大概和李方桂先生相合，如果從音位的觀點看，照穿神日，初床山俟（照二五母）九母都可取消，王氏的聲母只有二十四，與黃季剛古聲十九紐，李方桂的 26 個單純聲母接近，那麼古聲母研究的結果越來越趨一致了，這是一種可能的現象，事實上王氏在小注中也說明正齒二等歸入精清從心邪是根據黃侃的古音十九紐。〔註52〕

　　依聲紐的關係，也分五類：

（1）同紐者爲雙聲：如疆 kiang 境 kyang

（2）同類同直行，或舌齒同直行者爲准雙聲：如致 tiet：至 tjiet，端照准雙聲，乃 nəˊ：而 njiə 泥日准雙聲，鑠 sjiôk：銷 siô 審心准雙聲。

（3）同類同橫行者爲旁紐。如：走 tso：走 tsio 精清旁紐，背 puək：負 biuə 幫並旁紐。

（4）同類而不同橫行者爲准旁紐（少見）：如它 thɑi：蛇 djyɑ 透神准旁紐，

〔註52〕王力〈同源字論〉中國語文復刊第 1 期，頁 33 小註。

跳 dyô：躍 jiôk 定喻准旁紐。

（5）喉與牙，舌與齒為鄰紐（少見）：如影 yɑng：景 kyɑng 影見鄰紐，順 djiuən：馴 ziuən 神邪鄰紐。

王氏在這裡拋棄了泛論詞族的方法，從嚴格的雙聲疊韻入手，因此只舉成對的同源詞。以雙聲到准雙聲，到旁紐，到少見的准旁紐、鄰紐，其相近度是遞減的，這樣無異是修正了章太炎古雙聲說的夢泛（如以喉牙、貫穿諸音）及黃季剛泛稱同位的疏漏（如影、見、端、知、精、莊、照、邦、非同位或互相變，王氏准雙聲限於發音部位相同，方法亦相同者）而把部位相同（同類）方法不同，或部位不同的少見相通立為「准旁紐」「鄰紐」五類的界線尚在，而唇與其他四類，是絕不相近的。王氏用擬測的上古音值來說明語音相近關係，以韻部為主，也糾正了高氏只以聲紐、韻尾的配合為條件，而不論元音做法，可說折衷了《文始》與《漢語詞群》的方法，而態度更為嚴謹，因此上舉各例的詞源關係，大都是可信的。

王氏云：「同源字必須是同音或音近的字，這就是說，必須韻部、聲母都相同或相近，如果只有韻部相同而聲母相差很遠，如共 kong，同 dong，或只有聲母相同，而韻部相差很遠，如當 tang 與對 tui，就只能認為同義詞，不能認為同源字。」〔註53〕

王氏對於同源詞的詞義關係，析為十五種，（1）工具（2）對象（3）性質作用（4）共相（5）特指（6）行為者、受事者（7）抽象（8）因果（9）現象（10）原料（11）比喻，委婉語（12）形似（13）數目（14）色彩（15）使動，雖然不能涵蓋一切的語義關係，但較前人泛稱引申孳乳者則更加細密，可說王氏對同源詞研究的一大貢獻。本文分析同源詞的方法也是在王力的基礎上作進一步的探討。

〔註53〕同上註，頁 30。

第三章　上古漢語同源詞之依據

第一節　諧聲字

壹、諧聲之起源及其發展

　　遠古漢語的歷史，十分悠久，在文字發生以前，無從追溯，唯有文字發展過程，尚爲後人留下古語的線索。因此，欲究上古詞源，捨文字而莫由。即使在文字發展的初期──象形或象意期語音也無從窺測，保存中國語言的原始字音，最早的資料還是形聲文字。

　　六書中「形聲」一名，雖至漢人始定，然諧聲爲造字的方法，則由來已久，因此必先探討有關文字起源及發展的學說。唐蘭說：

> 由原始文字演化成近代文字的過程，細密地分析起來，有三個時期，
>
> 由繪畫到象形文字的完成，是原始期，由象意文字的興起到完成是
>
> 上古期。由形聲文字的興起到完成是近古期。〔註1〕

儘管唐氏的「三書說」受到批評，但是中國文學的發展，經過表形，表意，表音三個階段，卻合乎大多數文字學家的看法。〔註2〕而形聲字的出現最晚，也是合乎一般的推論。唐氏並假定形聲字的產生在三千五百年前，他說：

〔註1〕《古文字學導論》上，頁30。

〔註2〕六書中的指事，只有許慎、戴侗把它列爲第一，其餘各家都次于象形之後。唐蘭則把指事併到「象意」裡，李孝定也將指事、會意合稱「表意文字」。

我們在文字學的立場上，假定中國的象形文字，至少已有一萬年以
上的歷史，象形、象意文字的完備，至遲也在五、六千年以前，而
形聲文字的發軔，至遲在三千五百年前。〔註3〕

這個問題，在李孝定先生〈從六書的觀點看甲骨文〉一文，有比較具體的論證，
李文統計在一二二六個可識的甲骨文字中（其中 70 個字六書分類不詳），可以
確定的形聲字有 334 個，佔總數百分之 27.24 強，僅次於會意字（396 字，32.30
％強）李氏云：

中國文字發展到注意的形聲文字，已經達到完全成熟的階段，它能
因應一切文化發展的需要，可以取之不盡，用之不竭。甲骨文字中
已經有了相當數量的形聲字，其中有許多是新造的，而另一部分則
是由原有的象形、指事、會意和假借改造而成的。……我們姑且將
這種現象叫做文字的聲化，而將那些由象形、指事、會意、假借改
造而成的——尤其是由假借加注形符而成的——形聲字，叫做「原
始形聲字」，那些原來沒有，純粹由一形一聲相配合而成的後起形
聲字，叫做「純形聲字」。〔註4〕

形聲字的完成，究竟在什麼時候，沒有人能確定，由於兩周金文的研究，我們
可以肯定，文字「聲化」的過程是漸進的，聲化的完成也就是大量純形聲字出
現的時期，由於純形聲字不必受舊文字的拘束，它只是根據語音來造字，聲符
主要作用就是表音，因此形聲字大約經過一千年的時間，已增加了二十倍以上，
成為中國文字的主體，〔註5〕由於形聲方法的進步和簡易，使得文字的孳乳迅
速，幾幾漫無節制，而新舊文字的雜陳（二者之消長，產生古今字），方國殊語
的並列，產生了轉注的現象，這種現象在形聲字產生以後，任何時間都存在著，

〔註3〕《古文字學導論》上，頁 28。

〔註4〕李孝定，〈從六書的觀點看甲骨文〉，頁 96。

〔註5〕容庚《金文編》共收 1894 個確定的文字，及附錄 1199 個不可識的文字。但兩周文字
絕不止於此數。《說文》中的形聲字，依朱駿聲六書爻列的統計是 7697 字，其中雖然
也有不少重文未併及漢代的文字，但先秦文獻中出現而《說文》未收者也不在少數，
而甲骨文的形聲字也不會止于 334 個。因此我們用 7697÷334＝23（倍）只是說一個
概數。

因此從來沒有文字學家能把轉注字完全列舉出來，朱駿聲舉了七個字，他的錯誤是顯而易見的。六書中的轉注，異說最多，本文重點非關文字的構造，因此不擬論列。但轉注與形聲關係的密切，自鄭樵以來，也爲許多學者所認定。這個問題牽涉語言文字的孳乳，也與本文所界定的同源詞息息相關，在下文裡將做進一步討論。

貳、諧聲字的聲義關係

由象形、象意文字發展成「原始形聲字」，聲符往往就是「初文」，因此「以聲爲義」就成了原始形聲字的特色，其後大量「純形聲字」的出現，使得聲義關係漸趨式微。右文說之主要立足點便是前一類形聲字，而「形聲多兼會意」的論據，主要根據爲右文與聲訓，但就全體形聲字看來，連「多兼」的命題也因例外太多，而不易爲人所接受。至於楊樹達氏「形聲字聲中必有會意」的全稱肯定命題則是犯了以偏概全的大錯誤，可說是右文說的壞影響。段玉裁把形聲中有意可說者稱爲「形聲包會意」或「諧聲中有會意」視後起不兼意之形聲字爲變例，雖不免拘於正變之說，對於形聲字的原始，亦未嘗不是探本之論。

清代小學家多半主張聲中有意，王筠則反過來，以爲純形聲在先，他說：

> 許君敘曰：三曰形聲，形聲者，以事爲名，取譬相成，江河是也。案工可第取其聲，毫無意義，此例之最純者。則有兼意者矣。（王氏自注：亦聲必兼意，省聲及但言聲者，亦多兼意）。形聲而有意，謂之聲兼意，聲爲主也，會意字而有聲，謂之意兼聲，意爲主也。

〔註6〕

王氏云「工可第取其聲，毫無意義」，不謂其狀聲或譬況，蓋因語言在文字之先，依聲以造字，實僅模擬語言中之音節單位，而不必逐字皆肖其原始自然之物聲。認爲聲符大半無意並無不可。然說文八千餘形聲字究竟聲符兼意的比例如何？王氏未有說明，但云「是知形聲字有義者極多，然義屬假借者，則許君一切不言，所以無穿鑿之病。」〔註7〕朱駿聲六書爻列「形聲兼會意」凡337字，純形聲字

〔註6〕《說文釋例》，卷三，頁1。

〔註7〕《說文釋例》，卷三，頁10。

凡 7697 字，其比例爲 1：23 弱。審其所列之字除「亦聲」字外，尚有二徐會意，朱氏改爲亦聲者，取捨並無標準。至於段玉裁注說文，主聲義同源，凡從某聲多有某義，形聲多兼會意，則隨文舉發，觸處皆見聲訓之條，王氏所謂「義屬借假，許君不言」者。段氏必抉而發之而後快。從段氏之說，則形聲字聲中有義者，必十之七八，則聲在此而意在彼者，必以假借說之，不能無穿鑿。龍宇純先生則謂「說文形聲字中無義者殆十有六七」，〔註8〕則持寧缺勿濫之態度。

考察形聲字聲義關係，必一止於說文，蓋許氏說解不盡爲本義，其中誤解字形，曲解字義者所在多有，近人研究古文字者，頗多匡許。更難能者，由形聲字之演進，以察形與聲之先後，更可確定聲符在字中所扮演之角色。甄尚靈氏曾批評前人對形聲之分類說：

> 綜上諸說，或重形與聲部位之配合，或重形與聲成分之配合，或重聲與字音之關係，或重聲與字義關係，其分類得失，暫置不論；惟有一蔽，爲諸家所同具者，即僅就文字既成之後以立言，而未能溯其原始是也。一字之構成，自其現狀分之，則爲成分某與成分某之配合；自其史實觀之，則爲以成分某加成分某，或以成分某易成分某，或既易而重加，或既加而又易，或層疊遞嬗，更三四易而始定焉。必憭然於此種種過程，而後其配合之來源與意義，乃可得而說。
>
> 〔註9〕

甄氏上溯甲金文字演變之跡，因分形聲字爲兩大類：其一爲意符先具、意符後加者，如寶字甲文作𡩛，金文作𡫔（盂鼎）𡪋（贏氏鼎）𡨄（虢季氏毁）𡩜（格伯作晉姬毁）𡩈（周寰鼎）。說文：「寶，珍也，從王从見缶聲。」羅振玉殷虛書契攷釋云：「具與玉在宀內，寶之誼已明，古金文及篆文增缶。」甄氏云：「寶在金文多已加缶聲，惟贏氏鼎作𡪋。其他作𡨄、𡩈、𡩜殆皆加聲後之省文，然在兩周，究以加聲不省者爲最通用，故小篆仍之。」〔註10〕統計金文編0970（七・二五）寶字下凡收不省之字形 153 器，164 文（有一器重出數形），

〔註8〕龍宇純，〈造字時有通借證辨惑〉，《幼獅學報》1：1，頁 2。

〔註9〕甄尚靈，〈說文形聲字之分析〉，金陵齊魯華西三大學《中國文化彙刊》，第二卷，頁 225。

〔註10〕同前文，頁 231。

省變者僅廿六文，甄氏之說洵然。其二爲音符先具，意符後加者。如「妣」字，說文：「殁母也，從女比聲，𣚬籀文妣省。」甲文作𠂢，金文作𠂢（妣辛段）（金文編作𡭗妣年盨）𠂢（作義妣鬲），𣂈簥侯段，𣂈（齊鎛）𠂢（陳㦰午錞）𠂢（𤰞作妣丁爵）〔註11〕又如祖字甲文作且，金文作且（盂鼎），祖（齊鎛）。

甄氏的結論說：

> 說文中之形聲字，形與聲確有先後之痕跡可尋，（1）其意符先具，音符後加者，意符或即本字，或就本字而頗省減。（2）其音符先具，意符後加者，音符或原是意符，或只是聲假。〔註12〕

就甄氏所列舉之例證，第一類只有鼻、𦥑、𥔥、鑄、寶、沫、闢、圍等八字。第二類則多達 87 字，足見這類形聲字實爲形聲相益，孳乳浸多的主幹，相形之下，第一類只是象形、象意文字的純粹聲化，相當於一字之重文。第二類的添加意符，不唯使意義更明確，並使原有意符轉爲音符，而原有音符由於假借在先，又可孳乳爲他字。在音符與後起形聲字之間，形成一與多之關係。理論上聲符可假借的意義無限，故云「一聲可諧萬字」（段玉裁語）；實質上形符的數量是有限的，因此形聲字同一聲符所諧的字，少則一字，多則亦不過一百多字。〔註13〕

甄氏進一步分析音符先具的形聲字，其音符與意義的關係，亦有兩種。甄氏云：

> 吾人更就音符意符兩者與意義之遠近觀之，則一組所列，音符原是意符，或即爲本字，或一義引申，其後退爲音符，別加意符而爲形聲。此類形聲字，音符與字義之關係，實較意符爲尤密切。二組所

〔註11〕 《金文編》1542（十二・十六）。

〔註12〕 同註9，頁248。

〔註13〕 以下是通訓定聲與廣韻聲系同一聲符所衍形聲字之字數：

	定　　聲	聲　　系
東聲	51	174
亡聲	43	173
壬聲	55	128
內聲	27	122

列，音符只是聲假，其後加以意符，限制屬性，始不致與其他同意
之字混淆，則意符與字義之關係，自較切於本有之音符，亦不待繁
言而可解。〔註14〕

質言之，音符原是意符，亦即該形聲字的初文，意義即寓於聲，因此是兼意的
形聲字。意符僅爲聲假，注形以爲區別，即王筠所謂分別文，音符與分別文意
義有廣狹之別，音符又假借在先，就文字學的立場，便是不兼意的形聲字。

　　比較聲符與形符之先後，可以將形聲字判爲兼意與聲不兼意兩類，然此兩
類之分析，尚不足以涵蓋所有形聲字之來源，龍宇純先生曾將說文形聲字析爲
四類：

　　甲、象形加聲：爲與他字區別而加聲符，與合體象形字之加義符者用意相
　　　　同，爲形聲字得名之由來。

　　乙、由於語言孳生而加形，以求彼此間區別。

　　丙、因假借而加形，以與原字區別。

　　丁、从某某聲：此類字形符部分既非專爲某字而造，與甲類不同；聲符部
　　　　分亦無語源或假借關係，只是基於音同音近的條件，偶然取之以爲譬
　　　　況，又與乙丙類不同。〔註15〕

　　龍先生的甲類，相當於前文的「純粹聲化字」或「意符先具的形聲字」。乙
丙兩類相當於甄氏音符先具的兩類形聲字。丁類則爲李孝定先生的「純形聲
字」。龍先生認爲：

　　甲類字於象形加聲，是以形爲主，以意爲屬，與丁類字較爲接近，

　　乙、丙兩類，於音加形，是以音爲主，以形爲從，與丁類字絕不同。

　　說文雖亦以爲「从某某聲」之形聲，其實爲六書之轉注。〔註16〕

龍先生把說文「形式上的」形聲字，按照語言文字孳乳的實質關係加以分析，
甲、丁兩類的聲符不兼意是龍先生心目中「眞正的形聲字」，乙丙兩類，聲符均
爲語根所寄，不過乙類字是初文與後起形聲字的同源關係，丙類則是義寄於聲，
不可以初文之形義說之，而必求諸於語源，則龍先生之「轉注字」實爲同源詞

〔註14〕甄尚靈，前引文，頁245。

〔註15〕龍宇純，《中國文字學》，頁152～166摘錄。

〔註16〕同前書，頁166。

之表現於形聲字者。這兩類同源詞的形成，皆由於語詞的分化，遂使人們產生區別同意字的需求。在語言上尙可由複音詞或語境來區別，在便於目治的單音節字上，便只有加形以爲標記，也就是王筠所謂的「分別文」。王氏說：

> 字有不加偏旁而義已足者，則其偏旁爲後人遞加也，其加偏旁而義遂異者，是爲分別文。其種有二：一則正義爲借義所奪，因加偏旁以別之者也。一則本字義多，既加偏旁，則祇分其一義也。〔註17〕

這兩類都是初文加注形符，在字形分化之先，字義已先分化，所不同者，分別之後，第一類初文與分別文判爲兩字。第二類則初文與分別文之間，仍爲同義詞，但義有通專而已。

關於第一類由假借關係所造成的新形聲字，依照蔣善國的說法，又可區別爲三類：〔註18〕

A、有些被借後，本字和借字都增加了偏旁義符，如采字本象用手摘樹上的菓實，自假借作"文采"的采，便把本字加手旁作採，把借字加彡旁作彩，或加糸作綵。蔬菜的菜，睬看的睬，也都是假借采字的，因而也分別加了艸頭和目旁。

按：從同源詞的角度來分析，從采得聲的字，有二組同源詞，（1）采～採～菜（2）采～彩～綵；文采聲只有菜、睬兩字，採、彩、綵都是後起字。采與菜、睬二字是否具有語源關係？菜訓艸之可食者，睬訓姦（《廣雅·釋詁》四：睬忴恨也），菜字段注：「此舉形聲包會意，古多以采爲菜。」朱氏《定聲》采假爲菜僅有一見：「《周禮·大胥》注舍采。《禮記·月令》正作釋菜」。鄭謂菜爲蘋蘩之屬，我們自可假定采、菜同源，采字訓捋取，是動詞，從爪木會意，其所采之對象本不限木果，造字者偶用木會意耳，爲區別名詞於動詞，將所采之物命之曰菜，從艸采聲，實亦會意兼聲，以手采爲採，以目采爲睬，它們都是采字的分別文，睬的出現必然在重形繁體的「採」之後，至於睬字，義或別有所受，或係純粹形聲，不在本組同源詞之內。

〔註17〕《說文釋例》，卷八，頁1。

〔註18〕甄尚靈，〈說文形聲字之分析〉，頁12。

B、有些字被假借後，只是借字加了偏旁義符的。如栗字本象栗子樹，自假借爲戰栗的栗字，便在借字上加了心旁義符作慄。夫容兩字先被假借爲花名，再加艸頭義符作芙蓉；夫渠兩字先被假借爲荷花的名稱，再加艸頭義符作芙蕖。按：栗與慄並無語源關係，聲符純係表音，聲訓家妄爲牽合，已見上章。

C、有些字被假借後，本義爲借義所奪，本字另加偏旁來保存本義，如辰是大蛤，自假借作星辰和地支，本字遂加虫作蜃。午字甲骨文作 ∮∮，自假借作子午和晌午，本字遂加木旁作杵。須字從頁從彡會意，表示人的鬍鬚，自被假借作必須的須，本字加髟旁義符作鬚。按：這類是王筠「分別文」的第一類，辰、午、須在語詞中已與蜃、杵、鬚分化爲兩字，而且分化的時間相當早，辰午是否爲蜃杵之初文，古文學者也尚無一致的結論，因此，在我們的同源詞裡，對辰蜃，午杵一類，也只能闕疑。

由語言孳生而加形，實際上也有兩類，第一類是本字爲引申義所專，另加形符，以區別於原來的本字，如止本象足趾形，自引申作停止，留止，本字加足旁作趾。盉字從水在皿上，表水溢出器外，引申作利益、增益；本字加水旁作溢；尊本酒器，引申爲尊卑義，遂加形作樽、鐏、罇等。從造字觀點看，後者皆是重形俗體，從語用的觀點，它們意義已有廣狹通侷，既是古今字，也是同源詞。第二類，則是引申的範圍更廣，在分別字未產生之前，用一個表音的共名來代表與之相關的語意，由於共名所負擔的語義過多，易造成字義的混淆，因此就在這個共名或通名的文字上，分別加上表示類別的義符，爲之區別，形成一組聲符相同，語義相關的形聲字群，這組字，語音和語義都有了細微的分化，當然也有字音相同者。這是形聲中兼意的一類。試舉說文眉聲六字爲例：

眉　目上毛也。从目象睂之形，上象額理也。

楣　屋邊聯也。齊謂之檐，楚謂之梠，秦謂之楣，从木眉聲。

湄　水艸交爲湄，从水眉聲。

媚　說也，从女眉聲。

瑂　石之似玉者，从玉眉聲，讀若眉。

郿　右扶風縣，从邑眉聲。

除郿字爲方名，聲符無義可取外，楣湄取義於目毛之「邊臨」義，媚瑂有取於眉之嫵媚義。關於前者，釋名可以作爲佐證。

　　楣　眉也，近前（各兩）若面之有眉也（〈釋宮室〉）

　　湄　眉也，臨水如眉臨目也。（〈釋水〉）

　　《廣雅疏證・釋宮》楣下云：「湄與楣義相近，楣字皆下垂之名，故在人亦有眉宇之稱，枚乘七發云：陽氣見於眉宇之間也。」朱駿聲亦云：「以屋之近前下垂處喻額前也，以眉爲之。」又說文邊訓「行垂崖也」，崖訓「高邊」。依王、朱之意，楣之从眉蓋取下垂義。然湄字實取義於水邊、雖亦有居高臨下之義，釋名但取邊臨義亦足。

　　媚字自眉孳生，《釋名・釋形體》云「眉，媚也，有嫵媚也。」釋名以動態之「媚」字訓名詞之「眉」，是要說明媚悅之義，實爲眉字之引申，蓋人身上最嫵媚悅人者，莫過於女眉。眉之秀麗引申爲凡物之瑩徹明亮，瑂之从眉，蓋取玉石之美。此義純屬猜測，然說文玉部自㺿至玏凡十八篆，皆訓「石之似玉者」，只是一個共名，同爲一物，而異名多至十八，必有所分別，意者玉石之種類極多，各取其特徵以命名，猶之乎驪騏騧駽騢雒駱駰驄驕駁騧駿駓騢騂駒駮，同爲馬也，而皆以毛色別，許詳於此而略於彼，蓋玉石之名古人已不憭；雖然聲符未必有確定意義，然驃爲黃馬發白色，猶犥爲牛黃白色，聲義略近，比物醜類，猶有可說。

　　綜上所述，眉聲之字，初步獲得兩組同源詞：

　　（1）眉 1～楣～湄　　（2）眉 2～媚～瑂

　　這兩組之不能合併，實因其語義特性有別，在聲韻方面，除媚在去聲至韻外（明祕切），其餘都是武悲切（脂韻），從聲調不同看來，第二組同源詞，似乎宜排除媚字。

　　說文從且得聲的字，依朱駿聲統計凡四十八名，見於甲、金文者，依孫海波《古文聲系》，凡有七名，即祖、沮、組、俎、虘、叡、苴。依說文釋義，初步可以得到幾組共同的語意，即：

　　（1）薦藉義：且（所以薦也），俎（禮俎也），苴（履中艸），蒩（茅藉也）。

　　（2）起始義：祖（始廟也）。

　　（3）粗略義：粗（疏也，本爲糲米，此引申義），齟（齟齬），且（苟且義，此假借義），駔（壯馬），跙（拙也）。

　　（4）取義：抯（挹也），叡（義取也），狙（說文玃屬，方言掩取，關西曰狙）。

（5）往義：徂迡（往也），殂（往死也）。

（6）止義：阻（險也，險訓阻難），柤（木閑也），詛（訓也，使人行事阻限于言也）。

（7）驕義：怚（驕也），媎（驕也），虘（虎不柔不信也，按：朱駿聲以爲紆曲傳會）。

（8）沮洳義：疽（久癰也），岨（石戴土也，亦作砠），菹（酢菜也）。

（9）編織義：罝（兔网也），組（綬屬，其小者以爲冠纓）。

以上這些意義的連繫，多半由引伸義完成，引申義又由說文釋義出發，展轉牽引，究竟去造字時原義多遠？說文雖以探求本義爲鵠的，然闕疑暨兩存其義者，所在多有，若專據說文音義以求同源詞，必多齟齬，因此，凡經傳未見使用者，許氏雖或保存古義，本文僅作旁證，或經典只用假借義，其本義難證實者，概不闌入。且聲字的同源詞，本文祇取五組：

（1）且、俎、苴、菹〔並由薦藉義孳乳〕
（2）祖、徂、殂〔並由始義孳乳〕
（3）柤、齟、駔、怚、媎〔並由止閑義孳乳〕
（5）疽、菹〔並由潰爛義孳乳〕

以上所取十六字，爲《通訓定聲》且聲所衍四十八名的三分之一。十六字而有五種語根，由此可見形聲字之聲符，雖有義可求，但不止一個語根，因此在詞源的連繫上，就必須分開，凡是聲符表意性質不明顯，無法與同聲符的字取得系聯，大抵可以視爲純粹表音之形聲字，不必強求詞源。

參、甲金文諧聲字的孳乳分析

由上文可知，原始形聲字的聲符由於引申或假借，往往有多義之傾向，這類形聲字，多半聲符先具，注形在後，因此大半聲中有意。古漢語中大量同源詞，可以從"原始形聲字"的分析獲得。有些同源詞，有古文字的孳乳做基礎，更加可靠。許叔重謂「倉頡之初作書，蓋依類象形謂之文，其後形聲相益，即謂之字。文者物象之本，字者言孳乳而寖多也。」段玉裁注：「形聲相益謂形聲會意二者」。又云「析言之，獨體爲文，合體爲字」，由此可知，由會合獨體之文以成合體之字，皆謂之孳乳，此孳乳二字最廣泛之界說也。餘杭章君著文始，立初文、準初文，「討其類物，比其聲韻，音義相讎，謂之變易，義自音衍，謂

之孳乳。」蓋欲溯語言文字發展之跡，黃季剛先生釋之曰：

> 變易者，形異而聲義俱通；孳乳者，聲通而形義小變。試爲取譬，
> 變易，譬之一字重文；孳乳，譬之一聲數字。〔註19〕

　　章黃之孳乳說，從文字之聲義關係以探究詞源，誠有卓識，然其固守說文，僅就文字既成之平面以立言，未能就文字衍生之史實以觀察，不免蔽同古人。據古文以言形聲字之孳乳者，首爲孫海波氏，孫氏別孳乳於引伸、假借二科，其言云：

> 聲義有假，正孳乳有後先，初民識簡，字多不俞千名，而每名葘義
> 乃或至數十不休，凡一義之所引申者，命曰引申。亦有本文所葘之
> 義，軼越初局，不別製字，若邦國之名，于支之數，語助之詞，稱
> 謂之號，大都無義可說，徒以同聲相假。凡同音相借，與本義無涉
> 者，命曰寖假。一字互訓，各實易殽，有後聖作，則各即其一端而
> 別爲之字，遂開諧聲之局，其爲字也，以聲注形，形還注聲。……
> 支派雖殊，本原非異，試觀古文諧聲之字，聲皆有義，斷無無緣得
> 聲者，若是之類，其用曰形聲，其體爲轉注，悉命之曰孳乳。〔註20〕

　　此亦近人以轉注爲形聲之一體說。亦即，以轉注爲形聲中兼義之一類。古文諧聲所以聲必有義者，附益偏旁之先，即以是聲爲是義，故每名含義無數，不可拘於後世視聲符亦有本義以理解之，則引申、寖假，行於注形，注聲之先，孳乳之始也；不煩別製則爲假借，附益偏旁，分別明用，則爲轉注，即孳乳之完成也。

　　茲將古文聲系中注明「某孳乳爲某」之古文與孳乳字并列於下，其隸定與說文有異者，附於（　）內。

東　部

	古文	孳乳字	
1. 童	（𤞤）	動	（毛公鼎：母童動余一人才在立位）
2. 龍		龏	（陳肪設：龏盟䰟鬼神，畢龏愚忌）
		又龔	（陳公設：嚴龔寅天命）

〔註19〕黃侃，〈與友人論治小學書〉，《黃侃論學雜著》，頁164。

〔註20〕《古文聲系凡例》，頁2～3。

3. 恩　　（𢎛）　蔥�　　（毛公鼎：赤市蔥黃）

又孳乳為鎙，引申以為鎗鎙字。（宗周鐘倉：恩）

冬部（缺）

陽　部

1. 尚　　常　　　　（陳侯因資錞：永為典尚^常）

2. 賞　　償　　　　（舀鼎：䛊剭卑俾我賞償馬）_{（前二字于省吾作胝則）}

3. 康　　康　　　　（克鼎：易女田于康）按：康地名。

4. 易　　揚　　　　（克鼎：敢對𢾭揚天子不顯魯休）

5. 㞷　　往　　　　（後上、十四、八：王狌田洒曰，不遘大風西亡𢦚。）
按：狂寖假為柱。

6. 𢖧（𡊌）　諲（諲）　（師望鼎：王用弗諲）按：寖假為忘。

7. 商　　賣　　　　（乙亥鼎）

8. 卿鄉　饗　　　　（大鼎：王鄉^饗醴）

9. 刃　　梁　　　　（梁伯戈）

10. 倉　　鎗　　　　（宗周鐘：倉鎗二恩_{鎙二}）

烝　部

1. 躬（躳）　臏

2. 朋　　倗　　　　（王孫遺者鐘：用樂嘉賓父兄及我倗友。）

3. 弇　　登　　　　（矢人盤：陟絽、弇登于厂湶）

4. 曾（雁）　鄫　　（鄫伯簠）

5. 雁　　膺　　　　（毛公鼎：雁受大命）

又應　　　　（應公段）

耕　部

1. 生　　姓　　　　（兮甲盤：諸侯百生）

2. 巠　　涇　　　　（克鐘：王親令克遹涇東至于京𠂤）按：地名

又經　　　　（毛公鼎：肇巠經先王命，虢季子白盤：經維四方）

3. 成　　盛　　　　（叔家女匡：用成稻粱）

4. 井　　姘　　　　（藏二百十、一：貞（卯）井于母口）

又邢　　　　（後上十八、五：癸卯卜賓貞井方于唐宗彘）

又刑　　　　（虢叔鐘：旅敢戲師井^型皇考威儀）

5. 冂　　絅　　　　（師奎父鼎：冋絅黃）

6. 正　　征　　（無曩毁：王征南尸夷）

又政　　（虢季子白盤：用政征緣蠻方）按：借爲征

7. 奠　　鄭　　（叔向毁：用奠保我邦我家）

8. 嬴　　嬴　　（庚嬴卣。子叔嬴芮君盉）

真　部

1. 令　　命　　（大盂鼎：不丕顯玟王，受天有大令命）

（毛公鼎：雁膺受大命）

2. 賓　　儐　　（前一・一・八）

3. 啟　　慇　　（毛公鼎：啟慇天疾畏畏）按說文：慇，憂也；啟，彊也

4. 田　　畋　　（拾九、七）

又佃　　（克鐘：錫克佃車馬乘）（大盂鼎：佳殷邊庆田侯甸雩與殷正百辟）

按：周官有甸人，甸，佃古一字。

諄　部

1. 旂　　旜　　（師艅攵鼎：用旂寽壽黃耈吉康）

2. 屯　　純　　（頌鼎：易錫女玄衣黹屯屯）

3. 臺　　敦　　（宗周鐘：王臺敦伐其至戠伐氒都）

4. 堇　　艱　　（後下、十八、一）（毛公鼎：女弗吕乃辟圅陷于囏艱）

又覲　　（女變毁：變堇覲于王）

又勤　　（宗周鐘：王肇遹眚文武堇勤彊土）

5. 婚（鬒）矕（鰭）（彔伯毁：金甬畫矕）

按：鬒籀文婚，金文婚从女睧聲。

（毛公鼎：余非亯庸又鬒昏，假婚爲昏庸字）

6. 尹　　君　　（前、一十十五）左傳君氏：公羊作尹氏。

7. 坙　　煙　　（藏一八五、一）象煙氣上達之形。

8. 熏　　纁　　（毛公鼎：熏裏）爾雅釋器：染謂之纁。

元　部

1. 干　　戔　　（大鼎：召大吕氒友入戔）

又閒　　（毛公鼎：亡不閒于文武耿光）

2. 鴅　　觀　　（藏三十、一）鴅，鸛鳥也。

3. 單　　戰　　（揚殷：嗣徒單伯內入右揚）

4. 耑　　鍴　　（邻王義楚鍴）

5. 乾　　韓　　（鷹羌鐘：乾韓宗）按：國名

6. 絲　　蠻　　（虢季子白盤：用政絲蠻方）

　　　　又蠻　　（頌鼎：絲蠻旂）

　　　　又變　　（中伯作絲變姬壺）

7. 爰　　鍰　　（禽殷：易金百爰）

8. 般　　盤　　（兮甲盤：兮白吉攵乍作般盤）

9. 睯　　遣　　（遹殷：王卿饗酉酒，遹御亡遣譴）

10. 匽　　郾　　（匽侯鼎：郾侯戈）

　　　　又宴　　（沇兒鐘：歔以匽宴以喜，以樂嘉賓）

11. 譱（善）膳　　（善夫克鼎：王命善膳夫克舍命于成周）

12. 睘　　環　　（番生鼎：玉睘；毛公鼎：玉環）

侵部（缺）

談　部

1. 厰　　嚴　　（虢季子白盤：博伐厰玁玁狁于洛之陽）

　　　　　　　（叔氏鐘：用喜侃皇考其厰嚴在上）

　　　　　　　（虢叔鐘：嚴在上）

侯　部

1. 句　　耉　　（師㝬攵鼎：用祈匃壽黃句吉康）

2. 冓　　遘　　（藏七七、一）𘓙交積也，象兩相交冓之形

3. 賣　　償　　（君夫殷：償求乃友）

4. 俞　　愉　　（不嬰殷）

5. 彔　　祿　　（前大、一、八）

幽　部

1. 攸　　鋚　　（師酉殷，又毛公鼎攸鋚勒）

2. 复　　復　　（藏一四五、一）

3. 丂　　考　　（前一、十九、三）

4. 孚　　捊、俘　　（過伯簋：孚金，即俘金）孚取也

5. 寽　　捋　　（師寰殷：歐寽士女牛羊）寽與捋同字。

6. 缶　　　寶　　　（父舟寶段）

7. 鰲　　　鰲　　　（史頌鼎：鰲于成周）

宵　部

1. 朝　　　廟　　　（趞簋：王各于大朝廟）

2. 犀　　　肇　　　（滕虎段：滕滕虎敢犀肇作乒皇考公命仲寶尊彝）

魚　部

1. 穌　　　蘇　　　（蘇公段，地名）

2. 尃　　　敷　　　（毛公鼎：尃敷命于外）

3. 古　　　故　　　（盂鼎：故天翼臨子）

4. 且　　　祖　　　（克盨：克其用朝夕亯于皇且祖考）

5. 盧　　　叙　　　（盧鐘、人名）編鐘作叙

6. 者　　　諸　　　（兮甲盤：者諸侯百姓）

7. 乍　　　作　　　（旅鼎：旅用乍作乂障彝）

8. 各　　　格　　　（拾三、十七）

9. 土　　　社　　　（藏二三六、四）

10. 白　　　伯　　　（藏四三、一）

11. 無　　　鄦　　　（藏一、二十、三）象人持兩個呂舞之形

12. 乎　　　呼　　　（前七、一、三）

13. 噩　　　鄂　　　（前二、二十、五）

之　部

1. 寺　　　持　　　（郑公牼鐘：分器是寺持）

　　　　　邿　　　（寺季段又邿伯鼎）

2. 才（屮）在　　　（大盂鼎：佳九王屮在宗周令盂；屮 在珷王嗣文王乍作邦）

3. 不　　　丕　　　（毛公鼎：不丕顯文武）

4. 㞢　　　夌　　　（後下、三三、一）

5. 司　　　祠　　　（前二、十四、三）

6. 丝　　　茲　　　（大保段：用丝茲彝對令命）

7. 又　　　祐　　　（藏三四、三：口其之又）

　　　　　有　　　（藏二六、三：壬午卜壬日：貞又牋）

　　　　　侑　　　（藏二二七、一又彳歲牢）

8. 每　　　晦　　　（前二、二、六　王弗晦）

9. 里　　　裏　　　（𢔏 厌鼎：虎䩛𦥑哀裏）
10. 巳　　　祀　　　（藏二六三、四　貞巳）
　　　　　妃　　　（後下、四十二、口辰口㞢口雷巳口于口）
11. 異　　　翼　　　（盂鼎：天異翼臨）
12. 或　　　國　　　（藏一一七、三）
13. 畐　　　福　　　（叔氏鐘：降余魯多畐福無彊）
14. 惪　　　德　　　（陳侯因𦦲錞：合揚𣎴 惪 德）
15. 戠　　　織　　　（趞尊：錫趞戠織衣）
16. 𠬝　　　服　　　（藏八一、二）
17. 啚　　　鄙　　　（藏六八、四）
18. 北　　　邶　　　（北伯𣪘）

支　部

1. 卑　　　俾　　　（散盤：卑西宮口武𠂤誓曰）
2. 責　　　績　　　（秦公𣪘：𤞷宅禹責績）
3. 帝　　　禘　　　（前四、十七、五：貞帝禘𥃝三羊三犬三豕）
4. 啻　　　適　　　（師酉𣪘：辭乃且啻官）
5. 易　　　錫　　　（旅鼎：公易錫旅貝十朋）
6. 厤　　　歷　　　（毛公鼎：厤歷自今出入專命于外）
7. 兒　　　郳　　　（前七、十六、二）

至部（缺）

脂　部

1. 匕　　　妣　　　（藏四六、一）
2. 齊　　　齋　　　（伯姜齋鬲）
3. 豊　　　醴　　　（後下、八、二）

微　部

1. 隹　　　唯　　　（前二、十五、三）
2. 韋　　　違　　　（藏一六九、三）
3. 𠂤　　　師　　　（藏四、三）
4. 內　　　納　　　（克鼎：出內納朕命）
　　　　　芮　　　（地名，芮公𣪘）
5. 褱　　　懷　　　（毛公鼎：衛褱懷不廷方）

9. 勿　　物　　（戩六、四貞翌丁亥父丁歲_勿物牛）

10. 雷　　櫑（罍）　（淊欬口罍）

11. 隶　　隸　　（邵鐘：大鐘八隶_肄，《左傳》歌鐘二肆注：縣鐘十六為
一肆）

歌　部

1. 禾　　穌　　（郱公銘鐘：作𠦪禾_穌鐘）

2. 皮　　彼　　（郱口句鑃：口皮_彼吉人）

3. 為　　媯　　（陳孖匜：陳子：乍匋孟為_媯𣪘 母女_媵 𤔲 鑑 匜）

4. 也　　匜　　（沈于它𣪘）金文它與也為一字

5. 加　　嘉　　（虢季子白盤：王孔加_嘉子白義）

6. 果　　婐　　（《殷虛書契前編》4-41-5：丙午卜亘貞帚_婦果婐弇奴三
月）

祭　部

折　　誓　　（齊女壺：折_誓于大辭命）

緝　部

立　　位　　（毛公鼎：母_毋童_動 仐 余一人在立_位）

盍　部（缺）

以上所列皆孫氏隨文舉發，若此之例，在甲金文中尚多，未遑遍舉。僅就上列而言，絕大多數孳乳字，都是聲符先寖假為某義後注形而產生，與聲符的初形本義無涉，只是聲音關係。例如呂才為在，是為孳乳之初，注土於才，於是產生从土才聲之形聲字「在」，是孳乳之完成。昌令為命，是為孳乳，注口於令，命之從口令聲，是為形聲。又如佳爰易且之孳乳為唯鋹錫祖，都是此類。此外，亦不乏方國地名姓氏之字，最初純係表音，其後注形以別為專字，所注之形則屬於「種類標記」，如鄯、鄭、鄆、鄬、郊等從邑，邑是一種地名標記；嬴、變、姬、媯之從女（嬴先省貝再冒以女），女是一種族氏標記，涇、洛、渭、洹之從水，水是一種河流標記。最初這些專名皆無他義，其後展轉引申或假借，又有新義孳乳，這是第二類。第三類則是一個後起本字（或稱累增字），與其原始象形、指事、會意字之間的關係。它們本來只是一個字的異體，說文重文有此一類。或因本字涵義太多，不夠明確，或因本義為借義所專，致本義隱晦，故增形以復其本字，久之遂判為二。在孳乳之

初，只是相同語位，故可通用，分化既久，也就區別爲二字，凡古字用彼，今字用此者，稱爲古今字。段注說文，尤多發此例。如：賞償、賓儐、朋倗、鄉（卿）饗、生姓、正征、正政、令命、君君、小少（古同字）、酉酒、孚俘，土社、乎呼、各佫迻、古故、者諸、又右、启啓、立位皆此例。至於本字爲借義所奪，初形本義已失傳，亦不見用者，許愼已多不能解，若天干地支之類，文字學家每於其孳乳字中指認一字，爲其後造字，而稱原始的本字爲「初文」，如互爲笠之古文，其爲箕之古文，云爲雲之古文，冬爲終之古文（以上說文重文），辰爲娠之古文、丁爲釘之古文、癸爲戣之古文。黹爲希之古文、母爲貫之古文、戔爲殘之古文，冐即蜎之古文，且疑爲俎之古文，叕疑即綴之古文（以上朱駿聲說）、酉爲酒之初文（林義光說）、午爲杵之初文（戴侗、林義光說）、申爲電之初文（葉玉森說）、帝爲蒂之初文（周伯琦、吳大澂說）、奚爲傒嫨之初文（吳大澂說）、辟爲璧之初文（羅振玉說）、無爲舞之初文（王襄說）、求疑即裘之初文、東疑即重之初文（龍宇純說）、諸如此類，遽數之不能終其物，同一字而異說多端，甲金文之字形又不一致，探本溯原，有時而窮，有些說法可成定論，有些說法則純係猜測，事實上並非每個孳乳字都能找到一個象形或象意的「初文」，道理是很明顯的，一旦執著初文的觀念，於是說文說解非本義的字便有各種異說，一個辰字，或以爲蜃之初文，或以爲耨、薅、鎒之初文，或以爲震、振、娠之初文，或以爲脣之初文（林義光），各人取象不同，各執己意。而辰字在古文字中最常用的卻都是與本義無關的干支與時辰義。於是有人把這些原本不同詞源的意義，藉一個初形本義，引申串聯，似乎無往而不利。例如周谷城《古史零證》說：

> 辰字古文字學者或釋爲蚌壳，或釋爲犁頭，其實這個字既不像蚌壳，也不像犁頭，然則像什麼呢？就形體言，正像人在崖下鑿石之狀，辰字甲骨文作囷，作丙，作肉，作肉，作肉，作月。……以槌擊鑿鑿石，必有震動，必發大聲，必有崩潰，必有破裂，必有分開，必有開啓，必有潰散等等現象，正是辰字的基本意義。我們的祖宗拿作辰字作字根，造出許多派生的字來。如代表蚌壳之蜃，代表農具之耨或鎒，便由辰派生出來，其他如震、振、振、晨、農、蓐、薅、耨、脣、靕、宸、賑、脤、娠等字，無不含有辰字的基本意義。

〔註21〕

　　以下周氏便用所謂「科學方法」逐一證明上列諸字，皆合他所定的基本義，
我們不妨按其義類歸納爲幾組：

（1）震動或活動義

震　雷發聲連房屋都可以打破（《易・說卦》：震爲雷）

　　（《說文》：劈歷，振物者）

振　（1）使潛伏的東西爬起來（《禮・月令》：孟春蟄蟲始振）；（2）
　　敲鑼鼓使發聲（《孟子》金聲而玉振之）；（3）把人家的智慧掘出
　　來（《莊子・田子方》：是必有以振我也。）《說文》振：舉救也，
　　一曰奮也。

侲　以震動身體爲業的小孩們（〈西京賦〉：侲童程材）說文：侲，僮
　　子也。

娠　胎兒在母體內分別長成活動。說文：娠，女妊身動也。

（2）崩潰義

屒　軍隊被打敗，分裂潰散。（甲文師無屒，胡厚宣說）按：《甲骨
　　文編》：今夕自不屒猶言今夕師不震動也。

（3）分開或分贈義

宸　屋檐自屋脊分開，向兩邊斜披（《說文》：宸，屋宇也）

棖　同宸。（〈甘泉賦〉：日月纏經於枳棖，伏虔曰枳中央也，棖屋柤
　　也）。（《說文》宸下段注：宸謂至邊，故古書言枳棖者即棟宇也）

脤　祭社之肉，一塊一塊分開，賜給部下（即說文裖）

裖　同脤（《說文》：裖，社肉，盛以蜃故謂之裖，天子所以親遺同姓。）

賑　把倉裡的糧食分給貧民，振起他們來。

　　（《說文》：賑，富也。段注：匡謬正俗曰振給振貸字皆作振，振，舉
救也。俗作賑，非。）

（4）破裂或破除義

晨　太陽從東方爬出來，衝破黑暗。俗云破曉。（《說文》：晨早昧爽

〔註21〕周谷城，《古史零證》，頁 7～12，釋辰。

也，按晨俗作晨，晨爲房星之晨或體）

辱　抓破面皮（《說文》：辱恥也，从寸在辰下；失耕時於封畺，戮之也。）史記田單傳：“僇及先人”。僇（戮）辱也。

槈鎒　除田之器　（《說文》：槈，薅器也，从木辱聲或从金）。

薅耨　除田的工夫。爲動詞。（《說文》薅，大徐作拔去田艸，段玉裁作披田艸，从蓐好省聲，《玉篇》耨耘也，乃豆切。《廣韻》耨同槈，並在候韻奴豆切下。）

（5）開墾或開啟義

蕽農　開發山林叫做蕽，開發土田叫做農，農字所從之囟當是田之譌（商承作說）。說文：農耕也，从晨囟聲。（段以爲囟聲之誤）。辳籀文，蕽古文。

脣　嘴有緣能自由開啟。說文：脣口耑也，从月辰聲。（《釋名》：脣緣也，口之緣也）。

辴　發笑至於張口曰辴。說文欣，指而笑也，从欠辰聲，讀若蜃。（按《廣韻》欣時忍切，辴丑飢切，又敕辰、抽敏二切，段玉裁朱駿聲皆謂辴即欣，《莊子·達生篇》，桓公辴然而咍。）

蜃　蚌有殼能自由開啟。說文蜃，雉入海化爲蜃，从虫辰聲。

首先要指出，第二類的崩潰義實際是多餘的，屒字見於甲骨文，卜辭習見「𠂤不屒」「𠂤亾屒」「𢎘邑亾屒」之語，郭沫若隸定作屒，以爲古辰字，應讀作震。葉玉森釋作跡，云「从止从辰，或古跡字」。說文跡，動也，从足辰聲。屈翼鵬先生以爲釋作跡者是，至其義非行動之動，當爲驚動，騷動之動，並引《詩·大雅·常武》「震驚徐方，如雷如霆，徐方震驚。」〈魯頌·閟宮〉「保彼東方、魯邦是常、不虧不崩、不震不騰。」爲證。（𠂤不跡解）〔註 22〕因此屒或跡字可以併入第一類。又《說文》晶部「晨，房星，爲民田時者，从晶辰聲，晨或省。」朱芳圃云：「按晨象兩手持辰之形，……辰爲除田穢之器。又按晨即槈之初文。」又云：「考星以晨或辰爲名者，其在東方，恆爲房星，行星爲歲星，皆以時曉見，故昧爽之晨或辰即由星名之晨引伸而起。」〔註 23〕

〔註22〕屈萬里，《書傭論學集》，頁 251～254。

〔註23〕朱芳圃，《殷周文字釋叢》，頁 133～134，晨。

就說文訓早昧爽之「晨」或房星之「晨」（即晨）而言，皆與太陽衝破黑暗無關，可見周氏之說皮傅不切。故第四類的「晨」應改收「晨」字，由於晨（或晨）字甲金文皆未見，晨字甲金文皆見。我倒疑心，說文以「早昧爽」訓晨，是其引申義，與農業社會之早作有關，（楊樹達氏逕以臼辰會意出早昧爽，雖不中亦不遠。）而晨星之「晨」也是由於晨作時所見而製字，其本字只作辰，《說文》辱下正云：「辰者農之時也，故房星為辰，田候也。」可見辰字已足以表示與農作有關。農字甲骨文皆作辳（甲骨文編卷三、九），金文始從田作農（農卣、史農解、令鼎等）或作農（散盤），或作辳（汈其鐘）、或作農（農簋），說文從囟乃田之變，劉心源固已發之（奇觚室吉金文述卷八 28 頁矢人盤）。因此第五類的辳農二字宜併入第四類，這樣一來，第四類除了「辱」字外，都與耕作有關。辱字甲金文皆未見，金文伯中夂簋有一個從又的夏，用作辰。（唯五月夏在壬寅）。孫海波氏疑振之初文（《古文聲系》卷上諄部頁 3）。我倒疑心這是「辱」字的初文，而辱正是槈的初文，許慎訓辱為恥，當為假借義，正因辱的本義失傳，許慎用辱槈的聲音關係把它和恥連繫起來，又從字形上，由寸有法度意，聯想到失耕，而這個耕又是從辰字聯想起來的，故其下又云：「辰者農之時也。」許慎若知寸即是又，辱字從又不正是辰字的增形俗體嗎？由於辰字變到小篆的「辰」形，本形盡失，故許氏不能解，說成「从乙匕，匕象芒達，厂聲」，難怪徐鉉要疑厂非聲了。由此可見周氏用「抓破面皮」來傅會恥辱義，簡直無中生有，事實上是誤信釋名「辱衄也」（《說文》云：衄鼻出血也）而走入歧途。

　　周氏處處引用《釋名》，却往往失其原意，如《釋名》：「脣緣也，口之緣也」，就是說文「口耑」的意思，周氏却說「嘴有緣能自由開啟」，殊不知釋名以為脣緣音近，「脣」的聲義就是從「緣」由來的，與開啟無關。脣字廣韻食倫切，神紐諄韻合口三等，上古音應為*ḍʲwən（高、董），李氏*djwən，緣字廣韻與專切，喻紐仙韻合口三等，上古音應為*dʲwɑn（高），李氏*rjwɑn，文、元二部旁轉，聲母 d～r 部位相同。另一個與緣有關的字是純，《說文》：「緣，衣純也」。《廣雅·釋詁》二：「純，緣也」。《周禮春官司几筵》：「設莞筵紛純」，鄭司農注：「純，緣也」，《儀禮·鄉飲酒禮記》：「蒲筵緇布純」，鄭康成注：「純，緣也。」可知純有邊緣的意思。屈萬里先生〈釋彝屯〉一文，也證明金文裏

常見的「玄衣黹屯」就是玄色衣服，而用黹形花紋飾著它的邊緣。〔註24〕純字上古音*dʒən（李氏），董氏作d̑iwən，屯字上古音*dən（李氏），高氏作d´wən（董氏元音ɜ），用李氏擬音，純與脣正十分接近。由此可知，脣、純之訓緣，音義相合，蓋自同一語根孳乳，則脣字的語源、自然與開啓無關。而第二類的宸與裖正是屋邊的意思，與脣可以合成一組同源詞。

下面我們按照音義的關聯，重新組合一下，暫時採用高本漢 GSR（修訂漢文典）中的擬音。（數字代表 GSR 的編號）

A. 455 辰晨晨*d̑iən 並取時辰義〔本義皆與耕作之時有關〕

B. 455 㲲（跰）振震侲娠*ȶiən 並取動盪義。

C. 455 宸（梣）*d̑iən 脣湣（水崖也）*d´iwən 並取邊緣義。

D. 455 裖（脤）蜃*d̑iən 賑*ȶiən 羼（欣）*t´iən 並取分開或張開義。

E. 1223 辱*ńiuk 槈（鎒）耨*nug 並取耕器義。

F. 1223 蓐（陳艸復生也一曰蔟也）縟（繁采飾也）溽（溼暑也）*ńiuk 並取繁多義。

G. 1005 農（辳）*nong 亦取耕作義。

H. 1224 薅*xɑn 取除田義。

以上八組，G 組與 E 組，並與耕耨有關，可以合併。F 組則據說文所增。說文辰聲字，不在上列的，只有六個字（唇、䶤、䢅、震、陙、䲮），辱聲字只有一個厚字。H 薅字音義可能別有所受。其餘 A～F，可以認爲是五組同源詞。唇字說文訓驚，本可入 B，但經典未見用，俗用爲脣齒字，故暫存疑。由 A～D 四組都從辰得聲，但不卻不屬於同一語根，辰字的初義應由第一組（A）來決定，則辰爲晨之初文，亦爲農槈之初文，蓋凡農事之屬，每多從辰。

郭某〈釋干支〉篇曰：

（辰）字於骨文變形頗多，然其習見者大抵可分爲二類：其一上呈見壳形作 𡩵若 𠨘，又其一呈磬折形作 𠂤若 𠂤。金文亦約略可分二種。……其變形例則附加手形，如仲伯父殷之「辰在壬寅」作 𠩵，卜辭有 𦭣 字，散盤有 𧇫 字，羅氏均釋爲農，下从辰字亦皆有手形。

又有於字下从止作者，如𣄨鼎之「辰在乙卯」作。……余以爲辰實
古之耕器，其作具壳形者，蓋唇器也，《淮南・氾論訓》曰：『古者
剡耜而耕，摩蜃而耨。』其作磬折形者，則爲石器，《本草綱目》言：
『南方藤州墾田，以石爲刀。』……其更加以手形，若足形者，則
示操作之意。……故辱字在古實辰之別構，惟字有兩讀。其爲耕作
之器者則爲辰，後變而爲耨，字變音亦與之俱變。其爲耕作之事則
爲辱，蓐與農之初字也，蓐乃象形字，與卜辭農字作𦫳者全同。由
音而言，則辱蓐與農乃侯東會易對轉，故辱蓐農，古爲一字。許釋
蓐爲陳艸復生者，非其朔矣。〔註25〕

郭氏既析「辰」字形爲𠃉類，故又謂「辰與蜃古當係一字，蜃字从虫例當
後起，蓋制器在造字之前，辰既以蜃爲之，故蜃亦即以辰爲字。」如此，《說文》
云「祳、社肉，盛之以蜃故謂之祳」經典祳亦或逕作蜃，也都有著落處。郭氏
這個補充，使辰字排徊於耕器與蜃貝之間，實則既訓辰爲耕器，當與辰貝之形
有所區別，或者蜃字僅作🐚，🐚，🐚，🐚，🐚最後一個形狀見於臣父辛尊
（三代卷十一，頁 21，羅氏題作小臣光尊），全文凡六字「小臣🐚🐚父🐚」，
其餘皆未單獨出現，這個🐚是否就是辰字，也就沒有絕對的證據，隸定彝銘之
時，以類相從，因爲辰字局部與此形相似，便隸作辰罷了。由此可見，周氏說
「辰既非蚌壳，也不是犁頭，祗是人在崖下鑿石之狀而已」，也非通達之論，因
爲在甲文尙可說，而金文却往往不是鑿石之狀，初形本義之難求，於此可見一
斑。

肆、諧聲之聲韻原則

本節前文，皆從形義方面論形聲字之孳乳，其聲韻上之變化，則未討論。
根據許愼的六書說：「形聲者，以事爲名，取譬相成」。古曰名，今曰字（鄭注
二禮論語），以事爲各，即是「依事類來造字」之意，指形符而言。取譬相成，
即是「取一個現成的音節，來譬況新完成的字的字音」之意，專指聲符來說的。
取譬的對象，主要都是語言中的音節單位，僅有少數情形需要直接向自然界擬
聲，許愼舉江河二字爲例，過去有些人以爲工可爲江河水流之擬聲，殊不知工

〔註25〕郭某，《甲骨文字研究》，頁 198〜202。

可也只是造字者口音中江河的同音詞而已，因為約定俗成的語言音節，已經使用相當長久，才有形聲字的出現，這種取譬語音的方式，本在求其簡易，處處去擬聲是不可能的。因此，聲符取用的原則，不外乎音同或音近。這種聲符標音法，自然無法與實際語音中的音節若合符節。取乎音同的，到了後代，也可能因為音變而使聲符與諧聲字不再同音。取乎音近的，聲符與諧聲字本來只是聲類的關係，後代的演變，差距可能更大。

清儒對諧聲的研究，幾乎只注意到諧「韻」，而不及真正的諧「聲」，他們利用諧聲偏旁，替每一個字找到上古韻部的歸屬，精微細密，和對上古聲類的認識之犖略茫然，不可同日而語。在他們的觀念裡，諧聲字就是諧韻字，因此段玉裁說：「一聲可諧萬字，萬字而必同部，同聲（按指聲符）必同部。」〔註26〕彷彿祇要韻母相同，就可任意諧聲。這個看法，到錢大昕從經籍異文、假借、聲訓等資料考察一些脣、舌聲母之古讀，才有了突破。但是運用諧聲字探討古聲母這條康莊大道，卻是瑞典漢學家高本漢開關的。

高本漢的諧聲說〔註27〕第一條原則是確立諧聲字的聲符不必與全字（即被諧字）完全同音。所以不能完全同音的理由，高氏假定有二：一定兼取會意的造法，寧用義合音差的寫法。二是同音字不容易找。這兩個理由並不很充分。從上文形聲字的發展過程可知，原始形聲字，借聲在先，注形在後，聲符是無所選擇的，形聲而兼會意的，多半是這類原始形聲字，至於純形聲字，則大抵祇取聲諧，不管意義的。說文亦聲字，雖皆兼取會意，其中聲韻有不甚諧者，如龍宇純先生指出葬與蒴之聲母懸絕者，〔註28〕然整個形聲字之通則，並不因兼取會意一端而有所不同，此高氏之說未盡然者也。我們認為諧聲原則之形成，取決於中國文字不適合於標音之事實，形聲字初期，利用有限的文字做聲符，自然無法區別語音上之細微差異，既造之後，同音字非不易求，又傾向使用既有聲符之簡易心理，而不願為語音之細微之辨尋求新的聲符，又如造字非一時一地，造字者取以為聲符之字者，也不能放諸四海而皆準。這就形成了形聲造字法的不嚴謹。從後代來分析形聲字的聲韻關係，最重要的是音變這個因素。

〔註26〕《說文解字注》，頁825，六書音韻表一，古諧聲說。

〔註27〕趙元任譯〈高本漢的諧聲說〉，《上古音討論集》。

〔註28〕龍宇純，《中國文字學》，頁282。

林師景伊分析形聲字與其所從聲符在聲韻上的關係，共有五種：

一、聲韻畢同：如禛從眞聲，禛眞皆側切物。

二、四聲之異：如禧從喜聲，喜虛里切，禧許其切，平上之異。

三、聲同韻異：如屖從辛聲，屖先稽切，辛息鄰切，屖辛聲同，韻部一在脂部一在眞部。

四、韻同聲異：如祥从羊聲，羊與章切，祥似羊切，羊祥同在陽部，而聲母一屬喻，一屬邪。

五、聲韻畢異：如妃從己聲，妃芳菲切，己居擬切，二字聲紐韻部皆不同。

林師孟謂，聲韻畢異者，乃由於無聲字多音之故〔註29〕。四聲之異，本來也是一種別義作用，有時可能在造字時就有區別，但未必完全由聲符區別出來。至於聲轉或韻迻的，當然皆有音變的遺跡，高氏即由此遺跡推測上古音。高氏指出諧聲字中的一大類，聲母必有相同的發音部位，主要元音也同部，韻尾幾乎完全相同，少數例外，則由於口鼻音韻尾的互換，這一類是保存最完整的諧聲字。另一大類則從古音看來，聲母、元音、韻尾三者不全相同或相近，主要由於上古聲母或韻尾輔音的失落，若把遺失的輔音找回，諧聲字大抵五分之四都是聲韻類相符的。至於那些不合常軌的諧聲，有些是聲母不同部位的諧聲，可以假定複聲母來解釋，韻母如果超出對轉（即部位相同的口鼻音韻尾互換）或旁轉（主要元音及韻尾相近）之外，除非是形聲字本身的認定有問題，否則便可能是聲符多音造成的，黃季剛先生云：

> 形聲字有聲子（按指被諧字）與聲母（即聲符）聲韻不同者，實因此一聲母或聲母之母為無聲字（即象形、指事、會意），當時兼有數音，而數音中之某一音，正與此聲子之本音相同，其後無聲字漸失多音之道，此一聲子所從之聲母，再不復有與此聲子相同之音讀，故聲韻全異，乃滋後人疑惑也。〔註30〕

潘師石禪嘗著聲母多音論，亦發明此理！陳師伯元著《無聲字多音說》〔註31〕詳其原委，舉證尤多，其中說文形聲字之例凡四十，茲舉數例：

〔註29〕林師景伊，《文字學概說》，頁132。

〔註30〕同前書，頁132，按這是林景伊師述黃先生的說法。

〔註31〕陳師伯元，〈無聲字多音說〉，《輔大人文學報》第2期，頁431～459。

（1）屮　艸木初生也。象丨出形，有枝莖也。古文或以爲艸字，讀若徹。（丑列切，透紐，月部）

按：從屮得聲者有宼 職緣切，端紐，元部。疌疾葉切，從紐，帖部，又或以爲艸字，則清紐幽部，則屮有四音。

（2）而　須也、象形，（如之切、泥紐之部。）

按：而聲有需，相俞切，心紐侯部，耍而沇切，泥紐元部，故而有三音。

（3）巳　中宮也，象萬物辟藏詘形也。巳承戊，象人腹。（居擬切，見紐之部）

按：巳聲有妃芳菲切，配滂佩切，並滂紐微部，故巳有二音。

由此可見，聲母多音之理不明，則語源授受之涂，字音繁衍之迹，舉有難通，若此之例，若強以複聲母爲說，或視爲方語之變，恐皆不得其眞象。當然它在說文形聲字中所佔之比例畢竟很小，不影響諧聲字原則之建立。

關於諧聲原則，高氏曾列舉十個通則，但只限於舌尖與舌面音，他由此建立的古聲母也經前人屢加修訂，董同龢《上古音韻表稿》有通盤的檢討，但大原則仍不出高氏範圍，李方桂先生在《上古音研究》裡，才提出更嚴謹的兩條原則：

（一）上古發音部位相同的塞音可以互諧。

（a）舌根塞音可以互諧，也有與喉音（影及曉）互諧的例子，不常與鼻音（疑）諧。

（b）舌尖塞音互諧，不常跟鼻音（泥）諧。也不跟舌尖的塞擦音或擦音相諧。

（c）唇塞音互諧，不常跟鼻音（明）相諧。

（二）上古的舌尖擦或塞擦音互諧，不跟舌尖塞音相諧。〔註32〕

李先生運用這兩大原則，大幅度修訂了高氏的上古聲母系統，減少了許多不必要的音位，如舌音由高氏的四套減少爲兩套（t系與ts系），使照二、照三在不同條件（即介音r、j之前）由精系，端系字演出，和黃季剛古聲十九紐中的精莊（照二）同源、照母（照三）古歸端，異曲同工。我們探究諧聲中的同

〔註32〕李方桂，《上古音研究》，頁8。

源詞，即須假設所有同源詞由同一個語位分化出來的，它們的聲符即代表這個語位型態，實際上被諧字之間尚有清濁送氣與否的差異，這可以假設是基於別義作用而起的變化，這種變化是先在語言中存在，只是造字時無法從聲符上完全區別出來。且這種變化，不能超出上列兩上原則，因爲聲韻懸絕的詞，是不可能同源的。

另一方面，形聲字也是推求古代複聲母的主要依據，但是如果祇從聲韻上去假定複聲母，不但偏於形式，也會蔓無節制，若能用同源詞爲證據，則爲複聲母之有力保證，近人研究複聲母者，亦每舉證，唯缺乏有系統的同源詞，我們在處理發音部位不同的諧聲字同源詞時，也將儘量從複聲母的系統上考量。現在只擬從上節列舉的古文字孳乳中，挑出三組試加說明。

（1）令（ℓ-）：命（m-）

這兩個字在金文中是一個字，甲骨文祇作令。說文令、發號也，從亼卩。命，使也，從口令。段玉裁認爲令亦聲。按亦聲字，多半是聲符與孳乳字具有語源關係，命字既從口令會意，命令的語源關係很明顯，古文字令多用爲命，可見其本爲一字。朱駿聲云：「命……令亦聲。按在事爲令，在言爲命，散文則通，對文則別，令當訓使也，命當訓發號也，於六書乃合。」《爾雅·釋詁》「命，告也」。按發號與使，意義相成，本無區別，故高田宗周亦云：「竊謂令命古元一字，初有令，後有命，而兩字音、義皆同，故金文尚互通用也。」〔註33〕可是自來擬音家都把它們視爲兩個字來處理，如高本漢 GSR 擬爲（762）命 mi̯ang（823）令 li̯eng，周法高擬作命 miwang 令 ljieng（《漢字古今音彙》頁 39 及 6）董同龢表稿謹守說文，耕部只收「令」而不收「命」字，在論帶 l 的複聲母問題時，則列出 A 式（命 mℓ：令 ℓ）與 B 式（命 m：令 pℓ）二種可能。兩個字既然關係如此密切，意義也幾乎無分別，認爲它們沒有語源關係是不可理解的，我認爲這兩字最早的形式亦當擬成複聲母 *mljing（用李氏韻母）。其後在不同

方言中分化爲 $\begin{cases} 令\ \ell\text{jing} \\ 命\ \text{mjing} \end{cases}$

（2）䜌（ℓ-）：蠻（m-）

說文：䜌，亂也，一曰治也，一曰不絕也，從言絲，𫠽 古文䜌。蠻，它種，

〔註33〕《古籀篇》四十八，第 13 頁。

从虫䜌聲。按與䜌字相關的字還有（1）𤔔（䌛）治也，公子相亂，𠬪治之也，讀若亂同，一曰理也，䑔 古文𤔔。（2）嬌，順也，从女䜌聲，詩曰婉兮嬌兮，𡡗籀文嬌。按女部正篆又有䜌字云慕也，从女䜌聲。段玉裁謂：「小篆之䜌爲今戀字，訓慕，籀文之䜌爲小篆之嬌，訓順，形同義異，不嫌複見也。」（3）系，繫也（段改作縣也），从糸厂聲，𦃟籀文系，从爪絲。甲文有 𓎤，𓎥，𓎦，𓎧，𓎨 等形。羅振玉曰：「卜辭作手持絲形，與許書（系字）籀文合。」王國維又一說曰：「說文䜌古文作　形與此近。」（見《甲骨文字集釋》系字下引）。

　　由（2）之籀文可見䜌即𤔔之異構。然金文𤔔與 䜌 不同字；《金文編》0533 𤔔 字作 𓎤 又 番生簋 𓎥 象伯簋 𓎦 毛公鼎（从器）二形。

　　《金文編》0285 䜌字作 𓎤 兮甲盤 𓎥 䜌左軍戈 𓎦 宋公䜌戈

　　𓎤 牛伯作亲姬䜌人壺 𓎥 虢季子白盤「用政䜌方」 𓎦 頌鼎（䜌旂）等形。金文䜌字孳乳爲欒、變、蠻、蠻四個字，非常明顯。䜌字中所从之「言」有 𓎤𓎥 兩形，若與𤔔 字第一形比較，𤔔除去𠬪所餘之 𓎤 若中間拉長則成 𓎥 很可能變成 𓎦，言之另一形 𓎧 上面短畫，可視爲 𓎨 之省形。與毛公鼎之「𤔔」字上面作 𓎩 有些類似。郭某以爲从品者殆即 𓎪 居兩旁之分離者。陳鐵凡氏謂「䜌爲𢆶之譌變」（《中國文字》廿六冊 p. 6～7），由䜌古文作 𓎫 可知。今按𤔔之金文第二形更接近䜌之金文，惟䜌字無一从𠬪者，蓋已變成从言矣。陳夢家謂甲文「𢆶方」疑即「䜌方」，又有方國名𢆶者。（《卜辭綜述》p299～300），然甲文𢆶、𢆶諸家多从羅說作系，李孝定先生亦以爲羅說釋系爲長（《集釋》卷十二、p. 3864）。系與 䜌，𤔔聲韻懸絕，無法同源，今暫撇開甲文不論，就說文與金文而言，䜌與𤔔實一字之異構，音義皆同，蓋訓治爲長。治雖可解爲理絲，亦未嘗不可解爲績麻。周谷城氏云：

> 亂即䜌字，即欒字，就形音義三方面講，都祇好解爲結，是結散絲之義，而不是理散絲之義。上面是手，下面是手，中間是絲，象兩手相向，把一根一根的散絲搓攏去，決不是把一團亂絲分開。……故亂字的基本意義實在是結合；凡團結、終結、綜結等，是它的最原始的意義。〔註34〕

周氏之說近是。由於䜌與𤔔的連繫，更可以確定䜌之上古音爲來母，因從𤔔得

〔註34〕 "亂爲欒之始"，《古史零證》，頁 2～3。

聲之字，未有作脣音者。從䜌得聲者，據廣韻聲系凡三十八字，其中屬明母者
三字（蠻，縊，鸞），非母一字（變），敷母一字（孌），微母一字（彎），見母
一字（孿），疏母一字（孿，所眷切又生患切），影母三字（彎、灣、蠻），其餘
來母凡二十七字，由金文䜌字所孳乳四字中，三個是來母，一個爲明（蠻）母
看來，蠻字之上古音必假定爲*mℓ-無疑。高本漢擬這組字爲：䜌*blwan：蠻
*mℓwan（GSR178），李方桂先生只把蠻擬作*mran，丁邦新先生認爲「凡是來
母字作爲其聲母字的聲符時，兩者基本關係是 A 式，來母只是 ℓ，其他聲母的
字是 pℓ，kℓ 等」，〔註35〕因此也擬成䜌ℓuan＞1：蠻 mran＞m-。方濬益曰：

> 左氏昭公十六年經：楚子誘戎蠻子殺之。公羊作戎曼子。顧氏日知
> 錄有宋公䜌楝鼎銘云。按史記世家宋公無名䜌者，莫知其爲何人，
> 今攷左傳宋元公之太子欒嗣位爲景公，漢書古今人表有宋景公兜
> 欒，而史記宋世家元公卒，子景公頭曼立，是兜欒之音訛爲頭曼，
> 而宋公䜌即景公也。濬益按據此可證古讀䜌爲蠻，兜欒、頭曼聲近
> 通假，亦非訛也。〔註36〕

按䜌之本音爲 ℓuan，（或者更古作*blwan？），聲假爲蠻則讀爲蠻（或作
曼），在蠻字未造之先，䜌字已有*ℓ-，*mℓ-二音，此所謂聲母多音之道。兜欒
當本作兜䜌，讀作欒則作兜欒，讀作蠻，本作兜蠻，史記作頭曼，其音近字耳，
此經籍異文之所由，非謂先作兜欒而後通假爲頭曼也，亦非有訛字於其間也。

（3）朝：廟

說文朝（𣉩）旦也，从倝舟聲。（又倝，日始出光倝倝也，从旦㫃聲）。淖（潮）
水朝宗于海也，从水朝省。廟　尊先祖皃也，从广朝聲，庿古文。董彥堂曰：「朝
在甲文爲𣎃庫一〇二五，金文省月加水爲𣎃，小篆改水爲舟，作翰。」（《甲骨文
字集釋》第一，203 頁引）按金文朝夕，朝至字作𣎃盂鼎𣎃先獸鼎，𣎃攵方彞，𣎃
克盨，𣎃史臨簋等形，字从水或作川，||等甚明。林義光曰：「象日在艸中，旁
有水形。與淖形合，淖汐之淖古當與朝夕之朝同字，變作𣎃使族敦作𣎃仲殷攵簋。」
（《文源》），田倩君曰：「盂鼎𣎃其邊旁表水之三點而後人予以連成三橫如月則

〔註35〕丁邦新，〈論上古音中帶 ℓ 的複聲母〉，《屈萬里先生七秩榮慶論文集》（聯經，西元
　　　　1978 年），頁 606。

〔註36〕方濬益，《綴遺齋彝器款識考釋》，卷七，頁 9～10，兮伯吉攵盤。

變成舟之形狀，此一譌變。」《中國文字叢釋》、釋朝）金文朝夕字孳乳爲宗廟字，仍有作🔣趙簋，作🔣茉伯簠（金文編 0890）後加人作🔣虢季子白盤，🔣師酉簋，🔣克鼎，🔣盉方彝等形。然則廟从朝聲無疑。古文作庿，金文所未見。然庿从苗聲，與廟聲韻均合，朝聲古音舌頭，聲母不諧，朝字高氏音*ti̯og（又 d′i̯og），周法高音*tiaw（又 diaw），李氏*tjagw（又 djagw），廟字高氏*miog 周*miɑw，李*mjɑgw。按朝由朝夕，朝旦，引申爲朝至義，許氏說潮爲水朝宗于海，金文正用淖爲朝宗于海，金文正用淖爲朝覲義，如陳侯因資錞「淖朝問諸侯」，是朝淖由朝至義再引申爲朝見義，孳乳爲宗廟字，當亦由朝見之義引申，孫海波云：「廟，爲人後者曰時朝見於宗廟，尊先祖也。」意謂朝、廟語本同源，然則其語本出一源，廟之古音或當擬爲複聲母*dmjɑgw 或*dmjɑw。

又龍宇純氏謂「朝本是潮字，从🔣，从川，从🔣或从水表意，而以🔣爲聲。🔣疑是朝旦之朝的本字，从日屮聲。」〔註37〕高田宗周謂「左旁作🔣作🔣均皆草省文，其作🔣，🔣即屮也。……淖之从草，形聲也。」〔註38〕二說略同，惟高田氏又謂淖之从草，草蓋早字假借，則似迂曲；並存其說以存參。要之，朝潮廟三字本出一源，則無疑義。舟聲在幽部，朝聲在宵部，諧聲分別甚嚴，許誤認朝从舟聲，至爲顯明。

伍、諧聲字中之同源詞舉隅

諧聲字的孳乳，大抵分成兩大類，一類爲聲中有義，一類是純粹表音，第一類爲古漢語中大量的同源詞之依據。以下按照陳伯元師所訂古韻三十二部諧聲表分爲十二大類，諸家歸部略有異同，並參考周祖謨詩經韻字表及王力漢語音韻，董同龢上古音韻表稿。上古音值之擬定，主要根據高氏修訂漢文典〔GSR〕，高氏未收者，依董氏《表稿》並以〔 〕號誌其別。李先生系統雖稱簡便，然未有音表可資印證，故採高、董，以便於類推。聲符衍爲某字、某聲與否，以段玉裁、朱駿聲二家爲據，其於會意字每改爲亦聲，或於注中議改者，則亦參酌各本、擇善而從，大抵以主諧字與被諧字之發音部位合乎前列諧聲兩原則爲準，亦不拘泥於某家，許慎據小篆訛變之字形以爲某聲，審諸脣胳，既

〔註37〕龍宇純，〈有關古韻分部內容的兩點意見〉，《中華文化復興月刊》，十一卷 4 期，頁7。

〔註38〕《古籀篇》二十四，第 6 頁。

不相合，古文字研究之結論亦與小篆不合，則棄許而從近人之說，而以成說之確鑿可信者為主，異說難趨其同，去取實有困難，則審守說文為準。如皮字說文從為省聲，聲既不類，則審從近人以皮聲獨立，皮、為二聲之詞源亦不相涉。至於推測其語意是否相同，亦以說文為主，證以經籍用字之例，說文釋義與經傳不合，則以經傳為主，蓋說文雖據字形以求本義，然本義既晦而不用，為通行義所專，就詞源學之主場，一字而有數義，則一字即代表數詞，取數義中之某一義與同聲符之他字既有聲義上之關連，則證明此數義數詞中之某義某詞，正有其受義之源，不必處處為說文本義所拘。此亦求義於同聲，然同聲不必同源之原則。

第一類　歌──月──元類

（一）歌　部

1. 訶 xâ（大言而怒）　闆 xa（大開）　阿·â（大陵）　柯 kâ（斧柄）　何 g´â（並由大義孳乳）

王念孫《釋大》五上「大陵謂之阿《爾雅·釋地》丘偏高謂之阿《爾雅·釋丘》棟謂之阿儀禮士皆體當阿鄭說」七上「ㄷ出氣也，故大言而怒謂之訶《說文》大笑謂之歌《玉篇》……大開謂之闆《說文》」。錢繹《方言箋疏》卷二「苛怒也」條下云：「《眾經音義》引《方言》呵怒也，是本亦作呵也。《南山經》青邱之山有鳥焉；其音若呵，《部注》如人相呵呼。《說文》訶，大言而怒也，《廣雅》呵呵笑也。《玉篇》嗰大笑也，怒謂之呵，笑亦謂之呵，以相反為訓，義亦取于大也，案凡從可聲之字皆有大義，《說文》闆大開也；阿，大陵也。（《方言》）卷五栖大者謂之闆；卷九：船大者謂之舸，然則苛其大怒之稱歟。」按，《說文》可聲直訓大義者上舉三字，苛訓小艸，《方言》訓怒之苛當即訶字。《漢書·食貨志》：「縱而弗呵虖」《注》：「責怒也」是訶呵同字之證。〈上林賦〉：「谽呀豁閜」司馬彪云：「谽呀大皃，豁閜空虛也」是闆訓大開之證。《詩·皇矣》「我陵我阿」《卷阿》「有卷者阿」鄭箋並云「大陵曰阿」是《說文》訓大陵之證。惟《考槃》「考槃在阿」毛《傳》「曲陵曰阿」，故《說文》阿一曰曲阜也，竝存其說；以曲訓阿，則另有語根。

1b. 柯 kâ（斧柄也）　何 g´â（儋也）　〔並由任持支撐義孳乳〕　李音 kar；gar

　　柯訓斧柄又見《詩・伐柯》傳、《禮記・坊記》釋文。《廣雅・釋器》直釋以柄字。《廣雅・釋木》：柯莖也，《詩・湛露》箋使物柯葉低垂，疏謂枝也。皆其義之引申。朱駿聲云：「轉注，字亦作笴，《考工記》肦胡之笴、矢人以笴厚爲之羽深，注謂矢幹也。」是可聲之柯、笴，均有枝幹義，枝幹均有任持支撐之義。然則柯之言儋何也，猶柄之言秉持也。

　　何訓儋又見《易・噬嗑》「上九，何校滅耳，凶」《釋文》：「何本亦作荷，王肅曰：『荷，擔也。』詩候人「何戈與祋。」無羊：「何蓑何笠。」皆用何之本義，當即負戴之義，毛傳皆訓揭（說文揭，高舉也），雖不貼切，亦不甚遠，蓋凡何儋負戴，亦有支撐高舉義。高亨云：「古書通借荷爲何，而儋俗書作擔，於是何儋之本義俱亡矣。」（《周易・古經今注》）何亦訓任，見《詩・玄鳥》「百祿是何」傳。箋云：「百祿是何謂當擔負天之多福。」《小爾雅・廣言》：「何任也」，是則以木任持爲柯，以人擔負曰何，正一語之孳乳。柯與幹歌元對轉，語根亦同，《爾雅・釋草》：「荷，芙渠，其莖茄，其葉蕸……」；說文「茄，扶渠莖」段注：「茄之言柯也，古與荷通，《陳風》有蒲與荷，鄭箋：夫渠之莖曰荷。」按莖已有專名，鄭曰荷，失之。「茄」字上古音*krar，與柯音近，亦當同源。《說文》荷訓扶渠莖，段注云：「蓋大葉駭人，故謂之荷，」則從何聲取義於大，按荷與何同音，其葉大（《爾雅》其葉蕸，遐聲似亦取大義）則枝莖之負任也重，則荷字實與何、柯同源。本組同源詞共有柯、笴、茄、荷、何五字。凡任重則有大義；a、b 似亦可合爲一組，語根並爲大。

　　2. 奇 gʻia（異，一曰不耦）　踦 kʻia（一足）　觭 kʻia（角一俯一仰）　畸 kia（殘田）掎 kia（偏引）　齮 ŋia（側齧）　輢·ia（車旁）

　　奇訓異，如《周禮・閽人》「奇服怪民不入宮」訓不耦如《白虎通・嫁娶》：「陽數奇」《儀禮・鄉射儀》「一算爲奇」；按奇從大可（段云：可亦聲），大則可異，異則不羣，故引伸爲不耦，爲有餘，朱駿聲以不耦爲踦之假借，有餘爲畸之假借，則是以後起本字說其初文也，其實即聲爲義，凡聲同則義通，則是同一語根之孳乳，足之殘缺者爲踦，故《方言》二：「凡全物而體不具，梁楚之閒謂之踦，雍梁之西郊，凡嘼支體不具者謂之踦」。餘田不整齊者謂之畸。《荀子・天論》：「墨子有見於齊，無見於畸。」角一俯一仰曰觭，又見《爾雅・釋畜》，《釋文》引樊《注》：傾角曰觭。《戰國策・趙策》：「爲有觭重者矣。」注：

「角一低一昂曰觭。」角高低不偶，故亦有奇異義，《周禮・春官・太卜》：「二曰觭夢。」注：「觭讀爲奇偉之奇，其字當直爲奇。」奇偶亦通作觭偶，《莊子・天下》：「以觭偶不仵之辭相應。」疏：「獨唱曰觭，音奇，對辯曰偶。」凡此皆因音義同源，本一奇聲也，增益形旁足，角，田者，皆轉注字也。以上並由不成對、不整齊之義孳乳。至如倚訓偏引齮訓側齧，輢訓車旁，雖與不偶之義無殊，然亦可別爲一組掎訓偏引見《詩・小弁》「伐木掎矣。」《傳》：「伐木者掎其顛。」馬瑞辰云：「《說文》掎，偏引也，字通作猗。《左傳》（襄十四年）曰『辟如捕鹿，晉人逐之，諸戎掎之』杜《注》謂掎其足也《釋文》掎從後牽也。……今伐木者，懼其猝踣，其木抄多用繩以牽曳之，即伐木掎巔之遺制。」（《毛詩傳箋通釋》二十）齮訓側齒，今本脫側字，段《注》：「《史記・田儋傳》齮齕用事者墳墓，如淳曰齮齕猶齚齧也，齕齯也。按凡從奇之字多訓偏，如掎訓偏引，齮訓側齧，《索隱》注〈高帝紀〉云，許愼以爲側齧。」輢訓車旁，段《注》：「輢者言人所倚也。」朱駿聲亦云：「車之兩旁人可倚之處也，兵車戈殳矛戟皆植於輢。」然則此三字皆由偏側義所孳乳。

2b. 倚·iɑ（依）　寄 kiɑ（託）

倚訓依又見《易・說卦》：「參天兩地而倚數。」《釋文》引馬《注》，《廣雅・釋詁》四下「攄、淜、倚、放、寄、仛、附、依也。」，又《史記・賈生傳》「禍今福所倚」《正義》。又《國策・秦策》「北倚河」注「倚猶依也」。《論語・衛靈公》「在輿則見其倚於衡也」皇《疏》：「猶憑依也」，則凡人依仛於事物，皆謂之倚，引伸而有偏附義，如《中庸》「夫焉有所倚」《疏》謂偏有所近，《曲禮》「主佩倚則臣佩垂」注謂附于身。又引伸爲任，爲仗。如《荀子・解蔽》：「倚其所私」《注》：「倚，任也」，《漢書・韓安國傳》「上方倚，欲以爲相」《注》謂仗任之也。

寄訓託又見《國語・齊語》「令可以寄政」《注》。《論語・泰伯》「可以託六尺之孤，可以寄百里之命」，寄託對文，正是同義，孔《傳》：「攝君之政令」，則寄政、寄命皆謂託付國政。然寄字從宀，本義當訓寓，《國語・周語》中：「國無寄寓」《注》：「不爲廬舍可以寄寓羈旅之客也。」引伸爲依託，如《後漢書・鄧禹傳》：「方有事山東，未知所寄。」又引伸而有委任，託付之義。又朱駿聲云：「經傳寄廬字以羈旅爲之，字亦作旅。」（隨部頁 25），《周禮・

地官遺人》:「以待羈旅」《注》:「故書羈作寄,杜子春云,寄當爲羈。」,羈從奇聲,與「羈」當爲轉注。奇聲有依寓義,正由寄、倚之義所孳乳。本組同源詞凡三字:倚寄羈。

3. 義 ngia（己之威義）　　儀 ngia（度）　　議 ngia（語,一曰謀）

段玉裁曰:「古者威儀字作義,今仁義字用之;儀者度也,今威儀字用之;誼者人所宜也,今情誼字用之。……威義古分言之者,如北宮文子云:有威而可畏謂之威,有儀而可象謂之義,詩言令義令色（按〈大雅・烝民〉）,無非無義（按〈小雅・斯干〉）是也,威義連文不分者,則隨處而是,但今無不作儀矣。毛詩『威義棣棣,不可選也』,傳曰:君子望之儼然可畏,禮容俯仰各有其宜耳。……義之本訓謂禮容各得其宜。禮容得宜則善矣,故文王、我將毛傳皆曰義善也,引申之訓也。」（義下注）。

陳邦懷曰:「按相邦義,當讀相邦儀,即秦相邦張儀也,知此戟文義當讀儀者,《春秋》昭公六年《左傳》,徐儀楚聘于楚,而郘王義楚鍴云:郘王義楚擇余吉金,自作祭鍴。同人所作另一祭鍴云:義楚之祭鍴。此爲金文作義,而文獻作儀者也。王孫鐘「㤈于威義」、沈兒鐘「㤈于威義」,叔向殷「秉威義」,以上三銘,威義皆讀爲威儀,此亦爲金文作義,而文獻作儀者也。《周禮・春官》肆師治其禮儀,鄭注故書儀爲義,鄭司農讀爲儀,綜上舉諸例,證知金文儀皆作義,周禮故書儀亦作義,然則此戟義當讀儀,可無疑問。」(《金文叢考三則》相邦義戟)

由段、陳二說互爲印證,知「儀」字由「義」字孳乳之迹甚爲明顯。義字從羊,本有善美之意,引申亦有宜義,故毛傳以「禮容俯仰各有其宜」釋威義字,而經傳浸假以「義」爲仁誼字,乃有從人之「儀」字,又以誼爲恩誼字矣。儀度字金文未見,經典用爲度者,如《詩・烝民》「我儀圖之,維仲山甫舉之」《傳》訓爲宜,《箋》訓匹(「我與倫匹圖之而未能爲也。」)朱子《集傳》從《說文》訓度。按訓度是也,馬瑞辰曰:「《箋》讀義爲儀,然訓儀爲匹,不若《集傳》訓度爲善,《說文》儀度也,《周語》『儀之於民而度之於羣生』又曰:『不度民神之義,不儀生物之則。』儀猶度也,字亦作義。襄三十年《左傳》:『女待人婦義事也』義事即度事也,又通作議,昭六年《左傳》:『昔先王議事以制』議事亦度事也。儀圖二字同義,皆度也,古人自有複語耳。《疏》釋《傳》云,

我以人之此言，實得其宜，乃圖謀之，失之迂矣。」（《毛詩傳箋通釋》卷二十七，頁 12～13）

按儀度字古亦作義，與威義同字，足證為一語之孳乳。威義則有法可象，有準則可取，故《左・襄三十一年傳》云：「有儀而可象謂之儀」（儀本作義）；《演連珠》：「儀天步晷而修短可量」注猶法象也；《管子・形勢解》：「儀者萬物之程式也。」《周語》「百官軌儀」注：法也。〈大雅・文王〉：「儀刑文王」、《周頌・我將》：「儀式刑文王之典」句法相似，儀當訓法，儀式刑三字同義不嫌重複，《詩》中有例：如「亂離瘼矣」、「維清緝熙」（馬瑞辰說），又《離騷》「覽相觀於四極兮」亦為一證。儀亦引申為表，孳乳為橀，《爾雅・釋詁》「儀榦也」《說文》「橀榦也」立木作表為榦，是橀即表也，文六年《左傳》「陳之藝極，引之表儀」，《荀子・君道》：「君者儀也，儀正則景正」，皆以儀為表，《呂氏春秋・慎小篇》注曰：「表杜也」，是則測天之表謂之儀（如渾天儀），人之儀表亦謂之儀，是皆儀度之引申。（以上並採馬瑞辰《通釋》廿八「儀式刑文王之典」條，及王引之《經義述聞》卷十七《左傳》上「表儀」條。）

儀度字亦通作議，已見前述，《經義述聞》十九《左傳》下「議事以制」條論之綦詳，其言曰：「引之謹案，杜以議事為臨事非也，議讀為儀，儀度也、制斷也，謂度事之輕重以斷其罪，不豫設為定法也。」又曰：「《繫辭傳》『擬之而後言，議之而後動』，議陸績、姚信本竝作儀，惠氏《周易》述曰：儀度也，將舉事必先度之。案惠說是也，儀與擬皆度也，作儀者假借字耳（自注：《正義》曰必議論之而後動，失之。）《少牢》下篇：『其脀體儀也』鄭注曰：儀者儀度餘骨可用者而用之。」今文儀或為議。宣十一年《左傳》：令尹蒍艾獵城沂程土物、議遠邇。昭三十一年《傳》：士彌牟營成周，議遠邇，量事期。皆言度其遠邇也。……是儀度之儀，古通作議也。」（《皇清經解》卷 1198，頁 7）

按：儀之與議，音義既同源，不煩以假借說之。《說文》議一曰謀，或以論事之宜說之（朱駿聲說）。其實即由儀度之義引申，其後以心之忖度為儀，發為言語為議，此為《說文》：「語，議也」之所本，又《廣雅・釋詁》：議言也。《詩・北山》「或出入風議」，《荀子・王制》「法而不議」（《注》謂講論也）、《非有先生論》「欲聞流議者」（《注》猶餘論也）《孟子》「處士橫議」，皆用其本義，即儀之分化義。〈小雅・斯干〉「無非無儀，唯酒食是議」正以儀與議對文，馬瑞

辰云：「婦人從人者也，不自度事以自專制故曰無儀。」並引王尙書「昔先王議事以制」爲據，然則儀議古通，蓋一語之孳乳，極爲可信。本組同源詞凡四字：義、儀、檥、議，由法象擬度義孳乳。

4. 多 tâ（重）　哆 t'ia（張口）　袳 [t'ia]（衣張）　劙 [t'ia，śia]（有大廈）　侈 t'ia（一日奢泰）　㢋 t'ia（廣）　烙 t'ia（盛火）

《文始》一：「說文多重也，從重夕，孳乳爲劙，有大度也，爲哆、張口也，爲烙、盛吙也、爲㢋、廣也。多與廣大盛厚義皆相應，故孳乳得此。」（頁8）

《說文》：「多，重也，从重夕，夕者相繹也；故爲多，重夕爲多，重日爲疊。」段氏改重爲緟，注云：緟者增益也。按《篇》、《韻》並作重，則重不誤，段氏或據「夕者相繹也」一句而改，其實以繹說夕，乃許書偶用聲訓，不足爲典要。《說文》重訓厚，引申乃有重疊義，厚重故有盛大義，重疊放有侈張義。諧字皆由此二義孳乳。

甲金文均有多字，惟無一從 ∂ 作，與金文夕字或從夕之字如夜外 殂 等字皆 ∂∂ 間作之例不合；林義光以爲多象品物之多，與品同義。葉玉森曰：「殷人謂羣曰多，《尚書》中屢見此習語，多君、多尹、多臣、多父、多老、多冦等，亦時見於卜辭、多衛亦其一也」（以上具見《甲骨文字集釋》七、2287）今按《甲骨文編》、《金文編》中多字除麥鼎作 ∂∂ 竝列形之外，餘皆上下相疊之形，且無從三夕者，足見叔重釋爲重疊字蓋不誤，衆多義則其引伸也。今經傳均用其引伸義。

哆訓張口，亦見〈小雅·巷伯〉：「哆兮侈兮，成其南箕。」《傳》云哆大貌。《箋》云：「箕星哆然踵狹而舌廣，今讒人之因寺人之近嫌而成言其罪，猶因箕星之哆而侈大之。」馬瑞辰云：「史記天官書箕主口舌，故詩人以喻讒言，哆侈皆狀箕星舌廣之貌。」（《通釋》卷二十、頁58）依鄭箋義，哆然當指張口貌，侈乃訓大。又《淮南·脩務訓》「啳 睽 哆嗼，籧蒢戚施」，注：「哆讀大口之哆」。《說文》，侈，俺脅也，从人多聲，一曰奢泰也，㢋下引《國語·吳語》：「俠溝而 㢋 我」。今按韋注：旁擊曰 㢋。朱駿聲以爲侈之假借殆是。然此義久廢，經傳多用爲奢泰義。如《韓非子·解老》「多費謂之侈。」〈吳語〉「以廣侈吳王之心」注侈大也。㢋訓廣，廣亦大也；《廣雅·釋詁》一；㢋大也。段玉裁㢋

下注云：「按旁擊者，開拓自廣之意也」，蓋謂肆其封界以擊鄰近之我。然侈下注云：「凡自多以陵人曰侈，此侈之本義也，〈吳語〉夾溝而𢉉我，其字則廢也，其義則掩脅也。」實依違兩可，既以掩脅陵人爲侈之本義，又以𢉉之引伸義釋旁擊，則侈與𢉉殆無別歟？謹案〈吳語〉用𢉉字爲擴張義，如段所說，韋注旁擊則其引伸，「𢉉我」謂擴張及我也。《說文》侈訓掩脅，則或存古義，殆無可考。又袳、㑥、烗之義，經傳未見，又《說文》袳下引《春秋傳》曰：公會齊侯于袳。今桓公十五年左氏經作衺，《公羊》作侈。衺與袳同，惟作地名，與衣張義無涉。

本組同源詞凡七字：多哆侈𢉉 袳 㑥 烗。並由張大衆盛孳乳。

5a. 也 di̯ɑ（女陰）　匜 diɑ（似羹魁，柄中有道，可以注水）　池 d'iɑ（陂）

《說文》：「也、女陰也，从乁象形，乁亦聲」近人多疑其無據，容庚據金文它、也（即匜）無別，以爲「本一字，形狀相似，誤析爲二，後人別構音讀，然從也之池㢮馳阤杝施六字仍讀它音，而沱字今經典皆作池，可證。」然甲文有「它」（皆作壱）無「也」，字形作　或　等形，與金文作匜或它（如它它熙熙）之形（　、　等）不類。故羅振玉以爲它與虫殆爲一字，後人誤析爲二，而爲蛇尤重複無理（《增考》中 34 葉上），李孝定以爲「金文它亦象蛇形，或叚爲匜，同音通叚也，它本有移音，不足以證它也爲同字也。」（《甲文集釋》13、3933）。然郭某、唐蘭二氏皆從朱駿聲說，以也爲匜之古文。郭氏云：「也乃古文匜，象形，凡匜銘多用之，《說文》謂象女陰，非也，古音本在歌部，故與它字相通用，說者遂謂也它爲一字，亦非也。」（《金文叢考》313 頁沈子簋銘攷解）。唐氏云：「鉈說文誤作鉈、短矛也，荀子議兵作鉈，凡從它從也之字，小篆多混，蓋六國時書也字作　，與它形相近故也。……余謂鼎之稱也者（按指酓肯鉈鼎，鉈即鉈），蓋當以聲音求之，也之字本象匜形，其所以作也聲者，有窪下之義，從也聲之字，如池亦然，說文謂也爲女陰，亦由此義所孳乳。」（《壽縣所出銅器考略》《國學季刊》4：1）今按《金文編》以「子仲匜」之「　形」形，繫于 1596 也，163 匜，1688 它三處，匜下所收或從皿之盘（或㿽）或從金之鉈（或鉈），亦有作鍦者，如陳子匜，蔡医匜，足證也爲匜之初文不誤，至於 1688 它匜二義竝見，則關鍵在音韻問題。

段玉裁、江有誥皆以它聲、也聲竝入歌部（段十七部），唯乁聲在支部（段

十六部）。也下段注：「乀亦聲，故其字在十六、十七部之閒也。余者切，玉篇余爾切。」朱駿聲以也匜貤灺弛地配隸解部（支部），池迤蚑 杝施馳阤陁䣜隸隨部（即歌）。並云：「也形與它相似，《說文》迆蚑 杝杝馳阤六文，皆从也聲，按當从它聲，轉寫之誤，古聲讀可證也。今分系隨部。」（也下注）今考《詩》韻也聲與歌部韻者，施字二見（丘中有麻一章、新臺三章），池字二見（無羊二章、𡙹矣六章），馳字二見（車攻六章，卷阿十章），杝字一見（小弁六章），即如朱氏歸在解部之「地」，斯干九章：「地裼瓦儀議罹」爲韻，裼在錫部，伯元師以爲歌錫合韻（《古音學發微》頁 891），江有誥謂歌支通韻，仍以地裼屬支部，然群經楚辭韻中，「地」多與歌爲韻，如：

地宜　《繫辭》下傳仰則觀象于天四句
地義　《大戴禮・五帝德篇》養材以任地，履時以象天，依鬼神以制義，治氣以教民，地義爲韻。
地義　《禮運》　命降於社之渭殺地二句
歌地　《天問》
過地　《橘頌》　　（參《古音學發微》，p. 891～892）

據詩英先師統計江有誥詩經韻讀，歌支通押僅三次，知二部本分別甚嚴，也聲字詩韻絕不見於支部，則朱氏駿聲彊分爲二，似亦失據。支歌合韻之現象，似乎在楚辭中漸漸增加（參《古音學發微》，p906 支部下群注韻，支歌合韻凡口見）。則也聲當本在歌部，其後變向支部，這個現象在兩漢，韻部表現最明顯、羅常培、周祖謨《漢魏晉南北朝韻部演變研究》第一分冊（兩漢），歌部和支部的韻字表，上古歌部的廣韻支紙寘韻字如施、池、馳、迆、爲、戲、離、奇、垂、宜、義、麗、陂、隨、移、危等，西漢屬歌部，東漢屬支部，同時歌支合韻的情形，大爲增多。董同龢舉了幾個《說文》或體：弛或作䪧，䣜 或作 𥏻（說文以 𥏻 爲正篆），髢或作𩭝（說文以𩭝爲正篆），又與鬄通（非說文或體），作爲也聲確歸佳部的證據。這些或體，既無一個是古籀，則時代恐較晚，如果是兩漢的俗字，反而可作爲也聲轉爲支部的旁證。因而我們認爲也、匜、弛等上古也是歌部字，所以才與它聲通用，甚而混淆莫辨。至於董氏另舉他書引詩，也與兮互易，秦權與秦斤的"也"又作"殹"，《論語》的"也"又與"邪"通，證也字不入歌部，然這些「也」字都是語助的用法與本組同源詞無關。（以上董

說見《上古音韻表稿》93 頁）

　　《說文》池訓陂，陂訓阪，一曰池。阪下云：「坡者曰阪，一曰澤障也，一曰山脅也。」池而言坡阪，言澤障，段注：「陂言其外之障，池言其中所蓄之水。」（陂下注）皆證明池有窪中而高其周之意，正與匜似羹魁柄中有道之形相近。《詩・東門之池》，《傳》城池也。《漢書・食貨志》：「湯池百步」。當猶後世之護溝，非僅為蓄水之池塘。《禮記・月令》：「毋漉陂池」《注》：「穿地通水曰池」、《周禮・雍氏》「掌溝瀆澮池之禁」《注》謂陂障之水道也，皆用池之本義，蓋水道可以洩水，猶匜為盥器，可以注水。匜字經典常見，如：《儀禮・公食禮》：「槃匜在東堂下」，〈既夕禮〉「兩杅槃匜」，《左傳》廿三年《傳》「奉匜沃盥」，朱駿聲謂凡沃盥承水者曰杅，挹而注之者匜，盛所棄水者槃。《禮記・內則》「牟敦卮匜」，則亦可以注酒之用。然則匜與池音近義同，皆由象形也字所孳乳，殆無疑問。又《左傳》襄二十二年：「而何敢差池」釋文「徐本作沱；直知反，一音徒何反」《左》桓十二年：「盟于曲池」，公羊作「毆蛇」，皆也它同音之證。

△　△　△

　　5b. 弛 śia（弓解）　　施 śia（旗兒）　　眵 dia（日行眵眵）　　迆 dia（衺行）
　　　　馳 d‘ia（大驅）

　　弛訓弓解，（解即懈字），段增弦字，謂「弓解弦」，意尤顯。《禮記・曲禮》「張弓尚筋，弛弓尚角」，以張弛相對，《雜記》「一張一弛」，疏謂弛落弦。按：弓張則弦直弓弛則弦曲，引申有弛緩（《廣雅・釋詁》二）弛易（《爾雅・釋詁》）義旗之為物伸卷自如，施當謂其展伸搖曳旖施之狀，故當取斜迆義。朱駿聲云：「按旖施柔順搖曳之兒，猶木之橢施，枝之猗儺，禾之倚移也。」（施下注），經典用為舒行伺閒之貌，晁《詩・丘中有麻》「將其來施施」鄭箋。（傳訓難進，馬瑞辰謂毛詩古本止作「將其來施」四字，誠有見地，然謂來施猶來食，來食猶來為，與毛傳同樣迂曲。）孟子「施從良人之所之」趙注：「邪施而行，不欲使人覺也」又「施施從外來」注謂施施猶扁扁，喜悅之貌，按扁扁即翩翩，然則即其身體搖曳之狀而當，與旖施，猗儺等意相同。眵字經傳未見用，《史記・屈原賈生列傳》、〈賈誼賦〉「庚子日施兮」《集解》引徐廣曰：施，一作斜。又索隱：「施音移，施猶西斜也」，《漢書》正作「斜」。段玉裁謂施即說文眵字，眵眵迆遷徐行之意。「眵」字雖自「施」字孳乳，其義則與迆無別。《廣雅・釋詁》二「迆、衺也」，迆即池字，王氏《疏證》：「〈禹貢〉：東迆北會于匯，馬融

注云迆靡也,《考工記》:戈柲六尺有六寸,既建而迆,鄭眾注云:迆讀爲倚移從風之移,謂著戈於車邪倚也。《孟子‧離婁篇》:施從良人之所之,趙歧注云:施者邪施而行,丁公著音迤。《爾雅》邐迆沙邱,注云:旁行連延。〈子虛賦〉:登降陁靡,司馬彪注云:陁靡,邪靡也,竝字異而義同。」按王念孫《廣雅疏證》凡言「字異而義同」「聲同義近」皆指音義同源,不煩以本字與假借強說之,朱駿聲於「施」字下則以《孟子》「施從良人之所之」施假借爲迤,《史記‧賈生傳》「庚子日施兮」假借爲曬,即不明此理,曬字即施字之增形俗體(或兮別文),日曬曬行即是日施施行,以曬爲本字,是不明孳乳之先後。

廣韻弛、施皆屬審母三等,依李方桂系統擬作:*sthjiar。施字又有以眞切一音,則音*rar(董氏*dia,周法高*ria)又曬戈支切,迆弋支切又移爾切,高氏皆擬作*dia,李氏則當作*rar。本組同源詞依聲母分爲兩組:即弛施爲一組,曬迆爲一組,其兮化過程,尚難確定。

5c. 它 t'a 蛇 d'ia（^{虵、从虫而長}象冠曲乼尾形、蛇或从虫）　靼 [d'â]（馬尾紞）　袉 dia（裾也）　佗 t'â（負何）　拕 t'â（曳也）

它字爲蛇之象形。引伸凡曲乼之象者,皆可從它。靼訓馬尾紞,紞訓馬繘,《方言》曰:「車紞,自關而東,周洛韓鄭汝穎而東謂之紌,或謂之曲綯,或謂之曲綸,自關而西謂之紞。」靼字經典未用,其形制當與曲乼尾象有關。袉爲衣前襟下垂,亦作袘。〈士昏禮〉「主人爵弁纁裳緇袘」注曰:「纁裳者衣緇衣,不言衣與帶而言袘者,空其文,明其與袘俱用緇。袘謂緣、袘之言施,以緇緣裳,象陽氣下施。」鄭言裳緣,許云裾,皆有下垂意。佗訓負何,《詩‧小弁》「舍彼有罪,予之佗矣。」傳訓加,即負荷其罪之意。凡負何皆有曲重之狀。又《君子偕老》「委委佗佗」,《羔羊》「委蛇委蛇」。屈翼鵬先生曰:「古疊字往往不重書,但於首字下記以略小之二字。委委佗佗,古蓋寫作委二佗二,當讀作委佗委佗,與《召南羔羊》之委蛇委蛇同,亦即透迤,爲行路紆曲之狀,言其緩而從容也」(《詩經釋義》p. 35)徐中舒曰:「金文又有言它它巸巸者,……此它它巸巸皆形容無期無疆之辭,它它,《詩‧君子偕老》:『委委佗佗』,作佗佗,《巧言》『蛇蛇碩言』又作虵虵。……委蛇古爲連語,《韓詩》作透迤,《楊雄‧甘泉賦》:『躡不周透蛇』,又作透蛇。……又《莊子‧田子方篇》:遺蛇其

步，《漢書・東方朔傳》：遺蛇其跡，《後漢書・竇憲傳》：仁厚委隨。〈衡方碑〉：禕隋在公，並即委蛇之異文，綜上諸語，凡脩長委曲皆可曰委蛇，引申則爲不絕、爲無窮之意。」（《金文詁辭釋例》）則拖曳亦取垂曲之狀。本組同源詞，蓋並由曲垂義所孳乳。

6. 差 ts´ɑ（貳、左不相值）　縒[dz´â]（參縒）　齹 [dz´â]（齒參差）

差訓不相值，如《詩・燕燕》：「差池其羽」差池猶參差不齊。《左傳・襄廿二年》：「而何敢差池」注：不齊一也。縒下段注：「此曰參差，木部曰槮差，竹部曰篸差。又曰參差管樂，皆長短不齊兒也，集韻、類篇皆引說文參縒也，謂絲亂兒。」齹訓齒參差，與籛篆訓齒差跌兒，音近義同。籛字徐鉉以爲當作 籛。

按：差池與參差蓋本一語，凡複音詞不由單字孳乳，但借「差」字之音，故縒、齹並由不齊義孳乳，與差貳、差忒字無關。

7. 箠 ȶwiɑ（擊馬）　捶 ȶwiɑ（以杖擊）

《漢書・司馬遷傳》：「其次關木索、被箠楚」注：杖也。〈王吉傳〉：「手若于箠轡」《注》：馬策也。《禮記・內則》：「捶反側之」《注》：擣之也。《荀子・正論》：「捶笞臏腳」，楊《注》：「捶笞皆杖擊也。」按箠本策馬之具，故段玉裁校補爲「所以擊馬也」經傳除「箠楚」連稱外，亦稱「鞭箠」，如〈吳語〉「君王不以鞭箠使之」，亦稱「箠梃」，如《漢書・吾邱壽王傳》「民以欜揸箠梃相撻擊」，凡此皆以箠爲名詞，由馬箠而引伸爲杖人之具。捶本動詞，亦用爲名詞，如《莊子・至樂》「撽以馬捶」（疏：馬捶猶馬杖也），〈天下篇〉：「一尺之捶，日取其半」（疏：捶杖也，司馬同）。以本字之眼光看，則捶爲箠之假借，以同源詞之觀點，則箠與捶本由「擊」義孳乳，名、動之間，本無定體，所謂音同義同，往往通作。《文選・報任少卿書》「被箠楚受辱」李《注》：「《漢書》曰箠長五尺，《說文》曰：捶以杖擊也，箠與捶同，以之笞人，同謂之箠楚。」

8. 禾 g´wâ（嘉穀）　盉 g´wâ（調味）　龢 g´wâ（調）　咊〔和〕g´wâ（相應）

依李孝定《甲骨文字集釋》及周法高《金文詁林》，以上各字在古文字之情形如下：

禾字甲文作 ✦、✦ 等形。義爲嘉穀。羅振玉曰：「上象穗與葉，下象莖與根，許君云：從木從㒸省，誤以象形爲會意矣。」（《增考》中三十四葉）。郭某曰：

「卜辭禾年二字通用，受禾即受年。」（粹編八），金文作 🔣 啻鼎 🔣 （子禾子釜）等形，象穀穗下 🔣 之形尤顯。容庚曰：「孳乳爲龢。」如郑公釛鐘云：「郑公鈍作盉禾龢鐘」。

　　盉字甲文未見，金文作 🔣 🔣 🔣 🔣 等形。又有从金从和作「鉌」从金从鼎作「鑪」亦有叚和爲盉者（如：史孔乍和盉）（《金文詁林》5・0648）高田宗周曰：「🔣 禾爲喜穀調味者也，故爲含滋液，見春秋說題解，又和爲相應也，唱和也，調聲也。又龢爲樂曲之調，然則龢咊盉三字音同義亦相近。故經傳或借咊爲盉，《詩・列祖》亦有和羹是也，和羹可酌也，故此等諸篆，以禾兼灼形以寓意。」（《古籀篇》22・13 頁）王國維曰：「說文盉，調味也，不云器名，自宋以後知其爲器名，然皆依傍許說，以爲調味之器也。余觀渡陽端氏所藏殷時斯禁上列諸酒器……諸酒器外，推有一盉，不雜他器，使盉謂調味之器，則宜與鼎鬲同列，今厠於酒器之中，是何說也，余謂盉者蓋和水於酒之器，所以節酒之厚薄也。」（《觀堂集林》卷三說盉）郭某或受高田宗周之啓示，更謂「金文盉从禾者乃象意而兼聲，故如季良父盉、字作🔣，象以手持麥秆以吸酒」云云，不但以偏概全，且於禾聲而兼吸管，殊爲不倫，實難信從。余謂盉字从皿禾聲，形聲而兼意，故爲調味器（或調酒器），引伸爲調味。段玉裁曰：「調聲曰龢，調味曰盉，今則和行而龢盉皆廢矣，鬻部曰鬻、五味盉羹也，調味必於器中，故从皿，古器有名盉者，因其可以盉羹而名之也。」（盉下注）王筠則以爲鬻下之盉恐是後人改，其下引《詩》亦云和鬻，又鼎下鬵下皆作和，與經典同。又據桂氏《義證》，經典凡調味字皆通作和，未見用盉字。

　　龢字甲金文皆見。甲文作🔣等，皆不从侖。金文作🔣等形，亦不从侖。郭某曰：「說文和龢異字，……然古經傳中二者實通用無別，今則龢廢而和行，疑龢和本古今字，許特強爲之別耳。卜辭有🔣字，……羅釋龢謂从侖省是矣。（按說文龢从侖禾聲）。按侖字說文以爲『从品侖、侖理也』，然考之古金文，如克鼎之『錫女史小臣霝侖鼓鐘』作🔣，而从侖之龢字，如王孫遺諸鐘、沇兒鐘、子璋鐘、公孫班鐘之作🔣，叔鐘之作🔣……字均不從品侖，諦視之、實乃从亼象形，象形者，象編管之形也，金文之作🔣若 vv 者，實示管頭之空，示此爲編管而非編簡，蓋正與从亼冊之侖字有別，許書反以侖理釋之，大悖古意。」又曰：「龢之本義必當爲樂器，由樂聲之諧和始能引出調義，由樂聲之共

鳴，始能引伸出相應義。……爾雅云：『大笙謂之巢，小者謂之和』，說文笙字下亦引此，此即龢之本義矣。當以龢爲正字，和乃後起字。字之從龠，正表示其爲笙。」（《甲骨文字研究》釋和言）

按郭氏釋龢字形義，確不可易。和字見於《金文編》0115僅兩見，皆借爲盉。字又皆从木作柇，然則和字爲後起字亦可信，經傳和字用最廣，兼作相應、調味、調聲三用，則其孳乳之次第當如下：

9. 墮（陸）dˊwâ（敗城皀）　　𡐦[sḭwa]（相毀）　　髻twâ（髮墮）　　隋tˊwâ（裂肉）　　褍[tˊwâ]

墮訓敗城皀，《左傳》定公十二年「叔孫州仇帥師墮郈」注：墮毀也。毀其城垣之意。《荀子・議兵》「猶以錐刀墮大山」亦毀義。字亦作隳，《呂覽・順說》：「隳人之域」。引申爲毀損義，如《左傳》昭公廿八年「毋墮乃力」僖公三十三年「墮軍實而長寇讎。」𡐦訓相毀，經典未見用。髮墮曰髻，如《禮記・內側》：「翦髮爲髻，男角女羈」又《方言》十二髻畫也，注：毛物漸落去之名。隋（从肉陸省聲）訓裂肉；段注：「衣部曰：裂、繪餘也，齊語戎車待游車之裂，韋曰殘也裂訓繪繒餘，引伸之凡餘皆曰裂。裂肉謂尸所祭之餘也。《周禮・宗伯禮》官守祧：「既祭，則藏其隋與其服。」鄭玄謂：「隋，尸所祭肺脊黍稷之屬，藏之以依神。」裂肉雖指殘餘，然亦有毀去而不復用之意。褍訓無缺衣見《方言》，經典未見，然亦有毀缺其袂之意。本組同源詞，皆由毀壞義孳乳。

10. 莝dzˊwâ（斬芻）　　剉tsˊwâ（折傷）　　挫dzˊwâ（摧也）　　〔並由摧折義孳乳〕

莝見《漢書・尹翁歸傳》：「使所莝」，剉見《莊子・山木》「山木廉則剉。」又挫、剉本音義無別，故經典皆用挫爲挫折，《廣雅・釋詁》一「挫折也」，《考工記・輪人》：「外不輪而內不挫。」《淮南子・時則》：「銳而不挫。」〈脩務〉：「頓兵挫銳」，然則莝、剉、挫皆由摧折義所孳乳。

11. 貨swâ（貝聲？）　　瑣swâ（玉聲）　　𪍿swâ（小麥屑之覈）

段玉裁曰：「聚小貝則多聲，故其字從小貝，引申爲細碎之偁，今俗瑣屑

字當作此，瑣行而貧廢矣，《周易旅》「初六旅瑣瑣」陸績曰：瑣瑣小也，艮爲小石，故曰旅瑣瑣也，按瑣者貧之假借字，玉部瑣謂玉聲。（貧下注）邵瑛曰：按此爲貧細之貧，今經典統用瑣字，《易旅》：旅瑣瑣，《詩·節南山》，瑣瑣姻亞，《爾雅·釋訓》佌佌瑣瑣，小也，按瑣，《說文》玉部云：玉聲也，从玉貧聲，徐鍇《繫傳》：書傳多云玉聲瑣瑣，左思詩、嬌語若連瑣，是也。假借爲瑣細義，正字當作貧，但今廢貧字不用，祇知有瑣字耳。」（《說文解字羣經正字》）。

按諸家皆以貧爲瑣細之本字。貧从小貝，本有細意，瑣从玉貧聲，聲中有意，即由貧字孳乳，故二字皆有小意，不煩以假借說之，凡同源詞皆例此。䴭訓小麥屑之䴭，竝由瑣細意孳乳。朱駿聲曰：「麵中粗屑如䴭，蓋篩之未淨者，《廣雅·釋器》：䴭糊也。」（隨部䴭下注）。

12. 羸 lwia（瘦也） 癘 lwã（罷疫病也） 蠃 lwâ（瘻也） 癧lwâ（勞中病也）〔並由瘦弱義孳乳〕

朱駿聲曰：「按（羸）本訓當爲瘦羊，轉而言人耳。《廣雅·釋言》瘠也，《禮記·問喪》：身病體羸，《釋文》疲也。（榮松案《釋文》云：羸，劣也，疲也。）《淮南·繆稱》：小子無謂我老而羸我。注，劣也。〈詮言〉：兩人相鬬，一羸在側。注，劣人也。〈楚語〉：恤民之羸。注病也。《左》桓六傳：請羸師以張之。〈周語〉：「此羸者陽也」注（竝云）弱也。《漢書·鄒陽傳》，身在貧羸，注謂無威力。」（羸下注）按：《說文》：劣、弱也，从力少。故羸訓瘠、疲、訓劣、訓病、訓弱，皆同義也。又蠃、癘、癧皆與疾病有關，經典雖未見用，實皆羸字所孳乳，蓋後人增形強爲之別耳。（羸字《說文》云：或曰豐名、象形、闕。形義難定。）

13. 叉 ts′a（手指相錯） 杈 ts′a（杈枝）

叉字段注曰：「謂手指與物相錯也，凡布指錯物間而取之曰叉，因之凡岐頭皆曰叉，是以首笄曰叉，今字作釵。」按《釋名·釋首飾》：釵，叉也，象叉之形，因名之也。又《廣雅·釋器》靫䩤，矢藏也。《釋名·釋兵》步叉，人所帶以箭叉於其中也。即《通俗文》箭箙曰步靫。又《廣雅·釋器》「衩，褋膝也。」杈訓杈枝，《廣韻》麻韻枒字下：「方言云江東言樹枝爲枒杈也。」今本方言未見。（揮周祖謨《方言校箋》附通檢）。朱駿聲云：「按此（杈）字後出，亦即叉之轉注」，然則杈、釵、靫、衩，皆叉之孳乳字。

又柀廣韻初牙切（麻開二），又又入佳韻（楚佳切），今依江有誥《諧聲表》
及董同龢《表稿》入歌部。

14a. 加 kɑ（語相增加）　　駕 kɑ（馬在軛中）　　賀 g´ɑ（以禮相奉慶）　　枷
　　　kɑ（梻）

加訓語相增加，段玉裁改增爲譜，並云：「譜下曰加也，誣下曰加也，此云
語相譜加也，知譜誣加三字同義矣。誣人曰譜，亦曰加，故加从力。《論語》：
我不欲人之加諸我也，吾亦欲無加諸人，馬融曰：加陵也，袁宏曰：加不得理
之謂也，劉知幾《史通》曰：承其誣妄，重以加諸，……皆得加字本義，引申
之，凡據其上曰加，故加巢即架巢。」，又誣下注：「玄應五引皆作加言……加
言者，謂憑空構架，聽者所當審慎也，……然則加與誣同義互訓，可不增言字，
加與誣皆兼毀譽言之，毀譽不以實，皆曰誣也。」又賀下注：「賀之言加也，猶
贈之言增也。」駕下注：「駕之言以車加於馬也。」

朱駿聲曰：「《左》襄十三《傳》：君子稱其功以加小人。《論語》：我不欲人
之加諸我也，馬注：陵也。《老子》抗兵相加，王注當也。《禮記·檀弓》：獻子
加于人一等矣，注猶踰也。〈內則〉：不敢以富貴加于父兄宗族，注猶高也。」
（加字下注）高田宗周曰：「从力从口，蓋力言也，與竸字稍似委。」（《古籀篇》
四十二，頁 23）。孫海波曰：「从口力，象以口力陵人也。」（《古文聲字》，歌
部頁 4），按「加」是有其事而加之，「誣」則無其事而加之，非以力陵人之意，
孫說非也。引伸乃有陵越增益義故賀、駕、枷（當訓連枷，詳後。）皆从加聲，
以聲兼意也。徐中舒謂力象耒形，金文中從力之字，有時即從耒，如男、勒等，
又從加之“嘉”，亦從耒作𤔲。《集刊》二本一分《耒耜考》），按耒力互通，
可備一說，然《金文編》所收加字二見，但从力，未見从耒者，故存疑。

枷訓梻，《說文》：梻，擊禾連枷也，《國語·齊語》：「耒耜枷芟」（枷亦作
耞），韋注：「枷，梻也，所以擊草也。」《釋名·釋用器》：「枷，加也，加杖於
柄頭，以檛穗而出其穀也，或曰羅枷，三杖而用也，或曰了了，杖轉於頭，故
以名之也。」又《方言》五：「僉，宋魏之間謂之攝殳，……自閡而言謂之梧，
或謂之梻。」郭注：今連架，所以打穀者。按：連枷之制後世猶存，就其擊禾
（或擊草）言謂之梻、梧等。就其柄杖相連（或連三節）而言謂之枷，然則亦
由連結增加之意孳乳。枷字又用作架。曲禮：「不同椸枷」注：椸，可以枷衣者。

按：椸枷即衣架。枷架實一字異體而又分別其用者。

14b. 嘉 kɑ（美）　哿（可；歡樂）

嘉訓美、見《爾雅·釋詁》下；又〈釋詁〉上，「嘉善也」。如《尚書·無逸》「嘉靖殷邦」，《詩·東山》：「其斯孔嘉」〈假樂〉：「假樂君子」（《中庸》引作嘉樂君子）。《周禮·大宗伯》：「以嘉禮親萬民。」嘉字以壴，《說文》壴，陳樂立而上見，則嘉之本義與饗燕奏樂有關，金文中嘉字最常見者爲「嘉賓」連用。如王孫鐘（用樂嘉賓父兄），郘公鈒鐘，「用樂我嘉芳（賓）」，嘉賓編鐘：「用樂嘉賓父兄大夫朋友。」亦有「孔嘉」連用者，如沇兒鐘「孔嘉元成」（以上並見《金文詁林 5·338～0620》引伸則有樂義，如《禮運》「以嘉魂魄」注：嘉樂也。又引伸爲嘉許義，如《詩·北山》：「嘉我未老」，《中庸》：「嘉善而矜不能。」

哿訓可，見《詩·正月》「哿矣富人」毛傳。王念孫以爲當訓歡樂。《經義述聞》第六《毛詩》中「哿矣富人、哿矣絕言」條云：「家大人曰：〈正月篇〉『哿矣富人，哀此惸獨』哿與哀相對爲文，哀者憂樂，哿者歡樂也，言樂矣彼有屋之富人，悲哉此無祿之惸獨也。〈兩無正篇〉：『哀哉不能言，匪舌是出，維躬是瘁。哿矣能言、巧言如流，俾躬處休。』哀與哿亦相對爲文，言悲哉不能言之人，其身困瘁，樂矣能言之人，身處於安也。哿、嘉俱以加爲聲，而其義相近，《禮運》『以嘉魂魄』鄭注：嘉樂也。王肅注《家語·問禮篇》曰：嘉善樂也。〈大雅·假樂篇〉，假樂君子，《中庸》引作嘉樂，是嘉與樂同義。哿之爲言猶嘉耳。故昭八年《左傳》引《詩》『哿矣能言』杜注曰：哿嘉也。《毛傳》訓哿爲可，可亦快意愜心之稱（自注：《廣雅》曰厭愜哿可也），故箋曰富人已可，惸獨將困。《正義》曰可矣富人，猶有財貨以供之，失傳箋之意矣。」

按王氏之說甚得詩意，今從之，以嘉、哿爲同源，蓋由美善歡樂義孳乳。

15. 糜 miɑ（糝）　靡 miɑ（mjiar）（披靡）　摩 mwâ（研）　塺 mwâ[mi̯wâ]（塵）　糩[mi̯wa]（碎）　䃺[mwâ]（石磑）　麋[mi̯wâ]（爛）

糜訓糝，《說文》糝爲糂之古文，糂訓以米和羹。《爾雅·釋言》注：「粥之稠者曰糜」，《廣雅·釋器》：糜饘也，又精也。《說文》饘糜也。《正考父鼎》銘曰：「饘於是，粥於是，以餬余口。」則糜、糂（糝）、饘、粥，一物之異名，〈釋

名〉：「糜、糜米使麋爛也。」糜 麋 同源。今按廈門等閩方言猶謂粥爲糜，廈
門糜音 me²⁴ 潮州 mue⁵⁵（《漢語方音字彙》p. 94）經典 麋 爛字皆作糜，如《孟
子》：「糜爛其民」。

　　靡訓披靡，段注：「柀，各本作披，今正。旌下曰旌旗披靡也。披靡，分
散下垂之兒。」依段意蓋柀取分散義，靡字取下垂義。然非聲亦有韋背分離
義，故靡兼取分離義。徐灝曰：「《史記・項羽本記》：項王大呼馳下，漢軍皆
披靡。蓋披謂分散，靡謂傾倚也。《廣韻》靡偃也，偃如草上之風必偃之偃，
重言之則曰靡靡。《文選》宋玉〈高唐賦〉：薄草靡靡、李《注》：靡靡相依倚
貌是也，因之爲隨從之義，《荀子・性惡篇》：身日進於仁義而不自知也者，
靡使然也。楊《注》：靡謂相順從也，又引申爲繁縟之偁，凡言靡費、靡麗，
靡曼，皆其義也，又爲細碎之偁，《小爾雅》曰：靡細也，王褒〈洞簫賦〉：
被淋漓其靡靡兮，注：靡靡，聲之細好也。古與無通，《爾雅・釋言》：靡罔
無也，靡罔無一聲之轉。」（《說文解字注箋》）。按靡之本義當取分散細碎，
蓋麻聲字多取細碎義，至傾倚順從之義，則由披靡一詞所引伸。朱駿聲據《爾
雅・釋言》無也，《詩・采薇》靡室靡家，《箋》無也，以爲靡字從非，本訓
當爲無，殊繆，不知非字訓無亦假借，凡有無之詞皆不另造字，不當專造從
非麻聲之靡以爲「無」字。

　　靡聲有細碎義，故孳乳爲麋爛字，又孳乳爲碎糠之糜字，（《通俗文》：碎
糠曰糜），石磑謂之䃺，今作磨（《爾雅釋器》石謂之磨），以磨碎物亦曰磨，
引伸爲磨礪義（《廣雅釋器》磨礪也）如《詩・淇奧》：「如琢如磨」。糜 與 䃺 聲
義皆近，故多通用。《說文》碎：糜也；研，䃺也；摩研也（研當作摩）然則䃺
（磨）本名詞；研、摩皆動詞。磨摩多通用。《易・繫辭傳》：「剛柔相摩。」京
注：相磋切也。《考工記》：刮摩之工。字亦作劘，《漢書・鄒枚路傳》：「賈山自
下劘」注：劘厲也。亦作𥕑，《呂覽・精通》：「刃若新𥕑研」注：𥕑砥也。凡
物摩則迫近，故引伸爲迫近，如《左傳》宣十二年：「吾聞致師者，靡旌摩壘而
還」注：靡旌，驅疾也，摩，近也。」《禮記・樂記》：「陰陽相摩」，注：摩猶
迫也。物摩則損，損則滅，故摩亦有損滅義，如《孟子》「摩頂放踵」注：摩禿
其頂。《淮南・精神訓》：「形有摩而神未嘗化。」摩亦通作靡，如《莊子・馬蹄》：
「喜則交頸相靡，怒則分背相踶。」

塵訓塵亦取分散細碎之義。本組同源詞依孳乳之先後，可表如下：

麋……糜 —— 麑

塵

靡 —— 礦

⋮

摩

16. 果 klwâr（木實）　踝 g'lwar（足踝）　髁 g'lwar（髀骨）　顆[k'wâ]（小頭）

果說文從木、象果在木上之形，木實圓，故木上之果形即畫圓形，金文或作𦥑。王國維曰：「凡在樹之果與在地之蓏，其實無不圓而重者，故物之圓而重者，皆以果蓏名之。」（《爾雅草木蟲魚獸名釋例》下）。踝訓足踝，段玉裁注：「按踝者，人足左右隆然圓者也。」髁訓髀骨。徐灝曰：「髁骨有二，髁之言果，以其形圓果　贏然也。戴氏侗曰：髁，膝端骨也。按此蓋相傳舊稱，至今俗語猶膝蓋曰髁頭。髁爲股脛間骨，故許云髀骨。又尻骨謂之骶，其上圓而隆起者曰𦙲 髁骨。」（《說文解字注箋》髁字下）。顆訓小頭，經傳未用。段氏曰：「引伸爲凡小物一枚之偁，珠子曰顆，米粒曰顆是也」（顆下注）。按顆字從頁，本義自與頭有關，頭爲圓形，故果聲當取圓義。《漢書·賈山傳》：「曾不得蓬顆蔽冢而託葬焉。」注：顆謂土塊，朱駿聲云：「塊顆一聲之轉」，按蓬顆與蔽冢連文，顆常亦指圓冢，故顆本由圓義孳乳。黃永武先生曰：「凡從果聲之字多有圓之意。」（《形聲多兼會意考》p. 117）。按他如：窠「一曰鳥巢，在樹曰巢，在穴曰窠。」從果聲或取圓穴意。裹字訓纏、取纏繞圍束義；課訓試，取反覆研治義；敤訓研治，與課取義正同，展轉引伸，與圓轉義皆通。然窠裹、課、敤諸字，義或別有所受，不敢必也，故本組同源組只取四字：果、踝、髁、顆。

17. 爲 gwia（母猴？）　僞 ngwia（詐）　譌 ngwâ（譌言）

爲訓母猴，清代說文家皆相承不疑，段玉裁可爲代表。段氏曰：「《左傳》魯昭公子公爲，亦稱公叔務人，〈檀弓〉作公叔禺人，由部曰禺，母猴屬也，然則名爲字禺，所謂名字相應也，假借爲作爲之字，凡有所變化曰爲。」（爲下注）。羅振玉姓據甲金文字形疑《說文》，羅氏曰：「《說文解字》：『爲母猴也，其爲禽好爪，爪母猴象也，下腹爲母猴形，王育曰：爪、象形也。古文作�，象兩猴

相對形。』案爲字古金文及石鼓文並作𤠔，从爪从象，絕不見母猴之狀，卜辭作手牽象形，知金文及石鼓从𤓭者乃𠃜之變形，非訓覆手之爪字也。意古者役象以助勞其事，或尙在服牛乘馬以前，微此文，幾不能知之矣。」按金文"作爲"字多作𤔔（舀鼎）𤔔（召伯簋）等形。𤓭形以外之形有與小篆象字極爲接近者。如：曾伯陭壺：「爲德無叚瑕」，爲字作𤠔，大師子大孟姜匜：「子子孫孫用爲元寶」，爲字作𤠔（參《金文詁林》3‧0347）然則羅說殆可信。「爲」字本義當即作爲。金文中「乍爲」兩字連用者甚多，如：姞氏簋云：「姞氏自𢼄作爲寶尊𣪘。」，邵鐘云：「乍爲余鐘」、司寇良父壺：「辭冦良父乍爲衞姬壺。」等，皆其證也。

高田宗周曰：「愚謂爲字元从爪从象，爪即手也。象像古今字，韓非子曰：人希見生象，而按其圖以想其生，故諸人之所以意想者謂之象。《廣雅》：象效也，效者仿也，仿而象之，即作爲也。以何行之，手以爲之也，作爲即作僞也，爲僞古今字，猶象像古今字也。……又按《爾雅》：造、作爲也。《小爾雅》：爲治也，《廣雅》爲、施也，又成也。《論語》：『爲之難』皇《疏》猶行也，『汝爲周南召南矣乎』皇《疏》猶學也，又《詩‧梟鷐》，福祿來爲，《箋》猶助也，亦皆爲字義也。……古書僞與爲通，荀子所云：人之性惡，其善者僞也。此僞字即作爲之爲，非詐僞之僞，故又申其義云：不可學、不可事而在人者，謂之性，可學而能，可事而成之在人者謂之僞。〈堯典〉平秩南訛，《史記》作南爲，《漢書‧王莽傳》作南僞（按《史記》作南僞，司馬貞本又作南爲），此僞即爲之證，當與金文作爲字互證，要作僞者，非本眞也，善亦僞也，惡亦僞，說文僞訓詐也，詐元當作作，轉寫之誤無疑矣，但作詐亦通，又以"爲"爲"譌"，《詩‧采苓》，人之爲言，《說文》對篆解曰：爲言多非誠，是也。然詐譌亦實作爲之轉出異文，與作僞一理耳。」（《古籀篇》六十一第 8 頁）

按高田氏由象像古今字推論爲僞亦古今字，並以爲以手仿而衆之即作爲，則作爲即仿效，然則古今文之「作爲某器」云云，「作爲」之本義反成引伸義；不若以「仿效」爲「作爲」（即作僞）之引伸義爲得，又其論作爲即作僞，又轉出詐譌，可謂深明語言孳乳之次第，茲從之，定爲，僞、譌三字爲同源。

又按《說文》僞訓詐，詐疑作字之誤，見於嚴章福《說文校議議》。段玉裁亦曰：「徐鍇曰：僞者人爲之非天眞也，故人爲爲僞。是也。荀卿曰：桀紂性也，

堯舜僞也。……荀卿之意謂堯舜不能無待於人爲耳。」（僞下注）

　　譌字古與訛、僞、爲通作。惠棟《九經古義》云：「平秩南訛，史記作南譌，司馬貞本又作爲，云爲依字讀，春言東作，夏言南爲，皆是耕作營爲勸農之事，孔氏強讀爲訛字，雖則訓化，解釋亦甚紆回也。棟案：譌與訛古字本通，《毛詩‧無羊》曰：或寢或訛，《韓詩》作譌，《說文》引《詩》云：民之譌言，今〈正月〉詩作訛。〈無羊傳〉云：訛、動也。薛夫子云：譌覺也。〈正月〉箋又訓訛爲僞，僞亦與訛通，故〈王莽傳〉又作南僞古文尚書作僞。《索隱》作爲者，古僞字皆省文作爲，見古文《春秋左氏傳》，但此經訛字當與僞別，《淮南‧天文》曰：歲大旱、禾不爲。高誘曰：爲、成也。禾成於夏，故云南爲，此與東作、西成，皆言農事，《索隱》本是也。」

　　今按爲、僞、譌三字之孳乳關係與乍、作、詐，義、儀、議（參上文第三條）平行，茲對照如下：

　　18a. 皮 b'ia（剝取獸革者？）　　柀[p̥iwa]（一曰析）　　詖 pia（辨論）　　簸 Dwâ（揚米去糠）　　破 p'wâ（石碎）

　　王國維曰：「《說文解字》皮部，皮、剝取獸革者謂之皮，從又爲省聲、𣪠、籀文皮。案叔皮父敦皮作𠬝，石鼓文作𠬝假爲彼字皆從𠂆，𠂆者革之半字也。毛公鼎攸勒之字作𩊚，吳尊蓋作𩊚革均象革形，𠬝從又持半革，故爲剝去獸革之名，籀文作𦟝乃𠬝傳寫之譌，許君之書，有形雖失，而誼甚古者，此類是也。」（《古籀篇疏證》）。王筠《說文釋例》已疑其非形聲，王氏曰：「蓋皮猶之革，同係象形，特革已去毛，則平張矣、皮未去毛，其性柔，故象其側面而作𠬝，即觀古文𠬝有角形，亦可知爲象形，非形聲也，篆文即由古文籀文而小變形。」按王氏疑其非聲則是，謂爲純象形則與本義未盡合。按金文皮與籀文同。林義光釋之云：「古作𠬝叔皮父敦從𠂆象獸頭角尾之形，⊃象其皮，彐象手剝取之。」其說可從。朱芳圃曰：「《廣雅‧釋言》，皮剝也，剝者製也。謂使皮與肉分裂也。

《戰國策・韓策》：『因自皮面抉眼』，王褒《僮約》：『落桑皮椶』，是其義也。《周禮・春官大宗伯》：『孤執皮帛』，鄭注：『皮，虎豹皮。』《儀禮・士昏禮》：『納徵，玄纁束帛儷皮，如納吉禮。』鄭注：『皮，鹿皮。』皆謂所剝獸體之皮爲皮，引伸之義也。許君云『取獸革者謂之皮』蓋漢時俗語呼皮工曰皮，乃別一義。孳乳爲柀，說文木部：『柀，黏也。从木皮聲。一曰析也。』爲詖……爲破……皮又有在外之義，故孳乳爲被，……爲帔，……爲髮。被又有加被之義，孳乳爲彼。」（《殷周文字釋叢》卷中、p.71）

　　柀訓檆（段改作黏），《爾雅・釋木》有柀黏，郭璞注：似松生江南，羅願《爾雅翼》謂似而異，杉以材稱，柀有美實，而材尤文采、肌理細膩，古所謂文木。其實有皮殼，去皮殼可生食，本艸有彼子，即柀子也。（以上節引段注）然則柀之從皮得聲，或就其肌理言，或就其實之有殼可剝言。因而有別義曰析，實亦一義之引伸。段氏曰：「按柀析字，見經傳極多，而版本皆譌爲手旁之披，披行而柀廢矣。《左傳》（成十八年）曰：披其地以塞夷庚。《韓非子》曰：數披其木，毋使木枝扶疎。……《史記・魏其武安傳》曰：此所謂枝大於本，脛大於股，不折必披。《方言》：披，散也。東齊聲散曰廝，器破曰披，此等非柀之字誤，即柀之假借，手部披訓從旁持，木部柀乃訓分析也。陸德明、包愷、司馬貞、張守節、吳師道皆音上聲普彼反，是可證字本從木也矣。」按段說甚諦。

　　詖訓辨論，（辨或作辯），經典少見，多惜爲偏頗字。如《孟子》：「詖辭知其所蔽」注云：「人有險詖之言」。《漢書・敘傳》：「趙敬險詖」，顏注：「詖辨也，一曰佞也」。依顏注、則亦有辨義。徐灝曰：「《繫傳》曰：〈詩序〉險詖私謁之心。《孟子》曰：詖辭知其所蔽。按此皆假詖爲頗，頗偏也，然好辯論者已有所偏、其義未嘗不相通耳。」（《說文解字注箋》。）按：沈兼士以爲皮聲之字，凡有三義：（1）加被義（2）分析義（3）傾衺義。（〈右文說〉一文 p.815）則所謂相通云爾，非皆義相伸，恐以聲同義通，故義每兩歧，語言之分化，類多如此，終至本義、借義糾纏不清，此許叔重每多兼存異說之故。

　　簸訓揚去米糠，破訓石碎，皆有分離析判義，故竝由皮聲之第一義分析義孳乳，沈兼士列爲二義，則不依說文初形本義爲說，然其引申分化式，以分析、加被並列，亦無所軒輊，茲錄其分化式于下：

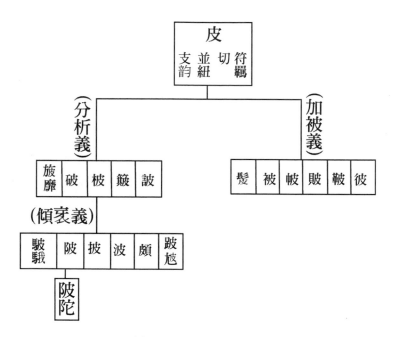

18b. 跛 pwâ（行不正）　尫pwâ（蹇）　頗 p'wâ（頭偏）　駊 pwâ（駊騀，
馬搖頭）　披 p'ia（從旁持）　陂坡 pia（阪）

尫字經典少用，多作跛字，朱駿聲以爲跛當爲尫之或體，是也。《禮記·
曲禮》：「立毋跛」注：偏任也。〈禮器〉：「有司跛倚以臨祭，其爲不敬大矣。」
注：偏任爲跛，依物爲倚。偏任即傾側義。駊騀蓋古語，其義未見用。然頗爲
頭偏，駊當由頗字孳乳無疑。披訓從旁持，《周禮》同士執披，注：柩車行所以
披持棺者，有紐以結之謂之戴。《儀禮·士喪禮》：「執披者旁四人」，皆披訓旁
持之證。〈既夕〉：「設披」，字亦作狓。披字又有分散義，當亦由皮聲之另一義
孳乳，不必拘拘於假借。蓋古人以披爲柀析字，未必有柀爲本字之觀念，但取
皮聲而已，從手所以分也，亦猶後人以披爲被覆義，如披甲、披衣，披星戴月
等，亦但取皮聲而已，不必先有被覆義之本字也。大抵語意之孳乳，起於聲假，
一字而兼數意，即一字而孳乳爲數字。

陂、坡《說文》皆訓阪，段玉裁以爲二字音義皆同，朱駿謂：坡即陂之或
體。《爾雅·釋地》：陂者曰阪，說文則作「坡者曰阪」，亦坡陂同字之證。《方
言》六：陂，衰也。段玉裁云：「凡陂必邪立，故引伸之義爲傾邪。」朱駿聲引
《易》泰「无平不陂」《釋文》陂偏也。《禮記·樂記》：「商亂則陂」注陂傾也。
《書·洪範》「無偏無陂」《傳》：陂、不正也。以爲皆陂借爲頗，不知頗陂正同
源詞，皆以皮聲爲初文，不必以頗爲本字。朱氏又曰：「或曰：亦皆本字之轉注」
（陂下注）朱氏之轉注即引伸，陂本有傾邪義，謂之引伸義殆是。又波訓水湧

流，與傾邪義稍遠，然俗以目視爲流波，則亦有邪、視流眄之系（如〈神女賦〉：若流波之將瀾，注流波目視兒）；《國語・晉語》：「波及晉國」，注：流也。似亦有加被義。此字之詞源暫難確定，附述于此。

18c. 被 bʹiɑ（寢衣）　帔[pʹiwɑ]（臺帔）　鞁 bʹiɑ（牛駕具）　髲[bʹiwa]（益髮）　貱[piwa]（逐予）　彼 piɑ（往有所加）

被本臥被，《論語・鄉黨》：「必有寢衣，長一身有半」鄭注曰：今小臥被是也。《楚辭・招魂》：「翡翠珠被」注：被衾也。《說文》訓衾爲大被。引伸凡被覆之意。如《左傳》襄三年：「被練三千」。〈堯典〉：「光被四表」，即廣被四表。謂堯之德能覆被四裔。

帔訓帬帔，《說文》：帬，繞領也，《方言》繞衿謂之帬。又《方言》四：帬，陳魏之間謂之帔，自關而東謂之襬。」帬帔猶今之披肩，《釋名・釋衣服》：「帔，披也，披之肩背，不及下也。」按《釋名》用披字，已如後世披掛之義，非旁持義，則帔有加被義。

鞁訓車駕具，如：〈晉語〉：「吾兩鞁將絕，吾能止之。」又《史記・封禪書》：「雍五畤，路車各一乘，駕被具。」被即鞁字、車駕具加覆於上，故亦由加被義孳乳。

髲字不見於經傳，段氏云：「假被爲之。〈召南〉：被之僮僮，傳曰被，首飾也。《箋》云：《禮》，主婦髲鬄，〈少牢饋食禮〉主婦被錫。注曰：被錫讀爲髲鬄，古者或剔賤者，荆者之髮，以髲婦人之紒爲飾。因名髲鬄焉。」（髲下注）。然則假他髮益己髮以爲飾，故從皮聲，亦由加被義孳乳。彼字今作稱代詞，彼與己（此）對，故彼有外往義，往有所加，蓋謂有所指於外，則與指稱之用合。又貱字經傳未見、《廣雅群詁》一：貱、益也，皆有所加義。本組同源詞，又可別爲二組：

（1）被、帔、鞁　（由被覆義孳乳）

（2）髲、貱、彼　（由自此之彼義孳乳）

（二）月　部

19a. 兌（GSR324）dʹwâd（說）　說 d〔i〕wat（說釋）悅（全上）　〔並由喜悅開暢義孳乳〕

《說文》：「兌：說也，從儿㕣聲」。按㕣字《說文》：「山間陷泥地，從口

从水敗皃；讀若沇州之沇。」又沇字下：㕣古文沇。是兌訓說（今之悅字），從㕣聲無所取義。徐鉉已疑㕣非聲，並謂「當从口从八，象气之分散」。朱駿聲曰：「按㕣非聲，當从人口，會意。八象氣之舒散，兄者與祝同意。从八與曾同意，今字作悅，又加心旁。」（兌下注）。林義光曰：「按㕣非聲，兌即悅之本字，古作師兌敦从人口八，八分也，人笑故口分開。」（《文源》），孫海波曰：「从兄从八，兄象人立形，八者氣之舒也，人悅則氣舒也。」（《古文聲系》祭部頁 2）

諸家改定，大抵先假定兌即說（悅）之本字，若兌說本一字，許慎何以未以重文處之？則許必不以兌為說之初形，故兌、說皆以形聲說之。諸家疑㕣非聲者，以從㕣聲之沿、鉛、衮、船（鉛省聲），在元部，兌聲之稅、銳挩、帨等則在月部（祭部），不知月部與元部對轉相諧之理，㕣大徐以轉切，兌大外切，上古聲母依李氏系統為 r-（喻四）與 d-（定）是聲近通轉，本合諧聲通訓，似又可不疑。

本組同源詞成立之關鍵在於「兌」字之初義，經典皆以說釋兌，當為許慎釋義之依據。王筠曰：「《易・說卦》：兌說也。（《彖傳》同）。《書・說命》，《禮記》作兌命；《呂覽》，凡說者兌之也，荀子即用兌為說，〈不苟篇〉：見由則兌而倨。」（《說文句讀》）。又《釋名・釋天》：「兌、說也，物得備是皆喜悅也。」荀子〈脩身〉：「饒樂之事則佞兌而不曲」楊注：「兌悅也，言佞悅於人以求饒樂之事，不曲謂直取之也。」王先謙以為兌即銳字，謂遇饒樂之事，則身口捷利以取之。劉師培《荀子補釋》曰：「佞兌當從楊說，佞悅與《孟子》容悅同，言小人過利，不惜徇人枉己以取之也（徇人即佞兌，枉曲己耎取，按：劉氏以「而不」二字係耎字之訛。）又〈不苟篇〉云：『見由則兌而倨』，與『見閉則怨而險』對文，怨近於怒，兌近於喜，則兌字即悅字也，王民訓為銳亦非。」

又《詩・大雅・緜篇》：「柞棫拔矣，行道兌矣。」傳：兌成蹊也。〈皇矣篇〉：「柞棫斯拔，松柏斯兌。」《傳》：兌、易直也。馬瑞辰曰：「柞棫叢生塞路，拔而去之，故行路開通。行道兌矣猶言松柏斯兌也，傳於松柏斯兌訓為易直，而此傳兌訓成蹊者，松柏錯於柞棫，柞棫去而松柏喬立，是為易直；柞棫拔而道路成蹊，不煩迂折，亦易直也，非易直不能成蹊，是成蹊與易直義正相成。」（《毛詩傳箋通釋》卷廿四頁 26）按段玉裁以為《傳》釋成蹊、

易直，為兌字引伸義，如何引伸，則無明言；謹案：行路開通，與兌之訓說，說之訓說釋，意正相承，若以兌字為從口從八，人悅則口開，（如林義光說），則引伸正有開通義。又「松柏斯兌」，屈翼鵬先生釋之曰：「兌，易直也；滑易而條直也。二語言亂木已去，松柏暢茂。」（《詩經釋義》下，p. 215）蓋枝葉條暢，亦開通義；然則兌字本義當與開通有關。朱駿聲釋行道兌矣之兌叚借為達，音義皆相近。鄭《箋》釋為「其行道士眾兌然，不有征供之意」，由箋下句知上句兌然即悅然，大抵不違兌字本義。馬瑞辰誤謂《箋》「蓋讀兌為脫然之脫」則不辭矣。

又老子曰「塞其兌，閉其門，終身不勤」（五十二章）。俞樾曰：「案兌當讀為穴，《文選・風賦》『空穴來風』注引《莊子》『空閱來風』。閱從兌聲，可叚作穴。兌亦可假為穴也。『塞其兌』正與『閉其門』文義一律。」（《諸子平議》卷八）案俞說是也。兌者通之處，兌假借為閱，實為穴為竅，耳目口鼻是也。《易・說卦》：「兌為口」，《淮南・道應訓》：「太公曰：塞民於兌；」高誘注：「兌，耳目鼻口也，《老子》曰，塞其兌。」然則兌之本義或訓竅，即耳目鼻口開通義，制字則取從人從八口會意，故孳乳為說釋字（即悅、懌，《說文》無此二字），為談說字，「說」字為後義所專，故又孳乳為「悅」字。

說字《說文》訓「說釋也，從言兌，一曰談說。」《大徐》：失藝切，又弋雪切。《繫傳》及《韻會》皆作兌聲。段玉裁謂：「此從言兌，會意，兌亦聲。」又云：「說釋即悅懌，說悅。釋懌皆古今字，許書無悅懌二字也，說釋者開解之意，放為喜悅。采部曰：釋、解也。」桂馥曰：「說釋也者，《易・小富・釋文》引作說解也，《廣雅》解說也。《詩・綢繆傳》云：邂逅，解說之貌。《釋文》：說音悅。《詩・何人斯》：我心易也，傳云：易說，箋云解說也。〈檀弓〉：而天下何其孰能說之，注云：說猶解也。〈學記〉：相說以解。馥案：《詩》：說懌女美，鄭《箋》讀懌為釋。……一曰談說者，《釋名》：說述也，敘述之也。《廣雅》：說論也。《易・咸卦》滕口說也，《書・益稷》：庶頑讒說，詩國風：士之耽今，猶可說也，女之耽今，不可說也。」（《說文義證》）。

由上可見，兌說悅本為同源詞，並由開通喜悅義所孳乳。談說字，別作失藝切，音義當為後起，與說、悅之讀弋雪切有別，然由說釋、悅懌而引伸為談論

解說，亦與兌聲之訓開通義有關。

19b. 脫 t'wât（消肉臞）　挩 t'wât，d'wât（解挩）　蛻 t'wât（蛇蟬所解皮）
　　　敓 d'wât（彊取）

《說文》：「脫，消肉臞也，从肉兌聲。」。段玉裁曰：「消肉之臞臞之甚者
也。今俗語謂瘦太甚者曰脫形。言其形象如解蛻也。此義少有用者，今俗用爲
分散遺失之義，分散之義，當用挩，手部挩下曰：解挩也。遺失之義當用敓，
奞部曰：敓，手持隹失之也。」按《說文》臞訓少肉。引伸則有皮肉與骨分離
意，如《禮記·內則》、《爾雅·釋器》竝云：「肉曰脫之」。郭注：「剝其皮也，
今江東呼糜鹿之屬通爲肉。」郝疏：「脫者解也，〈內則〉〈正義〉引李巡云：肉
去其骨曰脫，皇氏云：治肉除其筋膜取好處。」引伸之凡解離免除，皆通作脫，
《說文》雖有本字作挩，經典則不見用，但見《穀梁》宣十八年《傳》：「戕猶
殘也、挩殺也」，范注：「挩謂捶打殘賊而殺」，《校勘記》云：「石經初刻挩作梲，
後改從手，非也。梲殺謂以杖殺之。」朱駿聲即以爲梲之假借。又《儀禮·鄉
飲酒禮》：「坐挩手，遂祭酒」注：挩拭也，占文挩作說。《集韻》音輸芮切，以
別于他活切，然則此音義與解挩字似不相干。按文字學家以挩爲脫離、解脫之
本字、愚謂二字音義實同，「挩」實爲「脫」之分別文，更見其同源共貫。如：

（1）《公羊·昭十九年傳》：則脫然愈。《注》：疾除皃也。

（2）《國語·齊語》：脫衣就功。《注》：解也。

（3）《家語·辨樂》：虎賁之士脫劍。《注》：解劍也。

（4）《管子·霸形》：言脫于口，《注》：出也。

（5）《漢書·枚乘傳》：百舉必脫。《注》：免于禍也。

（6）《史記·平津侯主父傳》：脫粟之啓。《索隱》：纔脫穀而已。

朱駿聲竝以爲脫叚借爲挩，愚謂同源詞則音同義通，不煩以假借說之。

蛻字訓蛇蟬所解皮，實際亦爲脫字之分別文。《史記·屈賈傳》：蟬蛻於濁
穢、用其引伸義。《廣雅·釋詁》一蛻，解也。敓字訓彊取，《書·呂刑》：「敓
攘矯虔」，此即奪取之本字，經典皆以奪爲之，如《禮記·大學》「事此施奪」；
荀子〈臣道〉：「奪然後義」，《呂覽·慎行》：「無忌勸王奪。」皆訓敓取義。奪
之本義訓失，如《孟子》「無奪其時」，猶存古義，經典則每假脫字爲之，如《漢
書·尹翁歸傳》：類常如翁歸言，無有遺脫。《後漢書·隗囂傳》：經或脫簡。注：

失也。此則本字爲借義所專，其義則借他字行。然則斂从兌聲而訓彊取，蓋亦由剝取解挩義所孳乳，故竝爲同源詞。

20. 會 g′wâd，kwâd（合）　髻鬠 g′wât，kwât（骨橜之可會髮者）　襘 kwâd（帶所結，領會）　繪 g′wâd（會五采繡）　薈·wâd（艸多兒）　廥（芻稾之藏）

會；《說文》：「合也，从亼从曾省，曾益也。 㑹 古文會如此。」會訓合亦見《爾雅·釋詁》。段玉裁以爲从亼曾省爲三合而增之，會意。又云：「禮經器之蓋曰會，爲其上下相合也。」按《儀禮·士喪禮》：「啟會」鄭注：會，蓋也。公食大夫禮：「啟簋會」鄭注：會，簋蓋也。〈士虞禮〉：「命佐食啟會」鄭注：會，謂啟蓋也。近人考古文字，有主器蓋之說者，如羅振玉羣氏旂作善會跋：

> 鑰（按原銘作鉒）即會字，器蓋謂之會。其文象器蓋上下相合。趞亥鼎作㑹，㑹蔡子□匜作㑹，王子□匜作㣎。上从亼象蓋，下从㗊象器，以金爲之，故旁增金，其器爲蓋；益證其爲會字，殆無疑也。王子□匜增从辵乃引申爲會遇字。許書載會之古文作佮，與王子□匜略同。」（丁戊稿21頁）

亦有主會即膾之初文者，如商承祚曰：

> 案甲骨文作徻，金文且子鼎：王命且子㑹西方于省，㑹即會字，从辵與彳誼同，金文又有會㑹走馬亥鼎，蔡子佗匜則膾炙之專字也。說文膾訓"細切肉"，故鼎文以㗊象之。迨乃會合之專字，故从辵或彳以示行而相見意也，後借會膾爲迨會，而以迨訓迨遝矣。古鉢作徻，乃合二字爲之，一切經音義"佮古文會"，石經之古文同。（《說文中之古文考》《金陵學報》五卷2期頁50）

又李孝定以爲金文似象合中盛物之形，又擬象合盆於合蓋之外，器身有二層重疊之形，然若無證。（《甲文集釋》1779）謹案屬羌鐘作㑹有兩耳，則與細切肉之膾不類，會之初形，以象器有蓋之說爲長，且膾字訓細切肉，《論語》：膾不厭細，《禮記·內則》：肉腥細者爲膾；《廣雅·釋詁》二：「膾割也」，則膾从會聲，當與切割義有關，或與劊同源。與會合義無關，《釋名》以會訓膾並云：「細切肉令散，分其赤白異切之己，乃會合和之也」，則竝切義與和合義言之，恐非

造字之初義。

　　鬠訓骨笄之可會髮者，按笄訓搔，笄以搔首，以象骨爲之，故曰象笄或骨笄，後人用玉，故亦名玉導、玉搔頭。周禮故書弁師鬠五采玉璂，先鄭謂以五采束髮也。又《儀禮・士喪禮》：鬠笄用桑、長四寸緩中，字作鬠。則爲所以會髮之證。詩《淇奧》：「會弁如星」傳：會所以會髮。段玉裁以爲毛傳正同周禮故書，皮弁會五采，謂兄束髮後戴弁，其光耀如星也。（鬠下段注）。

　　襘訓帶所結，並引《春秋傳》曰：衣有襘。按《左傳》昭十一年：衣有襘，帶有結。杜注：襘，領會，結，帶結。又《漢書・五行志》注：襘，領之交會也。朱駿聲云：「《說文》本訓帶所結也，必星傳寫之誤。」朱說是也。段玉裁云：「〈玉藻〉、〈曲禮〉、〈深衣〉，皆謂交領曰袷。襘即袷，會合同義。」此亦會訓合之旁證。

　　繪本會五采繡，引申凡會五采之畫文皆曰繪，繪畫亦作繢。《書・皋陶謨》：「予欲觀古人之象，日月星辰，山龍華蟲，作會。」會即繪字、《僞孔傳》：「會，五采也，以五采咸此畫焉。」，《論語》：「繪事後素」，《集解》：「鄭曰：繪，畫文也。」皆其引伸義。

　　薈訓草多，《詩・候人》：「薈兮蔚兮，南山朝隮」，毛傳薈蔚，雲興貌。《韓詩》：薈，草盛貌。爲許所本。按毛傳合薈蔚二字解之，以爲描寫「朝隮」，故訓雲與貌。然薈從艸，本義自當爲草盛，亦薈萃義。《廣雅・釋詁》一：「薈翳也」，則其引伸義，凡物薈聚多盛則翳障視野。廥訓芻稾之藏亦取薈聚義。《史記・趙世家》：邯鄲廥燒。《廣雅・釋宮》：廥倉也。

　　本祖同源詞，凡七字：會、鬠〔鬠〕、襘、繪、薈、廥，並由會合義所孳乳。他如「禬」本除疾殃祭（見《周禮・春官・大祝》），許訓爲「會福祭」，然《周禮・春官・大宗伯》：「以禬禮哀圍敗」注：「同盟者合會財貨，以更其所喪。」則禬禮亦有會合意，然非祭名，恐屬晚出，非詞源所本。又《釋名・釋飲食》：膾會也（詳前）。〈釋水〉：注溝曰澮，澮，會也，小溝之所聚會也。而《說文》以澮爲水名。檜字訓柏葉松身，楊氏以爲實含會合之義，（《積微居小學金石論叢》《說檜》），又謂旝所以會合士衆，猶旌所以精進士卒，旝所以召士衆（《釋旝》），皆許書所未明言，凡此皆由聲訓之法演繹而得，然無絕對證據，又或制字之時減有此義，而語源未必相應，本篇爲免皮傳牽合，暫不取焉。

21. 害 g´âd（傷）　割 kât（剝）〔董：râd；kât
李：gadh，kat（周 gɑr，kɑt）〕

害，《說文》：「傷也，从宀从口，宀口言從家起也，丰聲。」（大徐本），近人有疑丰聲者，如林義光以爲舌即凷聲、高田宗周以爲从宀从古羊省會意，皆非通達之論，楊樹達曰：「受害福（按叔多父盤文），孫詒讓讀害爲介餘論中拾系下是也、介，大也，說文作夰，害字本从丰聲、丰粵介古音同，故此文假害爲介，易晉大二玄：受茲介福于其王母，與銘文文義正同，其確也。」（積微居金文說 83 頁叔多父盤跋）按介、丰上古音董氏皆作*käd（去聲），害音*râd，「害」依李氏制作 gɑd（去），同屬祭部陰聲，古音極近，楊氏所謂音同雖非事實，然通假不誤，亦可證許愼丰聲之說持之有故，竝合諧聲字之正例。

金文害字假借爲匃，如伯家父簋：「用錫害匃眉壽黃耉。」字亦作割，如異伯盨：「割匃眉壽無疆。」徐中舒曰：

> 金文匃或作割，作既，如：
>
> 用言于朕剌考，用割眉壽萬年——無惠鼎
>
> 割其萬年，眈保四國。——宗周鐘
>
> 匃割古音同屬見毋祭部（榮松按：*割*kât 匃*kâd，董表 p189）故得相通。尚書「割申勸寧王之德」（松案：君奭文，禮記緇衣引作周田觀文王之德），宋次道王仲至家所傳古文尚書，制作剖，從匃，即匃割旣相通之證。割又者作害，白家父段云：「用錫害眉壽黃耉霝冬」，錫害即錫匃，錫爲錫予，匃爲請求，正一事之兩面，故匃亦有錫予之意，猶之受兼有授受二意也。（金文言叚辭例，頁 7～8）

按：割匃同屬見母，聲韻皆同（韻尾 d-t 視爲同類），然害字古讀*gɑd（不從董擬匣母作*r-），則亦與匃近，則害，割上古音本近，皆可假爲匃，而不必認爲割省作害而及通假也。

害字經典多用爲傷害，如：《易·謙卦》：「鬼神害盈而福謙。」《繫辭》：「損以遠害」；《左傳·桓六年》：「其三時不害，而民和年豐也。」《墨子·經上》：「害，所得而惡也」《韓非子·六反》：「害者利之反也」。又《史記·屈原列傳》：「上官大夫與之同列、爭寵而心害其能。」桂馥曰：「心害其能，欲中傷之也。宀口言從家起也者，所謂內言不出也，書曰：惟口出、好興戎。

古人三緘其口，所以遠害也。」（《說文義證》）。《釋名》：「害割也、如割削物也」，按害之傷人，如刀割物，此害割語源相同之證。又詩書亦多假害爲曷，如《詩·葛覃》「害澣害否」，《孟子》「時日害喪」。

割訓剝，《書·湯誓》「率割夏色」傳：「相率割剝夏之色居。」又云：「舍我穡事而割正夏」傳：「桀奪民農功而爲割剝之政。」按率割夏色，史記割作奪，割正夏，史記作割政。近人謂割正即征伐。段玉裁謂：「尚書多假借割爲害，古二字音同也。釋言舍人本蓋作害，明害與割同也。鄭注緇衣曰割之言蓋也，明蓋與割同也。」（割下注）按：堯典：「湯湯洪水方割」，大誥：「天降割于我家」，皆割害通用之證，朱駿聲竝「率割夏色」亦以爲害之假借，然則害、割，音義皆近，本即同源，割剝義正由傷害義所孳乳。引伸凡分解裁斷，皆謂之割。周禮內饔：「割烹煎和之事。」司士：「帥其屬而割牲。」《戰國策·秦策》：「必割地以交于王矣。」（注：割猶分也），皆是。又害與蓋割相通，王引之曰：

> 呂刑曰：鰥寡無蓋，謂鰥寡無害也；《孟子·萬章篇》：謨蓋都君，謂謀害舜也。害與割字亦通廣雅害割也，云云，割之爲蓋猶害之爲蓋也，害割蓋，三字聲義竝相近，故竝得訓爲裂。（《經義述聞》卷廿七，蓋割裂也條）。

按：蓋從盍聲（胡臘切，匣母）、割從害聲（亦匣母），蓋割同屬，見母，濁喉擦音與清舌根塞音之距離稍遠，我們認爲就害割同源，害割蓋音義相近通用而言，g～k 的對比要比 r～k 的對比（或形態變化）可能性大些。

22. 韧（巧韧）（GSR279）k′àt　挈（刻）k′ɑd　契（大約）k′iɑt　鍥（鎌）k′iɑt　齧（噬）ngiɑt　〔並由開坼斷裂義孳乳〕

韧訓巧韧，從刀丰聲。徐灝箋：「言其刻畫之工也。」朱駿聲以爲「從刀從丰會意，丰亦聲，疑即挈字之古文。則以丰象訓形，不訓艸蔡。徐箋引戴侗曰：「丰即契也，又作韧，加刀，所以契也，又作契，大聲，（松案當云韧亦聲）古未有書，先有契，契刻竹木以爲識，丰象所刻之齒，灝案戴說是。」又云：「韧從刀自是刻畫之義，而丰爲刻齒之形，可觸類而知，契又作挈，亦作鍥，《左氏》定九年《傳》：鍥其軸。《荀子·勸學》：鍥而合之，朽木不折，契鍥古今字。丰音古拜，韧音格八，契音共計，一聲之轉也。」（丰字下箋、《詁林》頁 1867）

丰、韧經典未見用，戴、徐之說近是而無證。而挈字大小徐皆作從韧從木，

朱駿聲謂韧亦聲，蓋會意兼形聲。韧當爲挈之初文，段云：刻之用於木多，故從木。然經典挈亦未見用，王筠曰：「案挈原其始，挈要其終，祇是一字，略兮動靜，故經典皆用契而不用挈，亦借鍥挈爲之。大部契下云韧聲，則此當云韧亦聲。漢韧相韧統碑；鑴石立碑，韧銘鴻烈。直以韧爲挈，是知挈字義重韧，故不入木部。」（《說文句讀》挈下注）

按王氏之說甚是。《詩・大雅・緜》：「爰契我龜」毛《傳》：契、開也。徐箋謂灼龜開拆如刻畫，引伸之義爲絕、故爾雅曰絕也。《易・繫辭》：「後世聖人易之以書契」《書・敘・正義》引鄭注云：書之于木，刻其側爲契。《周禮・質人》：掌稽市之書契，《注》：取予市物之券也。然則契是刻而分開之契約券，從大取其約束之重者，挈契皆韧之分別文。《釋名・釋書契》：「契刻也、刻識其數也。」直以契爲之，是漢人挈契不別之證。

鍥訓鎌，《方言》五：刈鉤自關而西或謂之鍥。經傳多假借爲挈。《淮南・本經訓》：「鍥金玉。」《荀子・勸學》：「鍥而不舍、金石可鏤。」則鍥本或有刻鏤金石之意，或即刻縷之器，則亦挈之分別文，不必以假借說之。許慎鎌下訓鍥，是漢人以鍥爲鎌之別名，鍥從契聲，則由其可以切開斷絕之引伸義孳乳。齧訓噬，《易・噬嗑・注》云：噬齧也。《釋名・釋飲食》：「鳥曰啄，獸曰齧，齧齾也，所臨則禿齾也。」《說文》齾訓缺齒，引伸凡缺皆曰齾。《淮南子・人間訓》：「於隙劍之折必有齾。」高《注》：齾，缺也。然則齾之訓缺，猶《爾雅》契之訓絕，取其開坼斷裂之義，正爲挈刻之引伸義，故竝爲同源。

23a. 夬（分決）（GSR312）klᵂɑt　抉（挑）kiwɑt　決（行流）kiwɑt

《說文》：「夬，分決也，從又，彑象決形。」（又部），段玉裁引《易・象傳》：「夬決也，剛決柔也」以釋分決義。王筠曰：「決本水名，加分字以表其爲借義，非故異於《易象》。」（《句讀》）按決訓行流，從水夬聲，當即分決流行之意，故與分決義有關。許用「決」之通行義釋「夬」，凡決斷字，經典通以決爲之，然則分決即分斷意，決物必以手，故夬字從又，彑象決形，蓋象物斷之形，故《繫傳》云：「彑物也，｜所以決之之器也。」《釋名・釋言語》：「夬、決也，有所破壞決裂之於終始也。」朱駿聲據《周禮》及《詩・車攻》之「抉拾」（今本詩作決拾）以爲「夬」，即俗稱之「扳指」，朱氏曰：「按本義當爲引弦彄也，從又，彐象彄，｜象弦，今俗謂之扳指。《周禮・繕人》『抉拾』注：

挾矢時所以持弦飾也，著手巨指，以抉（字）爲之。詩車攻『夬拾既佽』，《釋文》：夬本作抉。」自《繫傳》以下皆以許愼釋形爲指事，朱駿聲始以象形解之，由於缺乏古文字的證據，只有從經典用字上求證。

按《周禮・繕人》：「掌王之用弓弩矢箙矰弋抉拾」鄭注：「鄭司農云：抉者所以縱弦也，拾者所以引弦也。《詩》云：抉拾既次。詩家說或謂：抉謂引弦彄也，拾謂韝扞也。玄謂：抉，挾矢時所以持弦飾也，著右手巨指。〈士喪禮〉曰：『抉用正，王棘若擇棘。』則天子用象骨與？韝扞著左臂裏，以韋爲之。」然則先鄭釋抉拾殆爲同類，後鄭則有別。又《儀禮・大射禮》：「司射適次，袒決遂。」（按鄭以決遂爲決拾；遂訓躬韝）〈士喪禮〉：「設決，麗于掔（擊）。」〈吳語〉：「百夫決拾」，《楚辭・天問》：「馮珧利決」字竝作「決」。今按諸注家皆訓抉（決）所以鉤弦者，著於右手巨指，以便射時引弦著力，以使弦與弓弩成分決之形，故謂之夬，知夬爲初形，抉爲重形，抉、決（假借）行而夬之本義晦，朱說殆近。

抉訓挑，又見《荀子・正論》：「若是則何尤抇人之墓，抉人之口，而求利矣」楊注：「抉，挑也，抉人口，取其珠也。」又《漢書・薛宣傳》：「且嫂何興取妹，披抉其閨門而殺之」顏注：「披，發也，抉，挑也」。按挑者謂撥動義，（見《說文》挑撓也下段注），亦有揭舉分開義，如《左傳・襄十年》：縣門發，鄹人紇抉之以出門者」，杜注：「言紇多力，抉舉縣門，出在內者」《正義》引服虔云：「抉撅也，謂以木撅縣門使舉，令下容人出也。」《戰國策・韓策》「因自皮面抉服，自屠出腸」《史記・伍子胥傳》：「抉吾昭」（索隱抉亦決也），皆謂分裂挑開之義。然則凡抉裂、抉斷、抉擇、抉別皆以抉爲本字，今訣別字，蓋由抉字所孳乳。《史記・孔子世家》：「相訣而去」〈切韻〉：「訣別也」（說文無訣字）。《漢書・蘇武傳》：「與武決去」，則假決爲抉。然則抉之訓挑，訓撅，或訓裂，訓別，皆由分決義所孳乳。許瀚謂夬、抉古今字，是也。

決訓行流，段氏據《衆經音義》三引《說文》作「下流」，然皆未見夬聲之義。（大徐从水从夬，小徐夬聲，諸家多从小徐。）王筠曰：「行，玄應引作下，非也，行流者，行其流也，孟子禹之行水也。尚書：予決九川，距四海。」（《句讀》）按行水，行流，皆謂決江疏河，導之使行之意，《管子・君臣下篇》：「決之則流，塞之則止。」《孟子・告子》：「性猶湍水也，決之東方則東流，決諸西

方則西流。」朱駿聲曰：「按水性趨下，決之爲言突也，掘地注之爲決。」（決下注）。又《漢書・溝洫志》：「治水有決河深川」，注：「分池也」。《左傳・襄三十一年》：「大決所犯，傷人必多，吾不克救也，不如小決使道。」按：除去雍塞導水使行，此當爲決之物初，引申乃有穿通義，分泄義、潰決義，猶抉之訓挑，而亦有剔除義，分開義，抉斷義。其義蓋皆由分抉義引申，故經典抉與決皆混用無別，然則音、義同源，本同一字故爾。

23b. 缺 k'ĭwat（器破）　玦 kiwat（玉佩）　鴂 k'ĭwat（城缺）

章太炎《文始》卷一：「說文，夬分決也。……孳乳爲決，行流也。決又變易爲潰，漏也。……此一族也。夬又孳乳爲缺，器破也，缺又孳乳爲玦，玉佩也。如環而缺，爲鴂，城闕其南方也，爲闕，門觀也，此二族也。」

說文器破爲缺，從缶當謂瓦器破，引伸凡器物破裂皆謂缺、破壞則分裂，故從夬聲。缺則有隙，引伸之凡罅陳闕漏皆謂缺。按大小徐皆作「決省聲」，段、王均改爲夬聲，句讀並謂依戴侗（六書故）引唐本改。按省聲的情形，除字形上的整齊或簡化的理由外，或有如王筠所說的「聲兼意」及「與本篆有通借關係」的情形，後面這兩個理由，祇代表許慎對文字語言孳乳的理解，未必即是造字時的眞象，陳世輝氏又提到另一種情形，即許氏用省聲來區別字的讀音。如：趹、跌、突、疢、抉、鴂，本作決省聲，段氏皆改爲夬聲，然快、蚗，夬則本作夬聲，陳氏云：「爲什麼同是從夬得聲的字，有的說省聲，有的說夬聲呢？因爲秦以前的字音到漢代已經有了很大變化，雖然它們在書面上看來同從夬得聲，但實際上的讀音却有很大的差別。爲了要表示這種讀音的差別，許慎就用『省聲』的說法來區別它們，他把那些與決字音近的字，就說成『決省聲』，而把那些與夬字音近的就說成『夬聲』這種省聲對於研究漢代字音是有重要意義的。」（略論說文解字中的「省聲」）。我們認爲陳氏的推論有其客觀性，缺字二徐作決省聲當亦屬此類，而不是妄改。

缺字見《老子》「大成若缺」（45 章），《易林》：「甕破缶夬」，說文𣉼、毀、鴂皆訓缺。經傳凡闕漏、闕失、闕空字皆作闕，二字音同義近，當爲同源。蓋闕訓門觀，其義則有取於「中央空隙爲路」觀則在門左右（朱駿聲說），鴂之訓缺，諸家依何休《公羊・定公十二年傳》注曰：天子周城，諸侯軒城，軒城者缺南面以受過也。段玉裁申之云：「城門上有臺謂之闍，周官匠人，詩靜女所謂

城隅也。無臺謂之闕，詩子衿所謂城闕也。三面有臺而南方無臺，故謂之闕。……毛詩城闕當作闕、闕其假借字，非象闕之闕也。詩曰：在城闕兮，傳曰乘城而見闕，箋申之曰登高而見於城闕，明非城墉不完，如公羊疏所疑也。」按其制今已不詳，姑從許慎訓闕，以爲夬聲所孳乳。

玦訓玉佩。《九歌・湘君》：「捐余玦兮湘中」注：「玦、玉佩也，先王所以命臣之瑞，故與環則即還，與玦即去也。」又《荀子・大略》：「絕人以玦，反絕以環」注：「古者臣有罪，侍放於境三年，不敢去，與之環則還，與之玦則絕，皆所以見意也。」按環與還，玦與絕，決（即決去），皆以聲訓言之。《莊子・田子方》：「緩佩玦者，事至而斷」，《白虎通》：「君子能決斷則佩玦」此又是另一種聲訓。《白虎通》韋注：「玦如環而缺」，《左傳》閔二年「金寒玦離」注：「如環而缺不連」，《漢書・五行志》「佩之金玦」注：「半環曰玦。」〈急就篇〉「玉玦環佩靡從容」顏注：「半環謂之玦」。這是從形制上解釋玦之夬得聲，玦訓缺也是聲訓，三種聲訓，自然以後說最近本眞，決斷義與決去義，均是後起的引申，因此玦字與缺字音義最近，就同源詞而言，當取音義最小之對比，故本組同源詞與前一組（23a 夬抉決）區爲二組。又三禮中玦字僅《禮記・內則》「右佩玦捍」一見，自來又以「決拾」之義釋之（按玦捍連用，捍相當講扞之扞），則玦之爲物，禮經未見，諸家聲訓之說，闕疑可也。

24. 介（畫）GSR327 kăd　界（境）kăd

《說文》介，畫也，从八从人，人各有介。

又畍、境也，从田介聲。（段作竟也，《說文》無境字）。段玉裁云：「界之言介也，介者畫也，畫者介也，象田四界、聿所以畫之，介畫古今字」（界下注）。按介字訓畫，段氏依《韻會》所引刪「人各有介」又〈釋字形〉云：「人各守其所分也。」則從八取分畫義。朱駿聲謂：八者分也，从人者取人身左右以見意。朱氏引《詩・生民》「所介所止」箋：「介左右也」爲據。按詩「所介所止」凡有二見：

（1）〈小雅・甫田〉首章：「今適南畝……攸介攸止，烝我髦士」

箋云：介、舍也、禮、使民勸作耘耔，間暇則於盧舍及所止息之處，以道藝相講肄，以進其爲俊士之行。

（2）〈大雅・生民〉首章：「履帝武敏歆、攸介攸止，載震載夙。」

箋云：介，左右也，夙之言肅也，祀郊禖之時，時則有大神之迹，姜嫄履之，……履其拇指之處，心體歆歆然，其左右所止住。如有人道感己者也，於是遂有身而肅戒不復御。」

按箋於「攸介攸止」兩處各有說，而不相謀，似有未安。依甫田詩意，實與王者祈年，或與公卿有田祿者，力于農事有關。故云：「今適南畝，或耘或耔，黍稷薿薿」，載其適南畝所見也，接下乃云：「攸介攸止，烝我髦士」，則就其所至之田界乃停止下來，接見（烝進也）農夫中之俊秀者。則《箋》意似嫌迂遠。近人屈翼鵬先生謂「攸，猶乃也。介，舍息也」，乃用《箋》訓介為舍，惟不以為廬舍，而作舍息解，則介與止同義，所謂「就地止息」，其意甚近，而「介」字似未得。至於〈生民〉詩首章，追述周人始祖后稷誕生之奇，履帝二句當即描寫姜嫄履神跡受孕之當時情景，故「所介所止」，當亦如屈先生所云：「乃於其處稍息止也」。介猶閒也，即所履之處。此乃由田畔之義引伸。止字已訓息止，則介不必後訓舍息也。「載震（娠也）載夙，載生載育」以下乃述其後之動態發展也。

介字訓田界，又見《周頌・思文》：「無此疆爾介」，介今本作界，《釋文》：「介音界，大也」，按訓大非是。竹添光鴻《箋》曰：「無此疆爾界者，對彼為此，對我為爾，皆互文，言無以此為我之疆、無以彼為爾之界，無有內外彼己之殊也。……介古界字，《文選・魏都賦注》引《韓詩章句》云：介、界也。」又曰：「界，唐石經作介。」（《毛詩會箋》）

介本界畫，故引伸有閒意，如《左傳・襄三十一年》，「介于大國」注：介猶閒也。引伸而有擯介義，如《禮記・檀弓》：「子服惠伯為介」注副也，〈周語〉：「仲孫蔑為介」《注》：在賓為介。朱駿聲云：「凡有介則有二耦，助之義也」，如《詩・周頌・酌》：「時純熙矣，是用大介」，《箋》云：助也。又《臣工》：「嗟嗟保介」，《箋》訓保介為車右，《呂氏春秋・孟春紀》高誘《注》：保介，副也。又《爾雅・釋詁》：「介，助也」。介居二耦之間，故引申之為孤特義，故有孤介，狷介之稱。一人謂之一介，如《書・泰誓》「若有一介臣」《左傳・襄八年》：「亦不使一介行李」，《孟子》：「不以三公易其介」。《廣雅・釋詁》三「介獨也」，《方言》：「獸無耦曰介。」

介聲有大義，故孳乳為奕，經典皆用介字，如《易・晉卦》：「受茲介福」，

《左傳·昭廿四年》:「問於介眾」。《書·顧命》:「太保承介圭」,《詩·崧高》「錫爾介圭」,大圭之義又孳乳為玠。

介聲古與甲聲相近,故多通假,介冑即甲冑,甲蟲亦謂之介蟲,《禮記·曲禮》:「介者不拜」,《周禮·旅賁》氏:「軍旅則介而趨。」《詩·清人》:「駟介旁旁」,介皆訓甲字。

介聲又借為匄,如《詩·七月》:「以介眉壽」,〈小明〉「介爾景福」毛傳訓助,鄭箋釋大者皆難通。介聲又有小義,故孳乳為芥。凡訓大,訓小,訓善(說文价,善也,字雅介善也),皆義寄手聲,與界畫義不同詞源,故本組同源詞但取介,界二字。

又甲骨文介字作 介、介、介、介 等,與小篆構形相同,羅振玉以為象人著介形,則以為介即介冑之初文。卜辭習見多介,多介父、多介兄等,王國維曰:「多介人名」(《戩壽堂所藏殷虛文字考釋》九、六),則由卜辭文義亦未能證明介即甲冑,姑存其說以俟考。(參《甲骨文字集釋》二,0259)。

(三)元　部

1. 安·ân(靜)　按·an(下)　晏·ân(天晴)　晏·an(安)　宴·ian(安)
　　案·ân(几屬)　鞌·ân(馬鞍具)

安字《說文》《大徐本》:「靜也,从女在宀下。」靜字段玉裁依意改為竫(《說文》:亭安也)。《小徐》、《韻會》並作「止也,从女在宀中。」二說並有根據,《方言》十:「宀音寂、安、靜也。」《廣雅·釋詁》四:「安,靜也。」又《一切經音義》引《蒼頡》作:「安,靜也。」然《爾雅·釋詁》下:「安,按,止也。」又「安,定也。」《玉篇》:「安,定也。」按:竫與定、止,義實相貫,訓竫,則如朱駿聲云:「飲食男女,人之大欲存焉,故宓从宀心血,安从宀女。」訓止,則如徐鍇云:「女子非有大故踰閾也。」或如徐灝云:「女有家,男有室,相安之道也,故安从女在宀下,女歸於夫家也。」(《說文解字注箋》)諸說當以徐灝說最近。林義光曰:「按:(安)古作 𗊥安文尊彝 𗊥 公貿彝,从女在宀下有藉之,與保从 𗊥 同意,或省作 𗊥 𗊥尊彝癸 𗊥 格作簋。」如林氏所謂宀下有藉,則安訓止為長。又金文或从厂,古宀厂通作也。

安之訓止,郝懿行曰:「〈秦策〉云:而安其兵。高誘注:安,止也。通作案,《荀子·王制篇》云:偃然案兵無動,是案兵即安兵,故〈勸學篇〉注:安

或作案，是也。今人施物於器曰安，亦取其止而不動矣。」又曰：「按者抑也，說文云：下也。下謂手抑下之，抑猶止也，故詩以按徂旅。《呂覽‧期賢篇》云：衞以十人者，按趙之兵。毛傳及高誘注竝云：按，止也。通作案。《史記‧司馬相如傳云：案節未舒。案節即按節，猶弭節也，弭亦上矣。」（《爾雅義疏》上又一，釋詁下十九）

安有使動義，如《論語》：「老者安之。」（〈雍也〉），「脩己以安人」，「脩己以安百姓」（〈憲問〉）「既來之則安之」（〈季氏〉）凡此皆有安止之、使安適之意。引伸孳乳爲「按」，謂以手抑物使下，《詩‧皇矣》「以按徂旅」，《孟子》作「以遏徂莒」，按、遏皆訓止，又《管子‧霸言》：「按彊助弱」，注：「按，抑也。」再如：《素問‧異法方宜論》：「多不按蹻。」注謂按摩也。此皆用其本義，引伸則有次第義，如〈子虛賦〉：「車按行。」注：按，次第也。

晏訓天清，段玉裁曰：「楊雄羽獵賦曰：天清曰晏。李引許《淮南子‧注》曰：晏，無雲之處也。《漢書‧天文志》曰：日餔時天星晏。星即今之晴字，淮南（繆稱）鷄日知晏陰，蜡知雨。晏對陰而言，如淳注郊祀志云：三輔謂日出清濟爲晏。」（晏下注）王筠曰：「清濟者即晴霽也，爾雅釋天，濟謂之霽。」（《句讀》）按說文霽訓雨止，然則晏從安聲，實安止義孳乳而得。然經典祇有晏安義。邵瑛曰：「禮記月令，以定晏陰之所成。鄭注：晏，安也，陰稱安，又作宴。易隨象：君子以嚮晦入宴息。《論語‧季氏》：樂宴樂；《左‧閔元年傳》：宴安酖毒。《易‧屯》王弼注：非爲宴安棄成務也。陸氏本作晏，云本又作宴，蓋晏、宴通作，而旻字廢不用。此亦古今變。以六書之義論之，宴從宀，旻從女，故皆有宴然旻然安息之義，晏從日，故爲天清。」（《說文解字》羣經正字）

以上同源詞皆由安止義孳乳，即取其止而不動，故安字引申有安靜、安定、安適、平和等義。「按」者以手抑止之使勿動也。然則「晏」訓天清，不必取雨霽義，但取日麗乎天而無雲相遮擾，此亦安止義也。引申之，則《小爾雅‧廣言》：「晏，明也。」又《詩‧羔裘》：「羔裘晏兮。」《傳》：鮮盛貌。又假借作安，如今文堯典「欽明文思晏晏」，古文作安安。又假借作旰，訓晚，如《離騷》：「及年歲之未晏兮。」秦策：「一日晏駕。」等是。

旻訓安，從女從日，說文到《詩》曰以旻父母，段氏曰：「女系日下，陰統

乎陽也，婦從夫則安。……毛詩無此，蓋周南歸寧父母之異文也。」王筠曰：「宀部宴安也，然則宴者，晏之繁增字也。……（從女日）文不成義，蓋此字本不可解。」（《句讀》）今人奚世榦《說文校案》云：「案日有狎近之義，日部：暱，日近也，或作昵。暬，日狎習相嫚也，二字皆从日而義俱狎近，則晏从日女，蓋會近女之意，與安从女在宀中同一意義。」（《說文詁林》5601 頁）按此字經傳未見，其本意訓安，與安之从宀女，取義蓋略同。朱駿聲疑此字即安之古文，然未有證據。

宴亦訓安，經傳多與安相通，如《詩・谷風》：晏爾新昏，《傳》云：「宴，安也。」《左傳・閔元年》：「晏安酖毒。」又用為宴饗字，經傳多假燕為之。《易・需卦》：「君子以飲食宴樂。」鄭注：「宴，享宴也。」《詩・鹿鳴》：「以燕樂嘉賓之心。」文王有聲：「以燕翼子。」吉日：「以燕天子。」此皆訓安樂義。又《儀禮・燕禮》、《周禮・磬師》：「燕樂之鐘磬。」此又訓饗宴。朱駿聲曰：「按此當為宴饗正字，字亦作醼、作讌，字林作宴。」王筠則謂：「安息貌，據《爾雅・釋訓》：宴宴，尼，居，息也。《釋文》作燕燕。《詩・北山》：或燕燕居息，傳曰：安息貌。」（《說文句讀》宴字下）

謹案：金文宴字亦兼饗宴，宴樂二義，如：宴簋：「多錫宴」，郘公華鐘：「以宴士庶子。」郘王子鐘：「以宴以喜。」宴字之本義或當如朱氏訓為饗宴，其字從晏，晏訓安，故亦有安樂義。宴字與安皆從宀，故引申亦有居息義。然則安、晏、宴當為同源詞，宴饗字之從晏得聲者，取其安樂之義。

案訓几屬，段氏曰：「《考工記》玉人之事，案十有二寸，棗栗十有二列，大鄭云：案，玉案也。後鄭云：案，玉飾案也。棗栗實於器，乃加於案。戴先生云：案者椸禁之屬，《儀禮注》曰：椸之制，上有四周，下無足，〈禮器注〉曰：禁，如今方案，隋長、局足，高三寸，此亦案承棗栗，宜有四周，漢制小方案局足，此亦宜有足，按許云几屬，則有足明矣。今之上食木槃近似，惟無足耳。《楚漢春秋》：淮陰侯謝武涉，漢王賜臣玉案之食。《後漢書・梁鴻傳》：妻為具食，不敢於鴻前仰視，舉案齊眉。《方言》曰：案，陳楚宋魏之閒謂之㭉，自關而東謂之案。後世謂所凭之几為案，古今之變也。」（案下注）徐灝箋曰：「《急就篇顏注》：無足曰槃，有足曰案，所以陳舉食也，蓋古人席地而坐，置食於器，而以案承之，故曰陳舉食也。」可知案為有足之承槃。《鹽鐵論・取下

篇》「從容房闥之間，垂拱持案而食。」《廣雅・釋器》：案，盂也。則後世亦用爲食器之稱。

　　鞌訓馬鞁具，鞁字車駕具也，則鞌字專屬馬。段注：此爲跨馬設也。大徐本从革从安，今從小徐作安聲，此亦聲兼意，跨馬所用鞁具，自有取於安止義。《急就篇》十八「鞅靽鞁韅鞍韉錫」顏注：鞍所以被馬取其安也。《漢書・李廣傳》：「令皆下馬解鞍。」〈韓安國傳〉：「投案高如城者數所。」〈匈奴傳〉：「安車一乘，鞍勒一具。」《鹽鐵論・散不足篇》：「古者庶人賤騎繩控，革鞮皮薦而已，及其後革鞍氂成，鐵鑣不飾。」春秋經咸二年有鞌字，地名，在今山東。

　　由上知案、鞌之从安得聲，義皆取「有所承持安頓」義，杖以爲同源。若頞字說文訓鼻莖，《釋名》云：「頞，鞌也，偃仰如鞌也。」蓋以形狀相似爲說，恐未爲得。頞之重文作齃，史記蔡澤傳：「先生曷鼻巨肩，魋顏蹙齃。」《孟子・梁惠王篇》「疾首蹙頞，趙注：蹙頞，愁貌。《疏》云：鼻頞也。按《急就篇》十六「頭領頞準（準）麋（眉）目耳鼻口。」《史記》「高祖爲人隆準。」《集解》引文穎，《索隱》引李斐，皆以鼻爲準。則頞似指鼻根或鼻梁，準則指鼻端。《孟子》言蹙頞，正指眉與鼻接處，《史記・蔡澤傳》曷鼻與蹙齃分言，則齃（即頞）亦當有別於鼻，然則頞爲鼻根之所止處，其从安聲，二徐音烏割切，正同遏，則安聲、曷聲皆有取于安止義，許以鼻莖爲訓，後人多取其直莖義，恐亦未得其實也。惟此僅發疑，不敢確定，姑附論以備考。

　　本組同源詞凡七字：安、按、晏、旻、宴、案、鞌，皆由安止義孳乳。

2. 夗·ịwăn（轉臥）　宛·ịwăn（屈艸自覆）　尉（尉）　怨·ịwăn（恚）　琬·ịwăn（圭首琬琬者）　婉·ịwăn（順）　婗（婉）　盌·wan（小盂）　鋺（小盂）

　　《說文》：「夗，轉臥也，从夕从卩，臥有卩也。」段玉裁曰：「謂轉身臥也。詩曰展轉反側，凡夗聲、宛聲皆取委曲意。」王筠釋臥有節云：「寢不尸，君子之臥，當攲屈也。」（《句讀》）張文虎則曰：「案右旁卪疑本作乙，似尸而曲，象人曲軹側臥之形，所謂寢不尸臥字尸字並从人，以爲从卩，後人失之。」（《舒藝室隨筆》論說文）按諸家多不疑其會意，張氏則以合體象形之，然並無確據。金文有「右里鋺」一見（見《金文編》0641），高田宗周以爲鋺即鋺或盌，後世貴美，故多用金，故字亦從金，然其字上从多夕，形與小篆相近。《方言》五：

「簿謂之薄，或謂之箘。……或謂之笓專，或謂之匽璇。」錢繹《方言箋疏》
云：「按箘之言圓也，說文困，廩之圓者，竹圓謂之箘，簿箸形圓，故亦謂之箘
也。……廣雅（釋言）笓專，簿也，笓專之言宛轉也。……廣韻匽簿也，《後
漢書‧梁冀傳》李賢注引鮑宏《博經》云：所擲頭謂之瓊，說文瓊或从旋，省
作琁，瓊與璇同字，合言之則曰匽璇矣。」（卷五，頁22）按：簿之異名，曰
箘，曰笓專，曰匽璇，則由圓形，圓轉取義（匽从尊，尊器狀如圓柱）。則知
笓之義恆取宛轉柔曲義，故宛字爲屈艸自覆。誃訓慰，則謂言語婉曲也，怨訓
恚，則謂心有委曲也。婉訓順，如《左傳‧昭二十九年》：「婦聽而婉。」《國語‧
吳語》：「故婉約其辭。」《詩‧新臺》「燕婉之求」，《傳》：「順也。」《猗嗟》：「清
揚婉兮」，《傳》：「好眉目也。」皆取婉曲柔順義。又嫛訓婉，朱駿聲以爲嫛當
即婉之或體，其說可從。

琬爲圭首琬琬者，此許用聲訓也。〈考工‧玉人〉：「琬圭九寸而繅。」注：
「琬猶圓也。」《周禮‧典瑞》：「琬圭以治德，以結好。」司農注：「琬圭無鋒
芒。」皆取圓轉義。

盌、㿻皆小盂，諸家皆謂二子音義同，古鉢古匋別作鋺（見《古籀補》），
俗別作椀，見《廣雅》。朱駿聲云：「俗亦作琬。」《說文》：盂，飲器也（大徐
及篇韻作飯器，今從小徐及段氏）。《方言》五：「盂，宋、楚、魏之間，或謂之
盌，盌謂之盂。……海岱、東齊、北燕之間，或謂之㿻。」此方言之異名，按
《說文》：桮，木也，可屈爲杅者。急就篇注：杅，盛飯之器，〈士喪禮〉下篇
「兩杅」鄭注：「杅以盛湯漿。」然則杅亦盂之異名，杅爲屈木爲之，猶椀之从
木，亦取屈木義。此爲于聲有宛曲義之證。則方言曰盌，曰㿻，亦皆取宛曲義，
《廣雅》：㿻，盂也，《玉篇》：㿻，盂也，《孟子‧告子篇》：桮棬，孫奭《音義》
引張鎰云：棬，屈木爲之。〈玉藻〉杯圈鄭注：圈屈木所爲。故錢繹謂㿻以卷曲
得名（《方言箋疏》卷五，頁3），皆盌字有曲義之證。

按「宛」字訓屈艸自覆，「苑」字訓所以養禽獸，朱駿聲曰：「或曰苑字之
訓與宛互訛，如樗櫨之比，宛當訓圃，故从宀，苑當訓屈艸自覆，故从艸从夗，
存參。」（苑下注）就形義相符求之，或當如是，然漢人苑囿字皆作苑，从艸，
从其中有林木也。段氏曰：「《周禮‧地官‧囿人》注：囿，今之苑，是古謂之
囿，漢謂之苑也。〈西都賦〉：上囿禁苑。〈西京賦〉作：上林禁苑。」然則苑不

必訓屈帅自覆也。至於宛本有屈義，《周禮‧考工‧弓人》：「宛之無已應」注：「宛謂引之也，引之不休止常應弦。」朱駿聲謂猶屈也。按調引弓則屈伸也。《漢書‧揚雄傳》下：「是以欲談者，宛舌而固聲。」顏注：宛，屈也。《史記‧司馬相如傳》「宛宛黃龍」，《索隱》引胡廣曰：宛宛，屈伸也。《詩‧宛邱》，《傳》：「四方高中央下曰宛丘」，《爾雅》、《釋名》同。郭注《爾雅》云：宛謂中央隆高，與舊注異。然不論何方高下，皆以高下相成，取宛曲之貌也。今按盌鋺皆取宛中之義，則郭注恐非。章太炎《文始》二：「宛又孳乳為盌，小盂也，為鋺，小盂也，此二同字；為琬，圭首琬琬者，此皆取宛中義。」是也。

本組同源詞，蓋由婉曲圓轉義孳乳。或疑盌、鋺訓小盂蓋取小義，《詩‧小宛》「宛彼鳴鳩」，宛訓小，〈考工‧函人〉：「欲其惌」司農注：「惌，小孔貌。」（按說文以惌為宛之或體，朱駿聲疑為冤之重文。）《莊子‧天地》：「適遇苑風」李頤注：「苑，風小貌。」則義別有受，當屬另一組詞源。

3a. 肙‧iwan（小蟲）　蜎‧jwan（肙）　涓 kiwan（小流）　鋗[xiwan]（小盆）

《說文》：「肙，小蟲也，從肉□聲，一曰空也。」二徐同，徐鉉並謂□音章。段氏云：「各本有聲字非也。」又云：「按井中子子，蟲之至小者也，不獨井中有之。字從肉者，狀其奧也；從□者象其首尾相接之狀。」王筠曰：「此蜎之古文，此□當讀如圓，烏懸切。」（《句讀》肙下）又曰：「肙字從肉，蟲無骨也，從○者，肙掉尾向首，其曲如環也。蜎再加虫，是肙所孳育也。」（《句讀》蜎下）按：依段氏則合體象形，依王氏則會意兼聲，以○為圓圜之初文，然《廣韻》圓，王權切，不讀影母。又肙，二徐音烏玄切。蜎音狂沇切，《廣韻》於緣切。則廣韻近古。又清人錢桂森謂○象蟲首，肙字全體則象小蟲蜎蜎蠕動形（段注鈔案，見《詁林》，頁 1814）。近人林義光亦謂○非聲，肙象頭身尾之形，即蜎之古文（《文源》）。按錢、林之說較合文字演進之公例，先有純象形之肙，後孳乳為肙聲之蜎，今從之。

蜎為小蟲，見《爾雅‧釋魚》：蜎蠉，郭云：井中小蛣蟩，赤蟲，一名子子。〈考工記‧廬人〉：「刺兵欲無蜎」注：蜎亦掉也，謂若井中蟲蜎之蜎。又引鄭司農謂悁（讀為悁）謂橈也。則先鄭訓橈曲，後鄭但曰蟲蜎，或亦取曲義，或亦如彈之訓掉，取搖動義（《說文》：掉，搖也。）此當為蜎之引申義。又《廣

雅》：孑孓，蜎也。

涓訓小流，一切經音義十二引字林，水小流涓涓然也，《六韜》：「涓涓不塞，將為江河。」《荀子・法行篇》：「涓涓源水，不雝不塞。」《後漢書・丁鴻傳》：「夫壞屋破巖之水，源自涓涓。」《家語》：「涓涓不壅，終成江河。」皆以涓涓狀源泉始流之小，此為朱駿聲之所謂「重言形況字」，王筠曰：「當云涓涓小流也，混下亦當云混混，豐流也，蓋讀者刪之；此等字頗小，其義甚狹，形容之詞，不能獨字成義也。」（《說文釋例》涓字下）又《說文》引《爾雅》作汝為涓，《釋文》引《字林》同，並云「衆《爾雅》本亦作涓，唯部本作瀆」似許所見古本《爾雅》瀆作涓，或許書引經為後人所增，疑不能定。

鋗為小盆，經典未見，《廣雅》曰：鋗謂之銚。王氏《疏證》曰：《博古圖》有漢梁山鋗，容二斗重十斤。又上文云銚，溫器也。《急就篇》顏注：鋗亦溫器也。則鋗從肙聲，是否由小義孳乳，亦不敢確定，茲從許訓小盆繫於此。

3b. 肙·iwan（一曰空）　剈·iwan（挑取，一曰空）　稍[kiwän]（麥莖）

　　捐 giwan（棄）

《說文》肙，一曰空，於字形本義無解，或即意寄乎聲。段氏云：「甑下孔謂之窐，窐亦作瓹，是其義也」（肙下注），桂馥曰：「一曰空也者，本書稍從肙，馥謂麥莖中空，故從肙。」（《義證》肙下注），又剈下桂氏云：「一曰窐也者，本書窐，甑空也，玉篇瓹，瓮底孔下取酒也，廣韻盆底孔，集韻盎下竅。」。按剈訓挑取，字林剜，剈也，埤蒼；謂抉取肉也，說文無剜，段氏以為即剈字，按抉取肉亦有剜空義。捐訓棄，當亦由空淨義所孳乳。《穀梁・宣十八年》：「捐殯」，注：捐棄也。《史記・吳起傳》：「捐不急之官」捐訓除去。《漢書・竇嬰傳》：「侯自我得之，自我捐之，無所恨。」捐亦棄也。又朱駿聲曰：「糞除葳污謂之捐，故寺人謂之中涓，以涓為之。」又曰：「〈吳語〉：乃見其涓人疇。注：涓人，今之中人也，按供潔掃庭除之役，故曰中涓。」（乾部捐、涓下注）。又通環，車環亦謂之捐（《爾雅・釋器》），郝懿行曰：「按捐與肙音義同，肙空也，環中空以貫轊，故謂之捐。」（《爾雅義疏》中之二），此以聲為訓。

本組同源詞並由中空或剜空義孳乳，然前三字經典皆不習見；肙聲而有空義，疑出漢人以後；因述肙聲並備列其同聲而孳乳之異徑。然本組同源詞準確度則不甚高。

4. 爰 giwăn（引）　援 giwăn（引）　猨 giwan（善援禺屬）　媛 giwan（美女，人所欲援）　瑗 giwăn（大孔璧，人君上除陛以相引，爾雅曰好倍問謂之瑗，肉倍好謂之璧）並由援引義孳乳。

爰、援說文皆訓引，段謂意義皆同，徐灝謂古今字，王筠謂援者累增字，爰者援之古文，而借為發語詞，借義奪之，乃加手為別。（《句讀》又《釋例》）。然爰字大徐從受從于，小徐從受于，皆會意，韻會引說文「引也」下有「謂引詞也」四字，段氏曰：「今按援從手爰聲訓引也，爰從受從亏訓引詞也，轉寫奪詞字。釋詁粵于爰曰也，爰粵于也、爰粵于那都繇於也，八字同訓，皆引詞也」（爰下注）。段氏既謂爰援意義皆同，又欲訓爰為引詞，依違兩可，終泥於字形從于之故，王筠《繫傳校錄》曰：「案爰字既隸受部，則引也為援引之義，于象气之舒于，則又似引申之義，與爾雅于爰曰也義近，小徐一從字固非，即如大徐兩從字，仍覺其義近兩歧。」所謂義近兩歧，似謂不知援引或引詞何者為本義，然說文分部既以義之所重為部首，則本義當為援引自無疑義。然字既從于而復有引詞之義，近乎引申而非假借。蓋虛詞之字，亏字足矣，無庸從受作也。然援引字從于似不可理解，若以气之舒于，象事物引而申之之狀，說亦牽強。近人林義光據古文字，以為爰不從于。林氏云：

> 說文云：爰，引也，從受從于，按即援之古文，猶取也，古作𢎝（智鼎），𢏗（毛公鼎），象兩手有所引取形，或作𤕦虢季子白盤，𣏟象所引之端，或作𤔲散氏器，下從攴，或作𤕦楊敦與取相混。

按林氏所引智鼎、毛公鼎皆當作寽，為稱量貝貨之單位，孳乳為鋝，《尚書·呂刑》作鍰，蓋出于東漢古文家之誤讀。（參見《金文詁林》0535 所引陳仁濤《釋寽》。）虢季子白盤曰：「王孔嘉子白義，王格周廟宣廚爰饗。」爰字似作語詞義，散氏盤作「爰千罰千」，則正為鍰或寽之初字。林氏釋援猶取，本非無據（詳下）。又謂金文爰不從于，似可信。要之，于當為受所引之物，至於何物，則不可知。

猨善援，又見《爾雅·釋獸》：「猱蝯，善援。」陸氏本作蝯，《詩·角弓》「毋敎猱升木」《毛傳》：「猱，猨屬。」《釋文》云：字或作猿。《管子·形勢解》：「緣高出險，蝚蝯之所長，而人之所短也。」皆猨善援之證。媛訓美女，又曰人所欲援，此許氏之聲訓，其說據《詩·鄘風君子偕老》「邦之媛兮。」傳曰：

美女爲媛，箋曰：邦人所依倚以爲援助也。按《釋文》:「韓詩作援，援取也。」王筠曰：「案楚辭嬋媛，一本作撣援，或媛亦後起之專字。」(《句讀》媛字下）《楚辭》王注：「嬋媛猶牽引也。」則王說是。又按，媛从爰聲，取人所欲援義，不必如段氏云「人所欲引爲己助」，訓攀引，援取即可，王筠所謂「國語欲爲援繫焉，即《頍弁》施于松柏之意，意在卑己而尊人，乃婚姻之常語，不嫌也。」（釋例）

瑗訓大孔璧，正合《爾雅・釋器》「好倍肉謂之瑗，肉倍好謂之璧」之意，好倍肉者，孔大於邊也。許又云「人君上除階以相引」此亦聲訓，故徐鍇曰：「瑗之言援也，故曰以相引也。」段氏以爲許說未聞。《荀子・大略篇》:「聘人以珪，召人以瑗」，亦取援引之義。桂馥曰：「大孔璧者，孔大能容手，人君上除陛以相引者，謂引者奉璧於君而前引其璧，則君易升。」又曰：「《漢書・五行志》宮門銅瑗，亦取孔大容手，以便開閉。」(《義證》瑗字下)。商承祚《殷虛文字》申之云：「蓋古義之僅存于許書中者也，瑗爲大孔璧，可容兩人手，人君上除陛，防傾跌失容，故君持瑗，臣亦執瑗在前，以牽引之，必以瑗者，臣賤不敢以手親君也。于文从象臣手在前，君手在後，丨者象瑗之形，瑗形圓，今作丨者，正視爲○，側視則成丨矣（按甲文作，後編下三十葉，二十三葉等）瑗以引君上除陛，故許君于爰援二字均訓引。……知古瑗援爰爲一字，後人加玉、加手，以示別其于初形，初誼反晦矣。」

以上諸說，似皆持之有故，言之成理，從形聲每多業意之觀點亦可從也。故以爰，援、蝯、媛、瑗五字爲同源詞，皆由援引義孳乳，惟經典五字分用甚明，爰字多用爲于、爲粵、爲曰。又借爲蝯，如《漢書・李廣傳》:「爲人長爰臂」，亦假爲緩，如《詩》「有兔爰爰」，《爾雅・釋訓》：爰爰，緩也。《說文》緩（鬆之或體）、綽互訓，爲寬裕優游義，許灝曰：「凡事物引而申之，則有舒展義，故爰亦訓緩。」(爰下箋)，則緩字亦當由爰引義所孳乳，惟與上列五字不類，故附論於此，以備考。

5. 延 dian（長行）　梴 t′ian（木長）　梴 śian（長也）　〔並由延長之義孳乳〕

延，《說文》：長行也，从延丿聲。段氏曰：本訓長行，引伸則專訓長。厂部曰象抴引之形，余制切，虒延曳皆以爲聲。厂延虒曳古音在十六部，故〈大雅〉

施於條枚、《呂氏春秋》、《韓詩外傳》、《新序》皆作延於條枚。延立讀如移也，今音以然切，則十四部。按段氏據施、延異文，以為延古音支部，實昧於說文厂聲之說，與詩韻不合，商頌殷武以梴韻山丸遷虔閑安，賓之初筵三章，段王皆以筵韻恭反幡遷僊（按恭東部，元東合韻），又楚辭遠遊以延韻仙，大招以蜒韻蜿蹇。以延韻安、言，皆延聲本在元部之證。苗夔云：「案丿非聲，當從本部建首字聲例（按謂延从廴从止當補廴亦聲），下補延亦聲。」（《說文聲訂》）近人林義光從之，謂延引也，从厂延聲，厂抴引也。就諧聲而言，苗氏之說可從。

經典延多訓長，《爾雅・釋詁》「延長也」；《方言》一：「延永長也，（永或作年，《戴》氏《疏證》改作年），凡施於年者謂之延，施於眾長，謂之永。」《左傳・成十三年》「君亦悔禍之延」杜云：延長也。《離騷》「延佇乎吾將反」，注云：延長也。再引伸亦有引進義，如《儀禮・覲禮》「擯者延之曰升」《禮記・曲禮》：「主人延客」，《呂覽・順說》：「莫不延頸舉踵」，朱氏駿聲以引之假借說之亦可。

梴訓木長，見《詩・殷武》「松桷有梴」，《傳》：梴，長貌。挻訓長，傳注無徵。《老子・十一章》「埏埴以為器」，《釋文》作挻，始然反，並到《河上》云和也，聲類云柔也，《字林》云長也。然今本字林：「挻，柔也。」朱駿聲曰：「凡柔和之物，引之使長，搏之使短，可析可合，可方可圓，謂之挻，陶人為坯，其一耑也。」然《荀子・性惡篇》「陶人埏埴而為器」，注：埏，擊也，字亦從土。《管子・任法》：「猶埴之在埏也。」似以埏為名詞。按紀昀謂老子各本俱作埏，惟釋文作挻。今考馬王堆帛書老子甲本作然埴，乙本作㙱埴而為器。據朱氏駿聲謂「字林挻柔也，按今字作揉，猶燃也。」則煣字从火，與然燃義近。

朱情牽《老子校釋》引王念孫曰：「挻亦和也。《老子》："挻埴以為器"，河上公曰："挻，和也；埴，土也；和土川為飲食之器。"《太元》元文："與陰陽挻其化"。蕭該《漢書叙傳音義》引守忠注曰：挻，和也。《淮南・精神篇》，"譬猶陶人之剋挻埴也"；蕭該引許慎《注》曰："挻，揉也"。〈齊策〉："桃梗謂土偶人曰：子西岸之土也，挻子以為人。"高誘曰："挻，治也。"義與和相通。」朱氏並謂「由上知挻有揉挻之義，惟經文自作埏。」榮松謹案，挻本作動詞，揉和或其本義，訓長則引伸也，如朱駿聲所說。諸書埏埴字從土，當由挻字孳乳，或涉埴字而改挻為埏，《管子》「埴之在埏」，則埏為器名，或即

型范，《廣雅‧釋地》「埏，池也」，王氏《疏證》：「玉篇埏、隒也、池也，下澤曰隒，停水曰池，皆有廣衍之義，故皆謂之埏。」又《漢書音義》：「八埏，地之八際」（《一切經音義》十九引），《方言》十三：「埏，竟也」，朱駿聲以爲皆延長之轉注，（挻下注）。然則挻字本有延長之義。今定延梃挻三字聲義同源，竝由延長之義所孳乳。

又《說文》誕訓詞誕，經傳或訓大言（見《爾雅》），或訓欺謾之語（見《方言》），金文中皆作延，容庚增訂本《金文編》云：「延與延爲一字，孳乳爲誕。」（0231），郭氏以爲即詩書中所習見之虛詞誕字（兩考 37 頁小盂鼎）。如康侯簋：「延命康侯啚于衛」，于省吾曰：「按延命之延，即《書‧大誥》『誕敢紀其叙』之誕也」（《尊古齋所見吉金圖序》）。據此，則延誕亦應入本組同源詞，然其義涉虛，不易肯定，或爲聲假，故附論於此以備考。

6a. 奐 xwan（取奐）　換 gʼwân（易）　〔並由取換義孳乳〕

　b. 奐 xwan（一曰大）　渙 xwan（流散）　〔煥〕xwan（明）　〔並由盛大義孳乳〕

《說文》奐，取奐也，一曰大也。从廾夐省聲（鉉本無聲字），取奐義經傳未見，字從卪，故訓取奐，義與換字近，朱駿聲疑奐，換本一字，奐爲換之古文，然無證。換字見於唐以前僅有（1）《穀梁‧桓公元年》「用見魯之不朝於周而鄭之不祭泰山也」范《注》：「擅相換易，則知朝祭並廢。」此爲許以易訓換之根據。（2）《漢書‧叙傳》：項氏畔換，顏《注》：強恣之貌。按即《詩‧皇矣》之畔援，《箋》云：猶跋扈也。奐字經傳多訓盛，訓大；取奐義雖未見，然其字形見於丁佛言說文古籀補補，古鉨畋奐，字作𦥯，又《金文編》0960 收有師奐父簋、師奐父盤、史奐簋三器，奐字从奐，字均从卪無疑，然但作人名用，《說文》奐訓周垣之義則未見用。依字形孳乳之常例，奐已从卪，不宜更加手旁，故知換爲重形俗體，猶爰、援之例也。今以奐換爲古今字，視爲 a 組同源字。

王念孫〈釋大〉七：「奐大也（《說文》），故明謂之煥，（《論語‧泰伯》：煥宇其有文章，何注：煥明也，通作奐，《禮記‧檀弓》：美哉奐焉。）霽謂之煥，（亦謂之霍，司馬相如〈大人賦〉，煥然物除，霍然雲消。）散謂之渙，水流散謂之渙，（《易‧序卦傳》：說而後散之，故受之以渙，渙者離也。《說文》渙，流散也。《易》渙象傳：風行水上渙。）水盛謂之渙，（《詩‧溱洧》首章：溱與

洧方渙渙合,《毛傳》:渙渙,盛也。)呼謂之嚾(音渙,《說文》嚾呼也,今作喚。)」按:煥字《說文》未見,蓋漢以後字,桂馥謂煥即奐之俗體,而奐字本訓耿奐,取奐字恐誤。(耿,光也)可備一說。又《詩·卷阿》:「伴奐爾游」《傳》云:廣大有文章。蓋以廣大訓伴,以文章訓渙,不若《箋》云:伴奐,自從弛之貌,爲得之。然則渙之本義當爲水大,大則四溢流散,散則離;離爲其引伸義也。由是言之,b組同源詞:奐渙煥並由盛大義所孳乳。

7a. 干〔盾〕GSR139 kân 戁(盾)董 rân 敦(止)gʼan 扞(扶)＊
　　 蔽 釬(臂鎧)gʼân 〔並由扞蔽義孳乳〕

　b. 干 kân(犯) 迀董 kân(進) 訐董 âat(面相斥皐告訐) 駻 gʼan
　　 (馬突) 悍 gʼan(勇也) 奸 kân(犯淫)

干字小篆作屰,說文以干犯義說之,云:「干、犯也,從一從反入。」經典中以訓犯、訓盾二義爲大宗,其餘或訓求,或訓扞、或訓水厓,依次遞減。前二義以桂馥《說文義證》言之最詳:

> 犯也者,戴侗曰蜀本說文曰干盾也,案戰者執干自蔽,以前犯敵,故因之爲干冒,干犯。書曰:干先王之誅(按:允征),傳曰:干國之紀(按:《左傳·襄二十三》),曰:天爲剛德,猶不干時;曰:弗能教訓,使干大命;《孟子》曰:以食牛秦穆公(按:〈萬章上〉),後人不曉此義,加女爲奸,傳曰:子父不奸之謂禮,曰事不奸矣(按:左傳宣十二),曰奸先王之禮,曰:奸絕我好,陸氏皆音干。馥案:書:舞干羽于兩階(按〈大禹謨〉),《詩》干戈戚揚(按公劉),《方言》:盾自關而東或謂之干,《論語》:謀動干戈於邦內,〈孔安國〉曰干楯也。《易·乾鑿度》:泰表載干。鄭注:干楯也,皆與蜀本合。文四年《左傳》:具敢干大禮,以自取戾。杜云:干犯也。〈昭元年傳〉:國之大節,有五女皆奸之。杜云:奸犯也。〈吳語〉:君若無卑天子以干其不祥、注云:干犯也。晉語:趙孟使人以其乘車干行,獻子執而戮之。《說苑·至公篇》:虞邱子家干法,孫叔敖執而戮之,《晉書·衛玠傳》,非意相干,可以理遣,皆與本書合。

玩桂氏之意,干之本義當爲盾,冒犯義則其最近之引伸,然析字形又不敢背許書,故又曰:「從反入從一者,《一切經音義》十三:干犯也,觸也,從一止也,

倒入爲干字義也。」按反入與一似皆不成文，故朱駿聲以爲指事，章太炎以爲合體指事（《文始》），王筠則謂「干之兩體皆成字，似會意純例」「所以見干犯意」（《釋例》），則由字形皆所以見許義，不見盾義，桂氏雖欲合兩說爲一，然盾之爲物，有實體其象，不煩以指事造之，說文訓戰爲盾，然經傳皆以干爲之，是形聲之戰字晚出，若「干」字非其初形，亦不合「象形聲化」之文字演進公例。古文字學家多主張干爲盾之象形，其字甲文多作◈形，金文則作◈◈等形。郭某以爲金文 ◈ ◈ ◈（前二形篆作母，實古干字）亦爲干盾形，並說之云：「象方盾形之母字，見於卜辭及金文中器之較古者，象圓有盾形之母字卜辭所未見，且見於金文中器之較晚者，據此可知古干之進化。蓋干制之最古者爲方盾，而有上下兩出，其後圓之，而於上下左右四出，更其後則於盾上飾以析羽而以下出爲蹲，遂演化成爲干字之形，入漢而後，羽飾與蹲出俱廢，干字之爲象形文、二千年來無人知之矣。」（詳《甲骨文字集釋》七卷母下引郭氏《金文餘釋·釋干鹵》）。李孝定先生曰：

> 案桂氏引《書》、《詩》、《方言》、《論語》之文，以證蜀本《說文》訓干爲盾，其說是也。契文上出諸形文，即爲盾之象形字，上從 ◈ 其飾也，金文作 ◈ 亦由 ◈ 所衍變，其遞嬗之迹當如下圖所示：

> ◈ → ◈（此係假想之形）→ ◈ 虞簋「干戈」，◈ 毛公鼎「以乃族干吾王身」
> 此當讀爲「捍禦」，◈ 干氏叔子盤 → ◈ 觚文 → ◈ 篆文

> 契文作空廓形之□者，金文率皆作 　，其後又皆變作一，此文字遞嬗之通側也。」又曰：「要之干當以訓盾爲本義，訓犯則其引申義，當爲解云：『干盾也，象形，一曰犯也』。契文別有 ◈ 字，諸家釋母，當即 ◈ 之異體，乃象上無 ◈ 形飾物之盾。又單字古作 ◈、疑亦與此同源，皆爲盾之象形字，弟以所象之物形制稍殊，遂致衍爲數字，然其音猶復相近也，義亦相因也。」（《甲文集釋》三卷 0683～0685）

按李說可謂通達之論，然干、母、單三字，古音雖同在元部，其聲母則有 k-，t- 之異，則單字未必具有語源關係，此不可不察者也。又李氏謂當解云「干盾也，象形，一曰犯也。」竝存別義（或引伸義），亦許成會多聞闕疑則竝存異說之態度，故曰通達。

戰訓盾，見《廣雅·釋器》「戰，楯也」，楯《說文》訓闌檻，段《注》：「今

闌干是也，《王逸・楚辭注》曰：檻，楯也，從曰檻，橫曰楯，古亦用爲盾字。」按，欄干與干盾並取遮闌義，此亦干本訓盾之證。甲文中有 🔲、🔲 之形數見，李孝定據于省吾說隸定爲「戗」字，並云：契文从或从毌，毌亦聲，篆變之始，當作戗，从戈从干，干亦聲，後遂從旱，而以爲純聲符，戗之與戗，亦猶扦之與戗也。」（《集釋》卷十二，3769）段玉裁亦曰：「戗本讀如干，淺人以其旱聲，乃讀與敦同，而不知旱、敦、戗等字古音皆讀同干也。」按《玉篇》、《廣韻》皆云戗盾，古寒切，王一同，大徐侯旰切，不詳所據。

敦，說文訓止，並引《周書》曰：敦我于艱。按：見《文侯之命》，今本作扦。段氏謂「敦扦古今字，扦行而敦廢。」今俗多作捍禦字。扦字《說文》雖訓忮，忮訓很（不相聽也）。然經傳未見用，經典多用作扦禦、扦蔽義，正合形聲兼意之旨，蓋干本有抵拒扦禦義，故加手孳乳爲扦，如《左傳・文公六年》：「親師扦之」注：禦也，成公十二年：「此公侯之所以扦城其民也」注：蔽也。《戰國策・西周策》：「而設以國爲王扦秦。」注：禦也。又《詩・兔》胄：「公侯干城」〈采芑〉：「師干之試」字正作干。（按〈采芑傳〉云『師、眾；干，扦；試，用。』雖以扦訓干，然干訓盾亦可，蓋師、干二者竝列，詞性相同也。）然則由名詞之干，孳乳爲動詞之扦與戗，其義皆同；釬則爲戰陳所著之臂鎧，《管子・戒篇》：「桓公方田，弛弓脫釬」，房《注》：「釬所以扦弦。」，當云所以扦臂（據段說），又無事時所著臂衣曰韝，釬以金製，韝以革爲之，釬、韝聲近，（按釬大徐侯旰切，古音常亦讀同干），皆由扦蔽之義所孳乳。是則第一組同源詞可以成立，即干（盾也，又止也、禦也，兼名、動）戗、釬（皆名詞）扦、敦（皆動詞）其義皆取扦蔽。

干訓犯則爲第二義（或引伸義），蓋扦禦抵拒與侵犯干求爲主客兩面，故義相因，故由侵犯義孳乳而爲迂進，迂求之迂，經典仍以干爲之，如《論語》「子張學干祿」，《詩・旱麓》「干祿豈弟」《孟子》：「則是干澤也」等是。孳乳爲以言相告詰之訐，如《論語》：「惡訐以爲直者」，《漢書・趙廣漢傳》「吏民相告訐」。孳乳爲馬奔突之駻，如《漢書・刑法志》：「是猶以轡而御駻突」，字亦作馯，如《淮南・氾論訓》：「是猶無鑣銜而驀策錣而御馯馬。」孳乳爲人之勇彊曰悍，如《荀子・大略》：「悍戇好鬥」，《漢書・賈誼傳》：「雖有悍如馮敬者」〈陳湯傳〉：「且其人剽悍」，〈韓嬰傳〉：「其人精悍」等是。又干犯字亦作奸，已見前

引桂馥《義證》。然則此第二組同源詞，可細分為二，即：干奸迂訐為一組取進犯干求義，駻悍為一組取強悍義，實語義之強弱不同耳。（又按：豻字訓胡地野狗，亦可併入此組）。

此外，干聲字又有兩組疑似字。其一：乾（乾革），旱（不雨），似皆由乾義所孳乳，（《洪範·五行傳》：旱之為言乾也；《春秋考異郵》：旱之言悍也，陽驕蹇所致也。依後說則占前述第二組為近）。其二：竿（竹梃）、骭（骹也，《史記·鄒陽傳·索隱》引《埤蒼》：骭脛也）、稈（禾莖）似皆由直莖義所孳乳，岸訓水崖而高，義亦近乎直莖。軒訓曲輈藩車（朱駿聲云：車之曲輈而有藩蔽者），取義於藩蔽，則可入上述 a 組。以上二組：c. 軒旱，d. 竿骭稈（岸？）意義與 a、b 二組不類，不敢冒然定為同源詞，附論於此以存參。

8. 閒〔間〕（隙）GSR191　kǎn　澗（山、夾水）kan　鐧（車軸鐵）
　　〔董 kǎn〕　〔並由閒陳義孳乳〕

《說文》：「閒，隙也，从門从月，閒古文閒。」段注：「隙者壁際也，引申之凡有兩邊有中者皆謂之隙，隙謂之閒，閒者門開則中為際，凡罅縫皆曰閒，其為有兩有中也。」又曰「（从門月）、會意也，門開而月入，門有縫而月光可入。」朱駿聲曰：「從門中見月」，段、朱釋會意，較徐鍇「夫門夜閉，閉而見月光，是有閒隙也」之說為通達，不必閉門而後見月也。又古文閒作𨳔，段氏改正為閒，並云：「與古文恒同，中從古文月也」，按段說是也。金文《曾姬無卹壺》正作𨳒（《金文編》1497），古鉢亦作𨳒、𨳔（《古籀補》），皆月之別構，不從外。

閒訓隙亦見於《左傳·哀公廿七年》「故君臣多閒」注及《國語·吳語》「以司吾閒」注等。引伸之，則有閒廁、閒迭、閒隔、閒諜等意，又閒者有暇，故曰閒暇，閒民等。有暇則空寬，故曰閒館、閒適。按《大徐》音古閑切，《廣韻》則間隙義音古閑切（山韻），間廁、閒隔、閒代義音古莧切（襉韻），遂有平入二讀，《說文》無從日之「間」，後世以「間」字代閒隙、閒廁字，又以「閒」為閒暇字，音如閑，蓋起於《釋文》，《詩經》閒字凡二見，皆韻平聲；《魏風·十畝之閒》首章以「閒、閑、還」為韻，次句「桑者閑閑兮」《釋文》作閒閒，注：「音閑，本亦作閑，往來無別貌。」用毛《傳》：「閑閑然，男女無別往來之貌」，然《箋》云：「古者一夫百畝，今十畝之閒，往來者閑閑然，削小之甚」，

細玩傳意、似謂男女間雜、故無別，箋意不明確，然依傳意引伸則無疑，既云國削小，田畝不足耕墾以居生，則閑閑似當如竹添光鴻之訓爲「無事之貌」，以與下章「泄泄」傳意「多人之貌」相應。則閑閑蓋本作閒閒。閑本訓防閑，非閒暇義，則閒、閑（戶閑切）本不同音，後人以意通假，閒遂多「閑」一音矣。又《漢書・賈誼傳》注：閒讀曰閑，《疏廣傳》注：閒即閑字也。皆其證。

澗 訓山夾水，見《爾雅・釋山》，又《詩・宋藁》「干澗之中」及《考槃》「考槃在澗」毛《傳》。《釋名・釋水》：「澗閒也，言在兩山之閒也。」字亦作㵎，《鬼谷子》抵巇注：「㵎者成大隙也。」。

鐗訓車軸鐵。《釋名・釋車》：「鐗閒也，閒釭軸之間使不相磨也。」畢沅曰：「《說文》鐗，車軸鐵也，蓋軸貫轂中，轂轉則與軸相摩，而轂中有釭，恐挈其軸，故以鐗裹軸，使不受釭摩也。」按：《說文》釭：車轂中鐵也。《釋名》曰：釭空也，其中空也。段玉裁曰：「按釭中亦以鐵鍱裹之，則鐵與鐵相摩而轂軸之木皆不傷，乃名鐵之在軸者曰鐗，在轂者曰釭。」（鐗下注），王筠曰：「軸之周帀，皆鑿寸長小方槽，納方銕于中，以與釭相敵也。……脂車郎脂此鐗，故吳起治兵篇曰：膏鐗有餘，則車輕人。」（《句讀》），段說以鐵裹軸，王說以鐵納軸上方槽，依《說文》、《釋名》以釭鐗相承，工聲閒聲實皆取其中空閒隙義，其受義固在聲無疑。

本組同源詞閒、澗、鐗皆由空隙義孳乳。

9a. 柬 klăn（分別簡之）　〔揀〕klăn（同柬）[ʎiän]　煉（鑠冶金）　鍊 glian（冶金）　涑 glian（瀝）　練 glian（涑繒）　漱[liän]（辟漱鐵）　諫 klan（證）　爛 glân（孰）　瀾 glân（大波）　〔並由反復攻治義孳乳〕

柬、《說文》：「分別簡之也，从束从八，八分別也。」桂馥曰：「分別簡之也者，柬簡聲相近，本書擇，柬選也，《釋詁》：柬、擇也。《荀子・脩身篇》：柬、理也。《注》云：柬與簡同。《詩・簡兮・箋》云：簡擇也。……襄三年《左傳》：楚子重伐吳，爲簡之師，杜云：簡，選練。」（《義證》）段玉裁亦云：「凡言簡練、簡擇、簡少者，皆借簡爲柬也。柬訓分別，故其字從八。爲若干束而分別之也。」（柬下注）。則柬有分別、選擇之義。今俗作「揀」，徐鉉曰：「本只作柬、說文从束八，八柬之也，後人加手。」（《上校定說文表》，所列俗書譌

謬二十八文）《廣雅‧釋詁》一：「揀，擇也」。又「書簡」，俗亦通作「書柬」。

煉訓鑠冶金，鍊訓冶金，二字音義實同。王筠曰：「以鑠說煉者，所以明煉、鑠爲一事，兼明煉、鍊之爲一字也。金部鑠、銷金也；鍊，冶金也，仌部冶，銷也，此羅文轉注之法，宋本冶作治，則不能展轉流通矣，……是知治金者磨瑩之謂，冶金者銷鍊之謂。」（《句讀》煉下注）。段玉裁曰：「湅，治絲也，練，治繒也，鍊治金也，皆謂瀟湅欲其精，非第冶之而已，冶者銷也，引申之凡治之使精曰鍊。」（鍊下注）。按二徐煉云鑠治金，鍊云冶金，鑠治本怕銷金之義，則鑠治金即是冶金，段氏改冶爲治固非，王氏改治爲冶，則鑠冶重複矣。皆可不改。凡治金無有不銷鑠之者，冶而治之，愈銷愈精，實取反復鍜鍊之意。湅與練皆治絲也，湅字說文訓瀟，瀟訓淅，淅訓汏米。又練訓湅繒，段氏曰：「湅繒，汏諸水中，如汏米然，考工記所謂湅帛也，已柬之帛曰練，引伸爲精簡之稱。」（練下注），又曰：「《周禮‧染人》，凡染、春暴練，《注》云：暴練，練其素而暴之，按此練當作湅，湅其素，素者質也。即幌氏之湅絲、湅帛也。……幌氏如法湅之暴之，而後絲帛之質精，而後染人可加染。湅之以去其瑕，如瀟米之去康柴，其用一也。」（湅下注），又《釋名》：「練，爛也，羹使委爛也」，又據《周禮‧考工記》載，幌氏湅絲用水湅，「晝暴諸日，夜宿諸井，七日七夜」，練帛則兼用灰湅，即用欄木之灰及蜃蛤之粉浸潤沃洗漂白暴晒，再用水湅，亦七日夜。皆可證從柬得聲之湅練，實取義於反復攻治之使精美。

柬聲有反復攻治之義，故以言辭正人之行，止惡勸善，皆謂之諫。《說文》諫證也，證諫也，互訓，義實無別，而語源略殊，蓋證之言正，猶諫之言柬也。《呂覽》「士尉以證靜郭君」高《注》：證諫也（《戰國策‧齊策》一同），《周禮》地官序官司諫，鄭《注》：諫猶正也，以道正人行。保氏「掌諫王惡」《注》：以禮義正之。《楚辭‧七諫序》：諫者正也。此皆其義訓。聲訓方面，則有：《白虎通‧諫諍篇》：「諫者何，諫閒也，因也，更也，是非相閒，革更其行也。」《論衡‧譴告篇》：「諫之爲言閒也，持善閒惡。」《說文》《繫傳通論》：「諫者閒也，君所謂否而有可焉，臣獻其可以閒隔之也，猶白黑相間以成文也，故於文言柬爲諫，柬者分別也，能分別善惡以陳於君也。」高田宗周亦云：「蓋言說正道也，其言也不可不柬擇焉，諫之言柬也。」（《古籀篇》）按以閒訓諫，純以同音爲訓，不若以同聲符之「柬」爲訓貼近，徐鍇與高田氏，就分別善惡與柬擇其言以訓

之，已接近其語源，然猶未達一間，蓋不知合同聲之字而觀之，則柬聲不但有分別義、柬擇義，更有反復攻治使精美義，朱駿聲引《公羊傳・莊公廿四年》，三諫不從《注》:「諫有五，一曰諷諫，二曰順諫，三曰直諫，四曰事諫，五曰戇諫。」是則諫之方式，誠不一端。何休又云:「諫必三者，取月生三日而成魄，臣道就也，不從得去者，仕爲行道，道不行，義不可以素餐，所以申賢者之志。」，月生三日云云雖係附會，然臣道先牽就而後見志，則是古人諫諍遺意。《禮記・曲禮》下:「爲人臣之禮不顯諫，三諫而不聽，則逃之」，《論語・里仁》:「事父母幾諫，見志不從，又敬不違，勞而不怨。」是諫有委婉反復，不可則止之義，信而有徵矣。

爤訓孰，《方言》七:「爛，熟也。自河以北，趙衞之閒，火熟曰爛」（《方言校箋》7. 17. p. 48），經典相承皆作爛。《急就篇》顏《注》:爛，烝煮生物使之爛熟也。按烹物爛熟亦取反復攻治之義。段氏所謂「孰者食飪也，飪者大孰也、孰則火候到矣，引伸之，凡淹久不堅皆曰爤」是也。《左傳・定公三年》「自投於牀，廢于鑪炭，爛。」《公羊傳・僖公十九年》「魚爛而亡者也」，《孟子・盡心》「糜爛其民而戰之。」皆其義也。

瀾訓大波，《爾雅・靜水》:「大波爲瀾，小波爲淪。」按小波謂之漣漪，大波則爲浪濤，所謂推波助瀾，皆取水波相連而至，去而復來，亦有反復之義。

潄訓辟潄鐵，《文選・七命》:「乃鍊乃鑠，萬辟千灌。」李善云:「辟者疊之，灌謂鑄之」。段氏曰:「按辟者襞之假借，潄者段也，簡取精鐵，不計數摺疊段之，因名爲辟潄鐵。」（潄下注），按潄字二徐竝云:从攴从湅。段注以爲湅亦聲，諸家多從之。七命所謂萬辟千灌，又王粲力銘「灌辟以數」，皆千錘百鍊之義，其有取於反復攻治義亦明。

本組同源詞，煉鍊湅練潄爤（爛）諫皆由反復攻治義孳乳，瀾字則但取相連反復義，或爲再孳乳字，並附之以存參。

9b. 闌 gl̥ian（門遮）　〔欄〕gl̥ian（同闌）　讕 glân（詆讕）

闌訓門遮，段氏曰:「謂門之遮蔽也，俗謂櫳檻爲闌，引申爲酒闌字，於遮止之義演之也。」《廣雅・釋詁》二:「闌，遮也」。按門闌，即門外再加遮欄，俗作欄杆，本作闌干。《說文》無欄字，惟〈考工記〉㡛氏以欄爲灰，知欄本木名，俗借爲闌。又遮闌義，俗孳乳爲欄，亦說文所無。闌字見《戰國策・魏

策》「晉國之去梁也，千里有餘有河山以闌之。」即遮闌義。又《孝經‧鉤命決》：「先立春七日，勅門闌無關鑰，以迎春之精」，《史記‧楚世家》：「雖儀之所甚願為門闌之厮者亦無先大王」皆用其本義。

讕訓詆讕，徐鍇曰：「以語防閑之也。」（《繫傳》）段、王皆改作抵讕，段氏曰：「按抵讕猶今俗語云：抵賴也。」按，《漢書‧梁孝王傳》：「王陽病，抵讕置辭，矯嫚不首。」《注》：抵，距也，讕，誣諱也。又〈谷永傳〉：「滿讕誣天。」《注》：滿讕謂欺罔也。又《史記‧孝文紀》「而後相謾」《索隱》引韋昭說：「謾者，相抵闌也。」由是知讕本取義於抵距遮闌之義，曰誣諱，曰欺罔，皆由遮止義引申。

又按金文王孫鐘「闌闌龢鐘」，于省吾曰：「《廣雅‧釋言》闌閑也，《易》家人《釋文》引馬《注》：閑闌也。是闌閑古通，《莊子》大知閑閑，《注》：閑閑、廣博貌。是闌闌有大義。」（雙劍誃吉金文選）上～p.14）此以聲為義，與本組同源詞無關，又金文以讕為諫，如盂鼎「敏朝夕入讕諫」字作𧪄，方濬益曰：「諫從門，若詔之或作誷，瞰之或作矙，是也。」（《綴遺》卷三，p.26）陳夢家曰：「諫（按即𧪄）從闇朿聲，與《說文》之讕非一字，《說文》闇，和說而諍也，乃是諫之本義」（《西周銅器斷代》，大盂鼎。引自《金文詁林》頁1293），可備一說。

本組同源詞闌、讕二字，並由遮蔽抵距義孳乳。

10. 貫 kwân（錢貝之貫）　摜 kwan（習）　遺[kwân]（習）　〔並由連續貫串義所孳乳〕

《說文》：「貫，錢貝之貫，從毌貝。」朱駿聲云：「毌亦聲。按此字實即毌之小篆」（《定聲》貫下注）。毌訓穿物持之，貫穿字古本作毌，則毌貫古今字。毌本象寶貨之形，復從貝則形複矣。詩猗嗟「射則貫兮」，貫即射中、射穿義。

《說文》「摜，習也，從手貫聲。《春秋傳》曰：摜瀆鬼神。」王筠曰：「摜與辵部遺，皆貫之分別文，古有習貫之語而無專字，借貫為之，後乃作遺、摜以為專字。」（《句讀》摜字下）段氏則謂摜遺音義皆同。按經典「慣習」字皆祇作貫，王氏之說是也。如《左傳‧宣六年》：「使疾其民以盈其貫」杜《注》：貫猶習也。〈魯語〉：「書而講貫」韋《注》：貫習也。《大戴禮‧保傳》「篇少成若天性習貫之為常」，《漢書‧賈誼傳》：「習貫如自然」顏《注》：貫亦習也。《說

文》引《春秋傳》曰摜讀鬼神，今本《左傳・昭二十六年》，字仍作貫，杜《注》：貫習也。《釋文》本作慣，本又作貫，又作遺。然則慣、遺二字，經傳終不見用。實則慣、遺、慣，皆訓習，習訓數飛，引伸凡同一動作，連續出現皆謂之貫習，故字從貫聲，竝由連續貫串義所孳乳，本組同源詞凡四字，曰貫、摜、遺、慣（後起字）。

11a. 齤 GSR226　蓳 gʻi̯wan（缺齒，一曰曲齒）　觠蓳 gʻi̯wan 又（曲角）
　　　ki̯wə　卷　ki̯wan（厀曲）　拳 gʻi̯wan（手）　眷 kʻi̯wan（顧）鞏（革辨）蓳 ki̯wan　捲 gʻi̯wan（一曰捲收）

楊樹達《形聲字聲中有義略證例》一云：「关聲菫聲字多含曲義。齒曲謂之齤，角曲謂之觠，膝曲謂之卷、手曲謂之拳，顧視謂之眷。屈木為厄匜之屬謂之圈，革中之辟曲謂之鞏。」（《積微居小學金石論叢》卷一）

按以上除捲字卷聲外，餘字均為釆聲。釆《說文》：「摶飯也，从廾，釆聲，釆、古文辨字，讀若書卷。」朱駿聲云：「按釆非古文辨字，是古文番字，古多借釆為辨耳。」（釆下注）。近人林義光云：「按釆、辨不同音，釆象飯，非音辨之釆。」（《文源》），王筠曰：「釆既以摶飯為義，則字何不從廾米，且此字經典，摶飯之義，許君或即由字形得之，有增釆古文辨字者，斯改為釆聲耳。」（《說文釋例》）按王氏所見甚的，承培元《廣說文答問疏證》曰：「案從釆聲，釆象獸指爪分別也，釆之義為兩手舒指又臣摶取，則當云搏也。」（《說文詁林》頁 1113 頁引）榮松案：承說近是，然不必改摶為搏，《說文》搏訓曰手圜之，《禮經》云摶黍，〈曲禮〉云毋摶飯，即後世搓飯團之義，以手摶（團）物則手指必略曲，承氏謂「兩手舒指又曰摶取」，舒指則意不近，不當改摶為搏。（《說文》搏訓索持，依段氏即捕取義。）然則許訓摶飯或有所本，惟當從釆會意。讀若書卷者，許因其得聲之字而擬其音也。或單訓摶，更貼切，蓋摶捲之動作，手指必曲，則釆或即捲之古字。故其孳乳之字皆有曲義。

齤訓缺齒，一曰曲齒，經典未見，《淮南・道應訓》：「若士者齤然而笑曰」古人無注，或如段玉裁云：「謂露其齒病而笑也」，又云：「缺齒者齾也，曲齒者上云齒差跌；今俗云齒齰也。」（齤下注），按既有齾、齹（《說文》齒差跌皃）二篆，何以又重齤篆，此乃方俗字，許收之而不得其解，今依关聲多有曲義，暫從「曲齒」之說。

觠訓曲角，《爾雅・釋畜》：「角三觠羷」《繫傳》引《爾雅注》：觠卷也，此蓋舊注之文，郭《注》云：「觠角三帀」。《廣雅・釋詁》一：觠曲也。

卷字本義為厀曲，引伸為凡曲之稱。〈大雅〉「有卷者何」傳曰：卷曲也。又引伸為舒卷，《論語・衞靈公》：「邦無道，則可卷而懷之。」即手部之捲收字。又《詩・邶風・柏舟》「我心匪席，不可卷也」，《賈誼・過秦論》：「席卷天下」，《儀禮・公食禮》「有司卷三牲之俎」（注猶收也），〈考工記・鮑人〉「卷而摶之」（司農注：讀為可卷而懷之之卷），《淮南・兵略》「南卷沅湘」（注屈取也），皆單作卷，亦有作捲者，如《史記・張儀傳》：「席捲常山之險」。然則本訓厀曲之「卷」與捲收之「捲」，亦古今字也。然捲字另有本義，《說文》：捲，气勢也。从手卷膚，《國語》曰：有捲勇，」段氏曰：「謂作气气有勢也，此與拳音同而義異，〈小雅・巧言〉『無拳無勇』《毛傳》曰：『拳，力也』，《齊語・桓公問》曰：『於子之鄉有拳勇股肱之力秀出於衆者』韋云：『大勇為拳』，此皆假拳為捲，蓋與古本字異，《齊風》（〈盧令〉：其人美且鬈）《箋》云：（鬈讀為權），權、勇壯也，權者捲之異體。」（捲下注）按：段說是也，然經典多用通假，捲之本字亦不常用。

拳訓手，不貼切，朱駿聲云：「張之為掌，卷之為拳，」是也。眷訓顧，楊樹達云：「顧視必轉其目，故云眷」（見上），《方言》六：『曂，轉目也，梁益之間瞋目曰曂，轉目顧視亦曰曂』，按曂為眷之或字。」（全上）楊說是也，此亦关聲雚聲音同義通之證。

鞏《說文》訓革中辨，據《爾雅・釋器》：「革中絕謂之辨，草中辨謂之鞏。」王引之云：「革中辨之辨當為辟，字形相近，又蒙上文辨字而誤。據《儀禮》、《莊子》、〈子虛賦〉、《說文》、《廣雅》諸書，則凡卷者謂之辟，故革中辟謂之鞏，若辨乃中分之名，與鞏曲之義無涉，《說文》鞏下辨字，恐是後人以誤本《爾雅》改之。」（《廣雅疏證》卷四〈釋詁〉「傑疊襞褠程鞏結詘也」條。又《經義述聞》《爾雅》「革中辨謂之鞏」條略同。）按王說殆是，惟《說文》、《爾雅》俱訛，難辨孰先孰後，愚謂鞏字所从之「釆」《說文》正謂「从廾釆聲，釆古文辨」，恐後人據其最初聲符（釆聲）而改辟為辨，不知关聲雖有屈曲義（已詳前），而釆非古文辨也。茲依王說，以「鞏之言卷曲也」靜之。則本組同源詞竝由卷曲義孳乳。

11b. 桊 ki̯wan（牛鼻中環）　䋾 ki̯wan（纕臂繩）　豢 g'wan（以穀圈養豕）

圈 g'i̯wan（養畜之閑）

桊訓牛鼻中環，故有曲義。《埤蒼》：「桊，牛拘也」，《一切經音義》四：「字書：桊，牛拘，今江以北皆呼爲拘，以南皆曰桊。」、王筠曰：「言環者，以柔木貫牛鼻，而后曲之如環也。亦有用大頭直木者。字或借棬爲之，《呂覽》（〈重己篇〉）：五尺童子引其棬，而牛恣所以之，順也。」（《句讀》）按棬字《說文》所無，桂馥、朱駿聲皆以爲桊之或體。然《孟子・告子》：「猶以杞柳爲杯棬。」《禮記・玉藻》：「母沒而杯圈不能飲焉。」注：「屈木所爲，謂巵匜之屬。」《莊子・齊物論》「似圈似臼」，字亦作㼜，《方言》五：「盂或謂之㼜」然則，㼜从皿，棬从木，蓋以質料別，皆本字，圈則假借耳。

圈訓養畜之閑，經傳多用，如《管子・立政》：「圈屬」注：羊豕之類也。《漢書・張釋之傳》「登虎圈」注：養獸之所。《史記・竇太后》：「使袁固入圈擊豕」《淮南・主術訓》：「故夫養虎豹犀象者，爲之圈檻。」等是。豢字訓以穀圈養豕，則專就豕言，引伸之，豢養皆豢。如《周禮・槁人》「掌豢祭祀之犬」，《大戴禮・曾子天圓》：「宗廟曰芻豢，山川曰犧牲。」《禮記・月令》「案芻豢」注：「養牛羊曰芻，犬豕曰豢。」皆其引伸義。本義取闌圈之義。

䋾訓纕臂繩，段氏曰：「纕者援臂也，臂褰易流，以繩約之。是繩謂之䋾。䋾有假帣爲之者，《史記・滑稽列傳》：『帣韝鞠䐠』徐廣云：帣，收衣袖也。又有假卷爲之者，〈列女傳〉：『趙津女娟，攘卷操檝』卷即䋾也。」（䋾下注）按：《玉篇》：纕，收衣袖䋾。《廣韻》䋾束腰繩、義雖有出入，然皆取環繞屈束義。

本組同源詞竝由屈曲環束義孳乳。與 a 組語義稍有不同，故別爲二組，以明孳乳之次第。

12a. 建 GSR249　ki̯ăn（立朝律）　健 g'i̯ăn（伉）

建，《說文》：「立朝律也，从聿从廴」段注：「今謂凡豎立爲建。」徐灝箋：「凡言建者，皆朝廷之事，如《周禮》惟王建國，掌建邦之六典，掌建邦之教灋，及建其牧、建其長之類是也，故曰立朝律、律猶法度也。」又《書・洪範》「建用皇極」《傳》云：凡立事當用大中之道。《盤庚》：「懋建大命」鄭注：勉立我大命。《戰國策・秦策》：「然後可以建大功」高注：建立也。《老子》：「善

建者不拔」。黃永武先生曰：「今按經籍每言建立，多與大義相因」，又曰：「凡從建得聲之字，多有立而強之義」（《形聲多兼會意考》，頁 120）今按黃氏以韃（所以戢弓矢）健（伉也）楗（限門）鍵（鉉也《說文》鉉，舉鼎也）五字皆有立而強義，多田展轉引伸而得，恐不得皆為同源，今取強立之義者，僅得建與健二字為同源。

健訓伉，《易》：乾健也，天行健，君子以自強不息。錢坫曰：「易剛健即伉健，故以伉訓健」（《說文解字斠詮》），《戰國策·秦策》：「使者多健」，健即強。又《說文》犺，健犬也。《釋名·釋言語》：「健建也，能有所建為也。」，皆以強健自立義為訓，則建、健音義同源，健字從人，以別於一般之建立耳。

　　b. 楗 g'ĭăn（距門也）　　鍵 g'ĭan（一曰車轄）

楗，二徐訓限門，段氏依南都賦注引作距門而改作距門。《老子》：「善閉者無關楗」。范應元《注》：「楗，拒門木也。橫曰關，豎曰楗。」《莊子·庚桑楚》：「外韄者不可繁而捉，將內揵；內韄者不可繆而捉，將外揵。」《注》：揵，關揵也。成《疏》：揵，關閉之目。又〈晉語〉「韋藩木楗以過於朝」，《淮南·人間訓》：「其家無筦籥之信，關楗之固」，〈時則訓〉：「修楗閉、慎管籥」注：「揵，鎖須也，閉，鎖筒也，管籥，鎖匙也。」然則本字當作楗，以木為之，故從木，偶或訛作揵，《說文》無此字。經典通作鍵，《禮記·月令》：「脩鍵閉，慎管籥。」注：「鍵，牡也，閉，牝也。管籥，搏鍵器也。」《周禮·司門》：「掌授管鍵。」《方言》五：「戶鑰，自關而東，陳楚之間謂之鍵。」

鍵《說文》訓鉉，一曰車轄（段氏作輨），經傳未聞。段氏曰：「（鍵、鉉也）謂鼎扃也，以木橫關鼎耳而舉之，非是則既炊之鼎不可舉也。故謂之關鍵，引伸之為門戶之鍵閉。門部曰：關，以木橫持門戶也，門之關猶鼎之鉉也。」桂馥曰：「一曰車轄者，本書轄，轄鍵也，輨，車軸耑鍵也，字林鍵，一曰轄也……，〈尸子〉：「文軒六駮，題無四寸之鍵，則車不行。」（鍵下注），又《爾雅序》：「六藝之鈐鍵」《釋文》：「鍵，鐼也。」，徐灝曰：「按鍵閉與管籥為二事，鍵者，門關之牡也，蓋以木橫持門戶而納鍵於孔中，然後以管籥固之，管籥即今鎖也。車軸耑鍵與此相類，故亦謂之鍵矣。鉉者鼎扃，古傳注未有以鼎扃為鍵者，此似有誤。」（《說文解字段注箋》）。

依上述，楗本距門之木，為關揵之本字，鍵字則有鼎扃（即鉉）、車轄、關

鍵（同楗）三義，其中鼎扃義傳注無徵，段說存疑。車轄（舝）與關鍵本是同物異用因而異名，然則楗鍵本一字，從建得聲，並有止歫與豎立二義（《說文》亦以關爲橫持，鍵當豎立），〈月令〉「修鍵閉」正義引何氏曰：「鍵是門扇後樹兩木，穿上端爲孔，閉者將扃關門，以內孔中。」與《老子》范《注》「豎曰楗」合，然則高誘注《淮南》以鎖須爲鍵，徐灝又以納孔中之關、扃爲鍵，比合觀之，知高氏專以鎖言，徐氏又以關鍵互易，皆不達於其語源。今定本組同源詞楗、鍵並由豎物以止歫之義所孳乳。

13a. 吅 GSR158　xwân（驚嘑）　讙 xwân（譁）

吅，《說文》：「驚嘑也，从二口，讀若讙。」又「讙，譁也，从言雚聲。」按吅字經籍未用，朱駿聲云：「字亦作喧、作嚾。《大戴・易本命》，咀嚾者九竅而胎生，注：人及獸屬。假借爲讙，《孟子》注：咻，嚾也，又爲宣，爲愃、爲烜、爲查；《禮記・大學》：赫兮喧兮，《毛詩》以咺爲之，《韓詩》作宣。又重言形況字，《荀子・非十二子》：嚾嚾然而不知其所非也，《注》：喧囂之貌，謂爭辯也。」

讙與譁互訓，徐諧曰：「讙，今人多作喧」（《繫傳》）字富孫曰：「按讙爲今喧譁字」，按《三蒼》讙譁，言語訩訩也，玄應引作言語譊譊（《一切經音義》十），〈士喪禮〉「卒奠，主人出哭止。」《注》：「以君將出，不敢讙囂聒尊者也」，《荀子・彊國》：「百姓讙敖」《注》：「讙，諠譁也」《史記・叔孫通傳》：「竟朝置酒，無敢讙譁失禮者。」《漢書・霍光傳》：「又聞民間讙言霍氏讀殺許皇后」顏《注》：「讙，衆聲也」。〈陳平傳〉：「諸將盡讙」注：囂而議也。〈外戚傳〉：「以息衆讙」注：讙譁，衆議也。

今按喧、諠《說文》不錄，則讙爲本字。本義蓋取衆聲嘈雜，故又有議論、責讓之意，如《方言》七、讙、讓也，北燕曰讙。其義本由大聲嘑叫之「吅」字孳乳，故亦通作讙呼，如《後漢書・劉盆子傳》「爭言讙呼」。說文家爲了區別字之本義，以爲吅與讙只是相通，本義有別、如段、王。朱駿聲則知道把喧、嚾作爲吅之異體，不知亦爲讙之異體；葉德輝曰：「此吅是喧之本字」（《說文解字讀若考》，詁林 657 頁引）、饒炯曰：「案吅即讙譁本字，謂其聲多而譁亂，故嚴咢哭等字从之，其以後出通用字爲讀若，例與釆讀若辨，祘讀茗算同。」（《說文解子部首訂》，詁林 657 頁引），這正是語源本一個，文字學家強分本義之例，

徐灝曰：「集韻吅與喧同，昍部嚚讀若讙，是吅、嚚、讙、喧四字音義皆相近也。」（《說文段注箋》）徐說是也，此四字本出一源（嚚訓呼，徐諧亦曰今俗作喧。段氏謂嚚喚古今字，《說文》無喚字），其意義分化甚晚，許叔重已不察，而今吅、讙爲二字，就文字演進而言，正由象形進到形聲、則吅讙亦古今字，故吅字罕用。

本組同源詞，連同後起字及不同聲符在內，可以擴充爲八字，即吅、讙、嚻、喧、誼、嚚、喚、歡〔《大學》引《詩》赫兮喧兮，《爾雅・釋訓》作烜爲本字；又大學引詩終不可誼兮，〈淇奧〉本作諼，此皆以誼爲同聲相假。〕

13b. 灌 kwân（灌水也）　觀 kwân（諦視）　矔 kwɑn，kwân（目多精）

灌《說文》訓水名，凡方名之形聲字，純屬借聲。聲符無意。然灌非水名專字，《說文》以水名爲本義恐非。《爾雅・釋木》：「灌木，叢木。」詩葛覃：集于灌木，《皇矣》：其灌其栵。郝氏《爾雅義疏》：「《詩・葛覃傳》用《爾雅》，《皇矣・正義》引李巡曰：木叢生曰灌木。〈夏小正〉云：啓灌藍蓼。灌也者聚生者也。又云：灌聚也，然則灌訓爲叢，叢訓爲聚，故《說文》云：叢聚也，……《爾雅・釋文》灌、本作樌，叢或作樷，皆別體。」按《小爾雅・廣詁》：「灌叢也」，《廣雅・釋詁》三，「灌聚也。」此皆灌字別有本義之證。

朱駿聲以爲灌聚義爲「貫」之假借，高本漢從之，其《詩經注釋》六《集于灌木》條曰：

> 灌的本義是「灌注」，這裏是樌的假借字。《爾雅》《釋文》作「集于樌木」，和《毛》《詩》不同。這個樌字是貫的繁體；《爾雅》：貫，衆也。〔榮松案：《爾雅・釋草》以「貫衆」爲草名，此誤引〕參看《荀子・王霸篇》：貫日（「連接在一起的許多日子」，《戰國策》四同。）從語源上講，所有這些意義都是從「貫」的本義「貫穿、連接、聚集……」來的，「灌木」就是「穿在一起的樹木，密集生長的樹木。」（《詩經注釋》p. 6）

按樌見《玉篇》：「木叢生也，今作灌」。高氏謂樌爲貫之繁體，勉強可說，但灌字經典使用在先，就沒有理由不說「樌」字是「灌」之後起字，以後起字爲本字之說，有時是講不通的，雚聲、貫聲皆有聚義，雚聲之語根在吅，本由衆呼聲引伸而來，貫聲之語根在毌，本由穿通義引伸而來，既然由引伸義可以講得

通，就不必用假借字來說，何況灌木之灌，《爾雅》本訓聚，其義本是眾多叢雜，不一定要貫穿，至於灌注、灌溉，朱駿聲以為盥之假借，也是不必要的；蓋皆取義于「聚水」，與洗無關。我們對於《造字時聲符有通借說》（如楊樹達說），雖然不持全然否定的態度，但運用通借時，必須合乎文字孳乳之規律，不能輕率；以上朱氏、高氏之說之不能令人信服，還有下文所證明藋聲字有凝聚專注義的理由。

觀訓諦視，古文作 𧢲，从囧，桂馥云：「畢君以珣曰當從古文目作 𠙽，馥案趙宧光曰：古目作 𠙽，謑同囧。」朱駿聲亦以為古文从目。按古文目見《說文》，然古籀補二收 𧢲（古鉢阱觀）、𦣻（古鉢于觀），字不从目，未審孰是，依桂、朱之說，則目部之矔似與觀為一字。然《說文》亦有部位不同而義別者，如旱（不雨）旰（晚）之例，故此說存疑。段玉裁觀下《注》曰：「𥨊諦之視也，《穀梁傳》曰：常事曰視，非常曰觀。凡以我諦視物曰觀，使人得以諦視我亦曰觀。猶之以我見人、使人見我皆曰視，一義之轉移，本無二音（按指平、去二音）而學者強為分別。……〈小雅‧采綠〉（薄言觀者）傳（按當作箋‧毛無傳）曰：觀，多也，此亦引伸之義，物多而後可觀，故曰觀多也，猶灌木之為藂木也。」

章太炎曰：「觀訓多者，藉為吅，吅之言讙也，眾多之意，引申則叢木為灌木，管子言權輿，言圈屬、菅官雲門大卷，鄭君以大卷為族類，其始皆吅字也。」（《小學答問》，廣文書局影《章氏叢書本》頁54）章說誠能探本、然觀从藋聲、藋從吅聲、言語源則不必視為假借。

又〈采綠〉「薄言觀者」《箋》據《爾雅》以多訓觀，也是引伸義，《釋文》引《韓詩》作「薄言覲者」，覯即觀看，朱子即以觀看為解，高本漢更強調此句之語法：「者字在這裡是把觀字變為名詞，指看見的東西，這句是：真有東西看！」（《詩經注釋》732 條）。仍不出於「物多而後可觀」之意，然則觀訓多實是展轉引伸之結果，觀的本義為諦視，經傳常見，《論語‧為政》「觀其所由，察其所安」，觀察當由諦視。〈八佾篇〉：「禘自既灌而往者，吾不欲觀之矣。」觀禮自當嚴肅莊重，《左傳》襄公十一年：「觀兵于南門」，審閱行陣，自當諦視，皆其證也，然則觀从藋聲，取精神聚會貫注之意。

矔訓目多精，似以多為訓，精神貫注則目光眮眮然，故云多精。《方言》

六：「矔，轉目也，梁、益之閒瞋目曰矔。」（按說文亦引此說）此或別一義，楊樹達氏以爲即眷之異體（詳前 10a 引）。段注：「矔之言灌注也。」正以「灌」釋雚聲。惜經典未用此義，故無證；姑從段氏以爲同源。

本組同源詞凡三字：灌、觀、矔，並由多聚義孳乳。

第二節　聲　訓

壹、聲訓之時代及材料問題

探究語源，不離文字之聲音，上節形聲字反映造字初期之聲義關係，直接就同聲符字的語義相似性加以系聯，所得到的同源詞，是比較有系統，而詞義的分化也去古未遠。這是形聲文字的一項重要的優點；但是，這類同源詞也有局限性，亦即同一聲音所代表的意義不只一個，過份受聲符先入爲主的觀念所支配，往往把非同源的詞，誤認爲同源，同樣的，一個意義常用不同的聲符來表達，雖然偶而可藉重文、異文或假借加以溝通，但是絕大部分聲符卻是各成系統，從文字本身無法連繫這些實同源而形異者，在周秦的文獻裡，偶而出現一些同音字來闡述某個字之字義，這便是聲訓之濫觴。例如：

（1）乾，健也；坤，順也；坎，陷也；離，麗也；兌，說也。（《易》，《說卦》；又《象傳》）

（2）需，須也；咸，感也；晉，進也；夬，決也；萃，聚也。（《象傳》）

（3）象也者，像也；爻也者，效天下之動者也。（《繫辭》下傳）

（4）蒙者蒙也；比者比也；剝者剝也。（《序卦》）

（5）哀公問社於宰我，宰我對曰：夏后氏以松、殷人以柏，周人以栗，曰：使民戰栗。（《論語・八佾》）

（6）政者正也，子帥以正，孰敢不正？（《論語・顏淵》）

（7）征之爲言正也，各欲正己，焉用戰？（《孟子・盡心下》）

（8）庠者養也，校者教也，序者射也。（《孟子・滕文公上》）

（9）畜君者，好君也。（〈梁惠王下〉）洚水者洪水也。（〈滕文公下〉）

（10）道者人之所以道也，君子之所道也。（《荀子・儒效》）

（11）君者何也？曰能群也。（〈君道篇〉）

（12）禮者人之所履也。（〈大略篇〉）

（13）絕人以玦，反絕以環。（〈大略篇〉）

（14）禮者理也，固人之情、緣義之理，而爲之節文者也。（《管子‧心術》）

（15）庸也者用也；〔用也者通也，通也者得也。〕（《莊子‧齊物論》。）

由以上諸例看來，《易傳》是先秦典籍中使用聲訓最多者，由於專爲解釋卦名，因此哲學意味濃厚，也有與實際語言偶合的，如坎與陷，兌與說，需與須（當指嬬），玦與決，象與像，在語言中實有關聯。值得一提的是例（4）使用本字爲訓，同一個字卻代表兩個名，如「蒙者蒙也」，前者是一個卦的專名，後者才是通名，指啓蒙或蒙覆的蒙。這種方式，在《釋名》裡仍然使用。（5）（6）兩例，或認爲是最古聲訓之一，以戰栗釋周人以栗爲社之用心；以正釋政，與第（7）例孟子以正釋征之共同點是用聲符「正」字來解說政治與征伐的道理。（8）例藉校之三種異名、舖陳學校教育之功能。這些當然都不是語言的探求。只有第（9）例，分別以今語釋古語「畜君何尤」、「泮水警余」，則純粹是語言的訓詁，而且正是藉音近字來說明，是一種探究語源的聲訓無疑，（10）～（15）例也沒有眞正訓解語言的聲訓。因此，我們可以說在先秦諸子的文字裡，眞正的聲訓大致尚未產生。但是儒家的後學卻發展了一套寄聲音以寓教化的「俗詞源學」，我們可以從《三禮》與三《傳》的本文舉出下列例子：

（1）祊之爲言倞也，胏（音祈）之爲言敬也，富也者福也，首也者直也。（《禮記‧郊特牲》）按：《儀禮‧少牢饋食禮》「心舌載于胏俎」注：胏之爲言敬也，所以敬尸也。

（2）禮者履此者也，義者宜此者也。（《禮記‧祭義》）

（3）饗者鄉也、鄉之然後能饗焉。（仝上）

（4）福者備也；孝者畜也。（《禮記‧祭統》）

（5）齋之爲言齊也，齋不齊以致齊者也。（仝上）

（6）鼎有銘，銘者自名也、自名以稱揚其先祖之美，而明著之後世者也。（仝上）

（7）秋之爲言愁也，愁之以時察守義者也；冬之爲言中，中者藏也。（《禮記‧鄉飲酒義》）

（8）枏，耗名也，土虛而民耗，不饑何爲。（《左傳》襄廿八年）

（9）且夫富，如布帛之有幅焉。（仝上）

（10）震之者何？猶曰振振然。（《公羊傳》僖九年）

（11）娣者何？弟也。（《公羊傳》莊十年）

（12）孛之爲言猶茀也。（《穀梁傳》文十四年）

（13）疆之爲言猶竟也。（《穀梁傳》昭元年）

（14）虞史伯夷曰：明孟也，幽幼也。明幽、雌雄也，雌雄迭興而順至，正之統也。（《大戴禮記‧誥志》）

（15）男者任也，子者孳也，男子者，言任天地之道如長萬物之義也，故謂之丈夫，文者長也，夫者扶也；女者如也。（《大戴禮記‧本命》）

這些材料，除《左傳》的時代稍早外，多爲七十子之後所傳授，則聲訓之興，蓋在周秦之際，最晚在西漢初年已十分流行；其形式也已完成，其後遍及諸經傳注、緯書及史部子部著述。大略按時代排比，見於尙書傳者如：

踐之者藉之也（毛詩破斧正義引尚書大傳）

黃者光也，中和之色。（《風俗通義‧五常》引《尚書大傳》）

見於詩傳者如：

詩者志之所之也，在心爲志，發言爲詩。（《詩‧大序》）紳，所以申束衣（《毛詩》有狐傳）；序緒也（《閔子小子傳》）儀宜也（《蒸民傳》）；媾厚也（《候人傳》）；悶，閉也，常閉而無事。（《閟宮傳》）

先生猶言先醒也。（《韓詩外傳》六）

賈誼新書大政：

吏之謂言理也

民之爲言萌也，萌之爲言盲也。

此外，淮南子天文訓、史記律書，漢書律歷志等之釋干支，樂律及星宿，反映了聲訓運用之廣泛，同時也把聲訓推向虛玄的領域，這種逐漸離開語言，作爲宣揚哲理之方式，在《春秋繁露》和《白虎通義》裡得到充份的發揮；在緯書方面，則春秋元命苞，春秋說題辭集其大成。而在《春秋繁露》裡開始出現。一個字用兩、三個相關字來解釋，如：

義者謂宜在我者。（《仁義法》第二十九）

古之聖人謞而效天地謂之號，鳴而施命謂名；名之爲言鳴與命也，

號之爲言譹而效也。（深察名號三十五）

王者皇也，王者方也，王者匡也，王者黃也，王者往也。是故王意不普大而皇，則道不能正直而方；道不能正直而方，則德不能匡運周徧；德不匡運周徧，則美不能黃，美不能黃；美不能黃，則四方不能往，四方不能往，則不全於王。（深察名號三十五）

君者元也；君者原也，君者權也，君者溫也，君者群也。（下略）（深察名號三十五）

這種憑藉語音聯想抽繹出的意蘊，與語言的眞象不合，又如《白虎通》。

霸者伯也，行方伯之職，會諸侯，朝天子。
　　△

霸猶迫也，把也，迫脅諸侯，把持王政。（卷二號）
　　△

宮者容也，含也，含容四時也。（按第二訓含，可視爲義訓）

瑟者嗇也，閑也，所以懲忿窒欲，正人之德也。

從三禮三《傳》之偶用聲訓，到《白虎通義》以聲訓爲解釋名物制度主要方法（當然也雜用義訓），這是聲訓之第二期：成型期。時間大約從紀元前三百年（孟子約卒於此前後）到西元 79 年（據載：白虎觀講論事在東漢章帝建初四年即西元 79 年），將近有四百年左右。

　　第三期是聲訓的成熟期，這一期的代表人物爲鄭玄、許愼、劉熙。鄭玄《三禮注》及《毛詩箋》，留下許多純粹解釋古語的聲訓，許愼的《說文解字》，雖以析字形解本義爲主，然仍究受時代風尙之影響，兼採聲訓，也保存下許多歷古相承的聲訓；劉熙的時代最晚，而《釋名》是一部集聲訓大成的專書，其書仿《爾雅》體例，故包羅廣泛，持與前期聲訓資料相較，劉氏有述古也有創作。劉氏的體例大致完整，但不夠完密，有些聲訓除了列出被訓字與聲訓字之外，並沒有進一步的解說。有些則兼採異說，標以「一曰」，「亦言」，「亦取」，與許愼之多聞闕疑，態度相同。書中雖仍受時代環境的限制，有部分流於主觀和武斷，但大致仍遵守語音的制約，純爲探求物名，而擺脫前一期爲解經說理而不顧語言的惡習，聲訓之走向探求語源而路，劉氏功不可沒。

　　綜上所述，聲訓由濫觴期到成型期，主要的功用是翼經，沒有走入語源的

領域，但也有很多可用的材料，甚至許多說，一直爲一般人所接受，釋名也保留這些舊說，例如乾健、坤順、晉進、男任、女如、子孳、夫扶、娣弟、政正等。本文採用聲訓材料，以推究同源詞，主要以說文、釋名爲主，但《白虎通》及漢人傳注中可用的材料仍然兼顧。由於聲訓材料比諧聲要晚一千年（按：金文裡的諧聲字比說文解字少得多，很難確定大部分諧聲字何時完成。）因此作爲語言根據時，語音是否相同或相近，是最大的問題，許愼、劉熙的聲訓，根據的是東漢末的語音，即使承襲前人的資料，最早也只能推到先秦，且在孔子以後。時代愈晚，其可靠性也相對愈低。事實上，《說文》和《釋名》中的聲訓材料，同諧聲字的比例約有五分之一，和本文上一節可以相配合，本節主要處理的同源詞是無諧聲關係的，說文、釋名同音的字能否上推一千年，以便和諧聲時代靠近，詳細的討論見下一目。

貳、聲訓之語音分析

甲、聲訓字之柬取原則

如上文所述，聲訓之形成，長達數百年，其體例亦不止一端，有時與聲訓之形式，並無區別，因此認定聲訓之法，即有寬嚴，其寬者，如鄧廷禎《說文解字雙聲叠韻譜》，取說文釋義中凡字與被訓字具有雙聲或叠韻者，如：

神　天神引出萬物者也。　　神引叠韻。

祇　地祇提出萬物者也。　　祇提叠韻。

禁　吉凶之忌也。　　禁忌雙聲。

禍　害也。　　禍害雙聲。

按以多數字訓釋一字，其本質上爲「義界」，其中有一字或一字以上與被訓字具聲韻關係，並不一定是推求字義得聲之源，因此很難確定這是「推因」之「聲訓法」，若其釋義，本與字形本義相符，則其本爲義訓，非眞正之聲訓。神、祇二字，本訓天神、地祇即足，而必云「引出萬物」「提出萬物」，則兼表其德，實義訓而兼聲訓，此類訓解，在說文中甚常見，此實許書兼明聲義同源之理，由於體例並不嚴謹，無法做爲語音分析之依據。

早期之聲訓，最常見之形式爲：

（1）某，某也。（如：乾，健也；坤，順也）

（2）某者某也。（如：政者正也）

（3）某也者某也。（如：象也者像也）。

（4）某之爲言某也。（如：征之爲言正也）。

（5）某之爲言猶某某也。（如：春之爲言猶偆偆也）。

（6）某者某也十〔解釋句〕（如：子者孳也，孳孳無已也。）

以上體例，到《釋名》則完成一種完整之基本公式：

被訓字（A）　　聲訓字（B）　　解釋句（S）

如：　日　　　實也　　　　光明盛實也。

　　　星　　　散也　　　　列位布散也

其他尚有許多變例，如：

（1）以本字爲訓：AA 也，S

　　　宿　宿也。星各止宿其處也。（《釋天》）

（2）兼用兩訓：AB 也，C 也，S（說明 B、C）

　　　毛　貌也，冒也，在表所以別形貌且以自覆冒也。（〈釋形體〉）

（3）展轉爲訓：AB 也，BC 也，S（說明 B、C）。

　　　姿　資也　資取也，形貌之稟取爲資本也。（〈釋姿容〉。）

　　　按：資取非聲訓。

（4）比方爲訓：A 猶 B 也，S

　　　臆　猶抑也，抑氣所塞也。（〈釋形體〉）

由於《釋名》爲聲訓之專書，A、B 二字極容易辨識，沒有取材之困難，除了一部分是承襲前人的聲訓外，大半爲劉熙的創說，其語音至少能代表劉熙時代，亦即漢末的一種音系。因此，下文專就釋名以析語音。

自來分析釋名條例，約有二派，一爲析形派，以清顧廣圻之《釋名略例》，張金吾言舊錄之《釋名例補》爲代表，二爲析音派，以楊樹達《釋名新略例》爲代表。前一派分本字、易字、借字，完全是從字形著眼，無助於音韻之分析，可以不論，後者依聲訓字與被訓字之字音關係，約之爲三大例，一曰同音，二曰雙聲，三曰叠韻。其凡則有九：

一曰以本字爲訓，二曰以同音字爲訓，三曰以同音符之字爲訓，四

曰以音符之字爲訓，五曰以本字所孳乳之字爲訓，此屬同音者也。

六日以雙聲字爲訓，七日以近紐雙聲爲訓，此屬疊韻者也。

按楊氏所謂同音，含糊籠統，如以宿釋宿爲本字爲訓，不知廣韻宿有去、入二音或前有所承，（上古*sjəg^w；*sjɔk^w）而謂「今音有四聲之別，古無是也。」四聲別義之起源雖不能確定，〔註39〕然焉知劉熙之語音中「星宿」與「止宿」之「宿」非有異讀？又如凡形聲字之聲符與被諧字，或同聲符字皆謂之同音，上節諧聲字中之同源詞，例證甚多。又於雙聲例知有旁紐、近紐，疊韻例則不知有異部合韻，凡此皆考之有未精，僅略作歸納性之類例，而未足以考語言之眞象。

乙、包擬古《釋名》聲母研究簡介

近人據《釋名》以研究古聲母者，首爲美國康乃爾大學包擬古（N. C. Bodman）教授，包氏畢業於耶魯大學之博士論文 "A Linguistic study of the Shih Ming, Initials and Consonant Clusters"（《釋名》單聲母與複聲母之語言學研究）審定 1257 組《釋名》裡的聲訓字組，利用高本漢所擬上古音系統，統計被訓字聲母（直行）與聲訓字聲母（橫列）之相逢次數，作爲推測古代聲母之依據。包氏第二章「論單聲母總論」有幾項重要的發現：

（1）在 1274 組聲訓字（包括複音詞及問題字）中，扣除 61 個兩讀字，實際只有 1212 組參與統計。其中有 529 組的被訓字（即第一字）不帶 i 介音。683 組被訓字帶 i 介音。前者與不帶 i 的聲訓字（即第二字）相逢有 424 次（80％），與帶 i 的聲訓字相逢有 105 次（20％）；後者與也帶 i 的聲訓字相逢有 582 次（84％），與不帶 i 介音的聲訓字相逢凡 101 次（15％）顯示帶 i 介音的聲訓組高於不帶 i 介音的聲訓組。

（2）a 與 b 相逢頻率最多的地方，集中在同一類發音部位對應區的對角線上，顯示劉熙所以爲聲訓的字，常具有相同聲母（即雙聲）。例如影母被訓字共 61，用影母字爲訓者 52 次，佔 85％。

（3）同部位的送氣濁音（如 g′i）與不送氣清音（如 ki）交往之密切，與一字又讀及高氏詞群中的互換一致，顯示它們之間有相當程度的語音相似性，馬伯樂、陸志韋都提出中古音濁塞音與塞擦音的主張。（按：這一點爲李方桂、

〔註39〕變、彎、彎聲類雖屬輕唇，其實皆重唇音，因不屬於東鐘微虞廢文元陽尤凡十韻。

周法高先生所接受）因此，高氏所擬上古的 b′（並）d′（定）g′（群）在東漢應分析爲 ph, th, kh。（頁 23）

在分論各部位的聲母時，高氏的舌根音的問題較大，舌齒音次之，唇音較單純。由於包氏撰述時高氏上古音系統備受批評，所有問題都圍繞高氏的上古聲母：

（1）匣母問題：包氏指出統計表上，g′i̯（群母）和 ki̯（見母）共有 12 次的聲訓，但 g′i̯卻和上古的 g′（匣母），完全沒有接觸，這是不平常的，因爲帶 i̯與不帶 i̯的接觸如上文所述也有 15％的機會。釋名匣母（高氏 g′）的情形是：g′～ng 聲訓三次，g′～x 聲訓三次，g′～k 聲訓 28 次，g′～k′聲訓 4 次，可見匣母常與 ng、x 往來，但 g′i̯則否，因此，包氏認爲馬伯樂、董同龢均認爲匣母爲 γ。最保險的說法是在釋名的時代或劉熙的方言，僅有一個 γ 代表中古的 r-（匣母）。

（2）爲母問題：高氏認爲上古喻三爲*gi̯＞ji，葛毅卿、董同龢等人却認爲于匣同源，因此喻三爲 γ（i̯），釋名聲訓顯示：高氏的 gi̯ 跟 ki̯ 或 k′i̯ 沒有接觸，却有四個跟 g′（r）相訓，兩個跟 xi̯ 相訓，顯示 gi̯ 是個濁擦音，也就是漢末它是個 ri̯，在音韻結構上，這個軟化的聲母跟 γ 相配合。g′i̯（ri）與 g（x）爲母與匣母及群母（g′i̯）的接觸如下：

701　　　　榮　giwĕng：熒　g′iweng（γi̯weng：riweng）

966　　　　艣　giwɛr：滑　g′wɑt（riwɛr：rwɑt）

1133　　　　暈　giwən：捲　g′iwɑn（ri̯wən：g′iwɑn）

960　　　　淮　g′wɛr：圍　giwər（rwɛr：riwər）

這四組都爲合口字，包氏又檢查高氏 G. S，僅有極少數 gi̯ 的開口，而大半的開口字並無規律變化（gi̯＞ji，gi̯＞i̯）合口則比較規律作 gi̯w->ji̯w-（也有例外）也許這是某一時期具有一套顯著的圓唇舌根音聲母之證據，但是單從漢語本身，無法確定。

（3）舌根音和舌面顎軟化聲母之間的接觸：例子甚多，可舉數例：

15　　　　騎　g′iɑ／g′ie̯：支　t̯i̯ĕg／tśie

836　　　　滴　giwɐt／iuĕt：術　d′iwɐt／dźiuĕt

963　　　　耆　g′iɛr／g′ji：指　t̯i̯ər／t′si

873　　　吉　k̯iĕt／n̯iĕt：實　ḏʼiĕt／dźiĕt

1105　　坤　kʼwən／kʼuən：順　ḏʼiwən／dźʼiuen

406　　　時　ḏi̯əg／źi：：期　ki̯əg／kji：又　gi̯əg／gʼji

501　　　壽　ḏi̯ôg／źiəu：久　ki̯ug

793　　　拙　ʔiwɑt／tsʼiwɑt：屈　ki̯wət／kʼiuət

這些現象和諧聲平行，董同龢、陸志韋認爲這些舌面顎軟化聲母具有舌根來源。包氏認爲值得注意，沒有作肯定的結論。

舌音方面有二組字值得注意：

1067　　天　tʼien／tʼien：顯　xiɑn／xien

60　　　若　kʼo／kʼwo：吐　tʼo／tʼuo

兩組都是舌尖音與舌根的關係，前者是方音現象，劉氏云：「天，豫司兗冀，以舌腹言之，天顯也，青徐以舌頭言之，天坦也。」，包氏認爲豫等方言"天"的發音或眞正帶有非常強的清送氣音，或許帶有相當摩擦成分，因此"天"可能唸成 txien，同理 60 中吐字讀音可能近乎 xo 或 txo。

舌面顎音軟化聲母方面，高氏擬了喻母的三個來源（*d-, g*, z-）中，有兩個屬舌面，釋名聲訓顯示，di̯，ḏi，zi̯和 dzi̯間有大量的接觸，似乎顯示：在中古以前某些時期（di̯和 zi）會合成 zi，也可能 di̯和 zi̯本來即無區別，它們的發展可能如下：

	上　古	前　漢	後　漢	中　古
喻四	di̯?	dźi̯	źi̯	i̯
	zi̯?	źi̯	źi̯	i̯
禪	ḏi̯?	ḏi̯	dźi̯	źi̯
邪	dzi̯?	dzi̯?	zi̯	zi̯

唇音方面，值得注意的是曉母與鼻音諧聲的字

390　　　晦　Xᵐwəg／Xuâi：灰　Xwəg／Xuâi

136　　　幠　Xiwo／Xi̯u：憮　Xᵐwo／Xuo

654　　　兄　X̯iwăng／Xiwɐng：荒　Xᵐwang／Xwâng

包氏認爲高氏 gs950 灰*Xwəg　恢 kʼwəg　胲 mwəg 最好擬成 Xᵐwəg，kʼmwəg，mwəg，幠可擬作 Xᵐi̯wo，兄可擬作 Xᵐi̯wăng（因兄與孟 măng 同源）

又从兄得聲之悅 Xiwɑng（GS765f）和慌 X^mwâng（7428）芒 X^mwâng 都含有混亂、含糊不清之義，兄——荒，悅——慌的關係是平行的。

包氏改訂的擬音對以上三條聲訓來說並無必要，他是純以諧聲與詞源上的平行關係去考慮，卻很有啓發性。

包氏釋名研究第三章，也是全書的精要，討論了複聲母問題，大多數的論點均環繞高本漢的擬音，以下分爲三部分介紹：

（一）舌根音與 ℓ 構成的複聲母

由釋名存在者 kɑk：ℓɑk 類型的音訓來看，可以確信後漢帶 ℓ 複聲母的存在。分析這些音訓，高氏所擬的 g′ℓ-：kℓ-相訓的例子最多，其普遍程度僅次於同聲母相訓釋，g′ℓ-：k′ℓ-，與 kℓ-：k′ℓ 的數量又其次。可知帶 ℓ 的複聲母多半見於舌根聲系中。（p. 47 竺家寧譯文 p. 64）例：

1195	濫	gℓâm／ℓâm：	銜 g′ɑn／ɣɑm
37	瓦	ngwɑ／ngwɑ：	裸 glwâr／ℓuâ
289	樂	gℓâk／ℓâk：	樂 ngℓŏk／ngâk
47	寡	kwɑ／kwɑ：	倮 gℓwâr／ℓuâ
1209	劒	kljɑm／kiɒm：	檢 kℓjɑm／kjɛm
1210	劒	kljɑm／kiɒm：	斂 gℓjɑm／ℓjɛm
685	領	ljĕng／ljäng：	頸 kieng／kjäng
244	勒	lək：	刻 k′ək
245	勒	lək：	絡 gℓɑk
459	尻	k′ôg／kâu：	â gℓiog／ℓieu gljog／ljäu

包氏沒有理出舌根帶 ℓ 複聲母系統，只是一組討論其複聲母存在東漢的可能性。因此像 93 楛 gℓio／ℓiwo：旅 gℓio 兩字上古皆有 gℓ-究道是否保存到東漢，是無法肯定的。同樣 292 礫 gℓjok／liek：料 ℓw̌g／lieu（凡九組）僅有一個字帶 gℓ-，也很難確定 gℓ-還存在。

另外喉塞音與舌根音的接觸（8 組），喉塞音與舌音的接觸（6 組）高氏也沒有肯定是複聲母來源或由 ʔk，kʔ 等變來。

（二）ℓ 與非舌根聲母的接觸

gℓ：d′ℓ   217   石 ḍjăk／źjäk：格 g′ℓăk／rok

d′ℓ：t′ℓ   903   禮 ℓiər／liei：體 t′ℓiər／t′iei

dℓ：t′（ℓ）   792   埒 ℓi̯wat／li̯wät：脫 t′wât／d′uât

t：dℓ   950   錐 ȶi̯wər／tświ：利 li̯əd／lji

dℓ：t′   948   耒 ℓi̯uər／ℓjwi：推 t′i̯wər

zℓ：dz′ℓ   498   桺 ℓi̯ôg／li̯əu：聚 dźiu／dz′i̯u

sℓ：gℓ   128   疏 ṣi̯o／ṣi̯wo：廖 gℓi̯og／ℓi̯eu

pℓ：gℓ   827   筆 pℓi̯ət／pi̯ĕt：述 đ′i̯wət／dźi̯uĕt

bℓ：ℓ   830   律 bℓwət／li̯uĕt：累 li̯wăr／ljwi̯e

gℓ：bℓ   1231   痲 gℓiəm／liəm：懔 bℓiəm／liəm

（三）含有 ŋ、n、m 的複聲母

zŋ：dzŋ   101   語 ŋi̯o／ŋi̯wo：敘 dzi̯o／zi̯wo

zŋ：sŋ   1050   言 ŋi̯ŏn／ni̯ɒn：宣 si̯wan／si̯wän

zŋ：dzŋ   1174   業 ŋi̯ăp／ŋi̯ɒp：捷 dźi̯ap／dz′i̯äp

由於我們不能从上古分別由 ŋ 與 sŋ 來，因此這些形式都無从確定，帶 n 的複聲母亦然，茲舉數例：

1070   年 nien／nien：進 tsi̯ĕn／tsi̯ĕn

562   燒 śni̯og／śi̯äu：燋 tsi̯og／tśi̯äu

952   水 śi̯wər／świ：準 ȶńi̯wən／tśi̯uĕn

122   絮 sni̯o／si̯wo：胥 si̯o／si̯wo

799   雪 si̯wat／si̯wät：綏 sni̯wər／swi

下列的例子顯示複聲母帶 m

1115   昏 Xᵐwən／xuən：捐 swən／suən

572   眇 mi̯og／mi̯äu：小 si̯og／si̯äu

眇字屬會意字以少為聲符的字也有擬作 mjog 的，故高氏認為眇字應該是個省聲字，包氏以為未必可信，這裡小字可能是複聲母 sm。

下列也極可能有複聲母：

975   難 nɑn／nɑn：憚 d′ɑn／d′ɑn（難 dnɑn？）

242   慝 t′nək／tək：態 t′nəg／t′ai（t′n：t′n）

381   能 nəg／nâi：該 kəg／kâi

1262　　　岷mwĕk／mwɛk：譎ki̯wət／kiwet

丙、評包氏釋名複聲母說兼論聲訓中的聲韻關係

上文不憚其煩，引述包氏的研究，主要因為聲訓與語源的關係，自來並未明晰，包氏從聲母的觀點，試圖剖析前人所見到的一些事實，它的方法是科學的，運用材料也還稱謹慎，例如本書第二部分，先把釋名所有音訓的字列出，各注明高本漢的上古／中古音值。其編列方式按 a（本字）b（聲訓字）排列，構成字組，加以編號，並以韻部先後為序，始歌終侵，另將「雙音詞」的部分附後。共 1274 對字組。並附錄有 20 頁有關校勘方面的說明。全書的基幹是第 20 頁後一張大表，把 a－b 兩部分的字從橫列出統計各類聲母之間相互為訓的次數，這裡研究方向，竺家寧學長曾譽為「乾嘉以來的音韻學家未曾嘗試過。」畢竟包氏的研究是開路性質，本文作于三十年前，現在看來有些問題已有更好的解決，不過即使包氏修改了上古音的某些看法，本文仍有其不可掩飾的致命傷。

第一、作者雖從統計上看到絕大部分的聲訓字的聲母與其本身及同一發音部位的同類聲紐的相逢次最多，形成一個梯階式對角線分布；顯示聲訓字經常要求聲母相同。因此就忽略有些聲母不同類而且差異懸絕的聲訓字組，實枉不能和諧聲一樣平行處理，認為它們必須相近，就用複聲母解釋，這種證據是相當薄弱的，例如：吉與實，坤與順，時與期，若與吐（見〈釋言語〉，並不是方言問題，包氏却拿來與天，顯相比附）鍾空，石格，都只是疊韻，沒有理由要求它們必須聲母相近，包氏拿來和上古諧聲中舌根音與舌面顎聲母之接觸相提並論，都是錯誤的。以「石、格」推論複聲母 dʹl：gl 也是絕不能成立的。其他如複聲母 zŋ，dzŋ，sŋ，sn，sm，dn，gn-，kn 等假設，都是誤以疊韻當雙聲的結果，總之，包氏不願承認這些聲母沒有關係，而導致的錯誤。

第二、即使聲訓字完全如包氏所運用來理解古音那樣，每個聲訓字組皆必須有雙聲關係，如同高本漢之運用諧聲字一樣，然高本漢也認為「諧聲的部份跟全字不必完全同音」因此諧聲字的聲母大體在同部位的範圍內互諧，如來母與任何部位皆諧，x-m 有一定的對當，都有規律可尋，有些例外的諧聲，部位相差太遠又無規律可尋，因為例證不足，也不宜任意用複聲母處理，因為還有其他方面的考慮如這些字並非諧聲字，或者由于無聲字多音，原來另有今聲以外失却的一讀也說不一定，這種情形皆當存疑。

第三、聲訓之法較諧聲爲晚，諧聲隨文字的自然而產生，去語音的眞象不遠，聲訓之法則是後起的，也是人工的語言「配對」，也就是找語音上相同（原則上本應相同）或相近的字（b）來解釋某一字（a）的意涵這樣闡發由來的意涵，有多種層次。

1）也許 a、b 二語具有共同語意，而且其字均由此一共同語義所孳乳，後來音義皆有細微區別。

2）也許只是一個意義延伸出去的邊際義（通常稱引伸）。

3）也許只是同音詞（或同體詞）如頁與葉用字時可以互相借代。就把另一個語詞的意義也移借來說明這個語詞意義（似乎稱爲移花接木，其本質上只是假借義）。

4）也許 a、b 之間並無語義的關係，利用聲音聯想法誤將同一聲音代表不同意義結合爲一個。

5）也許 a、b 之間具有文字上共同成份，那由類化法則，使之產生意義關聯。

a、b 即使完全同音，也不一定是同源詞，充其量只是表示劉熙的時代 a、b 同音，而又被假定具有意義的連繫。只有 a、b 的意義本來相等時，才能被認爲同源字組，才可以假定它們上古具有共同聲母，包氏把音義上很不接近的詞，當作同源詞，拿來像諧聲一樣處理，像來與哀，183 酷 ɡlak：澤 dˊɑk，217 石 dejak：格 gˊlɑk，498 柳 ɭiôg：聚 dzˊiu（原書 p. 39），牘 dˊuk：睦 mɭioiʁ（原書 62），疏 ṣio：寥 gɭiog（原書 59），其實這些只是一些勉強湊在一起的疊韻字，有些還有經典舊注作依據，但原來並非聲訓而劉熙當聲訓處理（如柳聚，說詳本文 277 頁）。因此這些字的古音也不能拿來推測東漢的聲母。而根據這種人工配對的音義連瑣，來統計那些聲母相聚次數，只能反映語音系的一小部分，而且證據終究是薄弱的。

因此就釋名而言聲訓中的聲母關係，同聲母所佔比例最高，其次是同部位，但偶而也有純粹疊韻的，不過比例極小。如果統計包氏第三章所引用的資料，只有 101 條可以作爲複聲母推論的依據，其中來母與舌根之接觸又佔了 37 條，如果承認這些帶 l 複聲母，那麼剩下來 64 條聲母不相近的例外，其比率僅 5% 強。因此說釋名聲訓字原則上是同部位的雙聲，是說得通的。

丁、釋名韻母分析

釋名的韻母關係，包氏沒有說明，我們仍用上古音投影法，利用包氏附錄的古本漢擬音略作分析，以之部字為例，如果不區別聲調則同音字有四十組（包含僅有開合對比），同部疊韻的則有二十組，合韻關係多具有廣泛的雙聲（即發音部位相同或相近），佔十六組，茲錄之如下：

A、之部同音：飴怡、持跱、詒值、詯止、趾止、輀耳、餌而、珥耳、詞嗣、祀巳、汜巳、己紀、紀記、記紀、疑儗、壹持、似以、寺嗣、孳字、子孳、思司、罳思、緦思、總絲、緇滓、厠廁、氾軌、友有、厩勾、疚久、黛代、災裁、載載、佩倍、頤頤、宦頤、旗期、鄙否、否鄙、海（Xməg）晦（Xmwəg）、晦（Xmwəg）灰（Xwəg）依李方桂系統不分開合應為同音。

B、之部疊韻：醢（x-）晦（xm-）、戴（t-）載（ts-）、載戴、能（n-）該（k-）、閡（k）恢（k´-）、背（p-）倍（b´-）、時（d-）期（k，g-）、齒（ȶ-）始（ś-）、蚩（ȶ´-）癡（ȶ´-）、詩（ś-）之（ȶ-）、已（dz-）已（z-）、弒（s-）伺（s-）、耔（dz-）齒（ȶ´-）、事（dz´-）倳（ts-）、輜（ts-）廁（ts´-）、肧（p-）否（p´-）、朠（g-）丘（k´-）、負（b´-）背（p-）、霾（mlɛg）晦（Xmwəg）、埋（mlɛg）痗（mwəg；Xmwəg）。

C、之職合用：亥核、欬刻、噫憶、痔食、始息、婦服。
之幽合用：樞究、罦復、副覆。
之侯合用：丘區、丘聚。
之微合用：來哀、起啓。
之支合用：曇（kjwəg）規（kjweg）。
之魚合用：基（kjəg）據（kjwag）。
之歌合用：宄（kiwəg）佹（kwia）。

如果 AB 兩項合併計算，則佔 60 組，可見聲訓不但要求聲母相近，韻母也絕大部分相同，C 項所列的合用，從詩韻諧聲的觀點來看是合用，我疑心之幽、之侯、之微、之徃等合用之例，在劉熙的方言中，恐多已有合流傾向，而接近切韻音系，如此，則僅有少數的韻母相差比較遠的，如曇規、基據、宄佹三組。這些情形，可以解釋為劉熙為牽就字義關係而合用，或者根本是前人的義訓，劉氏不加別白，採用進來的。

羅常培、周祖謨按照兩漢韻部的分類，做了一個《釋名》聲訓分韻表，其中材料省略很多，用字也有出入，這又牽涉到校勘問題，畢沅和吳志忠的校本時有出入，而包氏的取拾也偶有疏誤，詳細的統計一時不易，由羅、周的分韻表，大致可見上古韻部到東漢之間的變化，例如：友有丘宄在漢代已入幽部，宄佹也變成漢代的脂支合用，羅、周指出較重要的方音現象如下：

（1）陰聲韻之部內屬於"廣韻"灰咍韻的字，跟之韻字不相混。"能"字在本部，韻母與"該"相同，敏字讀如"閔"，歸眞部。

（2）幽宵兩部，豪肴宵蕭四韻字聲相近。

（3）侯魚兩部有分，與東漢一般押韻情況不同，以侯部訓釋幽部尤韻字的例子很多，幽：侯關係凡十一組，其中以侯部訓幽部尤韻字凡九組即：洲聚、州注、丘聚、肘注、脰赴、宄聚、丘區、輈句、柳聚是證侯部讀音與幽部尤韻一類字相近。

（4）陰聲支脂兩部字相訓釋的例子很多，支脂兩部與之部相訓釋的絕少（僅來哀也一例）可知支脂兩部音近，而與之部相去較遠。

（5）眞部字與元部字相訓的例子很多，可以說明眞元兩部元音非常接近。

（6）侵談兩部字訓的例子也很多，而不與其他陽聲韻相訓釋，可以說明這兩部韻尾是 m，而不是-ng 或-n。

其他還有一些青徐的方音現象，不必一一引述。從這裡也可以知道漢末劉熙的方言（青徐方言）的韻母方面，與上古有些微差異，就大體來說，與上古音仍是對應的，用他的聲訓資料來推測上古語源，也並不是完全行不通，問題是如何把握上古音和漢代方言之間差別，凡是根據一地方音以解釋語源，都是不能採信的。

參、聲訓之語意分析

語意的問題，是聲訓方法的核心，聲訓與義訓的不同，主要不在形式，（如某之為言某也），也不在於有無讀音關係，而在於它所要表達的語意內容。因為義訓也同樣可以有語音關係。由此可見，音同或音近只是聲訓的形式要件，語意相同或相近才是聲訓所以成立的實質要件。這是就理想的聲訓而言，事實上，絕大部分的聲訓在語意上都不夠嚴謹，其主要原因，是聲訓產生，最初並不是為了語源學的目的，而且是在人們對語言本質——尤其聲音與意義關係尚在一

知半解的階段之產物，因此早期的聲訓，可以說是為了語言以外的目的而服務（如哲學的，教化的目的），它最初所設定的意義，偶而也觸及語源，却並非有意識的；到文字學家或語言學者，才轉入語意根源的探索。例如：

（1）天之為言鎮也，居高理下，為人鎮也。（《白虎通・天地篇》）

（2）天之為言鎮也，居高理下，為人經緯，故其字——大以鎮之也。

（3）天之為言鎮也，神也、陳也、珍也，施生為本，運轉精神，功效列陳，其道可珍重也。（《爾雅・釋文》引禮）

（4）天之言瑱。（毛詩君子偕老孔氏正義引春秋元命包）

（5）天，顛也，至高無上，從一大。（《說文解字》一部）

（6）天，豫司兗冀以舌腹言之，天顯也，在上高顯也。

青徐以舌頭言之，天坦也，坦然高遠也。（《釋名・釋天》）

以上（1）至（4）既非文字的訓詁，也非語言的訓詁，鎮的本義為「博壓」，瑱的本義為「以玉充耳」（依說文），前者引伸為「重也，安也，壓也」（段玉裁說），後者沒有引伸義，若勉強由聲音去聯想，則似可以想到充實，瑱滿之類，古音則天*t'en 鎮*tien（平去） 瑱*tien；t'ien（去聲）〔用董同龢氏標音〕，除去聲調的不同，它們的語音極近，尤其瑱有送氣一讀，與「天」等於同音（異調）。白虎通、禮統、春秋緯的解說，都是從天德之作用上立論，（4）無解說，不知何以訓瑱之故，大概也就不出於上述的聯想。（3）又訓神，訓陳，訓珍，它們的上古音分別是*神 d'ien *陳 d'ien（平聲，又有去聲一讀同陣） *珍 tien（平聲，又有上聲 tien 一讀不取），與「天」字僅是聲母清濁送氣與否之差別，一個天字，而可以用四個字來訓解，可見其虛玄之程度，這個類型可說是聲訓中的大雜燴，一無可取。

第（5）條可說是文字的訓詁，第（6）條雖為語言的訓詁，但並不合理，則《說文》的訓詁在六條中最合理，釋名的說法惟一向我們透露「天」字的發音在漢末兩個方言區的差別，一讀如古古曉母的「顯」，一讀如中古透母的坦（t'ân）。至於「高顯」，「坦然」等均為天的流行義，也順便附會在一塊。這當然不會是天的語源，因為漢末的方言讀音已不是「天」字的古音。天的語源更不會隨方言而不同。因此這種聲訓對尋找語源也同樣無用處。臏下就只有說文一說，說文天訓顛，顛就是頂，「至高無上」，這四個字是對顛的補充說明，也

是對天的屬性一個總括說明，字形從一犬，照許說法是會意，其實"一"不成文（甲金文作大）當以指事爲安。我們要問，天，顚語音上當有小差別（送氣與不送氣的對比）。那麼「天」字語源果眞出於「顚頂」的意義嗎？這當然不容易確定，但造字却暗示古人用人（即大字）的頭頂上來指出天。由於文字上的密合，我們接受，天顚具有相同的語根的假設。又如：

（1）政者正也，子帥以正，孰敢不正？（《論語・顏淵》）

（2）政，正也，从攴正，正亦聲。（《說文解字》攴部）

（3）政，正也，下所取正也。（《釋名・釋言語》）

第（1）例出現在季康子問政於孔子的對話中，政字可以指一般的政事或政治概念（政與治本爲同義詞。都是動詞，政治連用轉化爲并列式合義複音詞），而「正」字是端正（說文正，是也），正直、正當的概念，孔子把這兩個概念連繫在一起，故曰政者正也，下面的訓解目的不在訓解語詞，我們也不能否定它有探究語源的可能。但在《論語》裡「政」與「正」並不是同義詞，它們的連繫由於聲音，因此這種訓解有別於解釋字義，就歸爲聲訓。在第（3）例，仍然承襲（1）的說法，祇不過把後一句換成「下所取正也」，似乎把「政」的字義限定在「政令」方面，反而沒有第（1）例由上而下皆正的說法周密了。但這兩個例子都是聲訓，在《釋名》通例來說，這句話顯然解釋「政」字語源，係由「取正」這個概念來的。至於說文是訓解本義，政字从攴正，會意兼聲，其本義是「使之正」的意思，可以从攴，猶教、敎、效等之从攵，都有「從事」「用力」之意，字形既與字義密合，「政事」「政治」等概念是由這個意義引伸。我們說義訓和聲訓，有時形式相同，這是一個很好的例子。當然要根據它們的聲音關係，把說文這裡也看作聲訓，也沒有什麼不可以。但是有些聲訓最初本是義訓，後人只憑聲音關係就任意稱它爲聲訓，這是一種誤解。龍宇純先生云:「《爾雅》一書爲漢以前，義訓之總匯，全書除"鬼之言歸也"一條可斷爲聲訓者外，無他聲訓，而此條殿釋訓之末，與釋訓及全書體例不合，出於後人所增無疑。王力《中國語言學史》以《釋言》中"甲狎也"，"履禮也""康苛也""蔡捼也"爲聲訓，然狎、禮、捼之訓，見於詩芄蘭"能不我甲"東方之日"履我即兮"，長發"率履不越"采菽"天子蔡之"及板"則莫我敢葵"毛傳。在毛傳並爲義訓，而爾雅固取傳注以作，（案用朱子語類語），自不得以爲聲訓。康

苟之訓不詳所本，朱駿聲以爲一語之轉，與苦爲快義同例，其事非不可能。爾雅所記今所弗曉者往往而有，古藉散佚者多，此當在存疑之列，無以見其必爲聲訓。」

　　龍先生嚴義訓與聲訓之界，對於聲訓之眞象甚具卓識，據龍氏推測，誤聲訓爲義訓，蓋始於《廣雅》。由於《廣雅》冶聲訓義訓於一爐，對於後人影響甚大，壞的影響是分不清其界限，以爲古人有此訓詁即有此義，這種習氣即使今人的著作中仍普遍存在，而不知聲訓之作用不在解釋字義。好的影響也不是沒有，像王氏父子之訓詁學，能突破義訓的範圍，廣雅未嘗不是一種啓示。

　　王了一所以把"甲狎""履禮""蔡猰"當作聲訓，也是可以理解的，因爲甲狎、履禮、蔡猰，在《毛傳》實即假借，凡假借必依聲，故謂之「聲訓」，其本質上與探求各物之源是無關的，嚴格上說，皆不得爲眞正之聲訓，無如在劉熙的聲訓裡，也摻雜這類舊注裡的通假字，凡是諧聲偏旁相同的，在經典中常有假借的可能。《釋名》裡有一部分的聲訓，甚至保留較古的方言，其形式是聲訓，但也可能並非。如釋喪制：「輿棺之車曰輴，輴耳也，懸於左右前後銅魚絞之屬耳耳然也。其蓋曰柳，柳聚也，眾飾所聚。亦其形僂也。」柳訓聚見於：

　　（1）《尚書大傳・虞夏傳》：秋祀柳穀華山，注：柳聚也，齊人語。
　　（2）《爾雅・釋天》：咮謂之柳，孫注：其星聚也。
　　（3）《周禮・逢人》「衣翣柳之材」注：柳之言聚，諸飾之所聚。」
　　（4）《禮記・喪服大記》節棺注：柳，象宮室懸池於荒之爪端，若承霤然。

　　以上（1）（2）與棺車飾無關，書大傳注所謂齊人語，究竟是柳聚同音（按此二字聲韻懸隔），還是柳字有聚的意思，不得而知，爾雅孫注似以其星聚訓咮，而非訓柳。郝氏義疏「柳者八星曲頭垂似柳。月令云：季夏之月，日在柳，季秋之月，旦柳中，柳之言摟也，摟訓聚也。」（按說文摟曳聚也，釋詁，摟聚也），依郝氏的意思，咮謂之柳取其形似柳是一件事，柳之言摟，則謂柳訓聚爲摟之假借，又是另一件事，《周禮・縫人注》：以柳訓聚，正合這一解，尚書大傳注則謂柳聚爲音人語。總共有三個說法。〈喪服大記注〉：「車飾若承霤然」來解釋柳，則是第四種說法。《釋名》承襲「柳之言聚」的舊說，又云：「亦曰其形僂也」，又增加了第五種說法。由此可見除了尚書大傳注的說法，或有方言的根據

外，其他都是猜測，這類的古制上的專名，究竟能否探得語源，很值得懷疑，我們就不能把柳與聚當作真正有語源關係了。

聲訓之來源既如此複雜，我們不妨分析一下一個 a 者 b 也的聲訓字組之間，可能有的語意類型：

（1）a、b 本來是同源詞。具有大部份相同的語意。

（2）a、b 為方言中的轉語，音義本同。

（3）a、b 僅是邊際意義相通，它們各有中心語意。

（4）a、b 僅是音同或音近字，沒有語義的關連，有時它們可以通借。

（5）a、b 音義皆不相近，可能是板本上的訛誤或者古代具有某種聲義關
　　　係，今已失傳。

（1）（2）兩類都是同源詞的範圍。（3）類是利用通行的語義，作流行的詞源解釋，（4）類則根據語音聯想，胡亂推測詞的來源，通常也可能改變形式，而得到語義。趙元任先生曾舉一個例子來說明什麼是「俗解的語源說」（Folk etymology）：「所謂流行的語源說 popular etymology 跟俗解的語源說 folk etymology 不同，前者是對某個語源的一種流行說法，而後者則改變形式，從而得到意義，比方耳朵 eel-duoo，因 u，o 音序換位（metathesis）變成 eel，dou，但因為沒有意義，于是再變作耳頭，eel-tou，跟舌頭 Sher-tou 相類，而「頭」在俗解的語源上就是詞尾 tou」

至於第五類，不可理解的聲訓，在運用上只有闕疑了，現在我們各舉兩例來說明。

（一）同源詞的聲訓

　　1. 腕宛也，言可宛曲也。（〈釋形體〉）

　　2. 脛莖也，直而長似物莖也。

　　3. 戴載也，載之於頭也。（〈釋姿容〉）

　　4. 薄迫也，單薄相逼迫也。（〈釋言語〉）

　　5. 銘名也，記名其功也。（〈釋言語〉）

　　6. 帔披也，披之肩背不及下也。（〈釋服飾〉）

（二）方言中的轉語

　　1. 醢多汁者曰醯，醯瀋也，宋魯人皆謂「汁」為「瀋」。

2. 癬徙也，侵淫移徙處曰廣也，故青徐癬爲徙也。

3. 輞罔也，罔羅周倫之外也。（關西曰輮，言曲輮也）或曰輥，輥縣
   也，縣連其外也。

（三）語義相關的聲訓

1. 釭空也，其中空也。（〈釋車〉）

2. 勒絡也，絡其頭而引之也。（〈釋車〉）

3. 甘含也，人所含也。（〈釋言語〉）

4. 戶護也，所以謹護閉塞也。（〈釋宮室〉）

5. 房旁也，室之兩旁也。（〈釋宮室〉）

（四）俗解的聲訓：

1. 朔蘇也，月死復蘇生也。（〈釋天〉）

2. 土吐也，吐生萬物也。（〈釋地〉）

3. 田塡也，五稼塡滿其中也。（〈釋地〉）

4. 海晦也，主承穢濁其水黑如晦也。（〈釋水〉）

5. 海中可居者曰島，島到也，人所奔到也。（〈釋水〉）

6. 姊積也，猶日始出積時多而明也。（〈釋水〉）

7. 妹昧也，猶日始入歷時少尙昧也。（〈釋水〉）

8. 無父曰孤，孤顧也，顧望無所瞻見也。（〈釋親屬〉）

9. 禮體也，得事體也。（〈釋言語〉）

10. 言宣也，宣彼此之意也。（〈釋言語〉）

11. 醜臭也，如臭穢也。（〈釋言語〉）

12. 胃圍也，圍受食物也。（〈釋形體〉）

13. 履禮也，飾足所以爲禮也。（〈衣服〉）

14. 竈造也，創造食物也。（〈釋宮室〉）

15. 律累也，累人心使不得放肆也。（〈釋典藝〉）

（五）闕疑的聲訓

1. 雅雜也，爲之難，人將爲之雜雜然憚之也。（〈釋言語〉）

2. 來宸也，使來入已哀之，故其言之低頭以招之也。（〈釋言語〉）

以上五類，第一類最可靠，劉熙的釋義也許還有迂曲之處，但是把腕與宛、

脛與莖、戴與載、薄與迫、銘與名、帔與披當作同源詞材料，是合乎語言事實的（其中戴與載，聲母 t～ts 對比，不合諧聲原則，釋名亦僅載戴、戴載互訓兩見。說文戴从異弐聲、弐聲讀 tsəg，則戴或有 tsəg-讀。存疑（說詳下文）第二類也是同源詞的重要材料，不過資料較晚，而且確實音值不易擬構，本文暫時皆用上古音來擬，因此沒有把握的材料，儘量少用。如汁與瀋上古音爲董氏作źiəp，śiəm（見《表稿》p. 243，247）高氏作ȶiəp，ȶ'iəm（GSR686f，665b），音義關係密切，已在本篇認定同源詞的標準以內，故收入。輞與輚是否方言關係，釋名本身不明確，輞取罔羅其外，輚取縣連其外，其義實無別。然玉篇輚訓車伏兒，與釋名有別，因此這兩個詞是否一個，無法確定。

第三類是利用語義的共通部分來說明語源，a 與 b 之間不一定是同源詞，但引申或假借義是相同。例如釭訓空說文爲車轂中鐵，知釭之音義有取于空，由於釭空之意義相差較遠，並不把它們當作同源詞。勒是馬頭落銜、落絡古今字（段注），絡本縣絮，引伸爲連絡，色絡，這裡用絡訓勒，正是邊際義相道。它們也不是等於同源詞，甘的字形也是从口含物會意，與「含」語義相關，但畢竟甘不等於含。戶有遮護作用，房是室兩房的屋子。這些相關語詞，b 可以釋 a，但 a 不能釋 b，例如「護戶也」「旁房也」便不知所云。但是在第一組裡；「宛腕也」固然不是好的聲訓，但加上「言可宛曲也」的說明依然可以知道兩者皆由宛曲得義。

第四類，我們稱之爲俗解的聲訓，它是完全憑語音作自由聯想，沒有必然關係，有些聯想尚合常理，但是缺乏語言的根源，有些則極不合邏輯，例如島與到，姊與積，妹與昧，胃與圍，履與禮，竈與造，律與累都是極荒唐的想法。俗解的語源，可以改變形式，這就是聲訓家爲什麼找不到同音詞退而求音近詞的理由。高名凱曾批評《俗詞源學》云：

> 以上俗解的語源，皆因望「音」生義的結果，俗詞源學也是許多神話傳說的來源，例如神農這個名字，當初是什麼意思我們已不知道，後人就依據這語音的其他意義（引文下擬加注：《普通語言學》p. 371）演爲神農嘗百草的神話，這又是望「字」生義的結果。

這一類聲訓資料，連同一時不易解明的第五類，都不能作爲同源詞的材料。不幸的是，釋名裡面十之七、八是這一類的聲訓。因此龍守純先生有「古人聲訓

多不信」的斷語，龍氏曾舉出的四個理由：

其一、各家所言，彼此歧異，此可見諸說非"具來也有自"，不過臆說猜測而已。

其二、以數字爲一字之聲訓……意若以爲同一語言既受義於甲，又復受義於乙，自決非孳生語所當有之現象。

其三、語源可因方音之不同而異。尤不近情理。

其四、以轉語或引申義爲聲訓，不知轉語與孳生語根本不同，而以引申義爲聲訓，尤見其因果倒置。

龍說致疑於古人聲訓與語源的關係，甚具卓識，然因有見於語言孳生之先後，嚴格要求聲訓中的 a（被訓字）爲孳生語，b（聲訓字）爲母語，凡云「ab也」，必定 b 名之形成在於 a 名之前，而不可顛倒，聲訓乃得成立。這個條件非但一千七百年前的劉熙辦不到，就是今日語言學家也不能辦到。因爲語言的歷史太長，普通語詞形成的先後，並不是文獻所能一一顯示。憑什麼斷定「脛」與「莖」兩詞的先後，但我們却不否認這兩個語詞來自同一語根，因此以莖訓脛或以莖訓脛，都可以表示莖之所以爲莖正猶脛之所以爲脛，它們實際是同一個語根（巠聲）。（就古人聲訓的目的而言，已經達到了。至於莖與脛字孰先孰後，並不重要，即使文獻斷代研究，顯示莖字先脛產生，也只是表示文字產生的先後，它們最初都用巠的聲音是可以肯定。）至於像"人仁也""長萇也""羊祥也""眉媚也"這一類因果倒置的聲訓，我們並不排斥其同源的可能性，如把 ab 倒過來，變成"仁人也""萇長也"是可以成的，當然仁人，萇長也是同源詞。但"祥羊也""媚眉也"這兩條即使 ab 已對調過來也無從肯定，因爲它們到底是純粹的諧聲關係或者聲符兼意，並不確定。從引申義看來，它們似乎有些關聯，但引伸義相當於我們上面的第三類（相關語義），也不等於同源詞。因爲同源詞要求語意相關的必然性。所有諧聲關係的同源源詞，在原始初文（即聲符）與孳乳字之間，普遍存在這個鴻溝；因爲語言學家早就發現語言中的原始語（也就是基本語彙）如日、月、天、地、牛、羊、馬、狗的語音與音之間，並無必然的關係，它們起於約定，而《說文》和《釋名》牛有關這類原始語的聲訓，都是俗解的、主觀的、冥想的，却可以歸入第四類。至於干支的解釋，雖然並非全不可解，但那些解釋跟語言是毫無關係的，因此我都把它歸入第（五）類闕疑。

肆、聲訓中所見之同源詞舉隅

由上節「聲訓之語意分析」得知聲訓中有一類被訓字與聲訓字是同源詞。我們上文的分析只限於《釋名》，但《說文》也是有意識利用聲訓來兼解語源、聲訓在《說文》中也佔相當比例，因此，本節所搜集的同源詞，以《說文》與《釋名》中的聲訓為對象，這裡先補述《說文》聲訓之形式。

《說文》中的聲訓材料，據林師景伊先生〈說文與釋名聲訓比較研究〉一文，就全書說解的方式，可以大別為三類：

甲、純聲訓：多施於常見語詞，不言本義，逕用聲訓。如：牛，事也，理也。馬，怒也，武也。尾，微也。門，聞也。母，牧也。也有像釋名一樣加上闡述句，成為聲訓的標準格式。如：

晉，進也，日出而萬物進。

山，宣也，謂能宣散氣，生萬物也。

酒，就也，所以就人性之善惡。

按：此類聲訓，多屬《釋名》中的第四類（俗解的聲訓），真正的同源詞很少。

乙、聲訓而兼義訓：聲訓字下面的解釋句實際為義訓者。如：

帝　諦也　王天下之號。

毒　厚也　害人之艸，往往而生。（毒厚疊韻，依段注）

父　巨也　家長率教者。

琴　禁也　神農所作，洞越練朱五絃，周時加二絃。

丙、義訓而兼聲訓：義訓中往往有一字與被訓字具有雙聲，疊韻或同音關係。可視為廣義之聲訓。如：

吏　治人者也。
　▲

教　上所施下所效也。
　　　　　▲

盪　滌器也。
　▲

朔　月一日始蘇也。
　　　　▲

這些聲訓字每用「以」、「所」、「所以」等字帶出。如：

婚　婦家也，禮取婦以昏時，婦人陰也，故曰婚。
　　　　　　　　▲

姻　婿家也，女之所因，故曰姻。

澍　時雨所以樹生萬物者也。

禛　以眞受福也。

禷　以事類祭天神。

城　以盛民也。

誼　人所宜也。

鬼　人所歸爲鬼。

姓　人所生也。

靷　所以引軸者也。

桎　足械也，所以質地。

梏　手械也、所以告天。

按：這些形式可以當作聲訓的理由是；《釋名》也收有：教、效也；朔，蘇也；
　　婚，昏也；姻，因也；城，盛也；誼，宜也；靷，所以引車也，等組。這
　　一類聲訓，多半利用形聲字的聲符爲媒介，聲符與孳乳字之間，往往是加
　　形的分別文，它們語根相同，亦往往是同源詞。

　　以下從《釋名》與《說文》聲訓中認取同源詞，按陳伯元師所訂古韻三十
二部十二類（合陰陽入相承三部爲一類）列字，惟談盍與添帖二類（四部）例
少，併爲談盍一類，以省篇幅，凡十一大類。柬取同源詞的原則，以音義關係
最密者優先，亦即同源詞間必須有共同的主要語意。語音的變化，以同部叠韻
兼聲諧（即同部位的雙聲）爲原則。凡聲同韻隔，韻同聲隔皆不取。同一類陰
陽入三部之間韻尾的轉換，仍視爲同源。又韻部相近的雙聲，如脂與微，幽與
宵之間，則閒亦取之，視語意相關程度而定。

　　《釋名》資料據王先謙《釋名疏證補》（商務印書館國學基本叢書四百種
本），參考包擬古先生《釋名研究》第二部分所列 1257 個聲訓字組及高本漢擬

音。《說文解字》依段注本，並參考張建葆氏《說文聲訓考》所收 1356 條聲訓，說文釋義有不合經典故訓，或與古文字研究相抵牾者，則亦擇善而從。在研判聲訓字是否與被訓字同源時，主要仍根據《說文》的字義爲主，經典用義亦以朱氏駿聲《說文通訓定聲》所收者爲限。《說文》之擬音主要依董同龢氏《上古音韻表稿》。

第一類 歌 月 元

（一）歌 部

1. 佐 tsâ 左 tsâ

《說文》：左，左手相左也。

《釋名·釋言語》：佐左也，在左右也。

按：畢沅曰：「佐、俗字也，輔佐之佐本作左，今之左右本作ナヨ。」說文本作「手相左也」，段氏改爲「ナ手相左」，ナ字多餘。左本爲助意，凡佐助必在其左右，故左右引申皆有助義，不必從段氏「以手助手曰左，以口助手曰右」，蓋拘於字形以爲解。然則後世訓相助之「佐佑」，與方位之「左右」，本出一源，釋名得之。《商頌》長發：「實維阿衡，實左右商王」傳云：「左右，助也。」金文虢季子白盤「是用左（佐）王」，《晉公盦》「左右武王」、《魯左司徒元鼎》「魯左嗣徒元作譱鼎」，左字正兼爲左右與佐助字。《矢方彝》。「𠭵右于乃寮」，左亦從言，從言與從口同意，足證段氏「以口助手曰右」之非。

2. 義 ŋia 宜 ŋia

《釋名·釋言語》：義、宜也，裁制事物使合宜也。

《說文》：義，己之威義也。又《說文》：誼，人所宜也。

按：《說文》義本儀之古字，義儀古今字（古作威義，漢人作威儀），誼義亦古今字，仁義字古作仁誼，說詳諧聲字中所見同源詞歌部 No. 1，《釋名》「義」字次於「仁」字之後，正用漢人通行字，畢沅改作誼，今不從。仁義字本既作誼，與威義（儀）字似無詞源關係，其語源應爲合宜字，蓋凡所宜皆謂之義，不宜則謂之不義。

（二）月　部

3. 疥 kǎd　齘 gʻăd（董 ɣäd）

《釋名・釋疾病》：疥，齘也，癢搔之，齒頰齘也。

《說文》：疥，搔也，从疒介聲。

又：齘，齒相切也。从齒介聲。

按：王先謙云：葉德炯曰：「禮記釋文引說文：疥、瘙瘍也，多瘍字，今本說文疑有脫佚。」……此與《禮記・月令》之疥癘，《左傳》之疥痁，同名異疾，與《周禮》之疥痒，則一事矣。《說文》疥上爲癬，云乾瘍也，則此下必有瘍字無疑。疥疾極癢，故搔時齒爲之頰齘。（《釋名疏證補》頁 397）。按疥爲搔癢之疾，介聲蓋取磨擦義，與齒相切（今謂切齒）之齘，其音義甚近，可假定爲同源，唯不必如釋名謂搔癢之時，齒相切磨也；釋名解釋音義關係，每多牽傅太過。此爲一例。

4. 澮 kwâd　膾 kwâd　繪 gʻwâd（董 ɣwâd）　䯏（kwâd）　會 gʻwâd（董 ɣwâd）

《釋名・釋水》：注溝曰澮，澮會也，小溝之所聚會也。

《釋名・釋飲食》：膾會也，細切肉令散，分其赤白，異切之已，乃會合和之也。

《說文》：䯏，骨擿之可會髮者。

又：繪，會五采繡也。

按：本條已見上節「形聲字中所見同源詞」月部之 No. 20，惟必須說明者，《說文》以澮爲水專名，《釋名》本《爾雅・釋水》，以溝、澮爲水相灌注之異名。在文字學上，溝澮之澮爲假借字，在語言上、這是新詞的創造；《周禮・遂人》「以澮瀉水」鄭注：「澮，田尾去水大溝」，則專名之澮與田溝之澮應視爲兩個詞位。又如膾字、《說文》以爲細切肉，與《論語》「膾不厭細」合，《釋名》則詳於其製作過程，以爲有「會合和之」之義，然則膾字在《釋名》至少有兩個主要語意成份（1）細切肉（2）會合和之。我們不知道第（2）個成分在原始語中，是否已經產生，但語音上膾與會的關係是不容抹煞的。

5. 詧ts′ät　瞟ts′ät　察 ts′ät

《說文》：詧，言微親察，从言祭省聲（大徐察省聲，今從小徐）

又：瞟，察也、从目祭聲，

察，覆審也，从宀祭聲。（初八切）

按：《說文》以察釋詧、瞟二字，經典多用察字。《史記・秦本紀》：「繆公
　　與由余曲席而，坐傳器而食，問其地形與其兵勢，盡詧。」《老子》「其
　　政察察」，傳奕本作詧詧，（以上二例引自《說文義證》）。《顏氏家訓・
　　書證篇》：「詧，古察字也」，徐鍇《繫傳》云：「詧，論語察言而觀色
　　是也。」然則詧本詧言，察為覆審，瞟為觀察，各從其義類，其義則
　　一，此蓋文字上之孳乳，語言上則無別也。

6. 㡀（董 p′iwäd 又 b′iwäd）　敝（b′iad 董 biwad）　敗（pwad 又 b′wad）

《說文》：㡀、敗衣也，从巾象衣敗之形。（毗祭切）

又：敝、帗也，一曰敗衣，从㡀从攴，㡀亦聲（毗祭切）

又：敗、毀也，从攴貝。（補邁切，又薄邁切）

按：邵英曰：「據說文，㡀為今敝敗之本字，敝為帗之別名，今經典無用其
　　字者，亦無用敝為帗義者，《玉篇》：㡀，敗衣也，與敝同，又聯列敝
　　字為㡀之重文。」（《說文解字羣經正字》，《詁林》p. 3456㡀下引）。按
　　經典敗衣皆作敝，如《詩・緇衣》「緇衣之宜兮，敝，予又改為兮」《論
　　語》「衣敝縕袍」、「敝之而無憾」，《禮記・緇衣》：「苟有衣必見其敝」，
　　然則㡀敝古今字，敝之从攴猶敗之从攴。引申則凡敗壞之義。如〈郊
　　特牲〉「冠而敝之」，《左・僖十傳》：「敝于韓」（注，敗也），〈昭廿六
　　年傳〉：「魯之敝室」（注，壞也）。敗本毀壞義，如《詩・大雅・民勞》
　　「無俾正敗」，（箋，敗，壞也）。《爾雅・釋言》，敗覆也，《公羊・隱
　　十傳》：「公敗宋師于菅」，《釋文》凡臨他曰敗，《書・寶典》序：「夏
　　師敗績，傳，大奔曰敗績。」金文南彊證；「汝勿喪勿敗」，敗字作𣀚，
　　與籀文敗（从賏）合。（《金文詁林》p. 1940，No. 0426），《詩・召南》
　　「勿翦勿敗」，《書・大禹謨》「反道敗德」，敗皆毀壞義，㡀敝與敗蓋
　　同出一語，故義可通，然㡀敝多指事物，而敗則偏于人事，此語義孳
　　乳分化，本自有別也。

7. 熱 ńįat　爇 ńįwat

《釋名・釋天》：熱，爇也，如火所燒爇也。

《說文》：熱盈也，从火埶聲。（如列切）

又：爇燒也，从火蓺聲，《春秋傳》曰爇僖負羈。（如劣切）

按：《說文》皆用義訓，熱為溫熱，天熱字，爇為燃燒字（說文然，燒也，然今作燃，燃與爇，一在元部，一在月部，音近相轉，亦為同源詞）、《釋名》以為溫熱字之語源與燃燒之爇字相關，故曰如。熱字見於經典，如《詩・桑柔》：「誰能執熱、逝不以濯。」，《孟子・離婁上》「是猶執熱而不以濯也」〈梁惠王下〉「如火益熱」〈萬章上〉「不得於君則熱中」，《老子》「靜勝熱」。爇字見於《左傳》昭公廿七年「遂令攻郤氏且爇之，國人弗爇，令曰：不爇郤氏，與之同罪。」杜《注》：爇燒也。又僖公二十八年「爇僖負羈氏」。《淮南・兵略訓》「毋爇五穀」高注「爇音熱，燒也」字亦作焫，桂氏《說文義證》：「《一切經音義》十一：焫，古文爇，而悅反，《通俗文》：然火曰焫，焫亦燒也。〈郊特牲〉：『既奠然後焫蕭，合羶薌。』〈秦策〉：『秦且燒焫，獲君之國』《補注》云：焫即爇字。《廣雅》：焫，爇也。」熱與爇除語音極近外，語意亦含有某種程度的構詞變化。即熱為狀詞，爇為動詞，燒之使熱之意。

8. 絕 dzʼįwat　截 dzʼįat

《釋名・釋言語》：絕，截也，如割截也。

按：說文，絕，斷絲也，从刀糸，卪聲。𢇍，古文絕，象不連體，絕二絲。（情雪切）又，截，斷也，从戈雀聲（昨結切）。是絕之本義為斷絲，引申為凡割斷之通稱。如孟子「絕長補短」，《史記・始皇本紀》「舉鼎絕臏」，《論語》「子絕四」，〈秦策〉「必絕其謀」（注：斷也。）截字从戈，故其初義與干戈有關，《詩・長發》：「九有有截。」箋云：「九州齊壹截然。」〈大雅・常武〉：「截彼淮浦，王師之所。」《傳》云：「截治也。」（即平治）皆其例。二字音近義同，蓋同一詞根之孳乳。

（三）元　部

9. 腕·wâm　宛 įwǎn

《釋名・釋形體》：腕宛也，言可宛曲也。

《說文》：掔，手掔也，楊雄曰掔握也，从手臤聲。（烏貫切）

又：宛，屈草自覆也，从宀夗聲。惌，宛或从心。（於阮切）。

按：《說文》無腕字，亦無捥字，惟手部掔訓手掔，意不甚顯，《儀禮・士喪禮》：「設決、麗于掔，自飯持之，設握、乃連掔。」《注》云：「掔，手後節中也，古文掔作捥。」（注並訓飯為大掔指本。）王筠《句讀》曰：「許君不收捥，從今文也。抑此掔字，惟黃氏叢書所翻宋槧儀禮不誤，他本皆譌為下文掔固也之掔。《左傳》（定公八年，將歃）涉佗挩衞侯之手及捥，則用古文。」段氏曰：「云後節中者，肘以上為前節，則肘以下為後節，後節之中以上為臂，則以下為掔也。」（掔下注），《呂氏春秋・本味篇》：「伊尹曰：肉之美者，述蕩之掔」高《注》：「掔讀如捲捥之捥，掔，蹢也，形則未聞。」（按高誘以“述蕩”為獸名，則以人之捥喻獸之足，其掔蓋猶熊掌之掌）。桂氏《義證》引《商子・君臣篇》「瞋目扼腕」《淮南・主術》「瞋目掔捉」《戰國策》：「天下之士，莫不掔腕瞋目切齒」《史記・刺客列傳》：「攣於期偏袒搤捥而進。」（《索隱》：捥音烏亂反，字書作掔，掌後曰腕）皆掔、捥、腕本一字之證，《漢書》多用掔。則《釋名》作腕，蓋俗字也。字當从月宛、宛亦聲。蓋宛聲有屈曲義，手腕屈伸自如，故由宛聲所孳乳，宛、腕為同源詞，由《釋名》得之。

10. 奐（gʻwân 依董氏當作ɣwân，表稿無）　垣（ḡi̯wǎn，董 ɣi̯wǎn）

《說文》：奐，周垣也，从宀奐聲，或作𨻶，从自。

按：奐字已見本文「形聲字」舉例元部 No. 66《說文》垣訓牆，則奐、垣、牆實同物，奐訓周垣雖不一定是聲訓，但奐、垣分別為匣母與喻三，其古聲同，韻母亦僅洪細之別，音義皆近同。惟奐字經典未見用，不得其證，金文有師奐父簋、師奐父盤、史奐簋等（《金文編》0960），字形與小篆絕類似，知其字甚古。《說文》以院為奐之或體，經典僅一見：《墨子・大取》「其類在院下之鼠」，阜部又出院篆訓堅，諸家所舉例證皆作完（如《詩》「薄彼韓城、燕師所完」，《左傳・襄 31年》「繕完葺牆」又云：「會吏人完客所館」《孟子》「完廩」《荀子・王制》「尙完利」《莊子・天地》：「不以物挫志謂之完」），然則繕完之

堅固義，實「完」（《說文》訓全）字之引伸，許別出「院」篆，不詳所本，二者重出或有一爲後人所增。據《墨子》則寏即院，亦後世院落之本字，則寏與垣雖皆垣牆，而有微別、垣指城垣，寏指家院，故有大小之別，許統言不別。蓋音義同源而孳乳有別，故後世別爲二字。

11. 丸（高 g´wân；董 γwân）　圜（高 g´wan，gi̯wɑn；董 γwan，γi̯wan）

《說文》：丸，圜也，傾側而轉者，从反仄。（胡官切）

又：圜：天體也，从口睘聲。（王權切，又戶關切）

按：天道圓，古之常語，《大戴禮》、《淮南子》、《白虎通》皆作圓。《呂氏春秋》作圜。《說文》圓，圜全也。段氏曰：「依許則言天當作圜，言平圓當作圓（《說文》圓規也，徐音似鉛切），言渾圓當作圓」（圜下注），此強爲之別，凡言圜、圓、環，皆指圓形、圓周，蓋出一語，故《說文》訓檈爲圜案（似沿切），即圓案。丸訓圜、圜亦圓也。丸見《左傳》（宣二年，晉靈公从臺上彈人而觀其辟丸也）、《莊子》（〈徐無鬼〉：市南宜僚弄丸）、《呂覽》（〈本味〉：丹山之南有鳳之丸，高《注》丸古卵字）《漢書》（〈蒯通傳〉：猶如阪上走丸也），皆指圓珠，圓球形之物，《說文》但訓曰圜，知爲聲訓。天體雖不渾圜如丸（段氏說，見圜下注），然取爲圓球之形，則與丸不異，故丸、圜實出一語源，殆無可疑。

12. 豢（g´wɑn，董 γwan）　圈（k´i̯wan，g´i̯wan，g´i̯wăn）

《說文》：豢，以穀圈養豕也，从豕𢍏聲（胡慣切）

又：圈，養畜之閑也，从口卷聲（渠篆切，又求晚切，臼萬切）。

按：段《注》：「圈者養嘼之閑（畜當作嘼），圈養者，圈而養之，圈豢疊韻，《禮記·樂記》注曰：以穀食犬豕曰豢，〈月令注〉曰：養牛羊曰芻，犬豕曰豢」（豢下注）。王筠曰：「穀者豕所食，圈者豕所處，《樂記》，豢豕爲酒，注云：以穀食犬豕曰豢，鄭但言穀，許加言圈者，豢圈叠韻也。楊倞注荀子榮辱篇曰：豢圈也，以穀食于圈中。」（《句讀》豢下注），依段、王之說則許愼兼用聲訓也。蓋明其語源。豢字从𢍏聲，圈亦从𢍏聲（卷从𢍏聲）。其得聲同，其語意成份亦同（皆與養畜有關）。《左傳·昭廿九年》：「故國有豢龍氏」注：豢、養也。哀公十一年「是

豢吳也」，則其引伸義。《大戴記・曾子天圓》：「宗廟曰芻豢，山川曰犧牲」《孟子》：「猶芻豢之悅我口」以芻豢並列，爲所養之畜。圈則養獸之所，不限於芻豢，又有牢、闌、檻諸名，如牛部曰：牢，閑養牛馬圈也。如《論衡・佚文篇》：「圈中之鹿，欄中之牛」，《史記》竇太后「使袁固入圈擊豕」，《淮南・主術訓》「故夫養虎豹犀象者，爲之圈檻。」《漢書・枚乘傳》：「圈守禽獸。」皆以圈爲芻養獸畜之所。

13. 澗（kɑn） 閒（kɑn）

《釋名・釋水》：山夾水曰澗，澗間也，言在兩山之間也。

按：《說文》澗訓山夾水，閒訓隙，澗之言閒，言兩山之間有水處曰澗，此本會意兼聲。《說文》但以純形聲言之。澗由間按：《說文》有「閒」無「間」字，閒爲間之初文。今本《釋名》間字本當作閒。字所孳乳，語音尚未分化，而語意有通專之別，故爲同源詞。間聲字說詳「形聲字」一節元部 NO. 8。

14. 觀〔宮觀，kwân〕 觀〔諦視，kwân〕

《釋名・釋宮室》：觀、觀也，於上觀望也。

按：《說文》觀訓諦視，如《論語》觀其所由。《左傳》觀兵于南門，〈考工〉㮚氏以觀四國，其義已詳於前節「形聲字」元部 NO. 13b。又《爾雅・釋宮》：觀謂之闕，孫《注》：宮門雙闕，舊章懸焉，使民觀之，因謂之觀。此說與釋名異，《禮記・禮運》：「出遊于觀之上」，《公羊傳・昭公廿五年》「設兩觀」，皆合《釋宮》，《左傳・哀公元年》「宮室不觀」杜《注》：觀，臺榭，釋文古亂反。楊雄〈甘泉賦〉「大廈雲譎波詭，摧嶵而成觀」李善《注》：言大廈之高而成觀闕也。」張衡〈東京賦〉：「其西則有平樂都場，示遠之觀」注：「平樂，觀名也。爲大場於上，以作樂，使遠觀之。」此觀正與釋名之意合。

《廣韻》觀有古丸，古玩二切。《玉篇》作「古換切，諦視也，又古桓切」（新興書局影元刻本），不錄觀闕義，說文大徐古玩切，小徐古翰反。四聲別義起於何時，並無確定，段氏曰：「凡以我諦視物曰觀，使人得以諦視我亦曰觀，一義之轉移，本無二音，而學者強爲分別。」段氏所非者是以平、去二聲分自動與他動，而不及動詞與名詞之別。考察古韻，宋玉〈神女賦〉叶言、顏、觀、

丹〔暸多美而可觀〕，〈登徒子好色賦〉叶見、觀、眄〔俯仰異觀〕，一叶平聲，一叶去聲，兩聲俱有可能，或者平、去不分。漢人的叶韻中，觀字用來叶平聲與叶仄聲者，為 8 與 6 之比（據羅、周兩漢韻部元部韻譜 p. 208～211 約略統計），其中有兩處作名詞用的觀字完全叶去聲。即其引之〈甘泉賦〉叶觀、見、漫、亂。〈東京賦〉叶觀、漢、煥。但是我們却很容易地《昭明文選》上找到一個反例：即王延壽〈魯靈光殿賦〉的「於是乎連閣承宮、馳道周環；陽榭外望，高樓飛觀；長途升降，軒檻曼延。」名詞的樓觀和兩個平聲叶韻。因此觀字分名詞與動詞，是否在劉熙的語言中有聲調的對比，尚無法確定，如果僅僅是意義的引申分比而造成兩個詞，寬一點說，也還可以盡作一個詞的引申，那就不必當同源詞來處理。不過《釋名》已提出來，足見劉熙是把它當兩個詞來處理的，與此例相似的是名詞的「傳」字，據《釋名》它代表三個詞：一為傳舍（〈釋宮室〉），一為經傳（〈釋典藝〉），一為過路條（一日過所）（〈釋書契〉），說詳下 No. 22。

15. 硯 ngiɑn　研（ngiɑn）

《釋名・釋書契》：硯，研也，研墨使和濡也。

《說文》：硯、石滑也，從石見聲。（五甸切）

又：研、礦也，從石幵聲（五堅切）

按：《文選・江賦》「綠苔鬖髿乎研上」李善曰：「《說文》硯、滑石也。研與硯同。」《玉篇》：「硯，石滑所以研墨。」，段氏曰：「按（硯）字之本義謂石滑不澀，今人研墨者曰硯，其引伸之義也」，依《說文》則硯、研本二事，若硯訓滑石，則本為名詞。研字見於《易・繫辭》「極深研幾」、「能研諸侯之利」（朱子本義謂侯之二字衍），〈東京賦〉「研覈是非」，研字皆為動詞，是郭璞〈江賦〉始作為名詞，李善又混為一字。硯字似未出現於先秦，王玉樹《說文拈字》曰：「攷九經有筆墨字，如史載筆、公輸削墨之類（按史載筆見〈曲禮〉上）而無硯字，意古人用墨以器和之，如《莊子》舐筆和墨是也。硯雖見於〈西京雜記〉天子以玉為硯，及異書引帝鴻氏之硯，然字不見於經，且唐人多以瓦為硯，故昌黎《毛穎傳》止倂為陶泓，及宋初而硯始以譜行，端、歙二石遂擅名天下，然則硯字恐亦徐氏所屬者矣。」（《說文詁林》4207 頁）

按王氏因硯字不見於經，便以爲漢代無硯字，完全違背事實，《釋名》、《說文》皆有硯字，證據確鑿。根據錢存訓《中國古代書史》的考察，漢代已用石製的硯來磨墨，「漢代的硯石存世不多，近年在廣州、安徽、河南等地間有出土。」「西元 1934 年在朝鮮所發現的漢墓中獲得一件完整的硯石，大約是公元二、三世紀之物，硯石是一長方形的石版，並有一半圓柱形椎狀的木質研具。」（錢著165～166 頁）

《說文》礱字訓石磑，今作磨，字從石，磨字兼名、動二義，如《詩·淇奧》，如琢如磨。《爾雅·釋器》；石謂之磨。然則研之與磨本爲一事，作名詞之「磨」，泛稱石磨；研墨之石，始專硯名，硯字蓋晚出，《釋名》以研爲硯之語源，能之與所，相因而成，大抵可信。

16. 原 ngiwǎn　　元 ngiwǎn

《釋名·釋地》：廣平曰原，原，元也，如元氣廣大也。

《說文》：厵，水泉本也。从灥出厂下，原（𠪿）篆文从泉。

　　又：元，始也，从一从兀。（小徐云，俗本有聲字，段氏作兀聲）

　　　　邍，高平曰邍，从辵从备从彔。

按：《釋名》廣平曰原，承《爾雅·釋地》，與《說文》略異，然字當作邍，後人多以水泉本之原代之，邍字經典惟見於《周禮·夏官·邍師》，注云：邍，地之廣平者。此字《金文編》凡收七字（0203），諸家解說紛紜，莫衷一是，然从彔蓋傳寫之譌，《金文詁林》（總頁 948～958）張日昇從丁山之說斷爲遂聲。並謂遂疑象之或體（象訓豕走，故字或本从遂），然象聲或遂聲與邍字韻同而聲異，作爲諧聲之條件，恐不嚴謹，故此亦聊備一說耳。

原隰之原（即邍）與原泉之原只是音同，詞意上找不到關聯的證據，段玉裁云：「單言原，則爲廣平墳衍原隰，並言則衍爲廣平，原爲高平。」（邍下注），依段氏說也只能認定邍與衍的語意關係。至於邍與元亦只是同音，詞意絕無關聯，因此《釋名》以元釋原（邍），是望文生義的猜測，不可從。倒是《說文》訓水泉本（段氏改爲水本）之「原」字，在語意上與訓始的「元」字可能同語源，容庚《金文編》0002 引高景成云「𠂇爲元字初文，與兀爲一字。」諸家多信「元」字本義爲人首，始義爲其引申（參《金文詁林》總頁 12～23），《左傳·

僖公三十三年》「狄人歸其元，面如生」，〈哀公十一年〉「公使大史固歸國子之元，賓之新篋。」（杜《注》：元，首也）。《孟子‧滕文公篇》：「勇士不忘喪其元」，皆用其本義。卜辭有元臣、元示，已用其引申義，卜辭但有泉字，（參《甲文集釋》3409 頁），金文但有原字（《金文詁林》總頁 6388），字作 𝄎 等與小篆合，克鼎之「易女干陣原」，王國維疑即《大雅‧公劉》之「溥原」。原字見於經傳，如《左傳‧昭公九年》「木水之有本原」，《孟子‧離婁》「原泉混混」，《淮南‧原道訓》「原流泉淳」，皆用其本義。字亦作源，如《孟子》「源源而來」，《禮記‧學記》：「或源也，或委也」，〈月令〉「祈山川百源」，《漢書‧禮樂志》「獨濁其源而求其清流」等是。

原之本義爲水泉之所從出，是水流之源頭，猶元爲人首，亦人體之初始，《左傳‧襄公九年》「元，體之長也」（孔《疏》：於人則謂首爲元），或謂首居身體之最高處。從文字的本義說，原與元之訓始，只是引伸，但是在詞源上，由於兩者具有相同之語音形式及語意成份，可以認爲它們是一組同源詞。但邊隰的「原」則被排除。

17. 瀾 glân〔董 lân〕　漣連 lian

《釋名‧釋水》：風行水波成文曰瀾，瀾、連也，波體轉流相及連也。

《說文》：瀾，大波爲瀾，从水闌聲。漣，瀾或从連。（洛干切）

又：連，負車也，从辵車會意。（力展切）

按：《毛詩‧魏風‧伐檀》「河水清且漣猗」，毛《傳》「風行水成文曰漣」，魯《詩》（《爾雅》引）作「河水清且瀾（灡）漪（漪）」，漪是猗的或體，毛《詩》作猗，《隸釋》引漢石經作兮，一般作語助詞用，《說文》無漪字，後人誤以「漣漪」連稱。《爾雅》並云「大波爲瀾，小波爲淪」，《釋名》兼用《爾雅》及毛《傳》。《孟子‧盡心篇》「觀水有術，必觀其瀾」注云：「瀾，水中大波也。」是瀾訓大波之證，高本漢云：「《說文》以爲漣是瀾的或體，實際上漣*lian 和瀾*glân／lân／lan 並不同音，許氏勉強拉攏毛《傳》和《爾雅》而已。」（高本漢《詩經注釋》278 條），段玉裁則曰：「古闌連同音，故瀾漣同字，後人乃分別爲異字異義異音。」（瀾下注）由重文的通例，段玉裁的說法是對的，但無法解釋何以同意後代兮化爲二音，按照段玉裁的說法，瀾與

漣後代意義起了分化，字音也有了區別，大概指波瀾與漣漪之間的對立。高本漢完全從《切韻》的音值出發，瀾與連本有洪細之別，如果採董氏音值，瀾音 lân（不需擬作複聲母），與連 lian 的音值十分相近，更容易解釋《毛詩》與《魯詩》之間的異文，它們本來是一語之轉（僅有洪細之別），《說文》以之爲重文也較合理。我們既不能肯定它們上古是否完全同音，（若完全同音，亦與諧聲系統不合），最好還是當它們是一組同源詞，它們容許音義上有細緻的差異。

瀾與漣在用義上早有分化，如《衞風·氓》：「涕泣漣漣」《魯詩》（《楚辭注》引）訓爲流貌，《韓詩》（《玉篇》引）訓爲「淚下貌」，又《易·屯》卦有「泣血漣如」《戰國策·齊策》有「漣然流涕」。這些意義不完全等於訓"大波"的「瀾」，但詞根上仍有關聯，高本漢說：「從語源上說，（漣）這個字和「連」是有關係的……波浪相接，眼淚連續的流。」（《詩經注釋》278 條 A）《釋名》的解釋是合理的。從廣義的詞族來說，波浪的「浪」和小波切「淪」都和本組同源詞相關，不過它遷涉的音變較大，不在這裡細論。

18. 欒 blwân（董 lwân）　攣 bliwan（董 liwän）

《釋名·釋宮室》：欒、攣也，其體上曲攣拳然也。

《說文》：欒、欒木似欄，從木䜌聲（洛官切）

又：攣，係也，從手䜌聲。（呂員切）

按：畢沅曰：《文選·張平子西京賦》薛綜《注》：欒，柱上曲木兩頭受櫨者，引此作「欒，柱上曲拳也」。（《釋名疏證補》p. 271），《說文》以欒、爲木名，似棟（段玉裁謂欄者今之棟字）。《釋名》則以爲柱上曲木之名，在文字則爲假借，在語言則爲新名詞，劉成國以「攣」字釋「欒」，明其音義受目攣曲之「攣」，蓋欒所以受櫨（《說文》櫨、柱上柎），猶人手「曲攣拳然」，《說文》攣字訓係，《易·中孚》「有孚攣如」《正義》：「相牽繫不絕之名也」（小畜馬《注》：攣連也）。《史記·范蔡傳》：「魋顏蹙齃膝攣」《集解》：「兩膝曲也」，《漢書·鄒陽傳》：「越攣拘之語」，（素問疏五過論：「痿躄爲攣」皮部論「寒多則筋攣骨痛」。）攣皆有曲義，則依釋名說，以欒、攣語出一源當可信，惟粵木名之欒字無關。

19. 喘 t'wan（李 tjiwan）　湍 t'wan

《釋名‧釋疾病》：喘、湍也，湍疾也，氣出入湍疾也。

《說文》：喘，疾息也，从口耑聲（昌兗切）

又：湍，疾瀨也，从水耑聲（他端切）

按：《說文》、《釋名》並以急速義訓這兩個耑聲字，喘是呼吸疾速，湍是水
　　從沙上急流而過，（《說文》瀨訓水流沙上），《釋名》用水流的湍疾來
　　說明氣出入之狀，顯然認爲它們是同一件事，加口與加水來區別呼吸
　　和水流，猶如一組區別文。這是一組容易被接受的同源詞。

20. 團 d'wân　摶（d'wân）　篿（d'wân）

《說文》：團，圓也，从囗專聲。（度官切）

又：摶，以手圓之也，从手專聲。（度官切）

又：篿，圓竹器也，从竹專聲。（度官切）

按：團、摶、篿三字並从專聲，《說文》竝以圓字訓之，圓爲天體，即天圓
　　字，此用通行義，皆指圓形。「團」泛稱圓形，如《班婕妤詩》「裁爲
　　合歡扇，團團似明月」，《詩‧野有蔓草》「零露漙兮」《釋文》「本亦作
　　團，徒端反，團團然盛多也」馬瑞辰謂「團團然圓也」。「摶」則以手
　　使之圓，段《注》：「禮經云摶黍，曲禮云摶飯，因而凡物之圓者曰摶。
　　如《考工記》摶以行石（輪人），摶身而鴻（梓人），相笴欲生而摶是
　　也。俗字作團，古亦惜爲專壹字。」（摶下注）按〈考工記‧矢人〉「凡
　　相笴欲生而摶」〈弓人〉「紾而摶廉」〈梓人〉「爲筍虡，摶身而鴻」〈廬
　　人〉「刺兵摶」鄭《注》並云摶圓也。又〈輪人〉「侔以行山，則是摶
　　以行石也」《注》云：摶，圓厚也。義與團無別。王筠曰：「然則摶自
　　是周秦閒團字，許君以古義說之，非動字，至於〈鵩鳥賦〉之何足控
　　摶，則作動字用矣，蓋漢義也。」（《說文句讀》摶字下）篿字經典罕
　　見，《離騷》「索藑茅以筳篿兮」《注》「楚人名結草折竹以卜曰篿」則
　　爲別義，許訓爲圓竹器，當係漢人編竹以爲圓形之盛物器。此三字音
　　同義近，並從圓形得義，故以爲同源。

21. 演 dịan（又 dịen 以忍切）　延 dịan

《釋名‧釋言語》：演，延也，言蔓延而廣也。

《說文》：演、長流也，一曰水名，从水寅聲。（以淺切）

又：延、長行也，从延丿聲（段作：厂聲）（以然切）

按：演訓長流，經典罕用，《文選》木華〈海賦〉：「東演析木，西薄青徐」《注》：「言流至析木之境」猶存古義，惟其時代稍晚。班固〈西都賦〉「奉春建策、留侯演成」《文選》李《注》引《蒼頡篇》：「演，引也」，《漢書・五行志》「文王演周易」《注》：「演，廣也」。按引之本義爲開弓，引伸亦有延長，開導，導引之意。《漢書・外戚傳》：「推演聖德」，皆有推廣引長之義。延字用爲延長或長久義，如《左傳・成公十三年》「君亦悔禍之延」杜注：延長也。《離騷》「延佇乎吾將反」《注》云：延長也。《方言》卷一：「延年長也，凡施于年者謂之延。」延長義亦通引，如《呂覽・順說篇》：「莫不延頸舉踵」《注》：「引頸也」。然則演、延、引三字音義皆近，演從寅聲，古音當入眞部，《廣韻》以然切之外，又音以忍切，則演、引皆音*djen用以然切音則演與延音同，《釋名》時代較晚，故以延訓演，然演、延、引三字實可視爲同源詞，其所以兼元、眞兩部者，此兩部合韻最近，音轉亦最常見。

22. 傳 ţiwɑn；dʹįwɑn　轉 ţĮwɑn

《釋名・釋宮室》：傳1，轉也，人所止息而去，後人復來，轉轉相傳，無常主也。

〈釋書契〉：傳2，轉也，轉移所在，執以爲信也，亦曰過所，過所至關津以示之。

〈釋典藝〉：傳3，傳也，以傳示後人也。

按：《釋名》凡三個「傳」。〔傳1〕爲傳遽字（《說文》傳遽也，是其本義），《廣韻》知戀切，訓部馬。〔傳2〕爲轉移之過路文書。《廣韻》直攣切，轉也。〔傳3〕爲傳注字，《廣韻》直戀切，訓也。照《釋名》聲訓，傳1傳2皆由轉字所孳乳，傳舍其實就是轉舍。《廣韻》引《釋名》〔傳1〕仍作「傳，傳也」，這裡從王氏《疏證補》引蘇輿說作「傳、轉也」，《疏證補》云：「葉德炯曰：程敦秦瓦當文字有櫻桃轉舍瓦，是古傳舍字直作轉舍。」

段玉裁曰：「按傳者如今之驛馬，驛馬必有舍，故曰傳舍。又文書亦謂之傳

（即傳 2），《周禮》司關注云：傳，如今移過所文書是也。引伸傳遽之義，則凡展轉引伸之俌皆曰傳，而傳注（即傳 3）流傳皆是也。後儒分別爲知戀，直戀，直攣三切，實一語之轉。」（傳下注）。

　　《說文》轉，還也（大徐作運），段注：「還者復也，後者往來，運訓迻徙，非其義」。就傳 1、傳 2 而言，傳訓轉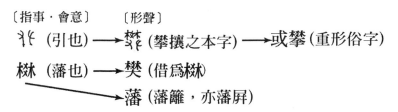兼有往來、迻徙二義。傳 3（傳注）以「傳示」字爲訓，言傳注所以傳示後，前者爲名詞，後者爲動詞。後世經傳字與傳示字聲母與調類皆異，正如段氏所謂一語之轉。我們不能只以字義之引伸來對待這三個在語言中已分化爲三的同源詞。

　　23. 棥 b´ǐwǎn　藩 pǐwǎn，p´ǐwan

　　《說文》：棥，藩也。从爻林。（附表切）

　　又：藩，屏也，从艸潘聲（甫煩切）

按：說文棥下並引《詩》曰營營青蠅止于棥。今《詩・小雅・青蠅》作「止于樊」，東方未明「折柳樊圃」，傳並云：樊藩也。《說文》廾部「樊、騺不行也。」段氏以爲即樊籠字。然棥籬當作棥，經典通作樊，爾雅釋言樊藩也，郭注云：藩籬也。藩訓屏，見《詩・板》「介人維藩」毛傳。《廣雅・釋室》：藩籬也，又《易・大壯》「羝羊觸藩」馬《注》：籬落也。〈楚語〉：爲之關籥藩籬。經典藩屏字多通作蕃屏（蕃說文艸茂也），如《書・微子》：「以蕃王室」，《詩・崧嵩》：「四國于蕃」等，皆假借字。按：樊字未見用爲騺不行義，樊籠之樊與棥非有二字，段氏失之。徐灝段注箋云：「爻部棥，藩也，是爲棥籬本字。樊从𢇁，乃攀字必，樊古重唇音，與攀同。」（樊下箋），按說文𢇁，引也，或體作攣、从攀復从手，重形俗體是𢇁、樊、攀、攣本爲一字，徐說可從。則棥、藩實一字異構；棥爲會意，藩爲形聲，朱駿聲云：棥實即藩之古文。然字義亦稍有分化，如藩屏、藩衞字從不作棥，語言上則本無二語也。它們之間的文字關係如下：

24. 祘swân　筭 swân　算 swân

《說文》：祘，明視以筭之，从二示，《逸周書》曰：士分民之祘，均分以祘之。讀若筭（蘇貫切）

又：筭，長六寸，計歷數者，从竹弄，言常弄乃不誤也（穌貫切）

又：算，數也。从竹具，讀若弄（蘇管切）

按：經典多用算字，祘未見，許所見《逸周書》，今本未見，段氏曰「或曰本典解：均分以利之則民安，即此句。」筭字見《漢書・律麻志》：「其筭法，用竹徑一分長六寸，二百七十一枚，而成六觚，爲一握」，當爲許所本。算字經典常見，諸家多謂祘即筭之古字，如徐灝、朱駿聲、王筠（《釋例》）、葉德輝等。蓋據《一切經音義》卷三「筭古文作祘同。」據許君解義，筭器作筭、計筭作祘，算數作算，計筭、算數本非二字，故祘、數亦古今字。邵英曰：「據說文，周禮春官太史：凡射事釋中舍算。《儀禮・鄉射禮》：一人執算以從之。〈既夕〉：執算從樞東、釋算則坐，《禮記・投壺》及《大戴記・投壺》：執八算、執餘算，二算爲純，一算爲奇，算長尺二寸，此類竝當作筭，今作算誤。如《儀禮・鄉飲酒禮》、〈燕禮〉、〈大射儀〉：無算爵。〈特牲饋食禮〉：爵皆無算。有司徹爵無算……《論語・子路》：何足算也。《爾雅・釋詁》：算數也，此類則義本當作算，今本得字之正而不誤者也。」（說文解字群經正字，筭字下）按：筭爲算之器，算爲筭之用（段注），本爲一語，古人用字不別，謂之通用可，不可謂誤字也。又王筠曰：「二字以形別，不以音別，唐韻：筭，蘇貫切，算，蘇管切，以音別之，非許意也。又案《論語》："何足算也"，《漢書》作"何足選也"，又知漢人亦讀爲上聲。」（《說文釋例》）。此後儒以聲別義之法，許云算讀茗筭，祘讀茗筭；則似尚無異讀。今依其音義，定祘、筭、算爲同源詞。

第三節　說文音義同近字

壹、說文音義同近字之類型

說文解字爲上古迄漢古今文字之總匯，雖然古文字的研究，增加許多許叔重所不知的古字，也訂正了許書的繆誤，又自許鉉以下，歷代文字學家，考訂

其漏奪字（或逸字）者，所在多有，然《說文》一書爲考訂古音古義之依據，卻不可動搖，此蓋與其「博采通人，至於小大，信而有證」之態度有關。蓋文字者孳乳而寖多，字義的分化與字形的緐衍，無時無刻不在進行，任何一本字書或辭書，都不能對古今文字，搜羅無遺，方言與釋名中許多漢代以後的字爲說文所未收，可知叔重收字之偏於古，又其說解偏僻之古字，每徵引古籍，而許多他所徵引之文字，復與今本所見相異，皆足見其存古之功。

　　《爾雅》爲漢以前義訓之總彙，《廣雅》則竝漢以後之聲訓治爲一爐，對於文字孳乳之跡，沒有明確的交代，因此探求上古詞源，仍然以《說文》爲主，《說文》九千三百五十三文，並不包含一千一百多個重文，其中尚有許多音義相同的字，文字學家每指出其「意義相同」「意義略同」「音同義近」或古今字，異體字，這些字，從後代的眼光分析，它們或者有一部分近乎重文，但從語言孳乳的歷史看，它們都曾經具有獨立的語位，許叔重不把它們合併，必然有其理由，其中最主要的兩個原因是，這些音義相同或相近的字，可能含有方國異言或古今音變，有些同時代的方言，許氏也兼採《方言》等書，保存了下來，對於古今音變，許氏並無明確的說明，「讀若」也許見其一端，而「互訓」往往也是保留同源字的一端。文字學家或者籠統稱之爲轉注，這種說法過於含糊，爲本文所不取。所謂音義同近字，就字義言，有互訓字，如：薑，薑也；薑，薑也；有同訓字，如福，備也；富備也。有遞訓字，如詥，諴也；諴，敕也。又如趯，躍也；躍，迅也。又有以同義詞爲訓者，如訕，謗也；姍，誹也。又有以意義相近字爲訓者，如竦，敬也；悚，懼也；慫，驚也；就字音而言，則或同音；如赴（趨也）之與卧（趣越皃），越（度也）之與泧（蹭），譎之與憰（同訓：權詐也）。或雙聲，如頗，頭偏也，偏，頗也。或疊韻，如藩（屛也）之與枎（藩也），菲（芛地）之與芛（菲也）。其中有純粹的音義相同字，語意上沒有孳乳分化的痕跡，可以視同許君之重文而未併者。由於沒有足夠的證據，我們仍當它是同源詞，至於它們是否應該刪併，那是文字學（或說文學）的問題，不在本文範疇之內。

　　由於音義相近的字，雙聲者往往必兼韻部相通。古韻部相配的陰聲與入聲，原則上算是疊韻。音近者，除取同部外，必兼發聲部位相同，這是我們界定音同音近的原則，凡發聲部位不同的疊韻字或韻母相去太遠（沒有合韻之可能）

的雙聲字，都在摒棄之列。以下我們仍依韻部爲主，每部之內的同源詞，分別冠以 A（同音字）B（同位雙聲兼韻轉字），以示其類別。材料之來源爲張建葆先生《說文音義相同字研究》及段注《說文》中標注「音義皆同」「音義略同」「音同義近」者而爲張文所未收者。上古音仍據董同龢《上古音韻表稿》。

貳、說文音義同近字所見同源詞舉隅

歌　月　元

A1、拘 xâ　撝 xįwa

拘，撝也，从手可聲，《周書》曰盡執拘。（虎何切）

撝，裂也，一曰手指撝也，从手爲聲。（許爲切）

按：撝字義有兩歧、本條取指撝義，《說文・敘》曰：比類合誼，以見指撝，許引《周書》曰盡執拘，柳榮宗《說文引經放異》云：「今《酒誥》拘作拘，蓋形近之誤。……段玉裁謂當於盡執畧逗，拘以歸于周，謂指撝以歸于周也，義頗紆回，孫星衍依許斷句，謂盡執而指撝之，更爲不辭，此蓋古文假借字，未敢強通。」（《詁林》5473 頁引）拘訓撝蓋音近爲訓，古語不可詳考，茲從許說，並假定二者同源。

A2、可 k′â　哿 kâ

可、肎也、从口乙、乙亦聲

哿、可也、从可加聲。

按：《詩・正月》「哿矣富人」《傳》、《孟子・梁惠王》下《注》、《廣雅・釋詁》三、《小爾雅・廣言》竝云「哿、可也」，《說文》訓肎（肯），骨閒肉肎肎箸也，肎之言可，則其引申假借義，可哿肯皆語詞，音每有轉移。王念孫釋哿爲歡樂，則爲新解，說詳「諧聲字」一節舉例，本文兩存其說，蓋「可肯」與「歡樂」語意相成，王氏或於文義上引伸，詩義較明，然不合《毛傳》、《說文》以「可」訓「哿」之說，不敢遽以爲定論。

A3、咼 kwa　瘑 ɣįwa〔痰 ŋįwät〕

咼、口戾不正也，从口咼聲

瘑、口咼也，从疒爲聲。（韋委切）

疢、瘀也，从广夬聲〔二徐：決省聲，此从段〕。（古穴切）

按：依諧聲塞不常與鼻音諧之例、疢字存參。按照許意，咼、瘀、疢三字皆爲口病，桂馥謂瘀當爲癧，《玉篇》云癧，疽瘡也，此恐後起義。朱駿聲謂「瘀，口咼也，按此言病中風者，與咼不同」又云：「疢謂疾病口戾不正」。朱氏區別從广之瘀疢與咼之不同，蓋咼或單指口不正，不必有病。其說大抵可信。又瘀屬喻母字，依李氏擬作*gwjarx，與咼*kwrarx 音較近。

A4、峨 ŋâ　巘ŋiwa〔硪 ŋâ〕

峨，嵯峨也，从山我聲。（五何切）

巘、厜巘也，从厂義聲。

按：此複音詞拆釋之者。峨、巘本皆山石之貌。《廣雅·釋詁》四下「嵯峩，高也」王念孫《疏證》曰：「巉巖轉之爲崔嵬，又轉之爲嵯峩。《說文》嵯，山兒，又云：硪，石巖也，《列子·湯問篇》云：峩峩今若泰山。合言之，則曰嵯峩，《說文》峨，嵯峨也，《楚辭·招隱士》云：山氣巃嵸兮石嵯峨，《爾雅》崒者厜巘，《釋文》：厜巘，本或作崒峩，竝字異而義同。嵯之言嶄嵯，峨之言岭峨，《楚辭·七諫》：俗岭峨而嶄嵯。嶄岭、嵯峨爲疊韻、岭峨、嶄嵯爲雙聲也。」（鼎文書局本 p. 117）

A5、諈 ţiwa　娷 ţiwa

諈、諈諉、絫也，从言垂聲

娷、諉也、从女垂聲。

《爾雅·釋言》：「諈諉累也」，釋文同，而曰：本又作絫，劣僞反，字又作絫。段氏曰「絫累正俗字」。《釋文》引孫叔然曰：楚人曰諈，秦人曰諉。是兩字各語也。郭注曰：以事相屬累曰諈諉，是謂一語也，《列子·力命篇》亦以諈諉爲一語。（以上見王筠《句讀》）。按《列子·力命篇》「眠娗諈諉，勇敢怯疑，四人相與游於世，胥如志也。」注云：「諈諉，煩重兒。」女部曰娷，諉也，《集韻》亦合諈娷爲一字。《說文》諉累也，《漢書·賈誼、胡建》兩傳，皆單用諉字，是則諈，娷單字不成義，諉字則單字成義。漢書注亦訓爲累。

A6、朵 twâ　朵 ʑiwa（高 ḓ'wia，李 djuar）〔裸 twâ，twân〕

朵、樹木朵朵朵也，从木象形（丁果切）

朵、艸木華葉朵、象形。（是爲切）

稬、禾朵兒、从禾耑聲，讀若端。（多官切，又丁果切）

按：凡枝葉華實之垂者，皆曰朵朵，是朵之本義訓垂。徐鍇曰：「今謂花爲
　　一朵，亦取其埀意也。」（《繫傳》）引伸爲朵頤。《易》「觀我朵頤」，
　　李鼎祚曰：朵，頤垂下動之兒（《周易集解·頤》初九）金錫齡曰：「蓋
　　頤頷下垂，正以其內頓而能動，是垂爲朵之本義，動爲朵之引伸義。」
　　（〈釋朵〉，《詁林》2460頁），又京房易朵作稬，《說文》稬訓禾朵兒，
　　是稬與朵同一義。音韻上，《廣韻》稬有丁果（果韻）、多官（桓）二
　　切。許讀若端，爲多官切之音。段玉裁曰：「古音 14 部，今音丁果切，
　　取朵字之義。」，從許段之說，則古音在元部，朵稬雙聲，歌元對轉，
　　音相近，而義亦相通，此孳乳起於音轉之例。朵字中古禪紐，依董氏
　　擬上古音，與聲隔，從高、李之擬音，則與朵均爲塞音，而李氏朵
　　*twar朵*djuar 之擬音尤近。

A7、揣（twâ）　娜（twâ）〔椯 twâ〕

揣、量也　从手耑聲（丁果切，又初委切）度高曰揣，一曰捶之

娜、量也，从女朵聲（都唾切）

按：《說文》「揣，量也，从手耑聲，度高曰揣，一曰捶之。」方言卷十二：
　　「度高曰揣」（部音常絹反）〔《校箋》12·102〕段玉裁揣下注：「此以
　　合音爲聲，初委切，十四、十五部。按《方言》常絹反，是此字古音
　　也。木部有椯字、箠也，一曰度也、一曰剟也，聲義皆與此篆同，而
　　讀兜果切。」又云：「捶者，以杖擊也，椯訓箠，揣訓捶，其意一也。」
　　按：依許意，揣與捶，各有相對稱之二義，一爲量度義，一爲箠捶義。
　　本組同源詞取前一義。其音當爲丁果（兜果）切。故依董氏擬作 twâ。
　　廣韻揣字有丁果（果韻訓搖）初委（紙韻，訓度）二切，椯字音市緣
　　切（仙韻，訓木名）。又方言部注揣音「常絹反」與市緣反之音合，是
　　椯、揣古音在元部之證。董同龢據丁果、常絹、樞絹（見集韻）擬「揣」
　　字爲三音：twâr，ʑǐwän，tˊǐwän〔《表稿》186，207〕高本漢擬丁果、
　　初委、樞絹三個音爲 twâr，tṣˊ̣wɑr，tˊ̣ǐwän〔GSR，1688〕、娜字廣韻
　　都唾切，小徐兜果切，大徐丁果切，足證揣、娜非有二音。然則度量

義，或本音 twâr，其後音轉為 tjiwan（樞絹切）或 djiwan（常絹切），此採用周法高先生擬音〔見《漢字古今音彙》p. 118〕，較易說明歌元對轉的情形。

A8、剉 ts´wâ　挫 tswâ　莝 ts´wâ

剉、折傷也，从刀坐聲。（麤臥切）

挫、摧也、从手坐聲。（則臥切）

莝、斬芻，从艸坐聲。（麤臥切）

按：段氏剉下注：「剉與手部挫音同義近。考工記揉牙內不挫。注：挫，折也，是二字通也。經史剉折字多作挫。」《說文》摧訓擠，一曰折，《詩・小雅・鴛鴦》「乘馬在廐，摧之秣之。」傳曰：摧，挫也。箋云：挫，今莝字也。摧莝義同，莝訓斬芻，摧挫亦有斬義。經典剉，莝亦通用挫字，如〈考工・輪人〉「外不廉而內不挫」《淮南・時則訓》「銳而不挫」、〈脩務訓〉「頓兵挫銳」、《荀子・解蔽》：「蚊虻之聲聞則挫其精」〈吳語〉「而未嘗有所挫也」〈秦策〉：「挫我于內」，挫字皆摧損毀折義。而朱駿聲皆視為剉之假借，泥于本字假借之分，不知剉挫本同源詞，義雖小別，其實一字，不必以叚借說之。證之《說文》敲之或體作𣃍，从攴與刀通，他若刮之與搲、劃之與損、制之與拂音義皆近，从刀从手，其義相同。（以上四例見張建葆氏《說文音義相同字研究》頁 60）。又莝字專指斬芻，與挫、剉義固有專、博之分，然其為一語之分化則無疑。

A9、坡 p´wâ　陂 pi̯wa　〔阪 b´wan，pi̯wăn，b´i̯wan〕

坡、阪也、从土皮聲（普何切）

陂、阪也，从𨸏皮聲（彼為切又彼義切）

阪、坡者曰阪、从𨸏反聲。（扶板切，又府遠切）

按：《爾雅・釋地》，《詩・秦風・車鄰》「阪有漆、隰有栗」傳竝云：陂者曰阪。爾雅郭注：陂陀不平。《釋文》：陂又作坡，郭皆音普何反。又《釋名》云：山旁曰陂、言陂陁也。《玉篇》云：陂陀靡迆也。郝氏《義疏》：「然則坡之言頗也，阪之言反，謂山田頗側之處，可耕種者。故詩車鄰正義引李巡曰：陂者謂高峰山陂。正月箋云：阪、田崎嶇墝埆

之處。」阪字《廣韻》二音正與坡、陂爲歌、元對轉。

A10、箠d´wâ　簻（高ʔwiɑ周tjiwa）　椯（twâ）

箠、箠也，从竹朶聲（陟瓜切）（徒果切）

簻、所以擊馬，从竹垂聲（之壘切）

按：箠字經傳未見用，《左傳‧文公十三年》「繞朝贈之以策」杜注「策，
　　馬檛也」《釋文》云：「檛，馬杖也」《漢書‧第五倫傳》「檛婦翁」，《玉
　　篇》箠爲簻之重文，竹瓜切，簻也，又徒果切，段玉裁曰：「箠檛古今
　　字，亦作簻。」朱駿聲曰：「箠與椯略同，字亦作檛作撾、作簻。」（箠
　　下注），椯字說文訓簻，一曰度也，訓度之義，與揣、箠同源，已詳上
　　A.7，此別一義訓簻，則與簻、策、簻、檛、娺爲同物。箠與椯皆訓
　　簻，猶娺與揣皆訓量，皆音近義同。《說文》以策、簻相次，策訓馬簻，
　　簻訓擊馬，是名、動有別，段改簻下爲「所以擊馬」，則不別名動矣。
　　〈齊策〉「此固大王之所以鞭簻使也。」《漢書‧司馬遷傳》：「其次關
　　木索、被簻楚」（注：簻，杖也）。〈王莽傳〉：「士以馬簻擊亭長」是漢
　　書已多用簻爲名詞，然則古人造字本不別名動字，後人有此分別，故
　　簻字孳乳爲椯與捶，一名一動矣。又簻字孳乳爲檛與撾，其例正同，
　　此文字所繁複也。今依聲以求語源，則箠、簻、椯皆一語之轉。

A11、越ɣ̯iwăt　越ɣ̯iwăt　〔趫、娀、狘ɣ̯iwăt〕（李竝作gwjat）

越、度也、从走戉聲（王伐切）

越、踰也、从辵戉聲、易曰雜而不越。（王伐切）

按：此二字音義無別，經典多用越字，《說文》引《易‧繫辭》「其稱名也，
　　雜而不越」今本仍作越。《楚辭‧天問》「嚴何越焉」注：「越，度也」
　　用其本義，《禮記‧曲禮》「戒勿越」疏：越、踰也。〈王制〉「爲越紼
　　而行事」注：越猶躐也。是越亦訓踰之證。引申則有遠義，見《左傳‧
　　襄十四年》「而越在他竟」注；亦有輕揚義，如《禮記‧聘義》：「叩其
　　聲，清越以長」注：越猶揚也。《說文》趫，輕足也（《廣雅‧釋詁》
　　一趫疾也）；又娀：輕也。朱駿聲云：「娀與趫，越略同」，又《禮記‧
　　禮運》：「鳳以爲畜，故鳥不獝，麟以爲畜，故獸不狘」鄭注：「獝、越，
　　飛走之貌也。」狘字見說文新附。疑趫、娀、狘皆由越（越）字孳乳，

蓋并取輕揚發越義。《說文》從走、辵、足多相通、如赴與趴俱訓趨（或趣），趨與遑俱訓遠，趙與踏俱訓僵、踰與逾俱訓越，皆其例。

A12、突·iwät　窡·iwät

突、穿也、从穴夬聲。（大徐作決省聲，从段氏）（於決切）

窡、深抉也、从穴抉。（於決切）

按：朱駿聲云：窡疑即突之或體。二字音義無別。

A13、扴 kät（李 kriat）撂 k'iad，kat　刮 kwat〔揢 γat，李 grat〕

扴、刮也，从手介聲（古黠切）

撂、刮也，从手葛聲（古黠切）

刮、楷杷也，从刀昏聲。（古八切）

揢、撂也，从手害聲。

按：段注扴下云：「易、介于石、馬本作扴，云：觸小石聲，按扴于石謂磨硈于石也。」又刮下注：「杷，收麥器，凡捼地如杷麥然，故絫言之曰楷杷。木部曰楷、杷也」。依段注、諸字皆取刮摩義。揢字匣紐字，音稍遠，音義皆在本文同源詞界定之內。

A14、括 kwât　絜 kiät，γiät〔挈 k'iat，髻 kwât〕

捖、絜也、从手昏聲。（古活切）

絜、麻一耑也，从糸刧聲。（古屑切，又胡結切）

按：並取絜束義。《說文》訓懸持之「挈」（若結切，董音 kiät，高音 k'iat 當从高氏），訓絜髮之「髻」（朱駿聲云亦作鬠，古活切 kwât），疑皆與此絜束義同語，孳乳分化而義有別。

A15、會 kwâd，γwâd　佸 kwât，γwât

會、合也，从亼曾省，曾益也。（古外切，又黃外切）

佸、會也，从人昏聲。（古活切，又戶括切）

按：《詩》〈君子于役〉：「曷其有佸」傳：佸會也。《釋文》引韓詩之：佸至也。又車舝「德音來括」傳：括會也。〈君子于役〉「羊牛下括」《毛傳》云括，至也。括訓會、訓至，皆為佸之假借。（括本義訓絜，已見上條），此以聲為義者也。高本漢《詩經注釋》198 條「曷其有佸」云：

《毛傳》：佸會也，所以：什麼時候有個會合（他什麼時候到我
這裏來）。毛傳顯然以爲「佸」*g′wât 和「會」*g′wâd／ɤuâi／xuei
是語源上相關的，字音上只有*-d 和*-t 的差異（常見）。其實「佸」
還和「括」*kwât／kuât／kuo 有關係。〈小雅‧車舝〉：德音來括，
《毛傳》：括，會也；韓詩（文選引）括，約束也。

韓詩：佸至也（《釋文》引），所以（意思是）：他什麼時候來。
沒有佐證，韓詩這個解釋，大概是因爲第一章有「曷至哉」和這
一句相當，其實這兩句的結構並不完全平行，所以不足爲據。（董
同龢譯本 p. 197）

高氏嚴格地從語源上推究假借，說至精當，其實佸訓至，只是會的引伸義，
凡云來會，即有來至之義。因此「羊牛下括」高氏的句解是：「羊和牛下來，並
且聚在一起。放牧的時候，他們散佈在田野中，現在回來了，把他們集合成羣。」
這樣的解釋，自然較《毛傳》括解作至，要精確多了。

A16、刖 ŋwat，ŋiwăt　捐 ŋiwăt　跀（ŋiwăt）

刖、絕也，從刀月聲（五刮切，魚厥切）

捐、折也，從手月聲（魚厥切）

跀、斷是之刑也，從足月聲，趴，或從兀聲（魚厥切）

按：絕、折義無別，皆由斷足之義引申孳乳，斷足必以刀，故從足與從刀
無別。引伸則凡折斷義皆作刖或捐，捐字蓋最晚出，《國語‧晉語》：「其
爲本也固矣，故不可捐也」，根本固則樹不易折，韋注：捐，動也，以
引伸義言之。又《太玄》羨：「其衡捐」注云：捐、折也。經傳斷足之
刑，通作刖如：《書‧呂刑》「刖辟之屬五百」，《周禮‧司刑》「刖罪五
百」（《注》：斷足也），朱駿聲以爲跀之假借，甚爲餘事。

A17、奪 d′wât　挩 t′wât，d′wât

奪　手持佳失之也，從又佳。（徒活切）

挩　解挩也、從手兌聲（他括切，徒活切）

按：段《注》奪下云：「凡手中遺落物，當作此字，今乃用脫爲之，而用
奪（按從又與從寸同，奪爲俗字）爲爭敓字，相承久矣、脫，消肉臞
也。」又挩下云：「今人多用脫，古則用挩，是則古今字之異也，今脫

行而挩廢矣。」依段意，遺失脫落之本字作敚；解脫、除去之本字作挩。從語意上講，都是除去束縛，離開原位的意思，因此它們極可能是同一詞源。今經典解脫字多作「說」，如《易‧蒙卦》，「用說桎梏」，〈睽卦〉「先張之弧、後說之弧」，《詩‧瞻卬》「彼宜有罪，女覆說之」《儀禮‧士昏禮》「主人說服于房」〈鄉飲酒禮〉、〈士虞禮〉、《禮記‧少儀》、〈鄉飲酒義〉竝有「說屨」一詞。字或作稅，如稅服（《左傳‧襄28年》）稅冕（《孟子‧告子篇》）、稅駕（《史記‧李斯傳》），偶或作脫。說與稅皆為假借、而挩字反而少見用，諸家所引僅二見，一為《老子‧五十四章》「善抱者不脫」，范應元本作「挩」，一為《方言》十二：「解、輸、挩也」《注》：挩猶脫耳（按今本挩竝訛作稅，依戴雲改），另外《穀梁傳‧宣公十八年》：「戕猶殘也，挩殺也。」范注「挩謂棰打殘賊而殺」，朱駿聲以為棁（《說文》訓木杖）之假借。由於「解、挩」字如此罕用，而且經典相承作「說」字為多，令人對段玉裁以挩、脫為古今字的說法產懷疑，段氏所說的古用「挩」究竟是何時？筆者疑心《說文》挩訓解挩也、是抄襲《方言》的說法，《老子》范本的「挩」字，也是後人所改，可惜馬王堆出土的《帛書》《老子》甲、乙兩本、「善抱者不脫」五字皆缺文、不得其證。段氏以敚為奪取之本字是對的，除了許慎引《周書》「敚攘矯虔」外，金文驫羌鐘「富敚楚京」一句可為旁證。（參《金文詁林》字號0421），其他可參本文「諧聲字」一節歌月元部 No. 196。

A18、呭 di̯äd　詍 di̯ad

呭、多言也，从口世聲。（余制切）詩曰：無然呭呭。

詍、多言也，从言世聲

按：朱駿聲以詍為呭之或體。竝云：「詍詍亦重言形況字，《孟子》、《毛詩》作泄泄，三家詩作呭呭、詍詍，《爾雅‧釋訓》作洩洩，皆同。」又《孟子》、《毛傳》釋《詩》皆曰：「泄泄猶沓沓也」。《說文》曰部「沓，語多沓沓也。」沓音徒合切，古在緝部，段云「古音蓋在十五部」（沓下注），比牽合古人義訓者也，泄泄，沓沓皆重言形況字，狀語多猶今云「嘀嘀咕咕」，固不必同音也，故曰「猶」沓沓也，蓋以今語釋古語，

段氏失察。

A19、瞝ts´ät　察 ts´ät

瞝、察也，从目祭聲。

察、覆審也，从宀祭聲。

按：已見本文「聲訓中所見同源詞」月部例 5。

A20、退 b´wad　敗 pwad，b´wad

退、數也、从辵貝聲，周書（微子）曰：我興受其退。（薄邁切）

敗、毀也，从攴貝，賊敗皆从貝。

按：段注：「攴部曰數，毀也，退與敗音義同。」朱駿聲疑退即跟（步行
　　獵跋也）之或體，就字形猜測，無據。

A21、跟 pwâd　跋 b´wât，pwât　址 pwât（高音）

跟、步行獵跋也，从足貝聲（博蓋切）

跋、蹎也，从足犮聲。（北末切，廣韻薄撥切）

癶、足剌癶也，从止屮　讀若撥（北末切）

按：段氏跟下注「獵今之躐字，踐也，《毛傳》曰：跋躐也，老狼進則躐其
　　胡，獵跋猶踐踏也。」，又云「大雅、論語顛沛皆即蹎跋」（跋下注），
　　《說文》蹎，跋也。址訓足剌癶，小徐謂兩足相背不順。癶字經典未
　　見用，諸家或舉淮南脩務訓「琴或撥剌枉撓」（高注：撥剌不正）證之，
　　然「撥剌」不等於「剌癶」，故存疑。王筠句讀曰：「人曰剌癶，犬曰
　　剌犮。」章氏文始，卷曰：「《說文》：址，足剌癶也，從屮屮。犮、
　　走犬兒，從犬而丿之曳其足則剌犮也。跟，行步獵跋也，此三同義。屮
　　為準初文，犮、跟後出，然屮之音義猶受諸隊部之乁也。」按：癶之
　　音義是否受諸乁，不敢肯定，但癶、犮（即跋之初文），跟三字同源
　　是可以接受的。獵（躐）跋，剌犮、剌癶蓋古語，其義無別。

A22、眛 mwât　莫 miwät　蔑 miwät

眛、目不明也，从目末聲（莫撥切）

莫、火不明也、从苜从火、苜亦聲，《周書》曰：布重莫席。莫席，纖蒻
　　席也，讀與蔑同。（莫結切）

蔑、勞目無精也、从苜从戌、人勞則蔑然也。（莫結切）

按：火不明則視線亦不明，此三字竝由目視不明義所孳乳。莫、蔑引伸之
　　皆有纖細微弱義，故以纖蒻（即細蒲）爲席，謂之蔑席，或莫席，皆
　　以音爲用。後人更造篾字、《尚書・顧命》《釋文》云：「篾，眠結反，
　　馬云纖蒻。」《疏》引王肅《注》云：「蔑席，纖蒻華席。」蒻爲蒲子
　　可以爲華席，是馬王與許合，作篾者後人所改。《方言》卷二：「木細
　　枝謂之杪，江淮陳楚之內，謂之篾。」郭注：「篾，小兒」。戴本作蔑，
　　《文選・長笛賦》注引《方言》亦作「蔑」，然則作蔑爲古字。篾其孳
　　乳字也。說文無篾。

A23、安·ân　侒·ân　妟·an　宴·iän

安、竫也，从女在宀中

侒、安也，从宀安聲

妟、安也，从女从日

宴、安也，从宀妟聲。

按：安、妟皆會意字，侒、宴皆形聲字，疑侒爲安之繁俗字，妟爲宴之古
　　文，經典通用安、宴。侒、妟俱不見用。段玉裁曰：侒與安音義同。
　　朱駿聲曰：侒疑當爲宴之重文。說詳形聲字元部 1b。

A24、夗·ịwăn　宛·ịwăn

夗、轉臥也，从夕卩，臥有卪也。（於臣切）

宛、屈艸自覆也、从宀夗聲。（於阮切）

按：《說文》以惌爲宛古文，諸家或疑之。並疑說文訓宛，屈艸之義不見，
　　徐灝箋曰：「夗者屈曲之義，宛从宀蓋謂宮室窈然淡曲，引申爲凡圓
　　曲之偁，又爲屈折之偁，屈艸自覆，未詳其指。」按說文宛字側於奧
　　（宛也，室之西南隅）宸（屋宇也）之間，說解當與屋宇有關。疑奧
　　宛皆屋之深曲，夗聲字多由婉曲圓轉義所孳乳，說詳形聲字元部第 2
　　條。

A25、娩·ịwăn　婉·ịwăn

娩、婉也　从女夗聲

婉、順也　从女宛聲

按：己見形聲字元部 No. 2

A26、盌·wân 䀫·wân

盌、小盂也，从皿夗聲

䀫、小盂也，从瓦夗聲

按：从皿、瓦、缶每相通作，如盌或作䀝、缾或作瓶，此條實異體字，可視爲重文未併者。餘詳形聲字元部 No. 2。

A27、睅 γwân 瞹 γwân，xi̯wan 〔睆 γwân；睍 γian〕

睅、大目也，从目旱聲（戶板切）

瞹、大目也，从目爰聲（戶板切）

按：睅見《左傳·宣公二年》：「睅其目」，杜注：睅，出目。桂馥云：「目大則出見，故元出目。」（《義證》）楊伯峻云：「蓋目大則多出，今謂之鼓，兩義可以相通。」（《春秋左傳注》頁 653）《玉篇》、別出睆字訓出目，正與《說文》睍（日出兒也）字合。《廣韻·濟韻》：睆訓大日，睅訓目出兒，同音戶板切諸家或以睅、睆爲一字（如大徐本以睆爲睅或體）或以睆睍爲一字（如鈕玉樹《說文拈字》）朱駿聲則疑瞹與睅同字。瞹字經典未見，睅字左傳一見，睆字屢見，如《詩·杕杜》：「有睆其實」（傳：實貌），大東「睆彼牽牛」（傳：明星貌），《禮記·檀弓》：「華而睆」《釋文》：睆、明貌。」而「睍」字僅見於《詩·凱風》「睍睆黃鳥」（睍字未獨用）。韓詩則作「簡簡黃鳥」，簡有大義，前引「睆」字皆有「明亮充實」之意，與《說文》睍訓目出，睅訓大目，意實相承，蓋目突出鼓然而大，正有明視義，亦有圓而充實之義，因此，這四個字皆從目，音亦相同，（僅睍字洪佃略異），很可能是同一語所孳生，也就是由眼睛鼓鼓的意思轉出。

A28、暵 xân 熯 xan

暵、乾也。耕暴田曰暵，从日堇聲。易曰：燥萬物者，莫暵乎火。（呼旱切，又呼旰切）

熯、乾貌、从火漢省聲。詩曰：我孔熯矣。（呼旱切、呼旱切，又人善切）

按：熯下段注：「此與日部暵同音同義，从火猶从日也。《易·說卦傳》，王肅王弼本作燥萬物者莫熯乎火，《說文》日部及徐邈本作莫暵，字有分見而實同者，此類是也。」

A29、歡 xwân　懽 xwân（kwân）

歡、喜樂也，从欠藋聲。

懽、喜歡也，从心藋聲。（呼官切又古玩切）

按：懽下段注：「懽與歡者義皆略同。」《說文》引《爾雅》爲別一義。《廣
　　韻》呼官切之「懽」訓喜，古玩切之「懽」訓愛無告。本組取其前一
　　義。从欠與从心相通之例：欥（愁皃）～惆（憂皃。）。

A30、讓 xˌiwän　儇 xˌiwän　〔慧 ɣiwäd〕

讓，慧也，从言睘聲。（許緣切）

儇，慧也，从人睘聲。（許緣切）

慧，儇也，从心彗聲。（胡桂切）

按：讓下段注：「與人部儇音義皆同。」讓字經典未見，朱駿聲謂言之慧也，
　　就字形爲解。儇訓慧又見於《方言》卷一「虔、儇、慧也」部注：「謂
　　慧了。」（了即憭悟字，方言卷三：知或謂之慧，或謂之憭。）《荀子·
　　非相篇》：「鄉曲之儇子」楊注：「輕薄巧慧之子也。」《韓非子·忠孝
　　篇》：「今民儇詗智慧」。慧字見《左傳·成公十八年》：「周子有兄而無
　　慧，不能辨菽麥。」杜注：「不慧，蓋世所謂白痴。」古文《論語·衛
　　靈公篇》「好行小慧」鄭注：「小慧謂小小之才知」〈齊語〉：「聰慧質心」
　　注：「慧，解瞭也。」慧與儇互訓，在音韻上固有聲母上的清濁之異（曉
　　清匣濁，同屬舌根擦音）及韻尾的陰、陽之別，正好是祭部與元部之
　　對轉，它們語音分化的時代可能相當早，這個例子或許可以說明中古
　　匣母漢代仍是濁擦音，高本漢、李方桂先生等假定的濁塞音*g′-（或
　　*g）如果有可能的話，其時代當更早。

A31、懁 kiwän　獧 kiwän〔狷 kiwän〕

懁，急也，从心睘聲，讀若絹（古縣切）

獧，疾跳也，一曰急也。从犬睘聲。（古縣切）

狷，褊急也，从犬肙聲。（古縣切）

按：《論語·子路篇》「必也狂狷乎」《孟子·盡心下》作「必也狂獧乎」，
　　諸家多以爲狷即獧之或體。此狷字依《新附》增入。段玉裁云：「獧狷
　　古今字」（獧下注）。又懁下注：「獧下曰一曰急也，與此音義同。」《史

記‧貨殖傳》：「民俗懁急。」《漢書‧范丹傳》：「狷急不能從俗。」皆以懁（狷）、急連用，義似無別。惟《孟子》謂「狂者進取，狷者有所不爲」取狷介義，當由褊急義引申。又說文怯、狂，重文作怯、惶，是从心與从犬相通之例。

A32、夐 x̥iwǎn　覢 ɣwǎn，x̥iwǎn

夐、大視也，从大昊。（況晚切）

覢、大視也，从見爰聲。（況晚切）

按：二字經典皆未見用。王筠（《句讀》）桂馥（《義證》）並以爲夐、覢同字，音義竝同。姑從其說。

A33、涓 kiwǎn　く〔甽、畎〕kiwǎn　〔巜 kwad〕

涓、小流也、从水昌聲（古玄切）

く、水小流也、《周禮》曰：匠人爲溝洫、枱廣五寸，二枱爲耦，一耦之伐，廣尺深尺謂之く，倍く曰遂、倍遂曰溝、倍溝曰洫、倍洫曰巜。甽、古文く从田川、畎篆文く、从田犬聲，六畎爲一畝。（沽泫切）

巜、水流澮澮也。方百里爲巜，廣二尋深二仞。（古外切）

按：段氏く下注：「く與涓音義同」，涓字之說解已見形聲字舉例元部 3a，く與涓音義無別，《說文》引《考工記》匠人職，當係後代的制度，與語源無關，但く爲溝洫之最小單位，却也反映了「水小流」之義。く爲象形，重文甽爲會意，畎爲形聲，表現了由文到字，逐步逐乳的過程。涓字應該也是く的形聲字，與畎爲異體。語用上它們早已分化，如《書‧益稷》「濬畎澮，距川」鄭《注》「畎澮、田閒溝也」《莊子‧讓王》：「居于畎畝之中」涓則多用疊音詞「涓涓」（如《荀子》：涓涓源水）。《說文》訓巜爲水流澮澮（亦作活活），段注：「水流涓涓曰く，澅澅然則曰巜，巜大於く矣。」，按涓涓、澮澮澅澅（即活活）皆狀水聲（毛傳：活活流也），巜、澮同音，《說文》以澮釋巜，顯然是聲訓。由於く之於涓猶巜之於澮（或澮），在文字上く→巜→巛三字皆象形，く爲小水流，巜比く大一些，川爲貫穿通流水，涓涓與澮澮也只是聲音由小而大，因此我們仍可以認定く與巜，涓涓與澮澮具有某種程度而語源關係，く涓與月部的巜澮，正好只是韻尾及洪細上的差異，也

是陰陽對轉的一例，月部介於歌、元之間，陰聲部分與歌部去聲有重疊現象，歌祭元的配合似不太爲一般古韻學家所接受，以爲歌部沒有相配的入聲，本文卻可以證明歌祭元之閒通轉之例甚多，說詳下文。

A34、悁·ｊwän　怨·ｊwăn　〔睊 kiwan（？·iwan）〕

悁、忿也、从心肙聲　（於旋切）

怨、恚也、从心夗聲。（於願切）

睊、視兒也。从目肙聲。（古玄切又古縣切，大徐：於絢切，小徐於旋反）

按：《說文》忿、悁也。二字互訓。王筠《句讀》：「戰國策、張儀日：秦忿悁含怒之日久也，《史記·魯仲連·鄒陽傳》：弃忿悁之節，《後漢書·竇融傳》：忿悁之間，改節易圖，是忿悁二字，古人每連言之，足徵其同義矣。」（悁下注），《說文》恚恨也，恨，怨也，怨訓恚，則怨亦恨也。放悁、忿義實相近。段氏日：「忿與憤義不同，憤以气盈爲義，忿以狷急爲義。」（忿下注）、忿、悁同義，段以狷急釋忿，是以狷訓悁也。凡恚恨忿悁則心必狷急，其聲義可通。睊字見孟子梁惠王下引晏子「睊睊胥讒」趙注：睊睊，側目相視。焦循《孟子正義》：「趙氏不單言視而云側目相視者，《漢書·鄒陽傳》云：太后怫鬱泣血、無所發怒，切齒側目於貴臣矣。然則側目者，忿恨之貌，《說文》心部云：悁、忿也。《後漢書·陳蕃傳》云：至於陛下，有何悁悁。注：悁悁，恚忿也。蓋趙氏以睊睊與悁悁通，合言之。」又云：「互相讒短，則其目亦互相忿視，故知睊睊爲側目相視。」由此可見，《說文》但云視兒，意尚不明確，趙氏則究其語源，故知爲側目。亦由忿悁義所孳乳。朱駿聲云：「字亦作睊。」又廣韻爲見母字恐非古音，大小徐作於銷切或於旋切，與悁、怨音皆近〔僅有介音或元音上之細微變化。〕

A35、辛 k´ｊan　愆 k´ｊan

辛、辠也、从干二，二古文上字，讀若愆（去乾切）

愆、過也、从心衍聲。寒或从寒省，籀文。（去乾切）

按：辛爲部首，許以童妾二字隷之，又「言」字篆作𢍜，从口辛聲。經典有愆無辛，廣韻下平二仙韻「愆過也，去乾切，辛古文，𠎆籀文，𠍴俗。」是以辛爲愆之古文。經典愆字常見，不煩舉例。《金文詁林》愆

字一見，惟作愆，見蔡医鐘「不愆不貣」容庚釋爲不愆不忒。愆字作，陳夢家曰：「愆即愆字，說文愆，籀文从言侃聲，《爾雅・釋言》訓過，〈緇衣〉：不愆于儀，《左傳・宣十一》：不愆于素，〈昭廿八〉：九德不愆。」(《金文詁林》10・396 頁引金選 132 頁壽縣蔡侯墓銅器。）甲文有諸形，羅振玉以爲即辛字，羅氏云：「卜辭中諸从此者不少，特不可盡識，其見許書者，則口部之啻一字耳，(松案《說文》、語相訶歫也，从口辛、辛惡聲也，讀若蘖。許解辛爲惡聲似與辛辠不合。）予案許書辛辛兩部之字，誼多不別。許書于辛字注云：辠也、以童妾二字隸之，辛注、从辛辠也、而以辠辜等五字隸之，兩部首字形相似，但爭一畫，考古金文及卜辭，辛字皆作，金文中偶有作者，什一二而已，古文辛與辛之別，但以直畫之曲否別之，若許書辛部之辭之辤，金文皆从，部首之辟，卜辭从，金文从，其文皆與同。」(《殷虛文字》）李孝定先生亦謂辛辛二字，形近義同，其始當爲一字，又謂卜辭中字有似用其本義者，如「王固曰：其有叏佳當爲人名弗得辛」後下、三六、七。按辛字不可詳考，然謂辛辛爲一字，似於古音不合，朱芳圃謂妾象女頭上戴辛，辛與辛同，辛䕯薪也（殷周文字釋叢 21 頁），甲金文妾字作等形，謂頭上戴物殆近，然未必是薪。或係刑具，故有辛辠之意，而引伸有差忒意，其音義正與愆同，則諸家（如段玉）皆以辛爲愆之古文，由象形之辛聲化而別製愆、愆諸字，亦孳乳之通例。

A36、鬳 ŋiăn　甗 ŋian，ŋiăn

鬳、鬲屬、从鬲虍聲（語堰切）

甗、甑也，一穿。从瓦鬳聲。讀若言。(魚蹇切，又魚變、語軒二切）

按：桂馥曰：「鬲屬者，疑作鬶屬，《說文》甗，甑也。虍聲者，戴侗曰：唐本虔省聲，林罕同。」(《說文義證》）段玉裁曰：「按戴氏侗引唐本虔省聲似是，然獻尊即犧尊，車轙亦作钀，歌元古通，魚、歌古又通，虍聲即魚歌之合也。」(鬳下注）。又甗下注：「(考工記）陶人爲甗，實二鬴（或作釜）厚半寸，脣寸。鄭司農云：甗，無底甑，無底即所謂一穿，蓋甑七穿而小，甗一穿而大，一穿而大則無底矣。甑下曰甗

也，渾言之；此曰甑也一穿，析言之。」又《說文》鬲，鼎屬，或從瓦作䰜，則鬳爲鬲屬，或從瓦作甗，其例相同。此鬳甗同物之證一也。鬳爲鬲屬（亦鼎屬），金文甗字從鼎作獻，見子邦父甗（《金文編》1636），方濬益以爲甗與獻獻本同。（按今音聲母不合）（見《綴遺》卷九·29～30 頁）。此二證也。高笏之先生曰：「羅振玉釋甲文𤭖字曰：『上形如鼎，下形如鬲。是甗也。』郭氏以爲至確。按字象器形，分上下兩截，或分或聯，中隔以有穿之板，上盛米、下盛水，所以蒸也，故即後世之甑字。初變作鬳，虍省聲。後又加瓦爲意符作甗，董逌以鬳爲古文甗字，是也。」（《中國字例》頁 155），此鬳、甗同字之證三也。

A37、毌 kwân　擐 kwan，ɣwan（李 krwan，grwan）

毌、穿物持之也，從一橫 𢎛，𢎛 象寶貨之形。（古玩切）

擐、毌也，從手睘聲（古還切，又胡慣切）

按：《左傳·成公二年》：「擐甲執兵」〈吳語〉「服兵擐甲」賈注：衣甲也。《淮南·要略訓》：「躬擐甲冑」注：「擐，貫著也。」《廣雅·釋詁》三：擐，著也。則「擐」字專指貫著甲冑而言，貫著即穿著，與「穿物持之」之毌，實同一語。《廣韻》擐又有胡慣切一音，亦見《左傳·成二年》釋文。胡慣切一音與毌字不合，疑擐本音與毌同，其後有讀匣毌，則或方言異音或後世音變，不可詳考，今取其古還切一音，與毌字音同義近，正同出一語之證，擐爲後起形聲字，而意義亦稍分化，故擐專用作穿著盔甲之類。

A38、剬 twân，tˆˇiwän　劙〔剸〕tˆˇiwän　斷°twân，°dˊwân，twân°

剬、斷齊也，從刀耑聲（多官切，旨兗切）

劙、截也（段作截首也），從斷省、剬、或從專聲。（職緣切）

斷、截也、從斤𢇍，𢇍古文絕、𠾓古文斷，從𠧢，𠧢古文叀字，周書曰：詔詔猗無它技。（都管切，徒管切，丁貫切）

按：依李方桂先生擬音，旨兗切、職緣切的上古音都是 tjuan，因此這組字上古音都是舌尖塞音，廣韻剬字有多官切（截也）旨兗切（細割，剬同）之嘛切（切肉兒），是亦以剬剸爲同字。段玉裁曰：「剬與刀部

剬義相近。」（繇下注）徐灝亦謂剬與劊音義同，蓋本一字，許誤附劊於繇下。（段注箋）又金文量戾簋「子子孫萬年永寶𤔔勿喪。」𤔔字郭某讀爲斷，並云：「𤔔實斷字也，《說文》斤部斷之重文云：𤔔古文斷，周書曰韶韶猗無他技，即此字之稍訛變者。」（《金文餘釋・釋重》）又曰：「此乃劊字之異，實從專省聲也。」（《金文叢考・釋車》，以上並引《金文詁林》14、149 頁）然則劊、斷義本無別，則三字同源可無疑也。依文字孳乳先後論，斷字會意，繇字增形符首爲區別文當云斷亦聲，劊、剬皆較後之形聲字，有時候，區別文是後人所增，未必在形聲字之前，繇字經典無徵或即一例。

A39、喘 $\hat{t}'iw\ddot{a}n$（李 $t'juan$）　嘽 $t'\hat{a}n$，$\hat{t}'i\ddot{a}n$（李 $t'jan$）

喘、疾息也，從口耑聲。（昌兗切）

嘽、喘息也、一曰喜也，從口單聲，詩曰嘽嘽駱馬。

按：《詩小雅・四牡》「嘽嘽駱馬」毛傳：「嘽嘽，喘息之貌」大雅崧高「徒御嘽嘽」傳「喜樂也」這是《說文》嘽字二義之依據，玉篇口部「嘽，馬喘息兒」廣韻：寒韻「嘽，馬喘」皆承用毛傳的說法。馬宗霍云：「毛主詁經，詩與駱馬共文，故又系之馬勞，許主解字，其字從口，則許意當爲通訓，不專言馬。」（《說文解字引經攷》326 頁）按嘽訓喘息，恐非通訓，《詩・采芑》「戎車嘽嘽」〈常武〉「王旅嘽嘽」《傳》竝云：盛也，許不取衆盛爲義，或以之爲引伸義。然《禮記・樂記》「其樂心感者，其聲嘽以緩」注：「嘽，寬綽貌。」又「嘽諧慢易」《疏》云：「嘽，寬也，」皆隨文解經，嘽字並無固定義。《說文》瘏下又引作「瘏瘏駱馬」，訓瘏爲馬病，此三家詩異文，未知孰正，然嘽與瘏爲元部與歌部對轉之例。（瘏，徒活切）。高本漢認爲嘽應訓力竭，是從殫 $t\hat{a}n$（《禮記祭義》作「單」）癉 $t\hat{a}n$，tar（訓痛苦），憚 $t'\hat{a}r$（亦訓力竭，見詩）之間的音義關係來說的。（《詩經注釋》中譯本 p.405）這個說法我們也保留，因爲那樣仍不是嘽字的通訓。高氏又認爲〈采芑〉「戎車嘽嘽」〈常武〉「王旅嘽嘽」應從《毛傳》訓衆盛，〈崧嵩〉的「徒御嘽嘽」也以朱子訓「衆盛」爲最好。（仝上 p. 965）《毛傳》訓喜樂，鄭《箋》訓安舒，意義是相承的，也和〈樂記〉訓寬綽的意思相同。朱駿聲認

為「嘽緩」、「嘽諧」中的嘽字借為「愃」。當然也沒有什麼證據，《說文》愃訓寬閒心腹貌，意義固然通，廣韻況晚切，又須緣切，董擬 *xịwăn，sịwăn，自然無法和舌尖聲母的「嘽」通假，朱氏的通假不能成立。高本漢認為嘽嘽訓喘息之貌，也沒有佐證。如此說來，這條是否成立，尚難肯定，故略析其異說，以備參考。

A40、戰 ṭịän　鐉 ṭịän（李 tjanx；tjanh）

戰、鬥也，从戈單聲。（之膳切）

鐉、伐擊也，从金瞏聲。（旨善切）

按：鐉字經典未見用。當為戰字所孳乳。張建葆云：「《周禮・大司馬》則墠之注云：墠讀為同墠之墠，又云：鄭司農云墠讀从憚之以威之憚，書亦或為墠。詩東門之墠釋文云：墠本作壇。《詩・天保》「俾爾單厚」《爾雅・釋詁》某氏注作亶。是皆單亶二聲相通之登。」（《說文音義相同字研究》p. 416）

A41、擅 ź̦ịän（高 ḍịan 李 djanh）　嫥 ṭịwän（高 ṭịwan 李 tjuan）

擅、專也，从手亶聲（時戰切）

嫥、壹也，从女專聲。（職緣切）

按：用高、李的上古音皆能表現上古音近的關係，董氏把禪母擬成 ź̦，就不好說明它們之間音韻的變換。又經典通用專（《說文》六寸簿也，一日紡專），嫥未見。王筠曰：蓋古祇有專字，嫥則後起之今別文，但為女子而設。」（《句讀》嫥下注）。

A42、組 dʼän（李 drianh）　繕 ź̦ịän（李 djanh）

組、補縫也，从糸旦聲（文莧切）

繕、補也，从糸善聲。（時戰切）

按：修繕、繕治之義，經典常見。段氏曰：「古者衣縫解曰組，見衣部，今俗所謂綻也。以絨補之曰組。內則云：衣裳綻裂，紉鍼請補綴是也。引申之，不必故衣亦曰縫組。古艷歌行曰：故衣誰當補，新衣誰當綻，賴得賢主人，覽取為我組。」（組下注），然則綻亦通組。或謂組即今補綻字，綻裂（即組）與補縫（即組）。其義相成。（如王煦《說文五翼》、高翔鳳《說文字通》）。然則衣縫解謂之組（綻），補縫其解處謂

之組，亦謂之繕，亦謂之綻。其義相成，音亦相近（袒音文莧切，又徒旱切），廣義的詞源，還可以包含袒綻二字。繕字中古襌母，李方桂先生的上古擬音較董氏合理。

A43、連 ljän　聯 ljän　〔輦°ljän〕

連、負連也，从辵車

聯、連也，从耳，耳連於頰也，从絲、絲連不絕也。（力延切）

輦、輓車也、从車㚘，㚘在車前引之也。（力展切）

按：連字二徐本皆訓作「員連也」，段改爲「負車也」以成其連輦古今字之說，然並無確證；今依《集韻》、《類篇》引作負連。《說文校議》及王氏《句讀》從之。王氏之說最詳明，《句讀》連字下云：「（負連也）謂負之連之也，蓋漢人常語，連俗作摙，《玉篇》：摙、力剪切，連也。《廣韻》：摙，擔運物也。《詩》我任我輦，任即負也，輦即連也，鄉師鄭注：故書輦作連。眾經音義負摙字屢見，其卷十一說曰：力剪反，淮南子摙載案米而至，許叔重曰：摙，擔之也，今皆作輦也。段氏曰：聯連爲古今字，連輦爲古今字，筠案連本、車名，《周禮·巾車》：連車組輓是也。輦亦車名，鄉師注引司馬法曰：夏后氏謂輦曰余車，殷曰壺奴車，周曰輜輦是也。」又聯字下注云：「聯即連也者，周謂之聯，漢謂之連，借用負連之字而改力展切之音，此則連屬之義，又自爲一事。春官巾車，連車組輓，釋文如此說曰：音輦，本亦作輦，鄭注：人輓之以行，是連車仍以負連得名也，此連、輦一字之說也。天官八灋，三曰官聯，鄭司農云：聯讀爲連，古書連作聯，聯謂連事通職相佐助也，此聯連一字之說也。」

按經典中連、聯通用者，不勝枚舉。連與輦通者，除《周禮·鄉師》、《巾車·鄭注》外，如《易》「往蹇來連」虞翻曰連輦，又《管子·海王篇》「服連軺輂」〈立政篇〉「荆餘戮民，不敢服絻，不敢畜連乘車。」連皆輦車義。輦連之制，是否相同，不得而知。或謂一人負者爲連，二夫輓者爲輦，（潘英雋《說文解字通正》），雖無確證，可備一說，則連輦或出一源。至於聯字从耳从絲，王筠謂「會意字而意不可會，故兩分說字」，其構字雖不得解，然作聯結、聯續、聯合、牽聯等義，却與連通用無別，然則連、聯亦本一語，特連字以負連義爲

字之初義，聯則从絲得義（耳連煩較牽強），遂分化爲二。然語言中仍通用無別，故文字幾不可分。

A44、俴 tsi̯än　淺 ts´i̯än，tsian

俴、淺也，从人㦮聲（即淺切，大徐慈衍切，繫傳寂衍切）

淺、不深也，从水㦮聲（士演切，又則前切）

按：俴訓淺見《詩・秦風・小戎》「小戎俴收」《毛傳》。又《爾雅・釋言》同。又「俴駟孔摩」鄭箋云：俴淺也。謂以薄金爲介之札，釋文引韓詩云：駟馬不著甲曰俴駟。《管子・參患》：「甲不堅密，與俴者同實」注謂無甲單衣者。《毛傳》訓「俴駟」爲「四介馬」。高本漢曰：

俴*dz´i̯an／dz´i̯än／tsien 的基本意義是「淺」，所以「俴駟」是一隊四匹而「淺」馬；就是「不帶甲的四匹馬」，如韓詩所說，又可以由管子來證實。……毛傳訓俴駟爲四介馬，馬瑞辰以爲傳文有錯誤是對的，傳文應該是四不介馬，和韓詩合。其實「四匹蒀甲的馬」是叫做駟介，見鄭風清人。……鄭箋明明在設法調和錯誤的毛傳和韓詩。（《詩經注釋》範譯本 p. 319）

高說識是。

A45、僎 dz´wan　倴 dz´ǎn，dz´i̯wan

僎，具也，从人巽聲。（士勉切）

倴，具也，从人孨聲，讀若汝南潹水，虞書曰：方鳩倴功。（士限切，士戀切）

按：王筠曰：「僎經典借撰、譔、選爲之，《論語》：異乎三子者之撰，〈孔安國注〉：譔、是也。《釋文》：撰鄭作僎，讀曰詮案言鄙詮下云具也。《楚辭・大招》：聽歌譔只，王注：譔具也。論語大夫僎，古今人表作選。」（僎下《句讀》）按《說文》無譔字，僎爲本字。字亦通籑（饌）。《說文》籑具食也，饌其重文。倴訓具，見尚書馬注。二字同訓具，音近義同，極可能同源。

A46、踐dz´i̯än　衠dz´i̯än　踐 dz´i̯an

踐、迹也，从彳㦮聲（慈演切）

衠、迹也，从行㦮聲（慈演切）

踐、履也，仌足戔聲（慈演切）

按：段氏謂俴與衡音義同，徐灝箋曰：足部踐亦同。前二字經典皆未見用。
　　段氏謂履之箸地曰履（踐下注），是踐亦有迹義，足跡所履即俴、衡之
　　義、踐則爲動字。意固相成。

A47、戔 dz´ân　殘 dz´ân

戔、賊也，从二戈

殘、賊也，从歹戔聲。

按：朱駿聲謂戔即殘字之古文。二字音義無別。

A48、訕 sän　姍 sân

訕、謗也、从言山聲

姍、誹也、从女刪省聲。

按：《禮記・少儀》「有諫而無訕」《論語》「惡居下流而訕上者」《漢書・異
　　姓諸侯王表》「秦自任私智，姍笑三代。」注：「姍，古訕字。」

B1、痂 ka　疥 käd

痂、疥也、从疒加聲

疥、搔也、从疒介聲

按：這是歌月相轉的例子，我們雖然不能指出它們是古今之異或方言轉語，
　　但可以作如下推測：《說文》用疥來訓痂字，疥字又訓搔字，足見搔疥
　　是通語，痂也就相對地罕用。又形聲字聲符可能爲語根所寄，從介得
　　聲之字，如齘爲齒相切，扴訓刮，《易・豫》「介于石」鄭本作砎，《注》：
　　砎謂磨砎也。都可證明疥訓搔乃以聲爲義，「加」聲字則無此義，因此
　　可以推測疥大概是本字，痂可能是轉語。

B2、頗 p´wâ　偏 p´i̯wän，b´i̯wan，b´i̯en

頗、頭偏也、从頁皮聲。（滂禾切，普火切，普過切）

偏、頗也、从人扁聲。（芳連切，匹戰切）

按：根據詩韻，「偏」應入眞部，不過歌部和眞部相轉而例字幾乎沒有，就
　　諸字擬音看來，主要元音畢竟不同。《廣韻》只偏字收於仙，線二韻，
　　董氏《表稿》依諧聲擬了眞部的 b´i̯en 一音以存古音。却又按今音擬

成上古之部的 p'ǐwän，b'ǐwän 二音。這是牽就中古音的擬法。由於《說文》偏頗互訓，《書‧洪範》「無偏無頗」連用，又「無黨無偏，王道平平」，偏與平為韻，「平」為耕部字，「偏」自查屬真部為近。偏字中古入仙韻，自是後來的演變。雖然《詩經》中也偶有真、元合韻的例子。這組詞源究竟是比較成問題的。疑心許慎的時代，「偏」已讀同仙韻，因此與頗字互訓，像一組歌元相轉的字。

B3、安‧ân　窔‧iäd，‧iät

安、竫也，从女在宀中（烏寒切）

窔、竫也，从宀契聲（於計切、烏結切）

按：此元月相轉之例。《說文》竫訓亭安。《蒼頡篇》：窔，安也（《玉篇》引），《廣韻》：窔，安也，靜也。按經典未見窔字，此或「安」之轉語。

B4、剈‧iwän　抉‧iwät

剈、挑取也，从刀肙聲，一曰窐也。（烏玄切）

抉、挑也，从手夬聲。（於決切）

按：此元月相轉之例。文字上从刀與从手每相通，如：刮與扴（見 A. 13）制與挫（見 A. 8），剈與抉皆其例。

B5、屵 ŋât　嶭 ŋiät，ŋiät　隉 ŋiat　岸 ŋan〔厂（斤）xan，xân〕

屵、岸高也，从山厂，厂亦聲。（五割切）（徐音五萬切）

嶭、危高也、从屵屮聲、讀若臬（魚列切）

隉、危也，从𨸏从毀省、徐巡以為隉凶也，賈侍中說隉法度也，班固說不安也。周書曰邦之阢隉，讀若虹蜺之蜺。（五結切）

岸、水崖而高者，从屵干聲。（五旰切）

按：屬於上古祭部中古一、三、四等的屵，嶭、隉三字本出一語之分化。屵訓岸高、岸訓水崖而高，本非有二字，但音轉耳。徐灝曰：「屵蓋即岸字、岸本作厂，籀文从厂增干聲作斤，此則从厂加山，皆以其形略而著之也，屵岸一聲之轉，古音竝在元部」（說文段注箋）。王筠亦曰：「疑屵即厂之參增字，厂有籀文斤，從干聲，干即葛（按屵五葛切）之平聲也。」饒炯亦以為屵岸厂斤皆一字重文（以上竝見《說文詁林》p. 4119）

按：《說文》厂訓山石之厓巖人可居，籀文从干聲。厓訓山邊，是其義本與訓高之屵岸有別，饒氏謂厓巖爲人所居者，其形勢必高，因名邊高亦曰厂。恐怕是忽略了文字孳乳，名義常有分化之事實，厂斤今音呼旱切，是與屵岸音義皆有別，《說文》以爲屵者厂亦聲、厂之籀文从干聲，然則鼻音擬田因與曉、見皆可通諧歟？《說文》的諧聲往往只求聲母同部位即可，此即一例。

屵訓危高，辥字從之。魚列切之屮與屮也只是韻同，林義光以爲屮非聲，象高出之貌，當可從。屵無危義，凡居高則有危，屵訓危高，蓋辥、孼皆由屵聲孳乳，故引伸皆有危義，辥訓辠，金文則通辟燮訓詁，或假借義）。陧字訓危，其字从阜，與从名無別。字从毀省，故訓危。朱駿聲云：「秦誓之阢陧，易作虺隉，亦作倪伉、作𡐨𡑏，亦以劓劊爲之。」（陧下注）然則屵屵陧音同義近，皆一語之孳乳。章太炎曰：

說文厂山石之厓巖人可居，象形。孳乳爲屵，岸高也。^{本從厂聲對轉則入泰。}爲岸，水崖洒而高^{洒字依段據爾雅補}。爲屵，水泉本也，从灥出厂下。爲屵，危高也，屵在泰，與屵岸對轉，蓋本一字也。（《文始》卷一，《章氏叢書》本頁 27）

其說甚是，惟「原」字雖从厂，語根是否出自厂，不敢確定。本篇上節，聲訓之例〔元部 NO. 16〕依《釋名》定「原、元」同語，章說接近字根之孳乳，《釋名》則純由語言著眼，元爲人首，原爲泉本，人頭在上於身體爲最高，泉從厂出，厂爲山厓，無非高者，然則厂、屵、岸、原、元蓋出一語之孳乳。

B6、然 ńi̯än　爇 ńi̯wät

然、燒也，从火肰聲（如延切）

爇、燒也，从火蓻聲（如㓬切）

按：此亦元月相轉例。參見聲訓例「歌月元 NO. 7 埶蓺」一條。

B7、班 pwan（李 pran）　判 p´wân　辨 b´i̯wan（別也）b´i̯wän（是也）
　　別 pi̯wat，b´i̯wat

班、分瑞玉，从玨刀（布還切）

判、分也，从刀半聲（普半切）

辨、判也，从刀辡聲（符蹇切_{別也}，《說文》_{判也}。蒲莧切，_{具也，俗作辦}）

別、分解也，从冎从刀（方列切，皮列切）

按：這是元月相轉例。元部的判、班、辨分居中古一、二、四等，因此介音之轉換可能是古代語意孳乳之重要方式。從文字結構言，班與別皆會意，可能是時代稍早的一組，判由半聲所孳乳，辦由辡聲所孳乳。然則，最初的詞群可能是班、半、辡、別；我們還可以把訓「判木」的「片」收進來，不過那樣似乎在做詞羣的歸納，因爲半、辡、片都不做「分別」「判別」的意思用，因此本組同源詞只能收上列四字。又段氏辨下注：「（周禮）〈小宰〉傅別，故書作傅辨，朝士（按司寇刑官之職）判書，故書判爲辨，大鄭讀爲別，古辨，判，別三字義同也，辨從刀，俗作辨，爲辨別字，符蹇切，別作從力之辦，爲幹辦字，蒲莧切（按《說文新附》：辦，致力也）。古辨別、幹辦無二義，亦無二形二音也。」段說可謂探源之論。又左傳哀元年「男女以辨」杜注：「辨別也」襄公二十五年，男女以班，《漢書·王莽傳》「辨杜諸侯」皆辨班同語之證。

B8、勉 mi̯wan　勱 mwad，li̯äd

勉、彊也，从力免聲。（亡辨切）

勱、勉力也，从力萬聲，《周書》曰：用勱相我邦家，讀與厲同。（莫話切）

按：勱字廣韻僅莫話切一音，字從萬聲，讀與厲同者，段氏謂「漢時如此讀」，則勱厲通用無別。從萬得聲之字，尚有邁字，莫話切（或體作邁，大徐以爲邁從蠆省，茲從小徐）。足證勱字讀來母非古。董氏依《說文》擬明母來母二讀，今由勉勱音義相近，益可證勱音厲者後起。此亦月元相轉之例。又《爾雅·釋詁》劻勉也，《說文》未見「劻」字，當爲勉之俗體。

C-1 梡 ɣwân　楎 ɣwân

梡、楎木薪也，从木完聲（胡官切，胡管切）

楎、梡木未析也，从木圂聲（戶昆切，胡本切）

按：段玉裁曰「（梡）對析言之，梡之言完也。」（梡下注）。「篆文曰未判爲楎，頁部頢下云：楎頭也。凡全物渾大皆曰楎。」（楎下注）。王筠曰：「梡楎之音與渾沌近。故以未析通釋之，薪必析而後燎，而梡楎則

根節盤錯，不能順其理而析之也，故說頑曰楜頭也，亦以其駑鈍而命之。」（《句讀》楜字下）二字蓋指皆未析之薪，所以別爲二篆者，完聲屬元部國聲屬文部，元文音近；音轉則微別。二徐梡音胡本切，與楜同，廣韻未載此音。

C-2 煩 bʻiwân　懣 mwân，mwôn　悶 mwôn

煩、熱頭痛也，从頁火，一曰焚省聲。（附袁切）

懣、煩也，从心㒼聲。（莫旱切，模本切，莫困切）

悶、懣也，从心門聲。（莫困切）

按：此亦元一文旁轉之例。煩一曰焚省聲，焚聲屬文部，是古有元、文二部之音。《廣韻》只收元部一音。煩字本義經典罕用，《素問・生氣通天論》：「煩則喘喝」注謂煩躁，《淮南子・精神訓》「煩氣爲蟲」朱駿聲云：旱熱也。此二條爲本義；其餘多用其引申假借義，如煩勞、煩擾、煩亂、煩多義。《左傳・僖公三十年》「敢以煩執事」煩勞也，《周禮・考工》弓人「夏治筋則不煩」注：煩，亂也。《呂覽・音初篇》「世濁則禮煩」、《淮南子・主術篇》「法省而不煩」高注：煩多也。皆是。懣、悶皆有憂憤不平之義。如《楚辭・哀時命》「惟煩懣而盈匈」注：懣，憤也。〈惜誦〉：「中悶瞀之忳忳」注：悶、煩也，則煩、懣、悶三字雖音義略有分化，而多通用。

C-3 燔 bʻiwăn　焚 bʻiwăn

燔、爇也，从火番聲（附袁切）

焚、燒田也，从火林。（符分切）

按：此亦元文旁轉之例，依字形論，焚字會意，似當早於形聲之燔。則或由文部轉爲元部。爇訓燒，見本文上節聲訓字舉隅 NO. 7。

C-4 穦 kʻwâd，kʻwad　穅 kʻâng

穦、穅也，从禾會聲（苦會切，又苦夬切）

穅、穀之皮也，从禾米庚聲（苦岡切）

C-5、渴 kʻât，gʻiat　滰 kʻâng

渴，盡也，从水曷聲。

滰，水虛也，从水康聲。

按：C-4 與 C-5 二例皆爲月部與陽部相轉之例，每一組之差異只是韻尾的
　　不同。意義也完全相同。其實穅即是康之增形俗體，《說文》訓康爲穀
　　皮中空，即是穅。穅亦名稭，可能是方言音轉。漮訓水虛，虛即空，
　　亦水竭之義，因此，渴與漮也沒有區別，只是音有轉移。由於這種平
　　行的例子有限，又沒有方言之依據，我們也無法肯定它們必然同源。

C-6 倚·ịɑ（李 jɑr）　　依·ịăd（李·jəd）

倚、依也，从人奇聲。（於倚切）

依、倚也，从人衣聲。（於希切）

按：這是一組歌部與微部相通的互訓，除了韻尾相似外，聲母相同。主要
　　的對比是主要元音。

C-7 眜 mwat　　眛 mwâd

眜、目不明也，从目末聲（莫撥切）

眛、目不明也，从目未聲（莫佩切）

按：此爲月部與微部之相轉，都是舌尖塞音韻尾，比上一組更接近。眜字
　　見於《公羊》、《穀梁》及〈吳都賦〉，眛字則經典未見。考《說文》「眛，
　　眛爽，且明也，从日未聲，一曰闇。」目不明與闇之意相同，眛亦音
　　莫佩切，然則眛當是眜字受眛類化而產生之異體。或即由眛音所孳乳。
　　眜眛初無二字也。

C-8 稈 kan　　稭kiwän　　稾kɔ̂g，k′ɔg

稈、禾莖也、从禾旱聲（古旱切）

稭、麥莖也、从禾𦫳聲（古玄切）

稾、稈也，从禾高聲（古老切，苦到切）

按：這是元部和宵部的通轉，「稈」和「稭」是以元音洪細開合的變化表示
　　禾莖與麥莖之異，也許是轉化的孳乳，而「稾」訓稈，與稈的關係是
　　否爲方言語轉，並沒有確證。

C-9 猏ngän，ngiän　　獟ngiɔg（李*ngiagw）

猏、獟犬也、从犬开聲（五宴切，又五甸切）

獟、猏犬也、从犬堯聲（五弔切）

按：這一組的音韻關係和上組相同。意義的互訓。語音上 ngiän～ngiɔg 仍
　　有很明顯的對比，似乎沒有音轉的可能，如果我們採用李方桂先生的
　　擬音，ngian～ngiagw 便只有韻尾的不同，它們也不無音轉之可能。平
　　行的例證不夠，暫時存疑。

C-10 讙 Xwân，Xi̯wǎn　譁 Xwǎg（周法高 Xrwar）

讙、譁也、从言雚聲。（呼官切）

譁、讙也、从言華聲。（呼瓜切）

按：這是元部和魚部的關連。就韻尾而言，這組也和 C-8，C-9 平行，這類
　　音義的關聯，本來不一定具有語源關係，如果讙譁是複音詞，它們便
　　只是兩個不同的音節成分，但我們在經典上發現這兩個字也常各自獨
　　立爲用的，如《荀子・彊國》：「百姓讙敖」〈儒效〉「則天下應之如讙」
　　《漢書・陳平傳》「諸將盡讙」（注：讙而議也）〈外戚傳〉「以息衆讙」
　　（注：讙譁衆議也。）《尙書・費誓》「人無譁」〈吳語〉：「三軍皆譁釦
　　以振旅」（注云：譁釦，讙呼也。）《漢書・藝文志》：「苟以譁衆取寵」
　　（注：譁，誼也。）以上讙或譁皆單文，其義皆含讙譁、喧譁或議論
　　等義，〈三蒼〉云：讙譁，言語詾詾也。《一切經音義》十引〈三蒼〉
　　「詾詾」作「詪詪」，嚻（《說文》呼也），詪皆屬宵部，它們和讙字的
　　關係也和 C-8，C-9 平行。經典也有讙譁連用的，如《史記・叔孫通傳》：
　　「竟朝置酒，無敢讙譁失禮者。」讙譁即喧譁。喧譁之情形通常有二，
　　一爲歡呼聲，一爲議論聲。《方言》卷七讙，讓也，即取責讓議論之義，
　　前引《漢書・外戚傳》「以息衆讙」，亦取此義。總之，讙、譁二字原
　　來分用無別，讙即譁也，它們合用亦取同義，或相當於詪詪。後世語
　　意有了分化，讙多指歡樂聲，譁多指議論聲，如云「羣情譁然」「讙聲
　　雷動」，這種分別是後起的，因此我們認爲讙、譁二字也是一語之轉，
　　語源本來只有一個。

第四節　上古方音中的轉語

壹、上古方言的研究及其與詞源的關係

　　上古方言的研究是漢語歷史溯源的基本工作，也是漢語史研究中最大的一

片空白。主要的原因，是上古方言材料的缺乏。一部詩經，按理，國風與雅、頌之間，由於形成時間空間的不同，應該有方音的差異；十五國風之間，更應該有方言色彩，因此它無論用任何分部方法，總有合韻的現象，但這些現象，一向被當作例外押韻處理，因爲沒有任何成系統的古方言被重建過。其中還存在著詩經是否爲雅言的問題。撇開詩經，在先秦諸子及楚辭中，不知含有多少方言資料，杭世駿「續方言」采輯唐宋以前經史傳注音義字書中的方言詞彙，由於缺乏系統，對於瞭解漢以前方音，沒有什麼幫助。董同龢〈與高本漢先生商榷“自由押韻”說兼論上古楚方音特色〉一文，〔註40〕觸及老子、楚辭韻與詩經韻的一些差異，頗富有啓發性，可惜這方面的研究沒有人繼續，我們現在對上古早期（漢以前）的方言仍是一片大渾沌。

　　漢代流傳下來楊雄所著《輶軒使者絕代語釋別國方言》一書，從名稱上看，即已表現方言在古今方國語言之間的關係，羅常培稱它是「中國的第一部比較方言辭彙」（周祖謨《方言校箋》羅序）。〔註41〕周因夢則指出「從《方言》的內容和體例上看，這書又直接受了《爾雅》的影響。……可以這樣說，這書是楊雄拿周、秦殘存的方言資料作爲起點有意模仿‘爾雅’而作的」又說：「他認爲爾雅裡頭的古言古語，也許還在某些方言中活著，庄遵和林閭翁孺傳下的周秦方言資料所說的情形，到西漢也有了某些變動。古代一個比較通行的詞，現代或許已經縮小爲方言，而現在一個比較通行的詞，或許倒是古代的方言。楊雄既然悟出古今語言有這麼交錯演變的複雜關係，于是想出個法子，直接去搜羅方言，拿來和已有的書面資料對比起來研究。」（“楊雄和他的《方言》”，P. 38）〔註42〕這種看法，也許過份強調了爾雅的影響，但也頗見《方言》中所載的詞彙與古語的關係。雖然方言的材料比較有系統，但它的主要特色在於當代詞彙的比較。換言之，利用它的資料探討漢代方言區域的價值超過探討方音的價值。羅常培和周祖謨也說：「《方言》對於我們研究漢語詞彙發展的歷史啓發很大」，「但是在方音的異同上，並沒有給我們很多的啓示。」〔註43〕羅、周

〔註40〕董同龢先生《語言學論文選集》，頁1～11。

〔註41〕羅常培《語言學論文選集》，頁177。

〔註42〕周因夢，“楊雄和他的方言”，見《中國語言學史話》，頁1～4。

〔註43〕漢魏晉南北朝韻部演變研究第一分冊（兩漢），頁73。

舉出下列的例子：

> 如卷一云："悷、憮、矜、憐，哀也。齊魯之間曰矜，陳楚之間曰
> 悼，趙魏燕代之間。"悷即憐之音轉，韻尾輔音不同，憐爲-n，悷爲
> -ŋ。又如卷六云："揜，捪，錯，摩，藏也。荊楚曰揜，吳揚曰捪。"
> 揜、捪二字，一在侵部，一在談部，也是相同的詞。《方言》之中這
> 種例子並不多。〔註44〕

這個例子可以有幾點啓示：

（一）《方言》中直接呈現方音差異的，就是具有音轉關係的字，我們通稱
爲‘轉語’（但它還可以用來指古今音轉，不限於方音），《方言》本文中明確
的標出轉語或語之轉的只有三處。〔註45〕

（二）所謂轉語或語之轉，可能有三種情況：（1）憐 lien 和悷（假定爲 lieng）
來自古代的 LIEN（N 代表任何鼻音的韻尾），西漢方言中，分化爲兩種不同的
韻尾；（2）本來只有 lien 一音，楊雄的時代，憐字在趙魏燕代之間音轉成 lieng，
也就是舌尖的-n 尾轉成了-ŋ 尾；（3）也可能方向和（2）相反，是 lieng 轉成 lien。
由於說文只收「憐」字，不收「悷」（同樣，有捪字無揜字），悷和揜是楊氏自
造的標音字，因此我們相信憐、揜是本音，悷、捪是轉音。但是這並不排除上
古來自另一個讀法的可能。例如：如果承認「矜」字的音韻也和悷、憐同一語
根的話，我們甚至可以擬測像*glien 或 glieng 的讀法（矜有巨巾切 gjen，居陵
切 kjəng 二音），矜的異讀也許在漢以前就存在，因此有與它對應的憐，悷二語。
單憑後世的反切及方言的資料，無從確定眞正的詞源。

（三）即使我們找出的轉語，都是同部位的雙聲（上述的「矜」字屬於舌
根聲母，與來母字不同源），而且只承認韻尾相近，主要元音相同或相近。也只
能表示漢代方音的變化，未必代表它們的詞源。

本文所探討的同源詞，其時代直到《說文》、《釋名》爲止，自然也不能排
除《方言》中的古語古音的成份，漢代的方音本來是先秦語言的流裔，或許還
雜有非漢語的借音借字也說不定。漢語只要靠文字保存下來，我們在有限的資

〔註44〕同上注，頁 73，小注（2）。

〔註45〕見《方言注商》，商務印書館萬有文庫薈要 0458。

　　《說文裏所見的方言》，嶺南學報第三卷第 2 期，頁 110～136。

料中，推求轉語，也還需要靠《說文》、《釋名》等同時代的字書作依據。分析，本文即利用這三部分資料來分析轉語，《方言》的版本則用周祖謨《校箋》本，並錄其各卷各條編號。按《方言》原來卷次順序，列舉轉語，並略作說明。

貳、方言中轉語所表現的同源詞舉隅

這裡所列的方言詞（字）除了凡通語之外，其多半屬於標音、性質，和文字的本義、引伸義無關。至於它們究竟應該算是同一個詞位，還是兩個孳乳的詞，要看它們是否爲普通的詞彙所吸收，變成兩個同義詞或一組古今字。我們這裡暫時假定，並列的兩個詞都是獨立使用的。

卷　一

1. 知 ţieg　哲 ţiät

《方言》1.1（《方言校箋》第一篇第一條 下仿此）：黨、曉、哲、知也，楚謂之黨，或曰曉，齊宋之間謂之哲。

吳曰：（吳予天《方言注商》，下仿此）「哲」係「知」之語轉。

按：《說文》哲亦訓知，《說文》雖分知、智（智于）二篆，經典通作知。知、哲均古語，《尚書·皋陶謨》「知人則哲」《詩·下武》「世有哲王」，哲皆取睿智、明哲義，與知曉義略別，當爲知曉義之引申孳乳。後世分知智爲平去二聲，猶知、哲分屬平、入，惟知、哲韻尾、元音（支轉月）皆有轉換，故爲轉語，這個轉語時代相當古，楊子雲不過記下兩個方言區之間對通語「知」的不同說法，齊宋之間謂之哲，當然也是古語的保留。至於黨與曉另有語源。吳氏謂哲係知之語，意蓋謂哲語由知語轉出，即由支部轉入月部，主要是依據「知」字爲古今通語，哲字使用範圍受局限，從構詞學上，可以如此假定，就同源詞而言，也許它們另有一個共同詞根，尚無充分證據顯示「知→哲」的語轉是惟一的方向。

2. 牟〔恈〕mǐŏg　憮（恈）mǐwag，m̥wâg

《方言》1.6：憮、俺、憐、牟、愛也。韓、鄭曰憮，……宋魯之間曰牟、或曰憐。憐通語也。

戴曰（戴震《方言疏証》下仿此）：《說文》「憮，愛也，韓鄭曰憮」「恈，憮也、讀若悔」。恈、憮蓋聲義通。……荀子榮辱篇「恈恈然，惟利飲食之見。」楊倞注：「恈恈，

愛欲之貌。」《方言》云：「恈，愛也，宋魯之間曰恈。」牟、恈古通用。

　　錢曰^{（錢繹《方言箋疏》下仿此）}：牟之言怓也。《釋詁》：怓，愛也。《廣雅》「牟、愛也。」字通作恈。《玉篇》「恈、貪愛也。」

　　吳曰：「牟」即「憮」之語轉。——《左氏・宣十五年傳》：「仲孫蔑會齊高固於無婁。」《公羊》作「牟婁」《儀禮・公食大夫禮》：「以雉兔鶉鴽」，注：「鴽，無母。」《釋文》：「無，音牟。」《說文》：「鴽，牟母也。」皆其證也。牟、憮雙聲。按：此亦魚、幽音轉之例。

　　3. 貪 tʹəm　慘 tsʹâm　惏（婪）lâm

　　《方言》1.16：虔、劉、慘、惏、殺也，秦晉宋衞之間謂殺曰劉、晉之北鄙亦曰劉。秦晉之北郊、翟縣之郊謂賊爲虔，晉魏河內之北謂惏曰殘，南楚江湘之間謂之欺（當作欺）。

　　《校箋》^{（用祖謨《方言校箋》下同）}曰：惏，戴本據《左傳・昭公二十八年》正義引改作惏。案《說文》云：“河內之北謂貪曰惏。”本書卷二云：“惏、殘也，陳楚曰惏。”王念孫《校方言疏證》云：“河內之北謂惏曰殘，當作河內之北謂殘曰惏。賊與殘相因。……殘與貪意相因，故下文即言貪。（p. 5 註 16.1）

　　吳曰：上文皆訓殺，下文率言貪，似若先後異義？其實不然。蓋太古之世，民多野蠻，殺人越貨，即謂之貪。《說文》云：貪，欲物也，从貝今聲。據「語聲之所在，即語意之所自」之理，貪从今聲，今無貪義，蓋从戋省聲也。《說文》云：戋，殺也。藉文字之結構，求語意之來原，則曰殺曰貪，意實相仍也。

按：吳氏謂殺與貪義相仍，誠是，謂貪爲戋省聲則無據，且或上古音 kʹəm 與貪
　　tʹəm 聲母不同，尤證其非。由於貪與慘、惏在方言上語意的連繫、語音上
　　又同屬侵部，聲母也都屬於舌尖音，如果假定慘字爲複聲母 *stʹəm＞tsʹəm
　　^{〔註46〕}說它們音轉，也不無可能。《說文》所引「河內之北謂貪曰惏」與方

〔註46〕竺家寧《古漢語複聲母研究》（博士論文，西元 1981 年），頁 519，擬測從今得聲
　　　　的複聲母如下：

　　　　今章忍切 *t-/tɕ-：參倉含切 -stʹ-/tsʹ-：驂倉含切 *stʹ/tsʹ-：謲七紺切 *stʹ/tsʹ-：慘七
　　　　感切 *stʹ/tsʹ：㜗倉敢切 *stʹ-/tsʹ-：趫七合切 *stʹ-/tsʹ-

　　　　《說文解字詁林》，商務版，第三冊，頁807。

言「晉魏河內之北謂㥛曰殘」有出入，《說文》又有「婪（*ləm）；貪也，从女林聲」，實際上㥛與婪同音，㥛婪也是同源詞，其實是異體字，因爲貪音爲肘爲殘賊義，「㥛」字也有殺的意思，而與貪「婪」字分化爲二。又「虔」*gʹian 可能是「㦏」kʹəm 的轉音，劉 liŏg 與戮 liok（高本漢$^{GSR}_{1069}$ gli̯ok）也互爲轉語。

4. 信 si̯en　恂 si̯wen／訦 ʑi̯əm（周 djiəm）　諶 ʑi̯əm（周 djiəm）

《方言》1. 20：允、訦、恂、展、諒、穆、信也。齊魯之間曰允，燕代東齊曰訦，宋衞汝潁之間曰恂，荊吳淮汭之間曰展，西甌、毒屋、黃石野之間曰穆、衆信曰諒，周南召南衞之語也。

戴曰：訦諶，亮諒，詢恂音義同。

錢曰：《說文》燕代東齊謂信曰訦，《大雅‧大明篇》「天難忱斯」《毛傳》「忱信也」。《蕩》「其命匪諶」《說文》引作忱。諶、忱、訦古並通用。《說文》恂，信心也。鄭叔于田箋：洵，信也。《釋詁》：詢，信也。洵詢恂古亦通。

按：允 di̯wən（李 rjiən）展 ti̯än（李 trjanx）的塞音成分，使人覺得訦、諶的上古音擬成塞音 dj- 比較合適，因爲它們都是平行的音轉關係。信、恂都是心母字，是一組同源詞，訦與諶本爲一字，《說文》諶，誠諦也，从言甚聲，又照收了《方言》的「燕代東齊謂信曰訦」，而不知合併。至於信、恂與訦也有語源關係。《方言》、《說文》既然都認爲信、訦是方言差異，董氏把訦擬成 ʑi̯əm 也許更適合漢代的方音實況。

5. 濯 di̯ɔg，dʹɔk　倬 tɔk〔爥 di̯ɔg〕濯 drakw　倬 trakw　爥 ragwh

《方言》1. 21：碩、沈、巨、濯、訏、敦、夏、于、大也，……荊吳揚甌之郊曰濯。……

吳曰：濯係倬之語轉。《說文》「倬，箸大也，从人卓聲，詩曰倬彼雲漢。」《詩‧大雅‧棫樸》、《毛傳》「倬，大也」〈桑柔〉「倬彼昊天」鄭《箋》「明大皃」。他如《詩‧文王有聲》：「王公伊濯」，常武「濯征徐國」《爾雅‧釋詁》：「濯、大也」諸濯字皆爲「倬」之語轉，濯、倬疊韻，古屬宵類。

按：濯、《廣韻》直角切，又竹教切；倬，竹角切，倬訓箸大，段注謂箸明之大。小雅甫田「倬彼甫田」傳：倬，明皃，韓詩「王公伊濯」濯訓美。由《毛詩傳箋》及《說文》《爾雅》看來，濯倬凡有大、明、美三義，大部

分的詩句皆可訓大，「倬彼雲漢」「倬彼昊天」「王公伊濯」三句，可以用明美來解釋，朱駿聲認爲濯是燿（說文：燿，照也）的假借，對這三句詩是很貼切的，明或美都是光燿之引伸。從語源上看，倬與濯之訓大，未嘗不可以和燿同源。

6. 逆 ngi̯ak　迎 ngi̯ang

《方言》1. 29：逢逆迎也，自關而東曰逆，自關而西或曰迎，或曰逢。

錢曰：春秋隱三年：「紀裂繻來逆女，是逆爲迎也，禹貢「逆河」，今文尚書作「迎河」，近逆同聲通用。

按：這是鐸、陽相轉之例。這是由方言而造成的典型的同源詞，不能確定「逆」在先或迎在先，由經典看來，似乎逆比較古些。

卷　二

7. 朦 mûng　厖 mung　豐 p'i̯ong

《方言》1. 12：敦、豐、厖、乔、幠、般、嘏、奕、戎、京、奘、將，大也。

《方言》2. 2：朦、厖，豐也。自關而西，秦晉之間凡大貌謂之朦，或謂之厖；豐，其通語也。趙魏之郊、燕之北鄙，凡大人謂之豐人。燕記曰：豐人杼首。……燕趙之間言圍大謂之豐。

錢曰：《廣雅》：朦、厖、豐也。《玉篇》：朦、大也、豐也。《詩・大東篇・毛傳》：饛、滿簋皃，〈生民篇傳〉：幪幪然盛茂也。義並與朦近。《玉篇》朦字亦作朧、朧與厖通。……大人謂之豐人，猶大碑謂之豐碑、大狐謂之豐狐、大屋謂之豐屋。《周官》匠師主豐碑之事，《莊子・山木篇》：夫豐狐文豹，《說文》：豐，大屋也，引易曰豐其屋，今本作豐是也。

按：《說文》豐，豆之豐滿者也。豐訓大屋。《說文》蒙聲皆有蒙覆義，饛亦訓滿簋皃，蒙聲而訓滿，訓大，實「豐」之語轉，尨聲古多與蒙聲相通，如《左傳》僖五年：「狐裘厖茸」《邶》詩作「蒙戎」，《商頌・長發》「爲下國駿厖」《大戴記》作「恂蒙」《荀子・榮辱篇》作「駿蒙」，皆蒙、厖同聲之例。

8. 奕 di̯ăk　偞 di̯ɐp

《方言》2. 4：奕、偞，容也。自關而西，凡美容謂之奕，或謂之偞。宋衛

曰傑，陳楚汝穎之間謂之奕。

　　吳曰：依《說文》：「宋衛謂華傑傑」李善《文選注》引「自關而西，凡美容謂之奕奕。」宋某氏紺珠集引部注作：「奕奕傑傑皆輕麗貌。」見四康提要子部雜家引，疑舊本作：「自關而西，凡美容謂奕奕，或謂之傑傑。宋衛曰傑傑，陳楚汝穎之間謂之奕奕。」奕奕、傑傑皆重言形況詞。始識之以俟考。

按：吳氏所見誠是。奕奕、傑傑，或狀人或狀花之容態輕麗。奕屬鐸部、傑（或作傑）屬盍部，入聲韻尾相轉。

　9. 私 sied　細 si̯ed°

　　《方言》2.8：私、策、纖、葰、稗、杪、小也，自關而西，秦晉之交，梁益之間，凡物之小者謂之私，小或曰纖，繒帛之細者謂之纖。東齊言布帛之細者曰綾，秦晉曰靡。……木組枝謂之杪，江淮陳楚之內謂之蔑（戴本作蔑）。……

　　吳曰：「私」係「細」之轉聲。其語根實為「絲」。絲，物之細小者也，故意轉而謂「小」為「絲」，字別作「細」，「細」轉為「私」，齒音自相轉，《之》迻入《脂》也。

按：細、私同屬脂部心母，僅介音及聲調有別，私為「細」之轉聲當無可疑，其本或由「絲」si̯əg 語所轉化，或轉為誤部之「纖」si̯ɐm。

　10. 靡 mi̯wa（李*mji̯ar）　蔑（蔑）mi̯wät（李 mi̯at）〔杪 mi̯ɔg〕

　方言 2.8：（已見上條）

按：繒帛之細曰纖，布帛之細曰綾、秦晉曰靡，木細枝曰杪，曰蔑。靡、杪、蔑皆取細小之意，杪之語根或同眇（《說文》眇，小目也。細訓敠，敠訓眇。），靡在歌部，蔑在月部，歌月相轉，聲韻皆合。

　11. 遉 t´ɔk　悼 d´ɔg

　　《方言》2.13：遉、猲、透、驚也，自關而西秦晉之間凡蹇者凡謂之遉。體而偏長短亦謂之遉。宋衛南楚凡相驚曰猲，或曰透。

　　錢曰：《廣雅》：遉，驚也。《說文》：遉，蹇也；蹇，跛也。彼、蹇也。跛行不正也。遉通踔，〈海賦〉，跾踔湛濛，李善注：波前却之皃。……

　　吳曰：此條上下同音而異義。遉之訓驚，「遉」之言「悼」也。《說文》：「悼，懼也。陳楚謂懼曰悼，从心卓聲。」《周書謚法》：「恐懼從處曰悼。」《國語・晉語》：「隱卓播越」注：「懼也。」懼、驚同意，卷十三：「懼，驚也。」

按：《方言》標題既以遒訓驚，其下分述又以《說文》遒之本義釋之，似謂關西
　　秦晉尚有用「遒」爲蹇者，以別於一般之以「遒」爲驚者。此吳氏所謂上
　　下音同而異義。吳氏因謂遒之訓驚，實即《說文》「遒」之音轉，故曰「遒
　　之言悼也」。《廣韻》：悼，徒到切，遒，敕角切，二語有聲母清濁，
　　調分去入之異，故言音轉。

12. 猲 śi̯ak（周 stˊjak）　透 śi̯ok（周 stˊjəwk）

《方言》2. 13（仝上條）

錢曰：《說文》：「猲，犬猲猲不附人也。南楚謂相驚曰猲，讀若愬。」廣雅：
「猲，驚也」，又「猲，虘也。」虘與狙通。《說文》：「獷，犬獷獷不可附也。」
狙、獷皆驚散之兒，義並與猲同。透與猲古同聲，《廣雅》：「透，驚也。」曹憲
音叔，《說文》：「倏，走也，讀若叔。」《賈子・容經篇》：「穆如驚倏」義亦相
近也。

按：《說文》無透字。然有「倏」（段依韻會本韻爲：犬走疾也。）「逡」（疾也，
　　長也。《廣韻》式竹切）二字。段氏逡下注：「按《方言》透驚也，式竹切，
　　吳都賦驚透沸亂，透即逡字，音義正同，今人以爲透漏字，他候切。」《說
　　文・新附》「透，跳也，過也，从辵秀聲。」鄭知同《說文・新附攷》曰：

　　知同謹案：《方言》遒、猲、透、驚也。自關而西，秦晉之間凡蹇者
　　謂之遒，宋衛南楚，凡相驚曰猲、或曰透。此透之本義也。古字作倏，
　　《賈子・容經篇》：穆如驚倏，即透字，《韻會》引《說文》：倏，犬
　　走疾也。走疾故有驚義。《說文》猲讀若愬，倏讀若叔，愬古音入聲
　　如朔，猲、倏一聲之轉。倏之去聲則如秀，故別从秀聲作透，古仍讀
　　如叔。見曹憲《廣雅音》。《篇》、《韻》透音他候切，亦有式六切之讀，
　　則古今音兩存之。《方言》遒訓驚而兼跳義。……故透訓驚而亦得有
　　跳義。……其訓過者古籍未見，而唐人書有之。……」（《說文詁林》
　　807 頁）

按：鄭說是也。惟倏、儵亦音義相同字，則透字實倏、儵之轉注字。古音攸聲，
　　秀聲同在幽部。猲在鐸部（魚部入聲）、逡倏（即透）在覺部（幽部入聲），
　　雙聲相轉，音同義近。

13. 苦 ˚kˊâg　快 kwad˚

《方言》2.17：逞、苦、了、快也。自山而東或曰逞，楚曰苦，秦曰了。

錢曰：案快有三義：逞爲快意之快，苦爲快急之快，了爲明快之快，而其義又相通。……《說文》：楚謂急行曰逞，疾與急同義，是逞又爲快急之快也。《廣雅》：苦快也，李善注《廣絕交論》引《說文》：苦急也。《莊子・天道篇》「斲輪徐則甘而不固，疾則苦而不入。」《淮南・道應訓》同。高注：苦急意也。甘，緩意也。是苦爲快急之快也。……

吳曰：苦者，郝懿行云：「苦，快俱以聲轉爲義也。」朱駿聲云：「苦，快一聲之轉，取聲不取義。與「徂」、「存」雙聲同。若「臭」兼香臭，自是本義。亂與敵別，故當訓治也。」按：郝、朱二氏之說是也。《楚語》謂快爲「苦」，即「快」之聲轉，猶關東謂迎爲逆也。

按：郭注「苦爲快者，猶以臭爲香，亂爲治、徂爲存，此訓義之反覆用之是也。」這個說法又見於《釋詁》「徂，在、存也」下注。即後人所謂「反訓」，錢繹雖然知道逞爲快意，苦爲快急、了爲明快，三種快的不同，卻又接受郭璞「反訓」的說法。《方言》中還有兩條與此相關：

2.34 速，逞，搖扇，疾也。東齊海岱之間曰速，燕之北鄙、朝鮮洌水之間曰搖扇。楚曰逞。

3.13 逞、曉、恔、苦、快也，自關而東或曰曉，或曰逞，江淮陳楚之間曰逞，宋鄭周洛韓魏之間曰苦，東齊海岱之間曰恔，自關而西曰快。

2.34 裡的「逞」訓速訓疾，與 2.17 的「逞」訓快不同，其方言區亦不同（《說文》楚謂疾行爲逞，即據 2.34）足見本條「逞、苦、了快」只能解爲快喜之快（《說文》：快，喜也），錢氏謂苦爲快急非方言之本意，且 3.13 與本條相同，僅將 2.17 的「了」字換成曉、恔（《說文》恔，憭也）二字，然其方言又不合，如「苦」字一繫於楚，一繫於宋鄭周洛韓魏之間，倘方言同出一人之記錄，何以齟齬若是？此中問題尚多。然誠如郝氏、朱氏之說，苦、快但取聲轉，苦有快義，是由快聲所轉，但借甘苦字爲「聲」耳，與五味之「苦」殊無意義關係，以苦、快爲反訓，實不能成立，殆由泥滯於文字本義所誤。〔註47〕然凡言聲轉，亦不能拘執於兩字之間，謂魚部之 k′âg（苦）必由月部之 kwad°（快）所轉出，「快」（kwad°）只是一個設定的語根，也許「苦」「快」都來自

另一個較早的詞源。這個詞源也要能說明逞、曉、恔、了的關係，我們目前尚無法推測。

14. 嚛 xi̯wăd　呬 xi̯ed（t'i̯ed）　息 si̯ək

《方言》2.25：餀、嚛、呬、息也。周鄭宋沛之間曰餀，自關而西、秦晉之間或曰嚛、或曰餀，東齊曰呬。

錢曰：漢書匈奴傳：「跂行嚛息蠕動之類，師古注：嚛息，凡以口出氣者，是嚛爲息也。……《釋詁》：呬息也，郭注：今東齊呼息爲呬，說文同。東齊作東夷，引詩曰犬夷呬矣，今詩詩作「昆夷駾矣，唯其喙矣」蓋合二句引之耳，混作犬，喙作呬，或用三家詩也。

吳曰：餀、嚛、呬均係「息」之語轉也。周鄭宋沛之間謂息爲餀，可知息、餀不同聲，而餀乃息之語轉矣。考「餀」字《說文》不錄，漢之俗字也。蓋「息」字聲轉爲「食」聲，俗遂注「食」以標聲，合成「餀」字。

按：廣韻職韻餀，食也，相即切，與「息」同音，知吳說非是。又去聲至韻：

呬，息也，虛器切，又丑致切，陰知也，〔字亦作呬〕。「虛器切」之音正與郭音「許四切」合，而董氏上古音表稿（223 頁）但收丑致切（*t'i̯ed）一音，周法高上古音韻表（25.3）仍之，不察《說文》二徐呬音虛器切，乃《方言》之古讀，丑致切音義皆與《方言》異，喙、呬同屬曉母，月（祭）與脂相轉。息爲錫部齒擦音，與喙、呬聲韻稍遠，然視爲《方言》聲轉，非不可能。

15. 斟 ti̯əm　汁 źi̯əp（高 ti̯əp）

《方言》3.7：斟、協、汁也。北朝鮮洌水之間曰斟，自關而東曰協，關西曰汁。

郭注：謂和協也，或曰潘汁，所未能詳。

錢曰：《說文》「斟、勺也。」《史記·張儀傳》：「廚人進斟」《索隱》：「斟謂羹勺（勺原誤作汁），故因名羹曰斟。（戴、錢皆引作因名汁曰斟，與今本異）」斟訓勺，鄭注士冠禮勺尊斗所以斟酒也。所以斟酒謂之斟，所斟之汁亦謂之斟，義相因也。《說文》：「潘，汁也，引傳曰：猶拾瀋也，杜注：瀋，汁也，《釋文》：北土呼汁爲瀋。哀十四年傳：遺之潘沐，杜注：潘，米汁也，《說文》：潘、淅米汁也。……

吳曰：郭注此條，游移於「和協」「潘汁」二義，而不能遽斷，未免失之矜慎，依《史記‧張儀列傳》，……是廚人「進斟」即「進汁」，而與朝鮮語合。以「斟」「汁」上下互證，則「和協」之說非也。又按：「斟」「協」並爲「汁」之語轉，「汁」「協」疊韻，「斟」「汁」雙聲。

按：吳說甚諦。依照高本漢的擬音：斟*ṯiəm（董氏同）〔廣韻職深切〕，汁*ṯiəp〔廣韻之入切，董氏據"是執切"之音擬同「十」「拾」*źiəp〕則斟、汁爲平、入相轉，當係同源詞，《史記‧索隱》因勺而名所斟之物亦曰斟，恐非事實。《說文》潘，廣韻昌枕切，高擬上古*ṯʼiəm（董擬 śiəm，周擬 stʼiəm），與「斟」最近，潘亦爲汁之轉語。《釋名‧釋飲食》：「宋魯人皆謂汁爲潘」是其證。

16. 雜 dzʼəp　集 dzʼiəp／萃 dzʼiwəd　聚 dzʼiug

《方言》3.17：萃、雜、集也。東齊曰聚（原作聖）。

《校箋》曰：聖，戴氏據廣雅改作聚，案玄應《一切經音義》卷四引《方言》云：東齊海岱之間謂華曰聚。又慧琳《音義》卷三十引《方言》云：東齊之間謂萃爲聚。是字當作聚無疑。

按：《說文》：「雧，羣鳥在木上也，或作集」，陳風墓門毛傳：「萃集也」《周易‧萃》王註「聚乃通也」，是萃訓聚、集也。又《說文》「襍，五采相合也」，〈鄭語〉「先王以土與金木水火襍以成百物」，韋注：「襍，合也。」由音韻看，萃、聚乃微部與侯部雙聲相轉，至於雜（組合切）與集（秦入切）音義皆近，實一語之轉，萃與集亦僅韻尾與齊、撮之殊，當可推到更古的同源關係。

17. 迨（高ʼdʼəg）　遝（高）dʼəp　董 dʼəp（逮 dʼêd，died）　高 dʼəd，diəd

《方言》3.18：迨，遝、及也，東齊曰迨、關之東西曰遝

《校箋》曰：遝，《玄應音義》卷六，《慧琳音義》卷三，卷二十七引字竝作逮，按：遝、逮字通。

錢曰：〈釋言〉迨，及也；逮，及也；《說文》：棣，及也，引《詩》：棣天之未陰雨，今詩作迨，《毛傳》：迨，及也。《說文》：隶，及也，〈釋言〉又云：逮，遝也，郭注：今荊、楚人皆云遝，迨、遝聲之轉耳。《說文》：遝，迨也。

哀十四年公羊傳：祖之所逮聞，漢石經作遝。《說文》：眾，目相及也，諜，語相及也。……

按：就古音觀之，迨 d′əg、遝 d′əp 逮 d′ə̂d 是一組平行的同源詞，其音轉只在韻尾，也與上例平行，它們之間何者爲語根，尚不易認定。《說文》有隸、逮無迨，疑迨字晚出，王筠疑迨爲迨（亦訓遝也）之訛，雖不必然，然迨與隸字有關。從字根看來，隶與眔蓋最先，其後孳乳爲逮，遝，又其後借棣爲之，音轉爲台，故加台聲爲隸，又簡化爲迨，這是從文字上作一推測，尚無充分之證據。

18. 帔 p′ịwa（平去）　襬 pieg（？）

《方言》4.4：帬、陳魏之間謂之帔，自關而東或謂之襬。

錢曰：《說文》帬，下裳也，或作裠。……《廣雅》：帔，帬也，《說文》：帔，宏農謂帬帔也。〈豳風・東山篇〉《正義》引陸璣《義疏》云：鸛雀……一名早裙，《廣雅》：皁帔，藋雀也。下裳謂之帬，亦謂之帔，故雀之黑尾者謂之皁裙，亦謂之皁帔也。襬帔聲之轉耳。《玉篇》：襬，關東人呼帬也。師古急就篇注：帬即裠也，一曰帔，一曰襬也。

按：帔，襬爲聲轉，《釋名・釋服飾》：「帔，披也，披之肩背不及下也」，此爲帔肩，與《說文》、《方言》帬帔不同、蓋用其聲耳（今作披肩）。〈釋喪制〉：「兩旁引之曰披，披，擺也，各於一旁引擺之，備傾倚也。」此爲「執披」（亦言執紼）字，與帬帔義略近，帔披皆从皮聲，襬擺同从罷聲，二例平行，皆漢時方音之異名，襬、擺不見於《說文》，當爲後起字，帔、披董音 p′ịwa 高音 p′ia，襬、《廣韻》彼爲切（關東人呼裙也）*pi̯ĕg 又披義切（衣也），擺音北買切（擺撥）*peg，此歌、支相轉例。

19. 篗（籔）sûg　縮 sok（李 srjəkw，周 siəwk）

《方言》5.19：炊箕謂之縮，或謂之篗（部音藪）或謂之㽇。

錢曰：《說文》篗，漉米籔也。又云：梢，木參交以支炊篗者也。……縮之言滲也、周官甸師鄭眾注：束茅立之祭前、沃酒其上，酒滲下去，故謂之縮；縮，浚也，以茅滲酒謂之縮，猶漉米去水謂之縮也。《說文》籔，炊篗也。……《廣雅》：㽇篗也，《玉篇》㽇，盪米篗也，《說文》：匜，㴞米籔也。《集韻》匜或作㽇。王念孫曰：縮、籔、匜一聲之轉，籔之轉爲匜，猶數之轉爲算也。

吳曰：按段玉裁云：《方言》籔同籔，縮即籔之入聲也。

按：《說文》無籔字。籔廣韻蘇后切（漉米器）又所矩切（窶籔、四足几也），
　　前一音當即「籔」字。縮音所六切，籔在侯部，縮在幽部入聲（覺部），上、
　　入異部相轉，段氏謂縮即籔之入聲，不確。

20. 槌 d´ịwəd　植 d´ịəg，źiək（高 ɖịək 周 djiək）　欙 tâd　栺 tək

《方言》5.33：槌（郭注縣蠶薄柱也，度畏反），宋、魏、陳、楚、江淮之
間謂之植（音值），自關而西謂之槌，齊謂之样（音陽）。其橫，關西曰㮧（音朕，
亦名校音文），宋魏陳楚江淮之間謂之欙（音帶）齊部謂之栺，（丁革反，原作丁
謹反依戴氏正）。……

《說文》：槌，關東謂之槌，關西謂之栺，从木追聲，又：栺，槌也，从木
寺聲。

錢曰：《說文》槌，關東謂之槌，關西謂之栺，西疑東之誤，《齊民要術》
引崔寔云：三月清明節，令蠶妾具槌栺箔籠。槌之言縋，《說文》：縋，以繩
有所懸鎮也。……月令：具曲植，鄭注：植，槌也。……㮧，《說文》作栚，
云：槌之橫者也，關西謂之㯱。《廣雅》「㮧，槌也」。《呂氏春秋》「具栚曲」
高注：讀曰朕，栚栺也，三輔謂之栚，關東謂之栺。栺《淮南·時則訓》注
作「栺」。

按：依錢氏引證，則槌、植、样爲懸蠶薄的直柱子，其橫者爲㮧（栚）、欙、栺，
　　統言之，則槌、栺無別、析言之，則宋魏陳楚江淮曰植欙，關西曰槌㮧（或
　　槌㯱），齋謂之样栺。則直、橫有別，《說文》以槌、栺爲同語，其隸諸關
　　東、關西，又與《方言》不合，恐許氏失察。今以槌、植爲轉語，蓋皆取
　　其直柱義、欙、栺（亦作栺）爲轉語；前一組元音相同，韻尾有別，後一
　　組則竝主要元音也有轉換。

21. 籔 tsek　第 ｡tsịed

《方言》5.36：牀，齊魯之間謂之簀（郭注：牀版也、音迮），陳楚之間或
謂之第（音滓，又音姊），其杠，北燕朝鮮之間謂之樹。……

錢曰：《說文》：牀，安身之坐者。《釋名》，人所坐臥曰牀。牀，裝也，所
以自裝載也（松案：此亦俗詞源說，非探本之論）《說文》：簀，棧也（案：當
作「牀棧也」）第，牀簀也。〈釋器〉：簀謂之第，郭注：牀版。……蓋牀是大名，

簀是牀版，簀名亦得統牀，故孫炎以爲牀也。……按第之言齊也，編竹爲之，均齊平正、故謂之第，聲轉爲簀，簀之言嫧也，凡言嫧者皆平齊之意，《說文》：嫧，齊也。荀子君道篇：「斗斛敦槩者，所以爲嘖也。」《說文》：齰，齒相值也。《釋名》幘，蹟也，下齊眉蹟然也。嫧、嘖、幘，聲並近簀，義亦近也。……聲又轉爲棧，編木爲馬牀謂之馬棧，編竹爲簀，謂之牀棧。其義同也。

吳曰：《說文》：「几，尻几也。」是牀與几，古實同物同名。尻几謂之几，臥牀形與几似，故亦謂之几。齊魯之間謂之簀，陳楚之間或謂之第；皆几聲之轉也。

按：牀古音 dzˊəng（李 dzrjəng），几音 kịed（高氏 kịɛr），它們沒有同源的條件，中古精母的「第」「簀」，也不可能從見母的「几」字轉出，除非能爲第、簀找到舌根音的來源，事實上並沒有任何可能性，因此吳說是錯誤的。錢氏的說法，認爲第聲轉爲簀，大抵可信，至於簀、棧是否語轉，就不敢確信了。第、簀二字經典皆見，按照桂馥《義證》的資料，經典用第較簀爲多而普遍，「第」音轉爲「簀」大概是可信的。

22. 聭 ŋwet〔明 ŋwat〕　聵 ŋwəd　〔纇 ŋịěd〕

《方言》6.2：聳、聹、聾也。……聾之甚者，秦晉之間謂之聭。（郭注：五刮反，言聭無所聞知也，《外傳》聳聵司火，音蕭聵。）吳楚之外郊，凡無（有）耳者亦謂之聭，其言聭者，若秦晉中土謂墮耳者聭也（五刮及）

錢曰：《說文》：吳楚之外，凡無耳者謂之聭。又云：睽，目不相視也。《衆經音義》卷一引《廣蒼》云：睽，目少精也。無耳謂之聭，猶目不相視謂之睽也。卷十三云：墮，脫也，墮與墮同，《說文》聭，墮耳也。墮耳謂之聭，猶斷足謂之跀，《說文》跀，斷足也。聭跀音同。……《說文》：聵，聾也。五怪切，或從戉作聉。

按：聾之已甚秦晉之間謂之聭，吳楚之郊以無耳爲聭，《方言》認爲聭，聭是同源詞，那麼，它的語根就和跀相同，並取墮斷義。但是我們從另一些字，如睽、聵與纇，可以發現聭取耳聾之意，可能不完全從「墮耳」或「無耳」的意思來的，睽古音 kˊiwed（高氏 kˊiwər）和「聭」的聲母雖異，卻是同部位的口部與鼻音之互換，（睽音送氣 kˊ-有點不合），韻尾也是同類平、入調之轉換。《說文》聵：聾也，從耳貴聲，聉，聵或從戉，聭，或從豙作。

王筠曰：「玉篇、廣韻皆有聲無瞈，與頁部頯同從豪聲，義亦極近。」（《句讀》）「聭有重文聲瞈，頁部頯下云：頭蔽頯也。顏下云：癡顏，不聰明也。案聭、頯、顏三字皆五怪切，而聲與蔽皆从叔聲，瞈與頯皆從豪聲，聭聲也，與顏之不聰明訓義又相似，或者三字即一字也。」（《釋例》）〔註48〕綜上所述，我們可以假定這組訓為聲的詞根形式為 ŋWET（E 代表半高或央元音，T 代表舌尖塞音韻尾）。《方言》的「瞒」字，《說文》的「聭」，「頯」，都是由此孳乳的，至於「睽」與「明」是否在這組詞源內，存疑。

23. 瞲 kwân，kwan　眷 ki̯wan

《方言》6.11：瞲，眮，轉目也。梁益之間瞋目曰瞲，轉目顧視亦曰瞲，吳楚曰眮。

吳曰：《說文》：「瞲，目多精也。」「瞋，張目也。」用神視時，則瞳孔放大，此瞋目之所以呼為「瞲」也。轉目顧視亦曰瞲者，係「眷」之轉音也。《說文》：「眷，顧也，从目卷省聲。」——《詩·盧令》：「其人美且鬈。」，鄭箋：「鬈當讀為權。」《說文》：「鬢，讀若權。」《淮南子·修務訓》：「唪睽哆嗎。」高《注》：「唪讀權衡之權。急氣言之。」（鬈、鬢、唪，眷並从「卷」聲；權、瞲並從「藋」聲）此皆「瞲」「眷」聲相轉之證。

按：瞲，廣韻古玩切，又古患切。眷，居倦切，上古同屬見紐元部，它們之間唯一的轉換是介音（即洪細之轉換），因此吳氏轉音之說是可信的。本條可參考「形聲字」舉例元部 11a。

以下各例是僅見於《說文》的方言詞，有些聲韻關係極鬆，甚至不太有音轉的可能，也許是複聲母的遺跡，或者另有語源，我們儘可能保留這些資料，略加討論，唯不徵引例證。

24. 秾 lə̂g　麥 mwək（李音 mrək）

《說文》：秾，齊謂麥秾也。从禾來聲。

又：來，周所受瑞麥來麰也，二麥一夆，象其芒束之形。天所來也，故為行來之來，詩曰：詒我來麰。

又：麥、芒穀，秋種厚薶故謂之麥，……从來，有穗者也从夂。

〔註48〕垃見《說文解字詁林》，商務版十二冊，頁 5359。

按：根據許愼的說法，來、麥同物，「天所來」、「厚薶」都是聲訓，解釋它們得
　　聲之由，故一物二名。甲骨文已有來字，且已假借爲行來之來，許氏解來
　　爲麥，其譯形也是正確的，不過「周所受」「天所來」則近於傅會。羅振玉
　　曰：「《說文解字》麥从來从夊，案此與來爲一字，許君分爲二字誤也。來
　　象麥形，此从𡕹（降字从之，殆即古降字）象自天降下，示天降之義，來
　　牟之瑞在后稷世，故殷代已有此字矣。」〔註 49〕這是護許的主張。李孝定
　　曰：

> 今按來麥當是一字，羅說是也。𡕹本象到止形，於此但象麥根，以米
> 叚爲行來字，故更製緐體之𡏂以爲來麰之本字。葉謂米爲麥之本字，
> 𡏂爲行來之本字，若謂行來之來，亦有專字者，其說大繆，誠如其言，
> 則卜辭行來字累數百見，何以無一作𡏂而必作米，而𡏂字復有用爲來
> 麰字者，既各有本字而必互爲假借，何殷人之不憚煩如此也。〔註 50〕

按卜辭來、麥二字分用畫然，李說甚塙。張哲也說：

> 麥（按指來）既借爲往來的來，就不得不另造麥字以資區別，因之
> 才有連根麥形作麥的專字，朱駿聲說：往來之來，正字是麥，菽麥
> 之麥，正字是來，三代以還，承用互易，今就殷代甲骨文中來字、
> 麥字悉心比較，確知來字、麥字都有着合理的造字觀點與明顯的演
> 變跡象，並未如朱說的承用互易。〔註 51〕

現在問題是行來的「來」何以假借麥的初文「米」？是否麥最初音「來」，但何
以解釋另一音麥？許氏的聲訓既然不可靠，從語言上解釋的方法有二，其一，假
定來麥同源，如章太炎《文始》卷八所說的「來古音葢如麥，亦如釐，變易爲秾，
齊謂麥秾也。」既如麥又如釐，似乎 m-，ℓ-兩音兼取，那麼最合理的說法就是
上古有複聲母*mℓ-的存在，其後在兩方言中分成 m-，ℓ-異讀。其二，來、麥本不
同源，可能是兩種麥。陳夢家說：「來是說文『齊謂麥秾也』之秾，是小麥。」
〔註 52〕《廣雅》：「來，小麥，麰，大麥」，若來麰是小麥大麥的合稱，那麼麥或許

〔註 49〕見《增訂殷虛文字攷釋》中，三十四葉下。

〔註 50〕見《甲骨文字集釋》卷五，頁 1889～1893。

〔註 51〕《釋來麥麰》，中國文字七冊，頁 2～4。

〔註 52〕《卜辭綜述》，頁 530。

和麳有關，從《說文》用「來麳」一詞，看不出是兩種麥，詩〈思文〉：「貽我來
牟」，臣工「於皇來牟」思文傳：「牟麥也。韓詩作麰（按即牟麥合音），章句云：
「麰，大麥也」，孟子「今夫麰麥」趙注：麰麥，大麥也。朱駿聲曰：「來牟者雙
聲連語，後人乃云大麥麰，小麥麳，望文生訓。」若按朱氏「雙聲連語之說，則
複聲母應該作 ℓm，而不是 mℓ，因爲自來皆曰來牟，未云牟來。《說文》來一秫，
麥一牟（或麰）之間的平行關係，我們至少確定許愼時齊地方言尙稱麥爲來（可
惜《方言》不足爲據，方言卷十三：麰麴也），則可能來秫是另一種方言，後人
誤來、麥爲同語，此說存疑。

25. 黸 lâg　鸝 lied（高 liər）

《說文》：黸，齊謂黑爲黸，从黑盧聲。

《爾雅・釋鳥》：倉庚，鸝黃也。

雷浚曰：《說文》無鸝字，當作鷜，作離，玉篇鸝黑也，亦作黎，經典凡訓
黑之字多作黎〔註53〕

《釋名・釋地》：土青曰黎，似黎草色也。土黑曰盧，盧然解散也。

《方言》3.5：黸瞳之子謂之矊。（郭注：黸，黑也）

按：《書・文侯之命》盧弓一，盧矢百，《傳》云：盧，黑也。《荀子・大略》：
「大夫黑弓」公羊定公四年傳注：「士盧弓」。《左傳・僖公十八年》「旅弓
矢千」，〈文公四年傳〉同。《法言》：「彤弓黸矢」、段玉裁曰：「經傳或借
盧爲之，或借旅字，皆同音叚借也，旅弓旅矢見尙書、左傳，俗字改爲旅。」
（黸下注），王筠則謂旅、盧爲古假借字，黸則繼起之分別字（黸下《句
讀》），此爲先假借後造本字。然則鸝亦後起分別文。黸、盧、鸝、黎、旅、
旅皆一語之轉，盧聲、旅聲在魚部，黎聲在支部，魚支相轉，依經典用字
看來，盧聲在先，是魚轉支也，齊方音仍存古語。

26. 臞 g´iwag（平、去）　脙 g´iŏg，xịŏg

《說文》：臞、少肉也，从肉瞿聲。

又脙、齊人謂臞脙也，从肉求聲，讀若休止。

段注：臞，齊人曰脙、雙聲之轉也。《釋言》曰：臞脙瘠也。玉篇云：齊人
謂瘠腹爲脙。許音休，今音巨鳩切。（脙下注）

〔註53〕《說文解字》外編卷十一，爾雅。見《說文解字詁林》，頁6914。

按：廣韻臞，其俱切，又其遇切。脙音巨鳩切，又許尤切，許尤切蓋本許讀。
此魚、幽之轉，若依許讀若，則音轉尤屬者也，疑巨鳩切更古，許從漢人
讀耳。

27. 撓 nɔg，xôg　嬈 niɔg，gnjɔg

《說文》：撓，擾也，从手堯聲

又：嬈，苛也，一曰擾也，戲弄也，从嬈聲。

按：嬈一曰擾當爲撓之轉語，撓，廣韻「奴巧切」下云「擾亂也」「呼毛切」下
云：「攪也」意無別，當爲方言異讀，二徐音奴巧切，當近古音。

28. 蟣 g′iəd，kiəd，蛭 tjet，ʔjet，tiet

《說文》：蟣，蝨子也，一曰齊謂蛭曰蟣，从虫幾聲。

又：蛭，蟣也，从虫至聲。

按：《說文》「一曰」說明方言異名。聲母 g′～t 之間差異較大，是否爲轉語，
不能確定。

29. 燕·iän（平、去）　乙·jət

《說文》：燕燕，玄鳥也，籲口、布㹨，枝尾，象形

又：乙，燕燕，乙鳥也，齊魯謂之乙，取其鳴自謼，象形。

按：二字皆象形。則當爲元、月相轉。齊魯猶存占語，「燕」當爲漢代通語。

30. 霰 siän　霄 sjɔg

《說文》：霰，稷雪也，从雨散聲。

又：霄，雨霰也，从雨肖聲，齊語也。

按：此二字聲同韻異，也不太可能爲語轉。徐灝曰：「傳注多訓霄爲雲氣，未
有言雨雪者。張平子思元賦：陟清霄而升遐，則竝雲氣無之。《爾雅》云：
雨霓爲霄雪。（按霓爲霰重文）即小雅頍弁所謂如彼雨雪，先集維霰也。
孔疏云……陽氣薄而脅之，不相入則消散而下，因雨水而爲霰，是霄古通
作消，猶言消雪耳，非雲霄之消也。況此向文義不完，其爲妄人所改無疑。」
[註54] 從徐氏說，則霰，霄並取消散義，消與散非語轉，則霄與霰亦非語
轉，但它們可能具有更古的共同語源也不一定。

[註54] 《說文段注箋》霄字下。引自《詁林》，頁5184。

31. 火 xwər　烻 m̥ǐwəd　燬 xǐwəd　煤xwôg（呼罪切）Xwân（古阮切）

《說文》：火，烻也，南方之行炎而上，象形（呼果切）

又：烻，火也，火也，从火尾聲。詩曰王室如烻。（許偉切）

　：燬、火也，从火毀聲，春秋傳曰：衞侯燬。（許偉切）

《方言》10.6：煤，火也（呼隗反）楚轉語也、猶齊言烻火也（音毀）。

按：烻下段注：「燬烻實一字。《方言》齊曰烻：即爾雅郭注之齊曰燬也（按《釋言》：燬，火也）。俗乃強分爲二字二音，且肔造齊人曰燬，吳人曰烻之語，又於說文別增燬篆，烻德明所據不如此。」按燬、烻蓋皆火之語轉，古有異文，不必謂燬爲增字。且其音略有差異。將各家擬音竝于下：

	董	高	李	周
火	xwər	xwâr GSR（583）	hwərx（＜hmərx？）	xwəʳ
烻	m̥ǐwəd	xmǐwər（356）		xmjwər
燬	xǐwər	xwâr（353）	hmjərx（＜hmjərx？）	xwəʳ

至於煤字，《方言》明言「楚轉語」，《廣韻》呼罪切云「南人呼火也」，古玩切云：「楚人云火」，依郭璞注方言爲呼隗反，與呼罪切合，古玩切之音恐非古。今依前音擬爲 xwôg，如果依形聲字推測，煤从果聲，也可能原讀*xwâr，正是高氏收在第八部（歌之半）收-r 的字。那就與火完全同音。按《方言》及郭注，煤xwôg 實火 xwər 之轉音，僅韻尾之異。

32. 餉 xǐəng　饟 śǐəng

《說文》：餉，饟也，从食向聲。（式亮切）

又：饟，周人謂餉曰饟，从食襄聲。（廣韻式羊、書兩、式亮三切，二徐音人漾切。）

段注：周頌曰：其饟伊黍，正周人語也，《釋詁》曰：饁，饟饋也。（饟下注）

按：許氏所謂周人，不知是古語還是周洛一帶方音，依段說則爲古語，孟子「葛伯仇餉」又云「有童子以黍肉餉。」孟子雖周人，實鄒魯人，此或亦方語之殊。二徐饟音人漾切，不知何據，玉篇：饟，式尙切，式章切，與廣韻同，諸家對這兩字擬音也是分歧切，竝錄于下：

	董	高	李	周
餉	x̯iang	*ʔ／śi̯ang／sheng	*skhjangh（？）＞śjang	st´jang
饟	śi̯ang	śi̯ang	*hnjang＞śjang	st´jəng

董氏的擬音最合乎轉語音近的現象。却不完全照顧諧聲，周氏只擬式亮切一音，是個省事的辦法，把二字當一字，恐怕也不是許叔重的原意。李氏和高氏一樣，對餉之擬音存疑。至少*skh-與*hn-在許氏時似乎差別太大了。如果這樣，這兩字是否爲轉語，也當闕疑。

33. 爨 ts´wân　炊 t´i̯wa（李*thrjuər）〔燀 t´i̯än〕

《說文》：爨，齊謂炊爨，𦥑象持甑，冂爲竈口，𠬶推林內火。（七亂切）

又：炊，爨也，从火吹省聲。（昌垂切）

按：《說文》此二字互訓，就韻部言、元歌音近相轉（李氏擬-r尾更合適）。然聲母一爲塞擦音，一爲塞音，轉迻的例子很少，就《方言》的現象而言，也非全不可能。倒是另一個《說文》也訓「炊」的「燀」字，音t´i̯än，與「炊」音轉的可能性更大。

34. 埂 kăng　阬 k´âng，k´ăng

《說文》：埂、秦謂阬爲埂，从土叓（更）聲，讀若井汲綆。

又：阬，閬也，从𨸏亢聲。

段注：閬者門高大之皃也，引伸之凡孔穴深大皆曰閬阬。……阬塹亦限阻也，土部曰塹者阬也。然則阬者塹也，爲轉注。」（阬下注）

按：蒼頡篇，埂、小坑也。《廣雅》、《廣韻》皆謂埂、坑也。段氏云：「此與釋詁：阬塹隍漮虛也同義，若廣韻曰吳人謂堤封爲埂，今江東語謂畦埒爲埂，此又別一方語，非許所謂。」（埂下注）。然則阬、埂並訓坑穴，阬有苦浪切，客庚切二音，正是與「埂」音轉之證，容庚切與埂音爲近也。

35. 灡 kän　泔 kâm

《說文》：灡，潘也、从水蕑聲。

又：泔，周謂潘曰泔，从水甘聲。

按：《說文》潘爲淅米汁，灡訓潘、泔同潘，則一爲動詞一爲名詞，這是因果關係的孳乳，蓋由灡淅字孳乳爲泔潘字。周謂潘曰泔，亦方音之一例。元部與談部之間韻尾的轉換，在方言中是常見的音變。

36. 界 käd　畍 kâng

《說文》：界，竟也，从田介聲

又：畍，竟也，一曰百（陌）也，趙魏謂百爲畍。从田亢聲。

按：界、畍同訓，蓋皆田界義，前（34）謂今江東謂畦埒爲埂即是「畍」的轉語。《說文》別載畍一曰陌，爲趙魏方言，按陌亦田界，非有二義。疑並由「界」字所孳乳，雖然韻尾有別，此祭部與陽部相轉之例。

37. 撿·ịəṃ　掩·ịəṃ

《說文》：撿、自關以東取曰撿，从手弇聲。

又：掩，斂也，小上曰掩，从手奄聲。

按：此二字音義並同，許不并爲重文者，蓋撿專訓取爲方言專字，而掩又有「小上」一義也。徐灝《箋》曰：「廾部曰弇，蓋也，从廾从合，古南切，又一儉切。弇上正是上合之義。若掩則謂以手覆蔽之也，《文選·懷舊賦》注引〈埤蒼〉：掩覆也，《淮南·天文訓》注：「掩，蔽也。」此掩斂之本義也，《方言》、《廣雅》又曰掩取也，其引申義也。弇撿一字，奄掩亦一字，聲近相通。」（《說文解字詁林》5481 頁）。今按《方言》卷六（6.19）：「掩，索，取也。自關而東曰掩，自關而西曰索，或曰狙。」，關東曰掩，與《說文》曰撿合，然則撿、掩殆非二字，本皆爲斂覆義，轉爲掩取義。

38. 霖 lịəm（高音 gɭịəm）　霪（ŋịəm）

《說文》：霖，凡雨三日以往爲霖，从雨林聲。（力尋切）

又：霪，霖雨也，南陽謂霖霪，从雨㐬聲。（魚金切）

桂氏曰：霪通作淫，《釋天》：「久謂之淫，淫謂之霖。」月令「注雨旱降」注云：「淫，霖也」，左傳：「天作淫雨，害於粢盛。」（《說文義證》霪字下）。

按：霖从林聲，高本漢、李方桂「林」皆音 gɭịəm，高氏霖音同。用高音，則霖～霪具有音轉之條件，同部位之舌根音聲毋故相似。然《說文》又別出霪訓小雨，从雨眾聲，諸家或疑與霪同字，蓋霪從㐬聲，然則古音當「職容切」乎？然聲母亦復不合，故王筠曰：「霪、銀篆切（按二徐音），銀當作鉏。」此說與廣韻不合，又無旁證。或者霪當从雨㐬，本無聲字，此亦推測而已。若「霪」字擬爲* ŋɭịəm，與霖音更近。

39. 雨 ɣi̯wag　霚 ɣi̯wag

《說文》：雨，水从雲下也。一象天，冂象雲，水霝其間也。

又：霚，雨皃，方語也，从雨禹聲。讀若禹。

段注：「《集韻》曰：霚，火五切，北方謂雨曰霚，呂靜說。……按如今音，雨霚皆切王矩，何以見爲殊語，依《集韻》當讀若虎。玉篇：尤句切。」

按：依《說文》：霚訓雨皃，爲狀詞，自與名詞之「雨」有別，則霚爲雨之孳乳字，其音無別，許氏特標讀若禹（小徐作瑀），則可能漢代雨、禹音有微異（至少許氏口音如此），依《集韻》與段氏之說，則霚讀如虎（*xâg），今閩南語語音「雨」、「虎」音同調異，或漢代「霚」音已如是乎？

40. 鍱 dzʹi̯əp　鍱 di̯ep

《說文》：鍱、鍱也，从金集聲。鍓，鍱或从量。

又：鍱、鍱也，齊謂之鍱，从金枼聲。

王筠曰：「（鍱），《繫傳》：今言鐵葉也，《衞公‧兵法》：車弩以鐵鍱爲羽。案：齊謂之鍱，《說文》中此類語皆本之方言，而《方言》無此語，蓋掇佚也。」（《句讀》）

按：王氏謂《說文》所載方語皆本方言，實不盡然，今依何格恩〈說文裏所見的方言〉一文統計，《說文》載方語的資料，不見於楊雄《方言》的爲數較多，《方言》不當掇佚如此之甚。此二語聲母不類，塞音與塞擦音諧聲亦不來往，此二字是否爲轉語，亦存疑。

第四章　上古漢語同源詞之分析

第一節　同源詞之詞音關係

壹、諧聲字中的語音轉成關係

　　從第三章的討論，我們可以得到一個初步的結論：上古漢語的孳乳過程，當以諧聲方法爲主要機構，截至目前對諧聲法則的歸納分析，諧聲通常在一定的條件下進行。理想的諧聲方法應該是：每一個上古的音節單位，設定一個聲符初文，凡是同音字，就在這個聲符上面加形別義，這樣的文字和音韻系統必定十分整齊，但事實並不如此，就像反切上字與三十六字母或四十一聲紐的關係一樣，反切上字的多寡是任意的，反切下字的多寡亦然，換言之，一個聲音可以用不同字標示，這也是諧聲、聲符孳多的主因。文字是長時期的創造，由形、意發展到標音階段的諧聲字，不知經過多少有意識的變革，或者調整，才形成定體，諧聲文字也必然經歷不斷的修定或淘汰，才留下我們今日看得到的上古諧聲系統。這個系統並不是很整齊的，例如韻部方面與上古韻文的歸納大抵相合，但是在聲母方面的齟齬，要比韻母多，可能是因爲學者向來都把不同時代和地區所創造的諧聲放在一個平面上分析，忽略了音變的關係。第二個可能是，諧聲的標音作用，並不像後代人想像的那麼嚴謹，一般人認爲諧聲字與聲符必須同部，發音部位相同或相近，有些例外諧聲却只是純粹疊韻。另外一

點：我們據以分析諧聲字的音韻系統，是由切韻投射到上古的，從上古到切韻之間的音變，也往往缺乏考慮。這些都是我們檢討例外諧聲中首先要解決的問題，然後才能從比較語言學的觀點，根據可信的諧聲資料，來構擬上古漢語已經失落的某些聲韻成分。一般分析諧聲系統，是完全撇開語意的，本文則從語意出發，凡是在一個諧聲群（或稱諧聲系列）裡，語意相同或相近，它們可能是來自一個語根形態，諧聲群內部的語音差異，若非具有別義作用，便是音變或語轉的結果。一組同源詞間的語音對比如具有語意區別的功能，這組同源詞可能具有語意孳乳的轉成關係（derivation），也就是藉音素的改變，使一詞孳乳為多詞。這類轉成關係，在諧聲字中到處可見。以下按其音素轉換的多寡，區別為五個等級：

第一級、詞根同音，新詞的轉成，由字形來區別。

李方桂擬音	字形之區別	語意之轉成
k´jar 〔註1〕	踦　觭	人一足→角不齊
kjar	奇　畸	不偶→殘田（田不齊）
·jar（：）	倚　輢	依倚→車旁可倚處
ŋjar	儀　檥	儀度→標竿
t´jiar	侈　炵	奢泰→火盛
djar	迤　暆	衺行→日行貌
t´ar	佗　拕	負何→拖曳
dzar	縒　齹	參縒→齒參差
tjuar	箠　捶	馬策→以杖擊
swɑr	貨　瑣	小貝→細碎
mjiɑr	糜　靡	糊粥→傾倚、從順（披靡字）
gwar	盉龢和	調味→樂和→相應

〔註 1〕這一部分的擬音依李方桂先生，主要在使同一韻部主要元音相同，中古四等的區別由介音負擔。踦字《廣韻》有去奇、居綺二音，董擬為 k´ia 平、上聲，高氏又據《集韻》語綺切，多擬 ngiɑ 一音，註明出莊子。（GSR 1C´）、《集韻》四紙「語綺切」下注「觸也，莊子、膝之所踦。」（按：莊子養生主）又廣韻「居綺切」下引公羊傳曰：相與踦閭而語（按：公羊傳成公二年）。此二義二音非本組同源詞所取，《說文》「一足」之踦，《廣韻》去奇切，諸如此類音義之辨別，作者均曾比較後取捨，惟不能一一作說明。

bjiar（：）	被　鞁	寢衣→車駕具
t´uat	脫　挩	消肉→解挩
gwad（一）	會　繪	會合→會五采繡
k´iad（一）	栔　契	栔刻→契約
kriɑd（一）	介　界	介畫→田界
·wɑn	盌　䀸	小盂（同義）
·wjɑn	夗　宛	夗轉→宛曲
gwjɑn	爰　援	爰引（同義）
γɑn（董） （參考註 4 說明）	敦扞釬	敦止→扞蔽→臂鎧
γɑn（董） （參考註 4 說明）	駻　悍	馬突→勇彊
krian	閒　澗	間隙→山夾水
gℓiɑn（一）	鍊〔煉〕練	冶金→凍繒
kwjian（一）	卷觠睠	厀曲－曲角－睠顧
kwan（一）	灌　矔	灌注－目多精

第二級、詞根同音，詞的轉成，由字調來區別。

tsɑr	左上佐去	左手左右——助
krɑr	加平駕去	增加——馬加軶
ŋjar	義去儀平	威義——儀——度
krag	家平嫁去	居室——女適人（成居室）
kɑg	古上故去	古往——故舊
nrjag	女上女去	婦人——嫁女（成婦）
ts´jug	取上娶去	捕取——取婦
·an	安平按去	竫——按下（使竫）
kwan	觀平觀去	諦視——宮觀
ŋiɑn	研平、去硯去	研磨——滑石（《說文》石滑）
rin	引上去靷去	開弓——所以引軸者
pjin	賓平儐去	賓客——擯導
ts´uən	寸去忖上	十分——測度（《說文》無忖）
gwjiang	永上詠去	水長——歌詠
djəgw	受上授去	相付——授予
tjagw	昭平照去	日明——照耀（明）

rung	用去庸平	事可施行 —— 行而有繼（朱駿聲說）〔註2〕
bjung	奉上俸去	承持 —— 奉祿〔註3〕

第三級、詞的轉化，由詞根內的介音增減或轉換而成

訶 xɑr	閜 xrɑr	大言而怒 —— 大開
哿 kɑr（：）	嘉 krɑr	歡樂 —— 嘉美
僞 ŋwjɑr（一）	譌 ŋwɑr	詐僞 —— 譌言
晏·ɑn（一）	宴·iɑn（一）	安
夗·jwɑn	盌甀·wan	夗專 —— 小盂（並取宛曲義）
貫 kwan	摜 kwran（一）	錢貫 —— 摜習
偶 ŋug（：）	遇 ŋjug（一）	相人引伸爲匹對 —— 逢（相值）
雜 dzəp	集 dzjəp	五采相合 —— 群鳥在木上
卬 ŋang	仰 ŋjang（：）	望也 —— 舉也（說文段注：仰與卬音同義近）
生 sring	性 sjing（一）	進也〔生長〕 —— 人之易氣，性善者也。〔註4〕

〔註2〕《說文》：用，可施行也。从卜从中。（會意）

又：庸，用也。从用从庚，庚、更事也，易曰：先庚三日。朱駿聲曰：按庚猶續也，事可施行謂之用，行而有繼謂之庸。（《定聲》豐部第一）

〔註3〕《說文》但有「奉」字，經典俸字但作奉，蓋由奉字孳乳，《漢書·高后紀》：「列侯幸得餐餞奉邑。」注：「栗米曰奉。」，〈王莽傳〉：「其令公奉舍人賞賜皆倍故。」注：「所食之奉也。」《周禮·大宰注》：「祿若月奉也」《釋文》：「奉或作俸。」

〔註4〕《說文》生：進也，象艸木生出土上。（所庚切）又性：人之易氣，性，善者也。从心生聲。按：孟子載告子曰：生之謂性。董仲舒曰：性者生之質也。傅斯年《性命古訓辨證》：「生字乃金文乃先秦經籍中所普用之字，雖有時借眚爲之（如『既眚魄』），然後代『百姓』之姓，『性命』之性，在先秦古文皆作生，不從女，不從心。即今存各先秦文籍中，所有之性字，皆後人改寫，在原本皆作生字，此可確定者也。」（全集又：254）又曰：「性與生之異續，除聲調外，性字多一齊齒介音，此介音如何來，或受聲調改變之影響，或受前加僕音，如西藏語此種變化。」（p. 260）又曰：「生之本義爲表示出生之動詞，而所生之本，所賦之質，亦謂之生。（後來以姓字書前者，以性字書後者。）物各有所生，故人有生，犬有生、牛有生，其生則一：其所以爲生者則異。……故後人所謂性之一詞，在昔僅表示一種具體動作所產之結果，孟荀呂子之言性，皆不脫生之本義。」（《傅斯年全集》第二冊，頁263～264）

頸 kjing（：）	剄 king（：）	頭莖——刑（以刀割頸）
奎 kʹwig	趌（跬）kʹwjig	兩髀之間——半步
的 tiakw	灼 tjɑkw	明——炙
熱 njat	蓺 njuat	溫熱——燃燒
至 tjid（—）	致 trjid	從高下至地（至到也）——送詣（致送）
侍 djəg（—）	待 dəg（：）	承——竢
夾 kriap	梜 kiap	持——檢柙（箸也，筯也）
言 ŋjən	唁 ŋjian（—）	直言（談說）——吊生

第四級、詞的轉成曲詞根的聲母與同部位聲母之間的轉換，包括

（1）清聲母與濁聲母的轉換：如

餔 pɑg	哺 bɑg	餔食，夕食——哺咀
奇 kiar	奇 gjar	不耦（奇數）——奇異
瞿 kwjag（—）	懼 gwjiag（—）	雅隼之視（一曰視遽皃）——恐懼
段 duan（—）	鍛 tuɑn	椎物——小冶〔註5〕
帝 tig（—）	禘 djig	王天下之號——禘祭（祭天之禘）
子 tsjəg	字 dzjəg	人子——乳也（孳乳）
焦 tsjɑgw	樵 dzjɑgw	火所傷——散木
奐 xwɑn	換 ɣwɑn（李 gwɑn）	取奐——換易〔註6〕
全 dzjuɑn	痊 tsʹjuɑn	完——癒〔註7〕

（2）不送氣聲母與送氣聲母之轉換

跛 pɑr（：）	頗 pʹɑr	行不正——頭偏
半 pɑn（—）	判 pʹɑn（—）	物中分——分

〔註5〕按：碬，厲石也；鍛，小冶也。朱駿聲曰：「其藉以推物之石曰碬。」「鎔鑄金為冶，以金入火焠而椎之為小冶。」知段、碬、鍛三字為同源詞。

〔註6〕李方桂先生把上古匣母擬成 g-，這個例子就成了舌根清擦音與濁塞音之轉換，仍有許多學者主張上古擦音應有清濁對立系統，我們這裡保存這一說法，因此下面第（3）種轉換，是見母與匣母之間的同源詞，匣母總是跟見母有較多的接觸。

〔註7〕《玉篇》：痊，弋緣切，病瘳也。按《說文》無痊字，問禮醫師：「十全為上」。鄭注：「全猶愈也。」可知：全即痊字。痊字實加形之區別文。

| 廣 kwɑng（：） | 曠 kʼwɑng（－） | 殿之大屋——明〔註8〕〔並空大義〕（衍 grjan（：）愆 kʼjian）→改入（1） |

（3）舌根清塞音與濁擦音之轉換〔註9〕

干 kɑn	扞 γɑn	干盾——扞蔽〔註10〕
夾 kriap	陜 γriap	夾持——陜（夾兩山）〔註11〕
偕 krid	諧 γrid	俱——詥
柯 kɑr	何 γɑr	斧柄——儋何

（4）舌尖塞音與閃音之轉換

| 延 rɑn | 梴 tʼjɑn | 長行——木長 |
| 由 rəgw | 抽〔榴〕tʼəgw | 隨從——抽引〔註12〕 |

第五級、詞的轉成由同部位的韻尾之間的轉換，或者聲母與韻尾同時轉換。

| 夬 kwrɑd（－） | 決 kwiɑt | 分決——行流（水決） |
| 割 γɑd | 割 kɑt | 傷害——剝（斷） |

〔註8〕《說文》曠訓明。朱駿聲曰：「實與晃同字，《漢書·鄒陽傳》：獨觀于昭曠之道。《莊子·天地》：此之謂照曠。《廣雅·釋訓》：曠，曠明也。……假借為壙野也，《詩·何草不黃》：率彼曠野。左昭元年傳：居于曠林。《孟子》：曠安宅而弗居。（按以上訓空）……老子「曠分其若谷。注：寬大。」

〔註9〕李方桂先生把上古匣母擬成 g-，這個例子就成了舌根清擦音與濁塞音之轉換，仍有許多學者主張上古擦音應有清濁對立系統，我們這裡保存這一說法，因此下面第（3）種轉換，是見母與匣母之間的同源詞，匣母總是跟見母有較多的接觸。

〔註10〕干之本義當訓干戈，干盾義，其轉義為干犯，說詳三章一節元部7a。

〔註11〕《說文》陜，隘也，從阜夾聲，廣韻三十一洽，狹陜同，侯夾切，朱駿聲云：「陜，字亦作陿，作峽，作狹」上林賦：「赴隘陿之口」注：「夾岸閒為陜」淮南原道：「仿洋于山峽之旁」注：「兩山之閒為峽。」

〔註12〕「由」字可能是胄的切文。《說文》本無「由」字，今依段氏補于繇篆之下，為「繇」（《說文》訓隨從）之或體。「糸引」字與「由」字的語源關係很薄弱，這個例子是高本漢〈諧聲系列中的同源詞〉一文 I 項所列，高氏純由語言上的「抽繹」與「經由，從由」加以連繫，視為同源，即使承認其可能性，也不是原始的諧聲關係，因為說文以，抽為㩌之或體，㩌從雷聲，雷從畾聲，並不從由聲，因此這組同源詞仍須存疑。

兌 duɑd	說 djuɑt	說（悅）——釋
脫 t´uɑt	蛻 t´uɑd	消肉臞——蟬蛇所解皮
執 tjəp	鷙 *tjəb（＞*trjiədh）	捕皋人——擊殺鳥
內 nəb	納 nəp	入——入〔註13〕
度 dɑk	度 dɑg	度量——法制〔註14〕
錫 stik	賜 stjig（－）	賜予——賜予〔註15〕
福 pjək	富 pjəg（－）	福祐（亦訓備）——備，豐
北 pək	背 pəg（－）	乖背——背脊（亦相背義）
糴 t´iagw	糶 diakw	出穀——市穀
廣 kwang	擴 k´wak	廣大——廓〔註16〕
貶 pjiam	乏 bjap	損減——匱乏
干 kɑn	訐 kjat	干犯——面相斥皋相告訐

貳、諧聲字以外之同源詞詞音轉換一般規律

　　諧聲字以外的同源詞，係指本文第三章2－4節所敘從聲訓、說文音義相近字、方言所能獲得的同源詞，這裡也包含大量諧聲字，因此，這四種來源的同源詞，就音轉的一般規律而言，不應有不同，不過諧聲字是語音規範化以後的產物，因此本文遵守嚴格的諧聲規律，在相同部位的聲母、韻尾內轉換，異部元音之間的例外諧聲，所能探到的同源詞也就很少，因為我們採取李方桂先生

〔註13〕根據李方桂先生的假設，上古早期的*-b，變了*-d之後，合口成份才產生，李氏的

演變方向為：

內 *nəbh＞*nədh＞*nuədh＞nuâi

納 *nəp＞*nət＞nuət（-p＞-t是不規則的變化）

既然*-b變*-d，-p變-t皆在合口產生以前，而不是受合口字的異化作用，則這種不規則的變化，找不出條件，這種說法仍不能不令人存疑。

〔註14〕《說文》度訓法制。徒故切。廣韻又徒落切，訓度量。音義分化的時間未定，但經典忖度，法度義竝存。

〔註15〕《說文》錫，銀鉛之閒也。是合金之名，然此義恐晚起，金文賜通作錫，亦通作易，故疑錫、賜本一字。

〔註16〕雷浚《說文外編》：「擴，〈公孫丑篇〉，擴而充之，趙注：擴，廓也。《玉篇》：擴，古莫切，引張之意。《說文》無擴字，阮氏孟子校勘記引意義云：擴字亦作彉、案：《說文》彉，弩滿也，弩滿與引張義合，從弓黃聲、讀若郭。郭者，許之廓字，則音亦合也。」（《說文解字詁林》14冊，頁6871）

等主張同部只有一個主要元音，那麼，高本漢在 Cognate words in the Chinese Phanetic Series（西元 1956 年）一文中所列四類二十三式音轉例（參第二章第四節）就顯得過份冗贅，尤其「主要元音轉換例」如 â～a～ǎ，ə～ɛ 等，在同部之內，用李氏音系，都改由介音轉換來承擔，我們把詞的轉成，分為五級，實際上第一級只是字形的區別，不在音轉之內，第二級為字調的轉換，我們既然承認上古有四聲，四聲別義的來源就可以推到上古，事實上其他三、四、五級的轉換都可能包含聲調不同，我們暫時採用高氏標調的辦法，把中古的上聲調用「：」去聲用「－」表示，如果上古和中古之間調類不同，則標上古正確的調類（平、入聲由韻尾區別、不加調號）。不過，一字異調的字太多，有時無從察考這種區別是上古已有或六朝經師之讀，或者根本就是方言異調。

關於以聲調來區別意義，究竟起於何時，周法高先生《中國古代語法構詞編》首章有詳盡的討論，文中特別用許多篇幅討論 Downer（西元 1959 年）的主張，「認為聲調對比的現象是一種詞的轉化（word-derivation），以平、上和入聲為基本形式，而相對去聲字是轉化的。」〔註17〕Downer 的主要根據是《經典釋文》。他還懷疑聲調轉化能否作語法的區別，而僅認為是一種轉化作用。這一點受到周先生批評。〔註18〕周先生主張聲調的轉換是區別詞類的；Downener 認為「去聲轉化大概發生在上古晚期，或者秦代。」又說「在漢代，去聲轉化的系統仍然很活躍，並且比在五世紀以後陸德明的時代用得要廣得多，在漢代以後，去聲形式逐漸的遺失是可以看出來的。」〔註19〕高本漢在《上古漢語之聲調》（西元 1960 年）一文卻證明「去聲聲調轉化不是周代新起的，而相反的，牠在上古漢語最早的時代是原始的、基本的和重要的特徵，可以在我們的最早的文獻中得到證明」，他所舉的例子是：

「聞」字讀作 ᵊmi̯wən 在《詩經》中是常見的，例如「我聞其聲」'ɛhear his voice'，而讀作 mi̯wən°（《經典釋文》），我們在《詩經》第 184 首〔小雅鶴鳴〕遇到牠：「聲聞于天」'its voice is heard in Heaven'。者的去聲一讀不是在《詩經》以後的時代新起的，這可以用語源來

〔註17〕周法高《中國古代語法構詞編》，頁 16～17。

〔註18〕同註 16，頁 34～36。

〔註19〕同註 16，頁 47～48。

證明，因為這個 m̥iwən° 在語源上和「問」m̥iwən° 'to asle' 是一樣的。後者實在語源方面和「聞」從同一個字榦（word Stem）來的，是一種使謂式：'to cause to hear'（let me hear＝）'to asle'。同樣地，「先」° siən 'before' 基本地是平聲（在《詩經》中常見），但是經由去聲轉化（同一個漢字），牠讀 sièn°解作 'to go before'。在《詩經》第 197 首〔小雅小弁〕：「尚或先之」'there may still be somebody who steps in front of him'。《詩經》時代的此去聲一讀在這兒被押韻所證實了（「先」sien°：瑾 g´i̯ən°）

再者，「田」d´ien 'field' 在《詩經》常見；在《詩經》第 210 首，〔小雅信南山：「信彼南山，維禹甸之，畇畇原隰，曾孫田之」〕，我們遇到去聲轉化的 d´ien° 'to cultivate the land' 和「甸」d´ien° 押韻。

另一個確切的例子是「度」字 'to measure'。在《詩經》第 198 首〔小雅巧言〕：「予忖度之」'I can measure them'（在那兒和「作」tsâk 等押韻），「度」用作動詞，讀作 d´âk 'to measure'。在《詩經》第 108 首〔魏風汾沮洳〕：「美無度」'he is beautiful beyond measure'（在這兒和「路」glâg°押韻），牠用作名詞，讀作 d´âg° 'a measure'。

字榦 ko 'previous' 供給了另一證明；用作形容詞寫作「古」°Ro，牠解作 'ancient'（在《詩經》中常見），這是基本的上聲讀法；經由去聲轉化，牠作「故」ko° 'anterisr, ci-devant, premise, cause' 並且我們遇到牠作「故」，在《詩經》第 120 首〔唐風羔裘〕中跟「袪」（k´i̯ɑb＞）k´i̯o°和「居」ki̯o°押韻（榮松案：《釋文》居，如字，又音據，懷惡不相親比之貌。）；此去聲讀法的時代之古是不容置疑的。」〔註20〕

按：上古具有四聲，漸為近人所肯定。聲調在漢語裡本是辨義的要素，既承認上古有聲調，那麼以聲調別義起於上古，也就是自然而可能的事。不過，我們不能根據《釋文》或《群經音辨》，把所有後代的區

〔註20〕 高本漢 Toner in Archeic Chinese，頁 139，本文引自周氏譯文，同註 16，頁 49。

別全部推到上古，周法高先生就說：「我們可以推知這種區別可能是自上古遺留下來的，不過好些讀音上的區別（尤其是漢以後書本上的讀音），却是後來依據相似的規律而創造的。」〔註21〕「我覺得每一類在上古都可以找到比較可靠的例子，不過在漢魏六朝增加的一些人爲的讀書音，例如：「長」、「深」、「高」、「廣」等的去聲一讀，是否是上古已有，則頗成問題。」〔註22〕周先生並以「四聲三調」的說法，解釋這種以去聲爲轉變樞紐的現象。〔註23〕關於同源詞的詞類關係，實際上不只限於聲調的區別。下文再討論。高本漢認爲聞和問具有語源關係，頗富啓發性，我們不妨在諧聲關係外，舉一些例子：

$$\begin{cases} 莫 & *miat & 火不明 \\ 蔑 & *miat & 勞目無睛 \end{cases} \quad （3.3\ 例22）$$

$$\begin{cases} 涓 & *kwian & 小流 \\ く（畎） & *kwian(:) & 小水流 \end{cases} \quad （3.3\ 例33）$$

$$\begin{cases} 辛 & *k'jian & 辠也 \\ 愆 & *k'jian & 過也 \end{cases} \quad （3.3\ 例35）$$

$$\begin{cases} 鏩 & *tjan（:） & 伐擊 \\ 戰 & *tjan（—） & 鬥 \end{cases} \quad （3.3\ 例40）$$

$$\begin{cases} 涎（固次）*rjan & 慕欲口液 \\ 羨 & *rjan（—） & 貪欲 \end{cases}$$

$$\begin{cases} 延 & *ran & 長行 \\ 演 & *ran（:） & 長流 \end{cases} \quad （3.2\ 例21）$$

$$\begin{cases} 祘 & *suan（—） & 明視以筭之 \\ 筭 & *suan（—） & 長六寸，所以計厤數者 \\ 算 & *suan（—） & 數 \end{cases} \quad （3.2\ 例24）$$

$$\begin{cases} 恫 & *t'ung & 痛也 \\ 痛 & *t'ung（—） & 病也 \end{cases}$$

〔註21〕周法高，《語音區別詞類説》。

〔註22〕同註16，頁48。

〔註23〕同註20。

　　這一類字可以說明詞根相同的語詞，可以不同的形符或同音異形的聲符表示，因此聲符也就純粹表音了。聲調的轉換是最小的一種詞音轉換，通常它都與其他的聲母或韻母轉換同時進行。韻尾方面的轉換，同部位的陰、陽入三聲之間，都有往來，我們以歌、月、元三部為例：〔月部包含去聲祭部在內〕。

（1）歌元對轉

頗*p´ɑr	偏*p´jian	（3.3 例 B2）
炊*t´rjuar	燀*t´jan	（《說文》：燀，炊也；炊，爨也）
扡*dɑr	延*rɑn	（《說文》：扡曳也，延，長行也）〔註24〕
窠*k´war	窾*k´wan	（《說文》：窠，空也，《淮南子・說山》，窾木下注：窾、穴，讀曰科也）
鵝*ŋɑr	鴈 ŋrɑn（一）	

（2）歌月通轉

痾*krɑr	疥*kriɑd（一）	（3.3 例 B1）

（3）元月通轉

安*·an	窫·iad（一）；·iat	（3.3 例 B3）
勯*·wian	抉*·wiat	（3.3 例 B4）
岸*ŋan（一）	屵 ŋat	（3.3 例 B5）
然*njan	爇*njuat	（3.3 例 B6）
班*pran	別*pjiat	（3.3 例 B7）
勉*mjian（：）	勱*mrɑd´	（3.3 例 B8）
觀 kwan	關 k´juat	〔註25〕
寬 k´wan	闊 k´wat	

　　以上這三組字的轉換，大多數聲韻皆十分相近，只有韻尾的變換，少部分則有洪細之異，如頗與偏、安與窫，班與別，勉與勱，然與爇，介音並不太對稱，但是作為同源詞，這樣的轉換合乎常軌。也許在原始漢語裡，這些同源詞組來自另外一種舌尖音韻尾，目前無從推測。為了說明這種元音相同，韻尾相似的韻部之間對轉的普遍性，我們再列舉東屋侯、魚鐸陽二類的例子：

〔註24〕扡　廣韻有託何，徒可二切，董氏擬 t´ɑ（平、去），高氏擬 t´â（平、去）d´â 李先生擬 dɑr。在音義上，這不是一組很好的同源關係。

〔註25〕觀之語意取于觀望，關則取自缺口意，語根不同，似乎不能算是同源詞。

（1）東侯對轉

孔*kʻung（:）	口*kʻug（:）	
洞*dung（－）	竇*dug（－）	（洞達～空）〔註26〕
筇*gjung	枸*kug	〔註27〕
籠*ℓjung	簍*ℓug（:）	
叢*dzung	聚*dzjug（:）（－）	

（2）東屋通轉

龔（恭）*kjung	愨*kʻruk	（《說文》龔愨也。愨，謹也）

（3）魚陽對轉〔註28〕

亡*mjang	無*mjɑg	
荒*hmang	蕪*mjɑg	
旁*bang	溥*pʻɑg（:）	
方*pjang	甫*pjɑg（:）	
奘*dzang（:）	駔 dzɑg（:）	（《說文》：奘，駔大也；駔，壯馬也）
爽*srjang（:）	疋（疏）*srjɑg	
放*pjang $\binom{:}{－}$	尃*pʻjɑg	（《說文》：放訓逐，此取尃布義）
榜*bang	輔*bjɑg（:）	（《說文》：榜，所以輔弓弩；輔，人頰車）
庠*dzjang	序*rjɑg（:）	（《說文》無序字，庠序見《孟子》）
往*gwjang（:）	于*gwjɑg	〔註29〕
相*sjang	胥*sjɑg	
迎*ŋjang	訝（迓）*ŋrɑg（－）	（《說文》：迎逢也；訝，相迎）

（4）陽鐸通轉

迎*ŋjang	逆*ŋjak	（3.4 例6）
殃*jang	惡*·ak	（《說文：惡，過也，殃，凶也）

〔註26〕《說文》「洞，疾流也。」段注：「此與辵部迵，馬部駧，意義皆同，引伸爲洞達、
爲洞壑。」此用其引伸義，與訓空之「竇」字正合。竇下段注：「空孔古今字，凡
孔皆謂之竇。」

〔註27〕《方言》卷九：「車枸簍，宋魏陳楚之間或謂之筇籠。」按：枸、簍皆侯部，　、
籠皆東部。

〔註28〕這些例子多數係自文始卷五，也參考了龔煌城（西元 1976 年），頁 24～27。

〔註29〕這兩個字用董氏匣母之擬音爲：往*ɣjwang：于*ɣjwag。

　　這些例子，有些在語意上容或不甚貼切，但語詞的孳乳多半從語意的分化開始，如果語意上完全相等，可能是名符其實的語轉，如「迎－逆」的例子見于《方言》卷一；「逆，迎也，關東曰逆，關西曰迎。」》《說文》亦載同樣的分別。但《方言》、《說文》的分別只是表示漢代的關東、關西尚有這樣的不同（書面語言早已通用），試考察經典的用法，逆字見於《尚書·禹貢》「逆河」，今文尚書作「迎河」，〈呂刑〉：「爾尚敬逆天命」、〈顧命〉：「逆子釗於南門之外」，《周禮·小祝》：「逆時雨」，小宰：「以逆邦國、都鄙、官府之治。」《春秋》隱二年：「紀裂繻來逆女」。迎字始見詩〈大雅〉「親迎于渭」，《史記·五帝紀》：「迎日推策」《禮記·昏義》：「冕而親迎」，《淮南子·時則訓》「以迎歲于東郊」，〈禹貢〉"逆河"《史記》、《漢書》皆作「迎河」，這些證據皆足以顯示逆字在先，「迎」字最早的用法可能只作「親迎」，段玉裁說：「今人叚逆以為順屰之屰，逆行而屰廢矣。」不但屰字不用，連迎逆一義也由迎字取而代之，這種語詞的轉移，從後代看來，是古今字或古今語的變遷；再進一步察考金文和卜辭，都只有"逆"字而無"迎"字，〔註30〕證明這種推論是正確的。

　　其他的例子無法一一推證，但我們相信有許多都是上古方言混雜以後，互相消長的結果，也只有這個理由最容易解釋，只惜對上古方言的實情所知有限，因此不作更多的擬測。本文三章三節多舉《方言》語轉的例證，卻多半屬於旁轉，有時元音或韻尾並不相近（按照我們所擬的上古音），例如 3. 3 之（10）杪 mjiɑgw（：）～蔑 miat；3. 3 之（9）細 sid（一）～絲 sjəg，自然要考慮漢代方音的差異性，目前也無法為少數的例子，擬測這些轉語的變化方向。比較保險的辦法是認為它們屬於構詞上的問題，正如我們第一章第一節界定同源詞時所舉的，有些同源屬於語用上的親屬，它們不一定有詞音的對當規律。

　　「陰陽對轉」本來是從戴震的古韻部陰、陽，入三聲相配的理論發展出來的。清儒的著眼點都在詩韻和諧聲現象。章太炎才用來解釋語言的孳乳變易，章氏的方向是對的，方法卻不夠縝密。現在不妨列舉近人對它的看法：

〔註30〕《金文編》0184 逆字下收十二個字形。如敔鐘：「艮龏迺遣閒來逆卲王」。（《金文詁林》卷二，頁 892）。《甲文集釋》亦收逆字凡八字。如「辛丑卜嗀貞昌方其來，逆伐？」前四、二四、一「辛丑卜嗀貞昌方其來，王勿逆伐」後上、十六，十一，這兩辭係對貞，逆伐即迎擊。參《甲骨文字集釋》卷二，頁 0521。

王力《漢語史稿》（105頁）云：

> "陰陽對轉"不應該了解爲一個字同時有陰、陽兩讀，而應該了解
> 爲語音發展的一種規律，即陽聲失去鼻音韻尾變爲陰聲，陰聲加鼻
> 音韻尾變爲陽聲。前者比較容易了解的，但後者也並不是不可能的。
> 〔註31〕陽聲失去韻尾，往往先經過鼻化階段，例如：an→ã→a。現
> 代昆明話"單"唸 ta，"身"唸 ʃɛ，就是陰陽對轉的例子。由 ei 轉
> en，由 iɛ 轉 nɛ，也可以認爲陰陽對轉，因爲韻尾-i 是個舌面元音，
> 和-n 的發音部位差不多是對應的。除了對轉之外，還有所謂"旁
> 轉"，例如：an→ɛn；又有經過旁轉的階段達到對轉的，叫做"次
> 對轉"，例如 an→ɛn→ɛ，從諧聲和一字兩讀都可以證明陰陽對轉
> 的道理。……其中關係最密切的是微和文，歌和寒，之和蒸（按王
> 氏自注：關係最淺的是支和耕。）。

王氏從音理上肯定對轉爲「語音發展的一種規律」，不過他舉的陰聲韻尾是
根據自己的擬音，比較適合中古以及近代方言的說明。如果陰聲尾換成-b，-d，
-g，與對轉的陽聲韻尾-m，-n，-ŋ 不但部位相應，而且同屬輔音韻尾，音轉的
可能性更大。

董同龢在《上古音韻表稿》（54頁）也說：

> 從上面（統計）我們可以看得很清楚：（1）"對轉"差不多是普遍
> 於每一個借聲韻部與其相當的陰聲、入聲韻部之間的現象，而脂微
> 兩部陰聲與文部還不是其中最多見的。（2）非但陰聲韻可以跟相當
> 的陽聲韻"對轉"，連入聲也是一樣可以的。（並且祭部入聲跟元部
> 的"對轉"比陰聲還多些。）於此可見詩韻，諧聲、假借等在容許
> -b，-d，-g 跟-p，-t，-k 常常接觸之外，事實上更容許-b，-d，-g 與
> -p，-t，-k 比較不常見的再跟-m，-n，-ŋ 發生關係。我們的古韻家從
> 來沒有明白的說出什麼是"對轉"。現在我就可以替他們補充的說
> 一句："對轉"者，古代有-b、-d、-g 或-p、-t、-k 字偶與-m、-n、

〔註31〕王氏自註云：「在現代廣西博白方言裏，由於修辭的關係，經常在開口音節後加上
一個-n 尾。例如"鵝"字一般唸 ŋɔ，但是如果形容其小，或加上感情色彩，就說
成 ŋɔn。"鵝兒" ŋɔɲi 的意義是"小鵝"，加上感情色彩就說成 ŋɔ-ɲin。」

-ŋ 尾字叶韻、諧聲或假借之謂也。

《表稿》57 頁又說：

> 看 54 頁的統計表，可知-m、–n、-ŋ 之與-b、-d、-g、-r、-o 或-p、
> -t、-k "對轉"者，實以-n 與-d-t-r-o 為最多。因此我們可以設想上
> 古的-n 是語音上弱或短的，所以除能偶與-d-t-r 接觸外，還可以兼及
> 於無韻尾字。同時，-m 與-ŋ 當是強或長的，所以只跟同部位的韻尾
> "對轉"。

按董氏的解釋也可以說明王氏「微文、歌寒關係最密」之說以及他發現「祭
部入聲對轉較陰聲還多」的理由。但仍相信歌部是開尾，所以才有「-n 還可以
兼及於無韻尾字」接觸的說法，並不正確。我們照董氏據楊樹達氏 "古音對轉
疏證"（西元 1934 年）一文統計的次數表，再把古韻、諧聲、重文、異文、讀
若五項總計一下，得到下表：

韻　　部	對轉次數
脂，微：文	44〔註32〕
質，物：文	15
歌　　：元	37
祭（陰）⎱（月）：元	19 ⎱56
祭（入）⎰（月）：元	37 ⎰
佳　　：耕	7
錫　　：耕	6
魚　　：陽	18
鐸　　：陽	4
侯　　：東	28
屋　　：東	15
之　　：蒸	26
職　　：蒸	5

楊氏原文共列舉六項，董氏刪其 "語言變遷" 一項，但並沒有用假借材料，

〔註32〕楊氏脂，微未分部，不過脂微同收-d，也足以說明-d，與-n 對轉之密切。脂、微與
文的對轉，楊氏把旂輝歸入文部，董氏主張入微部，旂詩韻兩見，輝一見，因此
44 的次數是據楊氏 41 次另加三次算的。參董氏 54 頁小註。

事實上"假借"是比較沒有標準的，"語言變遷"包含本書所探討的方言語轉及音義相同字，本來更具說服力，大概楊氏列舉不全，且頗多武斷，爲董氏所不取，楊氏此文尚缺少幽覺冬，宵藥，緝侵，葉談四組，搜集的材料也未必完整，但已有代表性，例如：歌元的接觸 37 次，祭元 19 次，祭（a）元 37，歌部與-n 尾接觸關係超過祭部陰聲與-n 的接觸，相等於祭部入聲與-n 的接觸，如果祭部上古收-d，-t，而歌部仍開尾，似無法視爲例外接觸，董氏假設上古-n 弱短，-m-ŋ 強長，完全是憑空設想，沒有根據，因此李方桂先生把歌部全部擬爲帶-r 尾，從對轉情形來看是對的。（不過這個-r 也可能是別的東西）。另外，王氏認爲關係最密的還有之蒸，如果加上侯東（28 次高於之蒸 26 次），魚陽，則-ŋ 與-g 的接觸也不算少。

　　高本漢在 Word Familier in Chinese 裡舉了歌部及微部字和-n 通轉的諧聲、押韻、假借，讀若等 130 個例證，證成歌部去聲及微部平、上聲收-r 尾。又舉了十個具有語源關係的微文對轉的例子，頗富有啓發性，轉錄於下（並依李先生擬音）：

衣　*·jəd
扆　*·jəd
（翳*·ig）　　　　　　　隱*·jən（:）（一）
依　*·jəd

幾　*kjəd,*gjəd
畿　*gjəd　　　　　　　近*gjən（:）

饑*kjəd　　　　　　謹*gjiən（一）

水*skhjid（高 śiwər）　　準*djən

圍*gwjəd（董 ɣi̯wăd）　　運*gwjən（董 ɣi̯wăn）

緯*·wjəd　　　　　　　繹*gwjən（董 ɣi̯wăn）

飛*piəd　　　　　　　奮*pjən

龔（西元 1976 年：8－10）也指出下列幽部與微部之間的同源詞：

	幽		微
GS1026	孰*ɖi̯ok（李 djəkw）	GS575	誰*ɖi̯wər（李 djəd）
	1090　燾*d'i̯ôg（drəgw）		

1066　求*gʹi̯ôg（gjəgw）　　　　443　祈*gʹi̯ər（gjəd）

1035　穆*mi̯ôk（mjəkw）　　　　568　美*mi̯ər（mjid:）

1096　猶*zi̯ôg（ɣəgw）　　　　575　蜼*di̯wər（ℓi̯wər）（djiəd）

1022　逐*dʹi̯ôk（drjəkw）　　　543　追*ti̯wər（trjəd）

根據李先生的系統，這些同源詞在聲母，元音方面皆相同，不同的是韻尾的轉換，龔氏認爲遠古可能有-gw＞-d 的音變。也就是：

孰*djəkʷ　　　　誰*djəd＜**djəgʷ

求*gjəgʷ　　　　祈*gjəd＜**gjəgʷ

逐*drjəgʷ　　　　追*trjəd＜**trjəgʷ

這些音變恐怕無法在漢語的文獻得到證據來支持，而必待漢藏語言的比較研究才能證實，本文暫時存而不論。

最後，我們要討論另一組涉及音變的同源詞。俞敏〈論古韻合帖屑沒曷五部之通轉〉一文，提出十八組上古*-b 對比以區別動詞與名詞的同源詞。先將其例用李先生的擬音錄下：

1. 入　*njəp＞ńźjep

　　內　*nəb（－）＞*nəd（－）＞*nuəd（－）＞nuâi

　　納　*nəp＞*nət＞nuət

2. 入　*njəp

　　枘　*njab（－）＞*njad（－）＞ńźjäi

3. 入　*njəp

　　汭　*njab（－）＞*njad（－）＞ńźjäi

4. 立　*gℓjəp＞ℓjəp

　　位　*gwjəb（－）？＞*gwjədh＞jwi

5. 卅　*səp＞sɑp

　　世　*sthjab（？）＞sthjad（－）＞śjäi

6. 盍　*gɑp＞ɣâp

　　蓋　*kab（－）＞*kad（－）＞kâi

7. 合　*gəp＞ɣəp

　　會　*gwɑdh＞ɣwâi

8. 泣　*khℓjəp＞khjəp

　　淚　*ℓjiəd

9. 接　*tsjəp＞tsjäp

　　際　*tsjad（一）＞tsjäi

10. 給　*kjəp（一）

　　氣　*khjəd（一）

　　既　*kjəd（一）

11. 執　*tjəp＞t´sjəp

　　贄　*trjiəb（一）＞trjiəd

12. 集　*dzjəp＞dzjəp

　　雜　*dzəp＞dzâp

　　萃　*dzjəd

13. 甲　*krap

　　介　*kriad（一）＞kăi

　　　　*kriat

14. 荅　*təp＞tâp

　　對　*təb（一）＞təd（:）＞tuəd（:）

15. 乏　*bjəp＞bjwɐp

　　廢　*pjad（一）＞pjwɐi

16. 匣　*grap＞rap

　　匱　*gwjiəd＞giwəd

17. 及　*gjəp＞gjəp

　　暨　*gjiəd＞gjəd

18. 沓　*dəp＞dəp

詍
$*djad$（一）
泄

俞氏從經典及古文字中，求其一形兼賅二語之字，較其孳乳分化的先後，及詞類的對應，結論是以上各組中，收-p 者恆為語根，本為動詞，其所孳乳的字，則恆收-d，為名詞，其關係為：

業（動詞）：實（名詞）＝-p：-d

俞氏例證之 1～6，14 都是*-b 尾轉換。俞氏云：

> 上所論列，收唇音者孳乳為收舌音去聲，西土言語學者命之曰
> Semantic Derivation。不從合口音異化之解者，以卅世，盍蓋、接際、
> 甲介，諸文無合口音也。……其不從方音之說之故有三焉。

這三個原因是（1）收-p 與收-d 意義大抵相同，語用有別，明係一語之分化，非方音之轉變。（2）方言互借，其語宜少冷僻，以上各例，皆尋常字，勢不必借。（3）贄字聲訓有至，致，質三解，若方言果有收-b 之音，何以不用同是收-b 之「執」為聲訓，而用收-k 的字。

有此三疑，俞氏乃歸之為「語詞分化之式」：謂就語根加以添尾詞以成新語。

第二節　同源詞的詞類關係

漢語的詞類，是一個曾經引起爭論的問題，反對漢語有詞類區分的高名凱，曾舉出一般人認為漢語有詞類分別的四種原因：

第一、他們以為不這樣說，就使人以為漢語是低級發展階段的語言。

第二、一般人說漢語有詞類的區別，因為他們要從意義出發。

第三、一般人說漢語有詞類的區別，因為他們認為漢語有形態。

第四、一般人說漢語有詞類的區別，因為漢語有聲調的變化。〔註 33〕

高氏所舉的第一點與詞類本身無關，二、三點都是分析詞類的依據。因為詞的分類標準，必須根據它在句子中的功能，同時結合詞的意義來看；功能要由形態表現出來，但形態可以包括詞和詞的關係，不能單憑詞的本身形態來分別。〔註 34〕至於第四點，我們在上一節已約略提及，周法高先生主張漢語的聲

〔註33〕 高名凱〈關於漢語的詞類分別〉，見《漢語的詞類問題》，頁 52。

〔註34〕 曹伯韓〈關於詞的形態和詞類的意見〉，同註32，頁 54。

調是區別詞類的一項重要的構詞法，他所使用以分別詞類的語音標準有二個：
一是去聲與非去聲，一為清聲母與濁聲母，有時這兩個標準可以結合運用。周
先生共分為八類，我們不妨從前三類名詞、動詞、形容詞各舉幾個例，我們專
挑字形上已分化的例子：〔註35〕

一、非去聲或清聲母為名詞，去聲或濁聲母為動詞或名謂式：如：

- 賓（賓客，名詞，平聲必鄰切）
- 儐（或擯）：客以禮會，動詞，去聲，必刃切

- 道：路也，名詞，上聲，徒皓切
- 導：引也，動詞，去聲，徒到切

- 弟：兄弟，名詞，上聲，徒禮切
- 悌：孝悌，動詞，去聲，特計切

- 田：田地，名詞，平聲，徒年切
- 佃：作田，動詞，去聲，堂練切

- 魚：《說文》：水蟲也，名詞，語居切
- 漁：《說文》，捕魚也，動詞，牛據切

- 嗌：喉也，名詞，入聲，伊昔切
- 縊：自經死。動詞，去聲，於賜切

- 臧：納賄。名詞，清聲母，平聲，則郎切
- 藏：隱也，動詞，濁聲母，平聲，昨郎切

- 子：子息，名詞，清聲母，上聲，郎里切
- 字：乳也，動詞，濁聲母，去聲，疾置切

二、非去聲或清聲母為動詞，去聲或濁聲母為名詞或名語。如：

- 轉：運也，陟袞切，上聲，動詞
- 傳：郵馬，知戀切，去聲，名詞

- 引：曳也，以忍切，上聲，動詞
- 紖：曳車之紼（本作引），余刃切，去聲，名詞

〔註35〕《中國古代語法：構詞篇》，頁53～87。

張：陳也，陟良切，平聲，動詞（《說文》張，施弓弦也）
帳：帷帳，陟亮切，去聲，名詞

秉：執持，兵永切，上聲，動詞
柄：本也，陂病切，去聲，名詞

經：過也，古靈切，平聲，動詞
徑：步道，古定切，去聲，名詞

鍥：刻也，斷絕也，若結切，入聲，動詞
契：契約，若計切，去聲，名詞

執：持也，之入切，入聲，動詞。
贄：所執贄也，脂利切，去聲，名詞。

結：締也，古屑切，入聲，動詞。
髻：綰髮，古詣切，去聲，名詞。（本亦作結）

責：求也，側草切，入聲，動詞。
債：逋財也，側賣切（見集韻），去聲，名詞。（按：本作責，古無債字）

增：加也，作滕切，清聲母，平聲，動詞。
層：重屋也，昨稜切，濁聲母，平聲，名詞。

三、形容詞

1. 去聲為他動式

善：良也，常演切，上聲。
繕：補也，時戰切，去聲。

陰：闇也，於金切，平聲。
蔭廕：覆蔭，於禁切，去聲。

昭：明也，止遙切，平聲。
照：照耀，之笑切，去聲。

2. 非去聲為他動式

盛：盛受也，是征切，平聲。
盛：多也，承政切，去聲。

易：變易，羊益切，入聲。
易：簡易，以豉切，平聲。

3. 去聲為名詞

> 齊：等也，徂奚切，平聲。
> 劑：分劑，在詣切，去聲。（本作齊）

四、主動被動關係之轉變

> 受：承也，殖酉切，上聲。
> 授：付也，承呪切，去聲。
>
> 買：市物也，莫蟹切，上聲。
> 賣：出物也，莫懈切，去聲。
>
> 學：習也，胡覺切，入聲。
> 斅：教也，胡教切，去聲。（本作學）
>
> 答：應，都合切，入聲。（＊təp）
> 對：面對。都隊切，去聲。（＊（twəb）＞twəd）

以上祇舉周文中比較明顯的類，由於聲調與清濁的分別並沒有一致性，去聲或濁聲母既可作為名詞，又可用來區別動詞，因此它並不是一種形態變化，它是否如高本漢所說的「上古中國語在實質上比較類似西方語言，像印歐語系的語言，牠必曾具有語形變化（inflections）的系統和詞的轉成（word derivation）及其他形式上的詞類，總之，具有相當豐富的形態學。」〔註36〕實在不無問題，但我們並不否認上古漢語的孳乳分化中，有分別詞類的傾向，雖然在文字上的區別比較晚，再實際運用上，又多通假，而且一字而兼數用，都顯示詞類分析的困難，尤其上古的語詞能按照什麼標準，分為幾種詞類，似乎沒有嚴格的討論過。高本漢在《漢語詞類》列舉各種轉換關係，但是都在自己擬定的音值中排比，並不能歸納出轉換與詞類的對應規律，大概這種規律要不是不曾存在，就是在遠古期已經消失了。他在 C. L 一文中最後能肯定的只有三種轉換：一是清濁送氣不送氣聲母之間的轉換，二是介音 i̯有無的轉換，三是清與濁的韻尾口音之間的轉換。〔註37〕這三種轉換，我們在上一節已討論。

複雜的詞形變化規律，目前尚不易建立，我們只就同源詞之間可能的詞類關係，按最簡單的名詞，動詞，狀詞三類，說明孳乳的方向：〔註38〕

〔註36〕 高本漢《中國語之性質及其歷史》，周氏引文見註34，頁11。

〔註37〕 同註35，杜譯頁90～98。

〔註38〕 參考《積微居小學述林》卷五〈文字孳乳之一斑〉（小學述林，頁153～164）。

（1）名－動孳乳：

如：左→佐；家→嫁；

賓→儐；寸→忖

雧 dzʹəp（羣鳥也）　　→　欙（集）dzʹjəp（羣鳥在木上）

剄 kjing（：）（頭莖）→　剄‧king（：）（以刀割剄）

餔 pɑg（餔食）　　　　→　哺 bɑg（哺咀）

子 tsjəg（人子）　　　→　字 dzjəg（孳乳）

干 kɑn（干戈）　　　　→　扦 ɣɑn（扦蔽）

亦 rak（人之臂亦）　　→　掖 rak（以手持人臂）

嗌‧jik（咽也）　　　　→　縊‧jik（經也）

巫 mjɑg（巫祝）　　　→　誣 mjɑg（加言也）

（2）動－名孳乳：

引　　　　　　　　　→　靷（引軸）紖（牛系）

秉（持）　　　　　　→　柄（或作棅）所持

戒（警）　　　　　　→　械（桎梏也）

翏（高飛）　　　　　→　鷚（天禽）

畱（止）　　　　　　→　罶（魚所畱，笱）瘤（氣血畱止不行處）

興（升高）　　　　　→　僊（仙）（仙人登天）

殺（戮）　　　　　　→　鍛（鈹有鐔）

燔（焚）　　　　　　→　膰（膰肉）

會（合）　　　　　　→　鬠、襘、繪、薈（3.1 歌月元例 20）

豢（圈養）　　　　　→　圈（養畜之閑）（3.1 元部例 11b）

祘（明示以筭之）　　→　筭（筭器）（3.2 元部例 24）

生　　　　　　　　　→　性

（3）狀－名孳乳：

宛夗（曲）　　　　　→　腕（手腕）盌 盌（碗，椀）（3.2 例 9）

連　　　　　　　　　→　漣（3.2 例 17）

孿　　　　　　　　　→　攣（3.2 例 18）

團　　　　　　　　　→　簞（3.2 例 20）

安　　　　　　　　　→　案

空　　　　　　　→　椌（祝樂）腔

句　　　　　　　→　鉤（曲鉤）、笱（捕魚竹笱）痀（曲脊）

齊　　　　　　　→　劑

（4）名－狀孳乳

湯（熱水）　　　→　燙

く（畎）　　　　→　涓（細）（3.3　A-33）

閒（隙）　　　　→　嫻（習）

囪（煙囪）　　　→　聰（察）

（5）動－狀孳乳

建　　　　　　　→　健（3.1 元部 2a）

扞　　　　　　　→　釬、戰（3.1 元部 7a）

貫（串）　　　　→　摜、遦（習）（3.1 元部 10）

加　　　　　　　→　嘉（3.1 歌部 14）

截（斷）　　　　→　絕（遠）（3.2 月部例 8）遠爲引伸義

（6）狀－動孳乳

安　　　　　　　→　按（3.1 元部 1a）

侈（大）　　　　→　誃（張大）（3.1 元部 4）

熱（溫）　　　　→　爇（燒）（3.2 月部 7）

「卷」　　　　　→　捲（3.1 元部 11a）

（7）平行孳乳：

差　　　　　　　→　縒、縒（3.1 歌部 6）

盉　　　　　　　→　龢、咊（3.1 歌 8）

坐　　　　　　　→　剉、挫（3.1 歌 10）

羸　　　　　　　→　殭、纍（3.1 歌 12）

踝　　　　　　　→　髁（3.1 歌 16）

害　　　　　　　→　割（3.1 月 21）

脫　　　　　　　→　挩、蛻、敓（3.1 月 19b）

駻　　　　　　　→　悍（3.1 元 7b）

閒　　　　　　　→　澗、鐗（3.1 元 8）

煉　　　　　　→　鍊、涷、練（3.1 元 9a）

拳　　　　　　→　齤、觠（3.1 元 11a）

朵　　　　　　→　烝（3.3A-6）

第三節　同源詞的形義分析

壹、詞形關係

從詞義方面分析同源詞，可以依照詞義同異的程度，分為三類：

（一）實同一詞：有些音義雷同的字，實際相當於說文的重文，從古書材料中找不出意義上的差別，或者僅存在字書裡，很可能是異體字，說文音義相同字許多是屬於這一類，例如本文第三章第三節舉例，半數以上是異體字。如：

A5 諈：娷　　　A7 揣：㪺　　　A10 築：篁　　　A11 越：趏

A12 突：窡　　A16 刐：捐　　A18 呭：詍　　A19 瞭：察

A20 帗：敝　　A22 莫：蔑　　A23 安：侒　　A25 娞：婉

A26 盌：㼈　　A27 睅：睆　　A28 曍：燂　　A29 歡：懽

A30 讘：倿　　A32 䍐：覸　　A31 狷：懁　　A35 遺：撌

A38 剒：劙　　A40 戰：鐾　　A44 俴：淺　　A46 䝙䝙：踐

A47 戔：戋　　A48 訕：姍

王力也舉出一些例子：窺～闚；韜（劍衣）～弢（弓衣）；或～郁；寁～趚；滄～凔（說文竝訓寒）；鴈～雁。〔註 39〕

有一些語音有細微差異，字義則無別，語音的區別可能是後起的，如：

A9 坡：陂　　A21 跟（*pɑd）：跋（*bat）　　A8 坐（*ts′ua）：

挫（*tsuɑ）；藩（pjan）：棥（bjan）

（二）分別文：有些音義相同字，藉形符表示意義的細微區別，例如：穌～咮（3.1 歌 8）栔～契（3.1 歌月元 22）介～界（3.1 歌月元 24）暗～闇，沽～酤，藏～臟，斂～殮，痛～恫，知～智，微～徵，告～誥。

（三）音轉式：有些同源詞語義的區別已無從得知，聲音上則略有差異，

〔註 39〕王力〈同源字論〉，頁 31。

很可能是古代方言的影響，有些在後代的方言中仍保存語音的差異，多數找不出分化的根源：

　　簀～第　（3.4 例21，錫－脂旁轉）

　　背～負　（*pəg～*bjəg）之部疊韻

　　甲～介　（*krɑp～*kriat）盍月旁轉

　　題～定　（*dig～*ding-）支耕對轉

　　焚～燔　（*bjən～*bjan）文元旁轉

貳、義類關係

除了以上三類詞形關係外，大多數的同源詞，便是屬於語義的孳乳，由甲語詞孳乳爲乙語詞，除因詞類分別的需要而分化之外，多半因爲意義的轉變，諸如語意的引伸擴大、縮小，對象的轉移，或者詞義的加重，滅輕等，都會造成不同的詞，這是構詞的主要部分。分析種種語意關係，可以瞭解詞彙發展的情況。王力歸納了十五種同源字的詞義關係，過於繁瑣，可以精簡爲以下九種關係：

（1）主從關係：

勺	（杓子）	酌	（用杓子舀酒）
湯	（熱水）	盪	（用熱水洗滌器皿）
倉	（穀藏）	藏	（存入倉內）
爪	（指甲）	搔	（以指甲搔）
道	（路）	導	（指引）
柄	（把）	秉	（執持）
徑	（步道）	經	（經由）
嘼	（獸牲）	獸〔狩〕	（狩獵）〔註40〕
魚	（水蟲）	漁	（捕魚）

〔註40〕《說文》：「獸，守備者，一曰兩足曰禽，四足曰獸。从嘼从犬。」又「狩，火田也。」段注：《釋天》曰：冬獵曰狩；周禮，左傳，公羊、穀梁、夏小正傳，毛詩傳皆同。按嘼爲象形，獸爲會意，當爲狩獵之本字，故曰守備者。段氏謂「能守能備如虎豹在山是也」則與一曰之意無別，从甲骨文亦可證獸狩本一字（見李孝定《甲骨文字集釋》頁4199），段氏失之。

（2）受事關係

沽	（買賣）	賈	（市也，引伸買賣人）
率	（領）	帥	（佩巾，借作率，引伸爲將帥）
輔	（輔佐）	傅	（相也）
謀	（計畫）	媒	（媒酌）
儐	（導，引伸爲助）	嬪	（服也，同婦）
配	（匹配）	妃	（匹也，妃嬪）
服	（用也，事也）	婦	（服也，服事人者）曲禮：士之妃曰婦人

（3）使動關係

買	（市也，買入）	賣	（出物貨也；賣出，使買）
貣	（從人求物，借入）他得切	貸	（施也；借出，使貣）他代切
賒	（貸也，賒入）	貰	（貸也，借出，使賒）
贅	（以物質錢；典押入）（入贅）	質	（以物相贅，典押出，使贅）（出質）
入	（進入）	納	（接納，使入）
至	（到）	致	（使至）
糴	（買穀）	糶	（賣穀）

（4）類比關係

茇	（艸根）	跋	（足根）
櫬	（親身棺）	襯	（內衣）〔註41〕
官	（吏事君）	宦	（仕也，爲臣隸也）
崖	（山邊）	涯	（水邊）
召	（評也）	招	（手評也，以手招）
登	（禮器）	鐙	（錠也，俗作燈）
井	（水井）	阱	（陷阱）
緜	（絲棉）	棉	（木棉）

〔註41〕《說文》櫬，棺也。玉篇：親身棺，按即內棺。襯字《說文》未見，《廣韻》：襯，近身衣。（初覷切）。

頗	（頭偏）	駊	（馬搖頭）
哆	（口張）	袳	（衣張）
匜	（盤匜）	池	（水池）
鍊	（冶鍊）	練	（練絲）

（5）虛實關係——具體詞與抽象詞

生	（出生）	性	（生之所以然者）
造	（製造）	作	（作爲）
沒	（況沒水中）	歿	（死亡）
沉	（況溺在水裡）	躭	（沉溺在歡樂裡）〔註42〕
相	（省視也）	省	（視也，內視，反省）〔註43〕
寤	（睡醒）	悟	（覺悟）
踞	（蹲踞，箕踞）	倨	（傲而無禮）
瞿	（張大眼睛）	懼	（恐懼）

（6）表德關係——由表性質、作用的詞根所孳乳

皓	（白色）	縞	（縞素，鄭風縞衣毛傳：白色男服。）
黸	（黑色）	旅	（旅弓，黑弓）
騏	（青黑色）	騏	（馬青黑色）
卑	（卑賤）	婢	（女之卑者）
句	（曲）	鈎	（曲鈎）
冒	（蒙覆）	帽	（帽冕）
浮	（漂浮）	桴	（木筏）
幾	（近）	畿	（近畿，王畿）

（7）因果關係

死	（氣澌）	尸屍	（尸首）

〔註42〕《説文》無躭字。耽，耳大垂也。大垂故引伸爲沈溺，詩衛風氓：「士之耽兮」毛傳：耽，樂也。躭當爲俗字。

〔註43〕相指一般的觀看，如鄘風相鼠：「相鼠有皮，人而無儀？」相即是看。省則有省察意，是有深度的看，如論語：「吾日三省吾身」，又如省親、歸省。

祝　（祝禱）　　　　　　　呪　（呪詛）

阻　（阻塞）　　　　　　　沮　（沮喪）

威　（威嚴）　　　　　　　畏　（懼）

娠　（懷孕）　　　　　　　產　（生產）

生　（出生）　　　　　　　姓　（人所生也）春秋傳曰：天子
　　　　　　　　　　　　　　　因生以賜姓。

逋　（逃亡）　　　　　　　捕　（追亡）

燔　（燒藝）　　　　　　　膰　（烤熟之祭肉）

（8）統析關係──泛指與特指，全體對部分

取　（取得）　　　　　　　娶　（娶妻）

獻　（進獻）　　　　　　　享（亯）　（獻也。以祭品獻神）

輔　（助）　　　　　　　　賻　（以財助喪）

斬 tsam（割去，斬首）　　芟 sam　（割、草）

卅　（三十）　　　　　　　世　（三十年）

四　（數目）　　　　　　　駟　（一乘爲駟）

五　（數目）　　　　　　　伍　（行陣五人爲伍）

目　（人眼）　　　　　　　眸　（眼瞳子）

（9）原料關係──一種原料所成之事物或性狀

氂　（牦牛）　　　　　　　旄　（用牦牛尾裝飾的旗）

帛　（繒也，絲織品）　　　幣　（束帛，用來送禮）

茈　（草茈，可染紫）　　　紫　（紫色）

菜　（香木料）　　　　　　芬　（芬芳，香味）

第五章 結 論

第一節 聲義關係總論

壹、形聲多兼會意之眞象

　　本書第三章曾就諧聲、聲訓、說文音義同近字、方言轉語四方面作爲束取同源詞之依據，這些材料雖然還不夠全面性，但卻有代表性，個人認爲有系統地從這四方面分析，必能有相當的成果，因爲前人所作的有關同源詞的研究，都不夠全面，比較具有成績的高本漢和滕堂明保，也都還有嚴重的缺陷，高氏陋於詞義的分析，滕堂氏選字又太大膽了一點，有些不免望形生義，皮傳無根，是過猶不及，他們都不曾從諧聲孳乳方面，探討漢字的聲義之源。高氏後來寫了「諧聲系列中的同源詞」（C. W）及「漢文典」（Gramata Serica）可說有系統地處理過諧聲字了，可是以後再也沒有發表這一類的文章，大概他對漢語同源詞的問題，也沒有新的見解了。本文試圖從材料的甄別上彌補以上兩人的缺失，但是諧聲字的問題太複雜，如果對每一個諧聲字的聲符都要追根究底的話，李孝定先生的《甲骨文字集釋》和周法高先生的《金文詁林》的確幫了不少忙，但這樣的工程過於浩大、恐怕得要幾年功夫，因此，不得不退而求其次，先從朱駿聲的《說文通訓定聲》入手，先從歌、月、元、脂微（朱氏未分）、魚、支諸部，逐部逐聲閱讀，太偏僻的聲符有時略過，在每一派聲符所諧諸字中，找

出具有語意連繫的，按照其共同的詞意成分，分組標出，因爲有些聲系可以分析成幾組同意群，不同的意義群，代表它們具有不同的詞根。

利用《通訓定聲》，也有一些新的問題產生，第一，說文的字義，有些被朱氏重新安排，有些是直接加以訂正的，改訂的根據不像段注交代那麼清楚。第二，形聲字與會意字的交界，大抵在亦聲的部分，朱氏也有以意改之的，無形中亦增加一層審定聲符的麻煩。第三個，也是問題最多的，是假借的說法，朱氏勇於創說，任何一個字都可能出現假借的用法，而且多則有十幾個假借用法，本義和引伸〔朱氏稱爲轉注〕的用法反不及假借義多，對於決定該字的中心語意有些困難，何況朱氏所謂假借的條件，畢竟太鬆了。倒是專立「聲訓」一項、具有獨到之處。第四，朱氏爲存今音，每字旁書平水韻目，於考古音無益，又僅錄聲母（即聲符）之反切，亦非廣韻反切，於聲子之反切竟附諸闕如，雖另立「古韻」、「轉音」二項，其於音韻似密而實疏。

在字義的連繫上也參考了黃永武先生《形聲多兼會意考》一文中所搜集各家有關的說法，發現各家的說法有時極不一致，同一聲符而有相反爲義的，如奄聲，王念孫《釋大》謂奄俺並有大義，劉師培《正名隅論》則謂「多有隱暗狹小意」；從婁得聲之字，錢繹謂「如塿樓簍甀並有小義」（《方言箋疏》卷十三），馬瑞辰則謂「如僂簍瘻婁樓婁屢並有隆高義」（《毛詩傳箋通釋》卷廿四）；從卒得聲之字，王念孫、錢繹並謂其有會萃（集）義，馬瑞辰則謂「如瓶碎崒並有破折義」高大與狹小懸殊，會萃與破析相反，而皆同出一聲，已足證聲音與意義之間沒有固定的關聯，再者大小、高下、曲直、多少、長短、明暗、美惡、動靜、強弱，治亂之意，隨處可遇，垂手可得，好像所有形聲字的聲義的連繫，只有這些常見的相對的語意成分，形聲字的聲符就爲表達這些劃不清界線的語意，我們並不是反對右文說，諸家的歸納也有合乎眞實語根的，我們只是指出過去講形聲兼意的理論並不周密，也不合語言的眞象，語意上未加精密的推敲。只有從典籍用字的比較，加上完整而斷代清楚的材料，才能決定一組同源詞具有共同意義特徵，前人這些右文的材料只能供參考而不足以爲依據。

持「凡從某聲多有某義」的命題，在分析前人的資料時，會發現聲義的聯繫中，韻母的比重超過聲母，例如元部字，可以在番聲、繁聲、單聲、旦聲、亶聲、燕聲、晏聲裡找到《說文》訓義與白色有關的字，但是聲母分屬唇、舌、

喉如何解釋呢？如果是聲母無關緊要，則無異回到古韻某部皆有某義的泛語根論，本書第二章第三節曾經批評這種說法的缺點。其實各家所犯的共同毛病是「以偏概全」，例如先看到番聲裏有一個「皤」字（白的意義已見於形符），就聯想到其他番聲字也有白義，《經義述聞》啓其端，其卷十五「蕃鬛」一條云：

> 《明堂位》"夏后氏駱馬黑鬛，殷人白馬黑首、周人黃馬蕃鬛"正
> 義曰："蕃赤也，周尚赤，熊氏以蕃鬛爲黑包，與周所尚乖，非也。"
> 引之謹案：魯頌駉篇傳云：騂黃曰黃，是黃馬色在騂黃之閒，已兼
> 赤色，足以明周之所尚矣；若蕃字則古無訓黑訓赤者，蕃蓋白色也，
> 讀若老人髮白曰皤，白蒿謂之蘩，白鼠謂之鼶，馬之白鬛謂之蕃鬛，
> 其義一也，字又作繁，爾雅釋畜云：青驪繁鬛，騥是也。郭璞不得
> 其解，而以兩被髦釋之，非是。

楊樹達《說皤》一文據此，補充了一些證據；如：《玉篇》云：「鼶，白鼠也」《爾雅・釋艸》云：「蘩，皤蒿」孫炎注云：「白蒿也。」《詩・豳風・七月傳》云：「蘩，白蒿也」《說文》一篇下艸部云：「蘇，白蒿也，從艸，繇聲。」《說文》四篇上目部云：「販，多白眼也，從目反聲。」又云：「辡，小兒白眼視也，從目辡聲。」證據看起來十分堅強，但只能證成番聲、繇聲、反聲、辡聲有一個共通語意是「白色」，如果標舉語根形態（藤堂明保的"形態基"）就是｛PAN｝，按照楊氏的例證，這組同源詞共有五字：｛皤，鼶，蘇（蘩），販，辡_{文部}｝，前三個字描述毛髮或蒿的顏色，可以肯定白色這個語意成分，至於販，辡，都指人眼的動作，多白眼仍不挑除白黑分判的意義，而剛好｛PAN｝的語根在另二組同源詞有不同的語意特徵：

1. ｛潘_{敷也}，播_{種也}｝（分布義）
2. ｛版_{叛也}，辨_{判也}｝（分判義）〔"辯"訓治亦併入〕
3. ｛辡_{駁文}，辮_{交也}｝（交錯義）〔"斑"訓雜色當入此〕
4. ｛販_{多白眼}，辡_{小兒白眼}｝（白黑分）〔"盼"正訓白黑分，當爲初文〕

這樣看來，1，3，4都是2的引伸義，這組同源詞的中心語意只有「分別」一義，皤從番聲，當取頒白（花白或半白）義，至於白鼠曰鼶，白鬛曰蕃鬛，白蒿曰蘩，都是從"分別義"的詞根展轉引伸假借的結果，並不是番聲本有白義，類似這樣的孳乳還有：

鳥之白頸者謂之燕　　爾雅釋鳥：「燕，白脰鳥。」脰即頸後。

馬之白竅者謂之驙　　爾雅釋畜：「馬白州，驙。」州即尻。

馬尾本白者謂之騩　　爾雅釋畜：「馬尾本白，騩。」

白魚謂之鰋，　　　　爾雅釋魚「鰋」郭注：「今偃額白魚。」

（說見楊樹達《形聲字聲中有義略證》之二）

　　燕本玄鳥，言其白頸，以別於烏鳥，非謂燕聲有白色義，驙馬白州，則其身毛非白可知，則驙从燕聲有取於黑亦未可知，偃額白魚，非謂額白，朱駿聲云「按魚額仰」，則鰋字所从之匽聲或取仰亦未可知，又《說文》睕，目相戲也，義與跛、辡、盼之爲黑白分判貌似有關係。楊氏的錯誤是把《說文》、《爾雅》的義訓都當作聲訓看待，忽略了那個字義所處的地位。而沈兼士卻說：「不知同從一聲者亦往往有不同派之意義，如從番聲之皤，老人白也；鷭，廣雅，白鷭；蟠，鼠婦也，似白魚，皆有白義。其它，幡，書兒拭觚布；潘，淅米汁；蓋亦均因白色得名（榮松案此二字均有洗刷義，故曰拭曰淅，凡洗刷亦有分辨義，白色只是從布和汁的顏色去聯想，恐非是。），不必強爲歸納，一律釋爲分也。」（見《右文說》一文 p. 808）沈氏可謂祇知其分，不知其合，這種態度恐怕無法眞正找到語根孳乳的眞象。合併之後的語根，實際上只有〔PAN〕（分別貌）一組，其他單聲、旦聲、燕聲、晏聲、亘聲本無白義，偶然一個字的義訓與白有關皆不足以爲得聲之源。爲了澄清這個眞象，我們把《通訓定聲》中以上各聲符的字作一個統計表：

聲　符	衍聲字數	含白義字數	說　　明
番	23	2（皤、鷭）	定聲 p. 764
緐	3	1（蘩）	定聲 p. 769
反	11	1（販）	定聲 p. 731
羍〔坤部〕	8	1（辡）	定聲 p. 853
旦	13	1（黗）	定聲 p. 755
亘	17	0	定聲 p. 756
單	29	1（驒）	定聲 p. 758
燕	5	1（驙）	定聲 p. 735
晏	11	0	定聲 p. 720

上表總衍聲字數爲 120，含白義的字合計 8 個，祇佔總數的 6.6%，以這樣接近例外的比例，竟然說出「番聲及音近之字多含白義」（見楊氏上引文），豈不是「以偏概全」（楊氏尚未用全稱肯定），歪曲了諧聲字聲義關係的眞面目？前人於諧聲字所作的分析，大多類此。

當然這一個統計的例子也不能用來類推諧聲字所有聲符，例如本文第三章第一節舉例，歌部之奇聲、多聲、也聲、加聲、麻聲、皮聲、兌聲、會聲，兼意的字數，少則六、七個，多則十幾個字，都是從比較嚴謹的角度推證的結果，足見諧聲字中存在一定的比例的兼意字，在〔3.1 之貳〕一節，已經指出，右文說的基礎實建立在諧聲字「由於語言孳生而加形」的一類，也相當於本文所稱「諧聲字的同源詞」。這類同源詞如果逐字逐聲理清楚了，諧聲字兼意的眞象就可以大白。本文祇是發凡起例，要把全部諧聲字整理一遍，尚須假以時日，因此對於諧聲字中兼意的比例佔若干這個問題，目前尚無法回答，但從上文歌月元三部的舉例，及三章二、三、四節中舉例，諧聲字亦佔大半，可以知道「形聲字的一部分聲符兼意」這個命題是漢語史的一個重要現象，也是急需徹底研究的項目之一。

貳、由同源詞看朱駿聲的假借說

清儒之中，比較有系統而全面探討假借字問題的，根據研讀說文解字詁林所得，約有下列諸家：

毛際盛　說文解字述誼

郭慶藩　說文經字正誼

邵　瑛　說文解字羣經正字

吳玉搢　說文引經考

雷　浚　說文引經例辨

承培元　說文引經證例

　　　　廣說文答問疏證

柳榮宗　說文引經考異

俞　樾　兒笘錄

王引之　經義述聞

朱駿聲　說文通訓定聲

最後兩家最具代表性，就讀經而言，王氏的成就超過朱氏，就全面瞭解說文六書假借與經典用字之假借關係而言，《說文通訓定聲》的建樹尤大。朱氏建立了他自己的轉注、假借理論，這個理論和清儒以聲音貫串訓詁的取向是一致的。他自序裡說：

> 說文數字或同一訓，而一字必無數訓，其一字而數訓者，有所以通之也，通其所可通則爲轉注，通其所不通，則爲假借。如网爲田漁之器，轉而爲車网，爲蛛网，此通以形，又轉而爲文網，此通以意。……至如角羽以配宮商，唐虞不沿項籥，用斯文爲標幟，而意無可求，……隨厥聲以成文，而事有他屬，一則借其形，而非有其意，一則借其聲，而別有其形也。若夫麥爲來而苑爲宛，冢爲長而蟲爲彤，汙爲浣而徂爲存，康爲苛而苦爲快，以爲假借則正，以爲轉注（按即引伸）則紆。……此通德《釋名》似轉注而實多假借，《方言》、《廣雅》半假借而時有轉注也，夫叔重萬字發明本訓而轉注、叚借實難言，《爾雅》一經詮釋全詩而轉注、假借亦終晦，欲顯厥恉，遺有專書，述通訓。

朱氏的轉注，實際就是本義的引申，並於假借則完全著眼於經籍用字。他在自敘的開頭，就肯定了六書四體二用之說，來表明對六書的基本態度。王力認爲朱氏對轉注、假借的定義，做了大翻案，實際也批判了許慎。王氏讚揚朱氏的貢獻云：「朱氏的卓見在於認識引申義與假借義的重要性。」又說：「朱駿聲每下一個定義，一定要有真憑實據，所謂真憑實據，第一是例證，第二是故訓。……"經籍纂詁"只是一堆材料，而"說文通訓定聲"則對故訓加以系統化；哪些是本義，哪些是別義，哪些是轉注，哪些是假借，哪些是聲訓，都區別清楚，這才是科學研究，而不是材料的堆積。」（見王著《中國語言學史》p. 60～61）

朱氏在處理假借上的嚴重缺點是對於假借的認識不夠正確，他誤以爲凡假借皆有本字，因此有以後起字充當本字的，也有硬指生僻字爲本字的，而後者更是無從證實。這些缺點王氏均已指出，不再討論。這裡要從同源詞的關係來分析朱氏的假借說，先提出三個問題：

（1）同一聲符的衍聲字之間互爲假借的頻率如何？

（2）同聲符字之間假借的條件是什麼？

（3）同源詞之間的假借關係如何處理？

任取朱氏頤部〔之部〕寺聲的衍聲字之間的假借作一統計：下表是Ａ（直欄字）假借爲Ｂ（橫欄字）的情形：

Ａ＼Ｂ	峙	待	詩	等	埘	郀	時	侍	庤	恃	持	峕	偫	蒔
峙									✓					
待								✓	✓	✓	✓			
詩				✓	✓			✓						
等		✓												
埘	✓													
（郀）														
時	✓	✓				✓								✓
侍		✓								✓				
庤														
恃										✓				
持				✓										
峕										✓				
偫									✓					
蒔														

下表統計每個字擔任Ａ（假借字）與Ｂ（假借字之本字）之次數：

	擔任Ａ（假借字）次數	擔任Ｂ（本字）次數
峙	1	2
待	4	3
詩	3	0
等	1	2
埘	1	1
郀	0	1
時	4	0
侍	2	2
庤	0	3
恃	1	4

持	1	1
畤	1	0
俟	1	0
蒔	0	1

從上表可知，同聲符的形聲字之間、普遍相假，義寄於聲，它們之間又有兩種型態：

甲）雙向式：被借用與借他字為用的機會略相等，如峙、待、等、持、俟、持。

乙）單向式：只有當假借字用而不假他字或者只假他字使用而罕被當假借字用。前者如詩、時、畤、俟、後者如邦、庤、恃、蒔。由這種形式的統計顯示：假借行為也不完全是任意的。我們覺得一個字既經常被他字借用，又常常借他字為用，這種雙向的行為豈非自相矛盾，它若是常用字，似乎沒有理由不用本字。下面從兩方面來解釋這種現象，第一：假借字與本字，音近義通，可以通用。如侍，承也；待，竢也。凡侍從則必有所待，凡等待則必有所承。第二：兩者本為古今語或方言詞，朱氏依意義加以連繫，並用"假借"來處理；如"等"與"待"，等＊təng（：）屬蒸部，待＊dəg（：）屬之部，之蒸對轉，它們本為同源詞，以轉語的方式出現，"等"的本義是齊簡，平等；則訓「竢」的「待」是本字，轉為＊təng 之音，借用"等"之字，從本字本義的角度看，它們可以算是假借。以上這兩種情形，都和語言的孳乳有關，侍與待也是一組同源詞：侍＊djəg～待＊dəg，這種具有同源關係的通假，在語言上是合理的，從文字學上視為假借，本無可厚非，但要決定那一個字是那一個字的假借，朱氏往往按照舊注，便失去了自主權，造成過多的假借，其實只要認為它們通用即可。

由於朱氏按舊注以決定假借，往往在上面兩種情況之外，增添許多實在不必要的假借，例如：

待　竢也

〔假借〕為庤，（1）《穆天子傳》「乃命刑侯待攻玉者」注：「留之也」（2）《周禮‧外府》「而待邦之用」注：「（待）猶給也。」（3）齊策「將何以待之」注：「（待）猶共也。」

　　《通訓定聲》庤字下云：「儲置屋下也，从广寺聲。《詩·臣工》：庤乃錢鎛。《傳》：具也，考工《注》；以俟爲之。」朱氏根據《詩·臣工傳》訓庤爲具，於是把留置、供給的意義都認爲是庤的假借，其實上例（1）（2）（3）三句中的「待」字用其引伸義都可以講得通，《注》云「待猶給也」「待猶供也」，也都可以理解爲這種引伸的用法，朱氏都視爲「庤」之假借，是沒有必要的。其他假借爲「庤」的還有兩例：

　　偫　偫躇也，从止寺聲。

　　〔假借〕爲庤。《爾雅·釋詁》：「偫，具也。」《書·費誓》：「偫乃糗糧。傳：「儲偫女糗糒之糧。」《後漢·章帝紀》：「無得設儲偫」注：「其也。」（按朱氏以偫爲峙之或體）

　　偫　待也，从人从待。

　　〔假借〕爲庤。周語：「偫而畚挶」注：「具也。」……

　　以上兩字，偫與待同字（朱氏說），偫亦有等待義，可見待、偫、峙本是同源詞，它們和庤的關係是平行的，具體的儲備叫庤，抽象的等待、備用叫待或峙、偫，它們之間本來也是同源詞，其間的互通，也可以算是引伸，朱氏把峙、偫兩個字訓具的都算是庤的假借，亦無不可，不過忽略同源詞之間意義的關聯，無異把引伸也當假借，這樣朱氏的轉注（當引伸解）和假借就不易劃清界線了。這一點王力也加以批評。我們認爲，凡是有語源關係的字，它們可以通假，但是很難用本字和借字的關係來嚴加區分。眞正的假借，應該是純粹的借聲字，沒有意義的關聯，朱氏未能嚴格區分這兩類，實在是一大缺憾。

　　朱氏還有一類很特殊的假借說法，例如：

　　黎　履黏也。

　　〔假借〕爲犁，實爲耆。《吳語》：今王播棄黎老。《注》：凍棃壽徵也。《方言》十二：黎老也，按《書·西伯戡黎》，《大傳》作耆，是黎、耆通寫。

　　兌　說也。

　　〔假借〕爲閱，實爲穴。《老子》：塞其兌。《注》：目也。《淮南·道應》：則塞民於兌。《注》：耳目鼻口也。

　　我們先看這兩組的音韻：

　　（1）黎*lid（脂部開口四等）棃*ljid（脂部開口三等）耆*gjid（脂開三）

（2）兌＊duɑd（：）（月部陰聲合口一等）閱＊djiat（月部入聲開口三等）

　　穴＊gwit（脂部入聲合口四等）

　　這兩個例子都是舌尖音與舌根音之關係，朱氏似乎知道聲母的差異太大（第2例兌、穴不同部，月、脂似無相轉之可能），不能直接認為是假借關係，故展轉通之，黎假借為黎，是利用《釋名》聲訓的說法，認為老人皮有斑點如凍黎色。但是它的字義實為「耆」。第二例，閱的本義是具數於門中也，本為數的意思，引伸為省視、校閱，「兌」字在老子注家看來，指的竅穴而言，故《注》以耳目鼻口說之，本來也與閱字不發生關係，因為《詩》「蜉蝣掘閱」《傳》：「閱，容閱也」，當即穴之假借，朱氏認為兌假借為閱，本是多餘的，只因為它們同音，何以不逕說是穴之假借？顯然是因為聲韻都不相合、不能通其音，這種情形下，本來都是無本字的假借，實在不必強指"某"為本字，而曰"實為某"，朱氏在這些地方雖不至於進退失據，但也足見其對假借認識不清，處處在牽就傳注的困境。

第二節　同源詞研究之展望

壹、上古漢語同源詞與構詞法的關係

　　同源詞的研究是漢語史研究的一部分，對於上古漢語的發展，尤其詞彙的發展，具有重大的意義。它在詞音與詞義的轉變之中，擔任橋梁的任務，通過它的連繫，使原本散漫的字與字之間，得到語言的關聯。我們知道上古語言的詞彙，最初的數量是有限的，文字初造時，也是有限的一些符號，其後日用愈繁，所需表達的概念無限的增多，新詞的創造便加速；在創造新詞時，多半借原有的聲音與語意之間的約定關係，加以略微變換，就可以產生新詞，而又不致於因為與舊詞彙脫節而造成不便，這種孳乳方式，即是本文所界定的同源詞，同源詞之間的轉成關係，就是上古漢語構詞法的主要法則。本文在詞音的轉換方面，大抵採取和諧聲一致的步調，認為絕大部分的詞音變換，都在同部位的聲母及相同或相近的韻母下進行分化，至於聲韻兩方面差異太大的，即使是同意詞，也未必能找到轉換的依據，因為音與義之間的約定是任意的，相同的意念可以用不同的詞音表示，它們是分別造的，何況大多數詞義的相同，都是語用的現象，而不是最初的意義相同。只有因為音轉的關係而另造新字時，才有

完全的同意詞，此外只有異體字才會完全同意。因此探討同源詞之間語意或語法關係的細微差異，歸納出語意分化的法則，也是研究古代構詞法的重要部分。

　　從第四章的分析，我們找到許多音義和語法上成對比的同源詞，我們暫時只能說它們具有轉換關係（derivation），而不能確定這種關係是否是屈折變化（inflection），因為它們始終是個別的轉換，無法歸納轉換之通則，如印歐語言之加一定詞尾代表某種語法作用，或者藉詞頭或詞嵌而表示一定的語法關係。俞敏對古韻合帖屑沒曷五部的通轉，雖似找到像業（動詞）：實（名詞）＝-p：-d 這樣的轉換公式，但也不敢認為就是語尾變化，因為他的例子有一半是語轉關係，如甲介，萃最，荅對，乏廢，匣匱，及暨等都沒有詞類的對立，先秦語詞是否真有詞類的區分，都是尚未定論的。因此，對於上章討論到的對轉，旁轉等關係，最好的解釋還是方言混雜後，留下的詞彙現象。

　　龔煌城先生的論文（西元 1976 年）曾提出這樣的音變情形：

1. **-ing＞*-in＞-ien
2. **-ung＞*-un＞-uan
3. **-əng＞*-ən＞-uən

　　這些變化是平行的，例如第二條，他舉出空孔與款窾，蒙幪朦朧與滿瞞謾墁之間的關係，似乎是-ng 先變-n 之後再經元音變化（如分裂或異化等作用）而產元部、文部的同源字，這種變化可能時代很早，並非不可能，但是有限的例證，仍無法說明上古以前，-ing，-ung，-əng 與-ien，-uan，-uən 之間確實發生這樣的系統轉變，這種規律的證實，有待整個上古同源詞譜的完成才能有效證明，本文只是一個起步，因此，即使許多可以用複聲母來解釋的音變，也沒能加以處理，因為本文掌握的同源詞還不夠完整，這部分的推證暫付闕如。

貳、上古漢語同源詞與漢藏語言之比較研究

　　同源詞的研究一方面為漢語本身的發展提供內在的結構變化，以便掌握漢語構詞方面的規律，並且可以有效幫助使用漢語的人，準確地瞭解詞義及詞的變遷，因此王力稱之為一門「新的訓詁學」（見《同源字論》），但是這個目的只是本研究的一部分；追溯上古漢語的來龍去脈，則是一個更長遠的目標，西方學者在這方面曾作過相當程度的貢獻，也就是漢藏語言之間的比較。德國漢學家 Walter Simon 早在西元 1930 年就寫了一篇〈藏漢語詞的比較〉

（Tibetish-Chinesische Wortgleichungen），精選了三百多對古藏語的語詞跟古漢語語詞作比較。辛勉先生的論文《古代藏語和中古漢語語音系統的比較研究》第三編曾檢討前人比較研究的成績，對西門所作的比較提出嚴厲的批評，認為他的比較漏洞百出，缺乏根據，例如：西門比較的結果，「古藏語的 a 等於古漢語的十個元音，似乎古藏的 a 可以跟古漢語前後上下滿舌根的元音都可以通轉對比。在這種情形下，古藏語這個 a 只好算作是萬能的 a 了。」辛先生的看法是「西門所作的比較徒勞無益。」

我們對漢藏語言的比較研究並不那麼悲觀，西門在五十年前，對漢藏語言上古音系的瞭解，自然受到限制，尤其對古代漢語的擬構，有許多地方都已經近人修訂了，因此原來找不到對應的規律，也由於材料的修正、補充，而逐漸的接近，西門以後做比較研究的文獻大量增加，未嘗不是西門等人篳路藍縷的結果。個人對這些文獻涉獵不足，所知有限，據個人瞭解，近年在這方面研究卓有成績的學者不多，有兩位學者值得一提，一為 Paul K. Benedict，其代表著作為 Sino-Tibetan, A Conspectus（1972），這本書討論漢藏語族中藏緬語支，卡倫（Karen）語支和漢語支三者的聲韻，形態和造句諸方面，並由 James A. Matisoff 教授加了三百多個注，書後附有藏緬語的語根及有關藏緬語的資料目錄，周法高先生譽為一本「提要鈎玄的劃時代的著作」。周先生曾據高本漢的 G. S. R（修訂漢文典）的次序，把班氏（Benedict）書中的「漢—藏緬語資料」編成漢語索引，頗為簡便。另一位學者是本書第三章第二節提及的包擬古（Nicholas C. Bodman）先生，其最近的代表作是 Proto-Chinese and Sino-Tibetan：Data towards establishing the nature of the relationship（1980）一文，列舉了 486 組古藏語或藏緬語與古漢語對應的同源詞對，詳細討論聲母、元音、介音及韻尾各方面的變化，包氏用自己構擬的上古音系統，與班氏的材料大異其趣。例如他的上古韻母系統，還保留許多開尾韻。下面錄包氏上文的第五表，對照高本漢、李方桂及包氏本人的一部分上古韻母：

高	ieg	iôg	o, âg	og	əg	ôg	u, ug	iər	a, âr
李	ig	iəg^w	ag	ag^w	əg	əg^w	ug·	id	ar
包	e	iw	a	aw	ə	u	o	ij（ir）	ar

儘管元音的系統大致對應，但是韻尾的分歧，使這種比較研究，始終存在

著基本的語音問題引起爭論，也使比較研究的結果，不容易得到肯定。雖然這種研究目前尚不易有突破的進展，但是每一種討論，對於上古漢語或原始漢語的推測，都富有啟發性，個人覺得到目前為止，所有比較仍停留在個別同源字組的舉證上，包氏從整個韻母系統上重新斟酌，已經注意到同源詞之間的連繫，但仍不是全面性的，主要的原因之一是上古漢語的形態學（Morphology）尚未確定、各家都在建構階段。古代漢語具有最豐富的文獻資料及取之不竭的方言資料，這兩方面的研究能夠齊頭並進，必能建立上古漢語的構詞變化，本文第四章的分析祇是一個開端，關於同源詞意義方面的探討，詳於第三章。本文目的是從漢語本身的內在證據，建立更清晰而明確的詞羣，以便於做同族語言比較的基礎。

　　個人對於漢藏語言關係的認識淺陋，目前尚無能力做任何比較研究的嘗試，因此這一部份工作，只有等本書所構思的全部詞羣建立以後，再來嘗試。

主要參考書目

壹、中文部分

（一）小學彙編類

甲、文字之屬

1. 《說文解字詁林》，丁福保，臺灣商務印書館。

2. 《小學彙函》，古經解彙函之五，鼎文書局。

3. 《古籀篇》，高田宗周，宏業書局。

4. 《古籀彙編》，徐文鏡，臺灣商務印書館。

5. 《甲骨文字集釋》，李孝定，中研院史語所專刊之五十。

6. 《甲骨文編》（改訂版），孫海波，中文出版社，1977。

7. 《續甲骨文編》，金祥恆，藝文印書館，民國48年。

8. 《甲骨文字釋林》，于省吾，中華書局，1979。

9. 《金文詁林》，周法高，香港中文大學，1974。

10. 《金文編》，容庚，中文出版社。

11. 《周代金文圖錄及釋文》，郭某，大通書局。

乙、音韻之屬

1. 《說文通訓定聲》，朱駿聲，藝文印書館。

2. 《說文解字音韻表》，江沅，皇清經解續編，重編本之十八，漢京書局。

3. 《音學十書》，江有誥，廣文書局音韻學叢書之八。

4. 《廣韻聲系》，沈兼士，大化書局。

5. 《古文聲系》，孫海波，北平來薰閣影印，民國 24 年。

6. 《上古音韻表稿》，董同龢，中研院史語所單刊甲種之二十一。

7. 《董同龢上古音韻表稿索引》，慶谷壽信，采華書林。

8. 《漢字古今音彙》，周法高。

9. 《周法高上古音韻表》，張日昇、林潔明合編，三民書局，1973。

10. 《漢語方音字匯》，1959。

11. 《漢語方言詞匯》，文字改革社，1963。

丙、訓詁之屬

1. 《經籍纂詁》，阮元，世界書局。

2. 《皇清經解正續編》，漢京書局。

3. 《經典釋文》，陸德明，漢京書局（抱經堂本）。

4. 《經義述聞》，王引之，鼎文書局。

5. 《毛詩傳箋通釋》，馬瑞辰，重編本經解續編之四。

6. 《說文解字注》，段玉裁，藝文印書館。

7. 《爾雅郭注義疏》，郝懿行，鼎文書局。

8. 《方言疏證》，戴震，臺灣商務，國學基本叢書。

9. 《方言箋疏》，錢侗、錢繹合著，文海出版社。

10. 《方言校箋附通檢》，周祖謨、吳曉玲，成文出版社。

11. 《釋名疏證補》，畢沅、王先謙，臺灣商務，國基叢書。

12. 《小爾雅訓纂》，朱翔鳳，鼎文書局。

（二）今人專著及論文（依作者姓名筆劃排列）

△二畫

1. 《方言考》，丁介民，師大國文研究所集刊第 10 本，1965。

2. 〈論語、孟子及詩經中並列語成分之間的聲調關係〉，丁邦新，《史語所集刊》47：1。

3. 〈論上古音中帶 ℓ 的複聲母〉，丁邦新，《屈萬里先生七秩榮誕論文集》，聯經，1978。

4. 〈上古漢語的音節結構〉，丁邦新，《中研院史語所集刊》50：4，1979。

5. 〈漢語聲調源於韻尾說之檢討〉，丁邦新，中研院，《第一屆國際漢學會議宣讀論文》，1980。

△四畫

6. 《漢語史稿》，王力，北京，1958。

7. 《漢語史論文集》，王力，北京，1959。

8. 《中國語言學史》，王力，中國語文雜誌社，北平，1967。

9. 《漢語音韻》，王力，弘道圖書公司影印，台北，1975。

10. 《龍蟲並雕齋文集》，王力，中華書局，北平，1980。

11. 《觀堂集林》，王國維，河洛出版社，民國 64 年。

12. 《複音詞聲義闡微》，王廣慶，臺灣商務印書館，民國 62 年。

13. 〈中國上古音裡的複聲母問題〉，方師鐸，《東海大學學報》4：1。

△五畫

14. 《古聲紐演變考》，左松超，師大國文研究所集刊第 4 號，民國 49 年。

15. 《中國文字論叢》，史宗周，中華文化出版事業委員會，民國 67 年。

16. 《詩經毛詩音訓辨證》，史玲玲，黎明文化公司，民國 62 年。

17. 《中國語言學論集》，幼獅月刊社，民國 66 年。

△六畫

18. 《詩經韻譜》，江舉謙，幼獅書店，民國 59 年。

19. 《說文解字綜合研究》，江舉謙，東海大學，民國 67 年。

20. 〈詩經例外押韻現象論析〉，江舉謙，《東海大學學報》8：1，1966。

△七畫

21. 〈初韻 â 的來源〉，李方桂，《中研院史語所集刊》3：1，1931。

22. 〈漢藏系語言研究法〉，李方桂，《國學季刊》第 7 期。

23. 〈中國上古音聲母問題〉，李方桂，香港中文大學《中國文化研究所學報》3：2，1970。

24. 〈上古音研究〉，李方桂，《清華學報》新 9 卷 1、2 期，1971。

25. 〈幾個上古聲母問題〉，李方桂，中研院，總統　蔣公逝世周年紀念論文集。

26. 〈詞格語法理論〉，李壬癸，《幼獅月刊》43：2，收入中國語言學論集，p. 340～353。

27. 〈語音變化的各種學說述評〉，李壬癸，《幼獅月刊》44：6。

28. 《漢字史話》，李孝定，聯經，民國 66 年。

29. 〈從六書的觀點看甲骨文字〉，李孝定，《南洋大學學報》2 期，1968。

30. 〈中國文字的原始與演變〉，李孝定，《中研院史語所集刊》45：2。

31. 《切韻音系》，李榮，鼎文書局影印。

32. 〈毛詩連綿詞譜〉，杜其容，《台大文史哲學報》第 9 期，1960。

33. 〈部分疊韻連縣詞的形成與帶 ℓ-複聲母之關係〉，杜其容，《聯合書院學報》第 7 期，香港。

34. 〈右文說在訓詁學上之沿革及其推闡〉，沈兼士，收入中研院，《慶祝蔡元培先生

六十五歲論文集》，民國 24 年。

35. 《古代藏語和中古漢語語音系統的比較研究》，辛勉，師大國研所博士論文，1972。

36. 〈藏語的語音特性〉，辛勉，《師大國文學報》第 6 期，1977。

37. 〈評西門華德的藏漢語詞的比較〉，辛勉，《師大國文學報》第 7 期，1978。

△八畫

38. 《中國聲韻學通論》，林尹，世界書局，民國 55 年四版。

39. 《文字學學概說》，林尹，正中書局，民國 60 年。

40. 《訓詁學概說》，林尹，正中書局。

41. 〈說文與釋名聲訓比較研究〉，林尹，《第一屆漢學研究會議宣讀論文》，1980。

42. 《語言學論叢》，林語堂，文星書店，民國 56 年。

43. 《說文讀若文字通假考》，周何，師大國研所集刊第 6 號，民國 51 年。

44. 《中國語文論叢》，周法高，正中書局，民國 59 年，三版。

45. 《中國古代語法構詞編》，周法高，中研院史語所專刊之三十九，台聯國風出版社，民國 61 年。

46. 〈廣韻重紐的研究〉，周法高，《中研院史語所集刊》第 13 本。

47. 〈論上古音〉，周法高，香港中文大學《中國文化研究所學報》2：1，1969。

48. 〈論上古音與切韻音〉，周法高，香港中文大學《中國文化研究所學報》3：2，1970。

49. 〈上古漢語和漢藏語〉，周法高，香港中文大學中國文化研究所學報 5：1，1971。

50. 《問學集》，周祖謨，台北知仁出版社翻印。

51. 〈四聲別義釋例〉，周祖謨，問學集上。

52. 〈詩經韻字表〉，周祖謨，問學集上。

53. 《古漢語複聲母研究》，竺家寧，中國文化大學博士論文，民國 70 年。

54. 〈譯「釋名複聲母研究」〉，竺家寧，《中國學術年刊》第 3 期，民國 68 年。

△九畫

55. 〈論古韻合怗屑沒曷五部之通轉〉，俞敏，《燕京學報》34 期 29～48 頁，1948。

56. 《釋名考》，胡楚生，師大國文研究所集刊第 8 號，民國 52 年。

57. 《訓詁學大綱》，胡楚生，蘭台書局，民國 69 年。

58. 〈漢藏語言研究導論〉（譯介），姚榮松，《師大國文學報》第 8 期，民國 68 年。

59. 〈高本漢漢語同源詞說評析〉，姚榮松，《師大國文學報》第 9 期，民國 69 年。

60. 〈由上古韻母系統試析詩經之例外押韻〉，姚榮松，《教學與研究》第 3 期（師大文學院），民國 70 年。

△十畫

61. 《中國音韻學研究》（趙元任、李方桂合譯），高本漢（中譯本），商務，民國 37

年。

62. 《中國語與中國文》（張世祿譯），高本漢（中譯本），文星集刊，民國 54 年。

63. 《漢語詞類》（張世祿譯），高本漢（中譯本），聯貫出版社影印。

64. 《中國語之性質及其歷史》（杜其容譯），高本漢（中譯本），中華叢書編審會，1963。

65. 《中國聲韻學大綱》（張洪年譯），高本漢（中譯本），中華叢書編審會，1972。

66. 《詩經注釋》（董同龢譯），高本漢（中譯本），中華叢書，1960。

67. 《書經注釋》（陳舜政譯），高本漢（中譯本），中華叢書，1970。

68. 《左傳注釋》（陳舜政譯），高本漢（中譯本），中華叢書，1972。

69. 《禮記注釋》（陳舜政譯），高本漢（中譯本），中華叢書，1981。

70. 《先秦文獻假借字例》（陳舜政譯），高本漢（中譯本），中華叢書，1974。

71. 《普通語言學》，高名凱，劭華文化服務社。

72. 《漢語語法論》，高名凱，科學出版社，1957。

73. 〈關於漢語的詞類分別〉，高名凱，收入《漢語的詞類問題》。

74. 《高明小學論叢》，高明，黎明文化事業公司，民國 67 年。

75. 《中國文字學》，唐蘭，文光，民國 58 年。

76. 《古文字學導論》，唐蘭，樂天，民國 59 年。

△十一畫

77. 《文始》，章炳麟，廣文書局（影印章氏叢書本），民國 59 年。

78. 《國政論衡》，章炳麟，廣文書局。

79. 《古音說略》，陸志韋，學生書局，民國 60 年。

80. 《詩韻譜》，陸志韋，《燕京學報》專號之 21，東方文化書局影印，民國 62 年。

81. 《許世瑛先生論文集》，許世瑛，弘道文化出版公司。

82. 《說文解字重文諧聲考》，許錟輝，師大國研所集刊第 9 號，1964。

83. 〈形聲釋例（上）、（中）〉，《師大國文學報》第 3 期、第 10 期。

84. 〈略論《說文解字》中的省聲〉，陳世輝，《古文字研究》第 1 輯，中華書局，1979。

85. 《古音學發微》，陳新雄，師大國研所博士論文，嘉新水泥文化基金會出版，民國 60 年。

86. 《六十年來之聲韻學》，陳新雄，收入正中書局六十年來之國學第二冊，民國 61 年。

87. 《重校增訂音略證補》，陳新雄，文史哲出版社，民國 69 年。

88. 《聲類新編》，陳新雄，台灣學生書局，民國 71 年。

89. 〈無聲字多音說〉，陳新雄，《輔仁大學人文學報》第 2 期，民國 61 年。

90. 〈酈道元水經注裡所見的語音現象〉，陳新雄，《中國學術年刊》第 2 期，民國 67 年。

91. 〈群母古讀考〉，陳新雄，《輔仁大學輔仁學誌》第 10 期，民國 70 年。

92. 〈從詩經的合韻現象看諸家擬音的得失〉，手稿，民國 70 年。

93. 〈關於上古音系的討論〉，陳夢家，《清華學報》第 13：2。

94. 〈從發音上研究中國文字之源〉，梁啓超，《東方雜誌》18：21，收入飲冰室文集卷六十七。

95. 〈試論幾個閩北方言中的來母 s-聲字〉，梅祖麟，《清華學報》新 9：1～2 期，1971。

96. 《說文無聲字衍聲考》，張文彬，師大國研所集刊第 14 號，民國 58 年。

97. 《高郵王氏父子學記》，張文彬，師大國研所博士論文，民國 67 年。

98. 《中國音韻學史》，張世祿，商務印書館。

99. 《語言學原理》，張世祿，商務印書館，民國 19 年初版。

100. 《廣韻研究》，張世祿，商務印書館。

101. 《說文聲訓考》，張建葆，師大國研所集刊第 8 號，民國 53 年。

102. 《說文音義相同字研究》，張建葆，弘道文化事業公司，民國 63 年。

103. 〈三百篇聯緜字研究〉，張壽林，《燕京學報》13 期，民國 22 年。

104. 《形聲多兼會意考》，黃永武，中華書局，民國 58 年。

105. 《黃侃論學雜著》，黃季剛，台灣中華書局，民國 58 年。

106. 〈談添盍帖分四部說〉，黃季剛，收入上書 p. 290～298。

△十三畫

107. 《語言問題》，趙元任，台灣商務印書館，民國 57 年。

108. 《中國話的文法》（丁邦新譯），趙元任，香港中文大學，1980。

109. 《漢語音韻學》，董同龢，台灣學生書局，民國 61 年。

110. 《上古音韻表稿》，董同龢，中研院史語所單刊甲種之二十一，民國 64 年三版。

111. 《語言學大綱》，董同龢，香港，滙通書店，1964。

112. 《董同龢先生語言學論文選集》（丁邦新編），董同龢，食貨出版社，民國 63 年。

113. 〈與高本漢先生商榷「自由押韻說」兼論上古楚方音特色〉，董同龢，收入上書 p. 1～12。

114. 《中國語言學分類參考書目》，楊福綿，香港中文大學，1974。

115. 《積微居小學金石論叢》（積微居叢書之二），楊樹達，台灣大通書局，民國 60 年。

116. 《積微居小學述林》（積微居叢書之三），楊樹達，台灣大通書局，民國 60 年。

117. 〈說文形聲字之分析〉，甄尚靈，金陵等三大學《中國文化研究彙刊》第 2 卷，1942。

△十四畫

118. 〈古文聲系序〉，聞宥，見《孫海波古文聲系》。

119. 〈殷虛文字孳乳研究〉，聞宥，《東方雜誌》25：3。

120. 〈聲母多音論〉，潘重規，《制言》第 37、38 期合刊。

121. 《中國聲韻學》，潘重規，香港，新亞書院中文系出版。

122. 《中國文字學》，潘重規，東大圖書公司，民國 66 年。

123. 《瀛涯敦煌韻輯新編》，潘重規，香港，新亞研究所。

124. 《訓詁學概論》，齊佩瑢，廣文書局，民國 57 年。

125. 《聲韻學表解》，劉賾，啓聖圖書公司，民國 61 年。

126. 〈古聲同紐之字義多相近說〉，劉賾，國立武漢大學《文哲季刊》2：2，民國 21年。

△十五畫

127. 〈形聲字的分析〉，蔣善國，《東北人大文科學報》1957：4。

△十六畫

128. 《古音無邪紐證》，錢玄同，師大國學叢刊單行本。

129. 《文字學音篇》，錢玄同，台灣學生書局。

△十七畫

130. 《蘄春黃氏古音說》，謝一民，嘉新研究論文第 27 種，民國 49 年。

131. 《經典釋文異音聲類考》，謝雲飛，師大國研所集刊第 4 號。

132. 《音學十論》，謝雲飛，蘭台書局。

133. 《文學與音律》，謝雲飛，東大圖書公司，民國 67 年。

134. 《中國文字學》，龍宇純，香港崇基書店，1968。

135. 〈「造字時有通借」辨惑〉，龍宇純，《幼獅學報》1：1，民國 47 年。

136. 〈論反訓〉，龍宇純，香港中文大學崇基學院《華國》第 4 期，民國 52 年。

137. 〈例外反切的研究〉，龍宇純，《中研院史語所集刊》36 本，民國 54 年。

138. 〈論聲訓〉，龍宇純，《清華學報》新 9：1.2 合刊，民國 60 年。

139. 〈中國文字的源流〉（「中國文字的特性」等七篇），龍宇純，《中國雜誌》，民國64 年 2 月至 10 月。

140. 〈上古清脣鼻音聲母說檢討〉，龍宇純，《屈萬里先生七秩榮慶論文集》，聯經，1978。

141. 〈有關古韻分部內容的兩點意見〉，龍宇純，《中華文化復興月刊》11：4。

142. 〈上古陰聲字具輔音韻尾說檢討〉，龍宇純，《中研院史語所集刊》50：4，1979。

△十九畫

143. 《漢語音韻學導論》，羅常培，九思出版社。

144. 《漢魏晉南北朝韻部演變研究第一分冊（兩漢）》，羅常培與周祖謨合著，科學出版社，1958。

145. 《羅常培語言學論文選集》，羅常培，九思出版社，民國 67 年。

146. 〈經典釋文和原本玉篇反切中的匣于兩紐〉，羅常培，《中研院史語所集刊》8：1。

△廿三畫

147. DIE REKONSTRUKTION DES ALTCHINESISCHEN UNTER BERÜCKSICHTIGUNG VON WORTVER WANDTSCHA-FTEN，龔煌城，1974。
（原文爲德文，本書引文皆稱"龔 1974"，故附于中文書目）

貳、外文部分

Baxter. W. H III

1. 1977 Old Chinese Origins of the Middle Chinese Chóngniŭ doublets：a study using multiple character readings. Cornell University ph. D Dissertation.

2. 1980 Some proposals on old Chinese phonology. Contributions in Historical Linguistics: Issues and Materials. Franz van Coetsem and Linda Waugh, eds. Leiden:E. J. Brill.

Bencdict, P. K. Matisoff J. A （Contried.）

3. 1972 Sino-Tibetan: a conspectus. Combridge University press.

Benedict, P. K.

4. 1976 Sino-Tibeton, another look. Journal of the American Oriental Society 96:167-97.

Bodman, N. C

5. 1954 A Linguistic Study of the Shih Ming, Initials and Consonant Clusters, Cambridge, Massachussetts.

6. 1969 Historical Linguistics, Current Trends in Linguistics, Vol. II. pp. 3-58.

7. 1969 Tibetan SDUD, the Character 卒 , and the *ST-Hypothesis, BIHP 39, 1969.

8. 1973 Some Chinese Reflexes of Sino-Tibetan S-Clusters, T. C. L, 1. 3, 1973.

9. 1979 Evidence for l and r Medials in old Chinese, 12th Inter-national Conference on Sino-Tibetan Languages and Linguis-tics.

10. 1980 proto-Chinese and Sino-Tibetan: Data towards establishing the nature of the relationship. Contributions in Historical Linguistics: Issues and Materials. Franz Van Coetsem and Linda Waugh eds. Leiden: E. J. Brill. pp. 34-199.

Bynon. T.

11. 1977 Historical Linguistics. 台北文鶴.

Chang Kun

12. 1973 Review of Sino-Tibetan: A Conspectus（Benedict）. JAS 32. 335-7

13. 1971 The proto-Chinese Final System and the Ch'ieh-yün, Monographs Series A. No. 26, Institute of History and Philology

14. 1976 Chinese *S-Nasal Initials, BIHP, 47.

15. 1976 The Prenasalized Stop of MY, TB, and Chinese, BIHP 47, 1976.

16. 1977 The Tibetan Role in Sino-Tibetan Conporative Linguistics. BIHP48

Chao Yuen Ren

17. 1968 A Grammar of Spoken Chinese, University of California Press, Benkeley and Las Angeles.

Clark, Herbert H. and Clark, Eve V.

18. 1977 Psychology and Language, An Introduction to Psycholinguistics, Harcourt Brace Jovanovich, Inc.

Coblin, W. S.

19. 1972 An Introductory study of Textual and Linguistic Problems in Erh-Ya. University of Washington, PhD. Disrtation.

20. 1978 The Initials of Xu Shen Lauguage as Reflected in the Shuowen Duruo Glosses. J. C. L, Vol. 6,1978.

Egerod, Spren

21. 1967 China: Dialectology. Current Trends in Lingutics 2.

22. 1964, 67 A Forrest, R.A.D Reconsideration of the Initials of Karlgren's Archaic Chinese. TP 51, 1964. TP 53, 1967.

23. 1973 The Chinese Language. Third Edition,

Haudricourt, A. G.

24. 1954 Comment reconstruire Le Chinois archaigue, Word 10, pp. 351-364.

Hyman, L. M.

25. 1975 Phonology Theory and analysis 台北文鶴

Karlgren, B. ,

26. 1928 problems in Archaic Chinese, Journal of the Royal Asiatic Society. London, pp. 769-813.

27. 1931 Tibetan and Chinese. T. P. 28 ,

28. 1932 Shi King Researches, BMFEA vol. 4.

29. 1933 Word Families in Chinese. BMFEA 5, p. 1-120.

30. 1949 The Chinese Language-An essay on its nature and history. N. Y. 1949.

31. 1954 Compendium of Phonetics in Ancient and Archaic Chinese. BMFEA, vol. 22, pp. 211-367.

32. 1956 Cognate words in the Chinese Phonetic Series. BMFEA 28 pp.1-18.

33. 1957 Grammata serica Recensa, BMFEA, 29. pp. 1-332.

34. 1960 Tones in Archaic Chinese, BMFEA, 32. pp. 113-142.

35. 1962 Final –d and –r in Archaic Chinese, BMFEA, 34. pp. 121-127.

36. 1963 Loan Characters in Pre-Han Texts. I, BMFEA, 35. pp. 1-128.

Li Fang-Kuei

37. 1932 Ancient Chinese –ung, -uong, -uok, etc. , in Archaic Chinese. BIHP, vol. 3. pt. 3, pp. 375~414.

38. 1935 Archaic Chinese *-iwəng, *-iwək and -iwəg, BIHP, vol. 5, pt. 1, pp. 65-74.

39. 1945 Some Old Chinese Loan Words in the Tai Languages, HJAS 8, pp. 333-342.

40. 1954 Consonant Clusters in Tai. Language 30:368-79.

41. 1969 Tibetan glo-ba'dring. Studia Serica B. Karlgren Dedicata 55-9, Copen haben.

42. 1977 A hand book of Comparative Tai. University Press of Hawaii.

Malmqvist, Goran

43. 1962 On Archaic Chinese -ər and -əd, BMFEA, vol 34, pp. 107-120.

Mei, Tsu-lin

44. 1970 Tones and Prosody in Middle Chinese and the Origin of the rising tones. Harvard Journal of Asiatic Studies 30:86-110.

45. 1980 Sino-Tibetan "year" , "Month", "Foot" and "Vulva". Tsing Hua Journal of Chinese Studies. Vol. 12.

Pulleyblank, E. G.

46. 1962-3 The Consonantal System of Old Chinese, AM 9, pp. 54-144, 206-265.

47. 1963 An Introduction of the Vowel System of Old Chinese and Written Burmese, AM10, pp. 200-221.

48. 1973 Some New Hypotheses Concerning Word Families in Chinese. J. C. L. 1. 1, pp. 11-25.

49. 1973 Some Futher evidence regarding Old Chinese –s and its time of disappearance. BSOAS, University of London, 36:368-73.

Schuessler A.

50. 1974 R and L in Archaic Chinese. JCL 2:186-199.

51. 1976 Affixes in proto-Chinese. Munchener Ostasiatische Studien, vol18, Wiesbaden.

Serruys, P. L. M

52. 1959 The Chinese Dialects of Han Time According to Fan Yen. University of California press. Berkeley and Los Angeles.

53. 1960 Note on Archaic Chinese Dialectology, Orbis 9, no. 1 pp. 42-57.

54. 1961 Review of Lo Ch'ang-p'ei and Chou Tsu-mo 1958. MS, Vol. 20, pp. 394-412.

Simon, Walter

55. 1927-8 Zur Rekonslruktion der altchinesischen Endkonsonanten, MSOS 30, pp. 147-167; 31, pp. 175-204.

56. 1938 The Reconstruction of Archaic Chinese. BSOAS, 9. pp. 267-288.

Tōdō Akiyasu 藤堂明保

57. 1957 Chūgokugo on'inron 中國語音韻論, Tokyo.

58. 1965 Etymological Dictionary of Chinese Characters. 漢字語源詞典. Tokyo

Ting, Pang-hsin

59. 1975 Chinese Phonology of the Wei-Chin period, reconstruction of the Finals as reflected in poetry. Bulletin of the Institute of History and philology Academia Sinica. Special Publications 65. Taipei.

Wang, S. (editor)

60. 1977 The Lexicon in phonological change. Mouton Publishers The Hague, N. Y. Paris.

Yang, P.

61. 1976 Prefix *s- and *SKL-clusters. Paper presented to the Ninth International Conference on Sino-Tibetan Lauguages and Linguistics Copenhagen. October.